신상웅전집 4
쓰지 않은 이야기

동서문화사

신상웅전집4
쓰지 않은 이야기

초판 발행/2003년 10월 1일
발행인 고정일/발행처 동서문화사
창업 1956. 12. 12. 등록 16-345(윤)
서울강남구신사동540-22 ☎546-0331~6 (FAX) 545-0331
www.epascal.co.kr
＊잘못 만들어진 책은 바꾸어 드립니다.
총10권 각권 9,800원

＊

편찬·필름·제작 일체 「동판」 자본으로 이루어짐에 따라
출판권 소유권자 「동판」에서 제조출판판매 세무일체를 전담합니다.
사업자등록번호 211-90-02201
ISBN 89-497-0198-7 04810
ISBN 89-497-0194-4 (세트)

쓰지 않은 이야기
차례

겨울의 우울

S한테서 느닷없이 전화가 걸려 왔다. 도무지 연락이라곤 없던 그가 이른 아침부터 전화를 한 건 무엇 때문일까. 그는 이쪽에서 뭐라고 할 사이도 없이 다짜고짜 좀 만나자는 게 아닌가.

"무슨 일인가?"

"만나보면 알지."

"사람 겁주는 투군."

"두려워 마. 솥뚜껑일 뿐이니까."

"그게 무슨 말인가?"

"자라가 아니니까 물릴 염려가 없다는 뜻이지. 여하튼 좀 만나자."

"지금 당장? 이 음산한 겨울 아침에?"

"오후 여섯시면 어떨까?"

이리하여 그와 약속이 되었다. 대학 동기인데다 좀 엉뚱한 데가 있긴 하지만 경계심 없이 만날 수 있는 친구이므로 나는 약속이 된 것에 조금도 부담을 느끼지는 않았다. 아니 그 친구가 지껄여 대는 터무니없는 이야기를 들으며 세상을 꾸준히 낙천주의자로 사는 방법도 있구나 하는 생각을 잠시 즐길 수 있잖을까 하는 예감으로 기분이 좋아지려는 편이었다. 말이 났으니 말이지만 S는 확실히 엉뚱한 데가 있는 친구이다. 아마도 소설을 써서 그렇지 않을까 하는 것이 나대로의 추측이지만 때로 그가 하는 말을 들으면 가당치도 않다.

한번은 이랬다.

그날도 그는 새벽같이 전화로 사람을 불러내 가지고는 고작 한다는 소리가 뚱딴지같이 지구의 절멸이 멀지 않았다는 것이었다. 그것도 농지거리를 하는 그런 표정이 아닌 잔뜩 심각한 얼굴로.

"싱거운 친구!"

"아니야. 지구가 소멸될 가능성은 자그마치 열세 가지나 된다는 거야. 핵무기말고도 행성이나 혜성이 지구를 언제 박살낼지 모르고, 심지어는 에어러졸이라는 게 다 태양의 자외선 차단막을 파괴하여 인간을 고사시킬 거라는군."

"그래서? 나보고 그런 위험으로부터 지구를 보호할 거대한 텐트라도 준비하라는 건가?"

"자네 같은 철학자가 무슨 소용이야."

"그럼 우린 아침부터 만나서 거기에 대해 무얼 어떻게 의논하자는 거야?"

"종족 번식의 본능적 이기주의자들이 사실은 얼마나 한심한 족속들인가를 우리 합창으로 한번 외쳐 주자 이거지. 그렇게 악악대며 애새끼들을 줄줄이 까놨는데 일시에 흔적도 없이 쓸려가 버릴 거거든. 이기주의가 낳은 그 수많은 새끼들이 겪어야 할 고통이라니, 그게 도대체 얼마나 잔인한 죄악이야."

"자네 가만 보니 지금 나 욕보이고 있군."

라고 말할 수밖에 없는 것이, S는 나이 사십이 넘도록 아직 혼자 사는 홀아비이기 때문이다.

"장가 한번 못 가는 자신의 열패감을 그런 식으로 어루만질 것까진 없잖을까."

"천만의 말씀. 자네 지금이라도 늦지 않으니 청산하는 거야."

"나보고 이혼을 하라는 거야?"

"그렇잖고. 차라리 딱 이혼해 버리는 거야. 그러고 나서 정 외로워서 못 살겠으면 나하고 동성연애나 하세. 난 사실이지 호모를 존경해. 그들은 자신들의 씨를 퍼뜨리려는 본능적 이기주의를 극복한 사람들이거든. 그러니까 결국 그들은 다른 말로 하면 거룩한 이타주의자들이라 이거야. 종족번식의 이기주의——알고 보면 그게 모든 죄악의 원천이라고."

"자네 혹시 가족계획 같은 데서 뭐 먹은 거 아냐?"

"철학을 한다는 친구가 이렇게 불순하다니. 내가 그럴 사람이야?"

"그렇다면 어디서 외국잡지라도 본 모양인데 사실은 그런 주장이란 도덕적 타락 현상에 대한 변명에 지나지 않는다구."

"누가 또 이런 주장을 폈었어?"

"그럴 걸, 아마."

"그럼 그 작자가 날 제쳐놓고 선수를 친 거야. 진작 성명이라도 내버릴 걸 잘못했군."

"아냐. 아직 아무도 그딴 소릴 한 작잔 없는지 몰라."

"그럴 거야. 머저리들 같으니. 아니, 그게 아니고, 정말 자네 이혼 안할 텐가? 생각해 봐. 사내에게 있어 결혼이란 뭔가. 바지는 입되 죄수같이 허리끈은 끌러 놓는 거 아니겠어. 하기야 이 세상 죄인 아닌 자 있을까마는. 그래 엉거주춤해 가지고 옴치고 뗄 수도 없으니까 고작 강단에 꾸부정 어설프게 서서 모든 기대를 학생들한테 이양하고……. 하지만 그 학생들인들 별 수 있어. 장가나 잘 들려고 하고, 그러다 보면 어느새 빌붙어 야합이나 하고……기대나 희망이라는 건 또다시 30년 뒤로 주인 없이 이월되고. 잘들 하는 짓이다. 자넨 이제 더 이상 그런 무책임한 짓을 하지 말아야 한다고."

예상대로 화살은 드디어 나를 겨냥하여 쏘아지기 시작했는데 한창 열변을 토하던 S는 무슨 애기 끝엔가 안경테를 치켜올리면서 이렇게 말했다.

"왜 우리 학교 다닐 때 율법사 장 교수가 법철학 시간에 하던 말 생각 안 나?"

"무슨 애기?"

"웅변과 학도병과 환멸과. 빌어먹을."

장 교수는 그 옛날, 강의실에 들어서자 대뜸 흑판에다 '웅변과 학도병과 환멸과'라고 쓴 일이 있었다. 그랬다. 아마 발췌 개헌안인가 하는 게 아수라장 속에서 통과됐느니 하던 무렵의 어느 날인데 교수는 흑판에 그렇게 쓰고 나서 잘라 말했다.

"오늘 강의 내용은 이거다!"

대단한 웅변가이기도 한 교수의 애긴즉, 한마디로 하면 왜정 때 놈들의 눈을 피해 가며 싹수가 보인다 싶은 놈만 골라 노심초사 웅변술을 가르쳐 놨더니 졸업시킨 다음에 보자 모조리 학병 지원독려 순회강연 연사가 되어 있더라는 내용이었다.

장 교수는 소리쳤다.

"모조리라니까. 모조리 전국 방방곡곡을 누비며 '우리는 총후에서 학도 여러분의 용약 성전 참여를 촉구하며 승전의 그날을 위해 분골쇄신 용전해 줄 것을 목청 드높여 외칩니다'야."

강의실 안의 공기는 한껏 무겁게 내려앉았다. 장 교수는 말을 끝내고 잠시 학생들을 노려보고 서 있었으나 아무도 입을 여는 학생이 없었다. 이어 교수는 휙 바람을 일으키며 강의실을 나가 버렸다.

"나는 그때의 그 5분도 채 안 되는 시간의 숙연함을 잊을 수가 없어." 하고 S는 그답지 않게 안경 속의 얼굴을 일그러뜨리며 말했다. "그때 우린 충격을 회복하자 제가끔 소리쳤지만 말야. 우린 하늘을 우러러 한점 부끄럽지 않다고. 당시의 폭력 개헌에 교수의 제자 누가 가담했는가 하고 우린 자신에 찬 시선을 주고받으며 수군거렸었지. 하지만……."

"하지만 아직도 하늘을 우러러 한 점 부끄럼이 없는 놈이 몇이나 되느냐 그 말이겠지?"

"몇 놈이나 되느냐가 아냐. 한 놈이라도 있느냐."

"우리 둘은 살짝 빠질까 했더니 가차없군."

"빠져?"

"난 자네가 낙천주의자라고 생각해 왔는데 오늘 보니 뜻밖에도 신랄한 비관론자군."

"아니야, 난 낙천주의자야. 나야 작가랄 것도 없지만 작가란 원래 낙천주의자들이지. 현실에서의 비관 위에 세운 낙관, 그런 이상주의자들이야."

"그러면서도 사과나무는 심지 말라며?"

"내일 지구가 망해도 말이지? 자네 참 한심한 친구군. 개살구를 사과나무로 잘못 알지 말라 그 말이야. 접목을 잘해야지."

"그럼 이제 결론을 내린 셈이군, 우린."

"아냐, 결론을 말하지. 자네, 이혼해."

"하지만 자네하고 동성연앤 못하겠어, 징그러워."

"징그럽다고 느끼니 자넨 아직 이타주의자 되려면 멀었어."

"자넨 털북숭이잖아, 온몸이."

"할 얘기 다 했으니 나 그만 가봐야겠어."

"싱거운 친구. 난 별 얘기 들은 게 없는데, 아침 일찍 호출당한 폭으론."

그러나 S는 더 이상 대꾸가 없이 자리를 뜨고 말았다. 그리고는 며칠 후 다시 전화를 하고 나를 '이상의 수호자로 봐주지 못하는 것 양해하라'라는 말을 덧붙이노라고 했다.

"이놈의 세상이 워낙 악에 받쳐 있어서 말이야, 자네 같은 충정은 아무리 마음을 독하게 먹어도 사뭇 순진해 보일 뿐이라고."

이번에도 S는 보나마나 별것 아닌 이런 투의 일로 만나자는 것일 터였다. 너무 오래(거의 일년 가까이) 서로 연락이 없었던 어색함을 느닷없는 장난기의 발동으로 얼버무리려 한 것인지 몰랐다.

나는 오후 다섯 시가 넘어서야 집을 나섰다. 잿빛 하늘은 눈발이라도 뿌리려는 듯 사뭇 무겁게 내려앉아 있었다.

다방에 들어서자 S는 이미 와서 기다리고 있었다. 눈이 지독히 나쁜 그는 내가 거의 다가갔을 때에야 벌떡 일어서며 팔을 활활 내저었다. 내가 코트 깃을 여미며 곁으로 다가서자 그는 일어서기까지 하면서 반겼으므로 나는 순간 약간 당황하지 않을 수 없었다.

"김 교수, 그리고 보니 얼굴이 좀 못해졌는데."

"추위 속을 걸어왔으니까. 소설가 얼굴도 별로 좋은 편은 아닌데 뭘 그래."

"요즘 이상 실현이라는 명제에 좀 초조함을 느껴."

"그래서 이 깡추위 속에 날 불러낸 거로군."

그러자 S는 손을 내저어 보이고 나서 나직이 말했다.

"사실은 말이야. 마지막 월급 탔을 텐데 한잔 하지 않을 수 없잖아. 그래서 불러낸 거라고."

나는 말뜻을 알아들을 수가 없었으므로 어리둥절한 표정으로 그를 쳐다봤다.

"왜 놀란 얼굴을 하나, 처량하게?"

"마지막 월급이라니, 그게 무슨 말인가?"

"이런 순진한 친구. 자네같이 무능한 교수가 그럼 신학기에 재임 명받을 수 있다고 생각하는 거야?"

"응, 그 말이었군."

알고 보니 S는 신학기의 교수 재임명에 대해 말하고 있었다. 나는 대답 대신 히죽 웃음을 흘릴 수밖에 없었다. 그가 내처 다그쳤다.

"말이 없는 걸 보니 그야 그때 가봐야 알지, 그런 투로군. 하지만 포기하는 게 좋아. 자네가 만약 아직도 은근히 목을 뽑고 기다려 보는 중이라면 정말 가련하군. 그때 가봐야가 아니라고. 이미 결판이 다 났어."

"무슨 소식 들은 건가?"

"역시 아직도 자넨 기댈 버리지 않았다니까."

"만나자마자 느닷없이 그 말부터 하니 그러지."

"그런 걸 꼭 소식 들어야 아나?"

"더 물어보면 정말 처량한 신세가 되겠고, 가세. 내 마지막 월급으로 한턱 쓰지."

"진작 그렇게 나올 일이지."

우린 곧 다방을 나와 근처의 간판들을 기웃기웃 쳐다봤다. 그러나 적당한 술집이 눈에 띄지 않았으므로 나는 S를 돌아보며 물었다.

"어디 아는 술집 없어?"

"내가 이 세상에서 아는 사이라곤 자네밖에 더 있어."

"그럼 별수없이 추위 속을 헤맬 수밖에 없겠군."

우린 어깨를 움츠려 넣고 아삭아삭 얼어붙은 길을 따라 걸었다. 그러곤 얼마쯤 가다가 골목 안에 나붙은 조그마한 술집 간판 하나를 찾아냈다.

S가 말했다.

"위로회를 하긴 저 집이 썩 알맞아 뵈는데."

"자네도 그동안 꽤 수준이 높아졌군."

"무슨 소리야. 국민소득이 얼만데?"

"얼마야?"

“몰라.”

술집 여자들은 대문을 들어선 우리를 대대적으로 환영해 주었다. 그들은 우리가 황태자 같은 의젓한 몸짓을 취해 주기를 바랐으므로 그렇게 했다. 방 안으로 안내되자 거긴 보료가 깔리고 금방 겨울임을 잊게 하는 쾌적한 온도로 덥혀져 있었다.

우리는 여전히 조금도 흩어지지 않은 의젓한 거동으로 보료를 깔아뭉개며 앉았다. S가 김이 서린 안경을 벗어 닦으며 따라 들어온 여자를 향해 말했다.

“오늘은 참으로 중요한 날이니까 이 집에서 제일 값비싼 술로 가져와.”

“맥주로 올릴까요 ?”

“고작 그게 제일 좋은 술이라면.”

여자가 돌아나간 다음 S가 나를 쳐다보며 다시 말했다.

“오늘 아침 눈을 뜨자 갑자기 자네 생각이 났지. 아마 꿈을 꿨을 거야, 자넬. 그래, 잊어버리기 전에 전활 한 거라구.”

“무슨 꿈이었는데 ?”

“자네가 퇴직금을 받아 구멍 가게를 차렸었지, 아마.”

“고맙군.”

“제기랄 것 !”

S는 혀를 차고 나서 뭐라고 말을 이으려 입을 우물거렸으나 곧 포기하는 것 같았다. 나는 그가 무슨 말을 하려는 것인지 듣지 않아도 알 수 있었다. 가져서 마땅한 개혁의 의지도 학문적 야심도 품은 게 아니고 그렇다고 공리적인 관심에서도 아닌, 고작 방황하는 이성이 깨어날 수 없을까, 어눌하게 혼잣말을 해온 주눅들린 교직자라면 그나마 잘 봐준 폭인 나에게 그가 거부반응을 보인다고 봤다면 기분 나쁘다는 말을 그는 하고 싶은 거였다.

전전긍긍하는 교직자——혐오와 인종 사이의 괴리를 그대로 방치하고 있는 이중생활의 모습으로 전락해 버린 인간들에 대해서까지 알레르기 반응을 일으킨다고 한다면 그는 화가 난다는 거였다. 그는 그런 생각을 하고 있었음이 분명하여서, 이미 술병과 안주가 들어오고 어여쁜 여자가 둘씩이나 들어와서 짝을 맞추어 앉으며 술을 따르기 시작할 참에 난데없이 이렇게 중얼거렸다.

“상대 말자. 집착하다간 과대평가하게 되겠어.”

거품이 묻은 술잔을 권하며 여자 하나가 물었다.

“굉장히 중요한 날이라고 하셨는데 술상이 초라하죠?”

“국민소득에 비하면 그런 셈이군.” 하고 S가 술잔을 치켜들며 말했다. “하지만 방바닥이 알맞게 덥혀졌으니까 양해하지.”

“무슨 날인지 저흰 알면 안 되나요?”

“그걸 여태 말하지 않았던가?”

“말씀 없으셨어요.”

“허 참, 저 친구가 오늘 드디어 이혼을 했다구.”

“어머나, 정말이세요?”

내 옆에 앉은 여자가 똥그란 눈으로 나를 쳐다보며 물었으나 나는 대답하지 않았다. S가 여자한테 눈짓을 하며 나무랐다.

“지금 심란해 있으니까 물어보지 마. 술이나 열심히 권하라고.”

“왜 이혼을 하셨을까, 대체?”

“응, 나랑 동성연애하려고지.”

“아이, 징그러워!”

두 여자가 동시에 소리쳤다. S가 다시 주의를 주었다.

“호들갑 떨지 말고 우리 인사나 하지. 우린 하나는 김이고 다른 하나는 이야.”

“어느 분이 이 선생님이세요?”

하고 물은 여자가 자기도 이라고 주장하는 바람에 나는 그 여자의 성을 잊어버리지 않았지만 다른 하나에 대해서는 번번이 듣고는 듣는 순간에 곧장 까먹는 실수를 거듭하였다. 하지만 지금 내가 말하려는 것은 그 여자의 성에 대한 것이 아니다.

S가 여자들의 신원에 대해 관심을 보인 것이 동기가 되었겠지만 나는 네 사람이 모두 가짜 성을(여자들은 진짜인지 혹 모르긴 했지만) 말한 순간 나도 모르게 내 짝을 향해 이렇게 물었다.

"아가씬 고향이 어디지?"

"전라도요."

"전라도 어디?"

"따지시긴. 목포예요."

"목포에서 여기까지 뭣하러 왔어?"

"돈 벌러 왔죠."

까지는 그래도 좋았다. 아니 여자의 목소리는 그때 벌써 떨리고 있었다. 나는 아차 하고 또 실수를 범한 것을 알아차렸다. 그러나 이미 때는 늦었다. 여자는 매섭게 쏘아붙였다.

"나, 그런 소리 하는 사람, 젤 뵈기 싫더라. 뭣하러 왔니, 당장 내려가라! 내려가선 어떻게 하라는 거예요. 거기 무슨 일거리 만들어 주셨어요? 아님 앉아서 굶어 죽으라는 거예요? 죽더라도 올라오진 말라는 거예요?"

여자는 내가 뭐라고 사과의 말을 할 사이도 없이 발딱 몸을 일으켜 문께로 쫓아갔다.

쳇, 아니꼬워서! 라는 중얼거림을 흘리며 여자가 문 밖으로 사라진 것은 거의 순간적인 일이었다. 나는 속수무책이 되어 S를 멀거니 건너다봤다. 그도 기회를 놓친 나머지 멀뚱멀뚱 쳐다볼 뿐이었다.

그때 남은 여자 하나가 재빨리 수습에 나서 주었다. 그 여자가 문을 열고 따라나간 다음 S가 말했다.

"자넨 이런 실수를 너무 자주 범하는군."

"미안하이."

나는 할말이 없었다. 나는 S의 말대로 번번이 그런 실수를 저지르
곤 한다. 저지르려고 저지르는 것이 아니라 무의식중에 그런 말이
튀어나와 버리곤 하는 것이다. 똑같은 실수로 이렇게 호되게 당하기
는 처음이지만.

S는 위로하는 투로 나직이 말했다.

"자넨 낭패야. 다정이 병이라던가. 자네 그 연민의 아픈 정을 이
해하기엔 쟤들은 너무 시달렸어. 절망의 고통이 너무 크다구."

"누가 그걸 모른댔나."

나는 마침내 화가 난 목소리로 대꾸했다.

"알면서도 무의식중에 실수하고 만다는 것, 나도 알지. 자넨 너무
좋아. 하지만 차라리 잔인해지게. 비정해지라고."

이때 방문이 조심스럽게 열리고 수습에 나섰던 여자가 문제의 여
자를 데리고 방 안으로 들어섰다. 그들은 명랑을 회복한 듯이 웃음
으로 위장하고 있었다.

S가 재빨리 말했다.

"이 친구, 원래 좀 짓궂어서 여자들 놀리기 좋아하니까 앞으로 경
계하라구. 내 처음부터 조심하라고 주의를 줬는데……."

"아녜요. 제가 성깔이 못돼먹어서예요. 용서해 주세요. 정말 죄송
해요."

그러나 분명하거니와, 여자의 눈꼬리에는 물기가 잦아든 흔적이
남아 있었으므로 나는 가슴이 써늘해지는 것을 어쩔 수 없었다.

우리는 말없이 술을 마셨다. 어떤 난감한 경우를 당해서도 그를
무난히 넘기는 데는 문리가 트인 S마저 웬일인지 쑥맥이 되어 앉아
있었다. 독특하며 기발하고, 그러면서 조금도 격이 떨어지지 않는
그 뛰어난 수습의 화제가 어디로 가버린 것일까.

그의 그런 탁월한 화술이란 어느 정도냐 하면 좀 과장해서 말하면
듣는 순간 거의 존경심이 우러날 지경으로 절묘한 데가 있었다. 그

래서 언젠가는 내가 그런 뜻의 말을 하며 그에게 그 방법을 물은 일
이 있는데 그때 그는 이렇게 대답했다.

　"가장 솔직한 말이 어느 때건 사람을 감동시키지. 다급하고 거북
한 때일수록 우회하지 말고 정곡을 찌르라고. 하지만 아니야, 자
네같이 삭막하게 신랄하면서도 다정에 쪽을 못 쓰는 친구는 안
돼. 확언하지만 자네가 철학을 택한 건 중대한 실수야."

　나는 너무나 가슴이 답답한 나머지 창을 들고 찌를 정곡을 찾아
헤매기 시작했다.

　그러나 "목포란 항구다"라고 말할 수는 없었다. 더군다나 그녀가
좋아졌다라는 값싸고 무책임한 말도 나오지 않았다.

　나는 마침내 포기했다. 그리고 아주 쉽사리 지쳐 떨어졌다. 화술
에서뿐만 아니라 여자를 즐겁게 해주는데도 탁발한 실력가인 S마저
오늘 따라 도무지 무능하게 앉아 거푸 술만 들이켜고 있는데는 약이
오르지 않을 수 없었다. 그의 눈빛에는 전에 없이 초조마저 어려 있
었으니 말이다.

　얼마나 시간이 지나서였을까. 나는 분위기의 중압을 피해 술자리
를 잠시 벗어났다. 솔직히 말하면 나는 여자들에게보다 S가 의외로
맥을 못 쓰는 데 더 신경이 쓰였다. 어느 정도 수습된 분위기를 어
색하게 방치한 장본인은 전적으로 그였다.

　"자, 지금부터 여자 술 먹이기!"라고 내가 비위살을 붙여 외쳤
을 때도 그는 여전히 꿔다 놓은 보릿자루처럼 멍청히 앉아 있기만
했던 것이다. 나는 방을 나서기 전에 한마디 더 덧붙여 공명이 없는
내 제의에 스스로 대답했다.

　"내가 돌아올 때까지 두 여성이 고주망태 안 돼 있으면 전적으로
자네 책임이야."

　그러나 내가 되도록 시간을 끌며 쓸쓸한 화장실과 복도를 서성거
린 끝에 되돌아왔을 때도 세 사람은 여전히 맹숭맹숭한 낯빛으로 앉

아 있었다. 나는 엉거주춤 선 채로 불안하게 흔들리고 있는 S의 안경을 내려다보았다.

"자네 없는 사이에 내가 다 말해 버렸어." 하고 S가 이윽고 입을 뗐다. "자넨 마침내 실업자가 됐다고 말이야."

나는 그가 그렇게 말했으리라곤 믿지 않았으므로 대꾸를 하지 않았다. 그러자 그가 되풀이해서 말했다.

"자네에 대해 다 말해 버렸다니까."

"술은 권하지 않고?"

"권하지 않고. 착한 반장을 하면 딱 알맞을 너무 맘 연한 친구라고 했지. 좀 봐줘서 통장쯤이 더 걸맞는데 요즘 그 사람들은 민방위 대장을 해야 하거든."

"고맙군."

"내가 철학자를 중상모략한 건가?"

"아냐. 고맙다니까."

"정말이야. 자네 정말 이제부텀은 차라리 잔인해지는 편을 택하라고. 만약 이번에 재임명을 받거든 말일세. 이젠 자네의 충정 같은 것 받아들여질 여지가 없다니까. 틀렸어."

"재임명이라니 무슨 소리야?"

"그렇던가 참……. 하여튼 정말이야, 모두 극단적인 이기주의자가 되어 손해볼까봐 표피적인 인식을 넘지 않고, 모두가 변화에 대해 공포감을 가지고 있잖은가. 영악스런 무사안일주의에 빠져 있는데 자네 같은 방법으로 되겠어?"

"자넨 낙관주의잔 줄 알았는데?"

"난 방법에 대해 말하고 있어, 자네가 만약에 직장을 잃지 않게 되었을 때에 말이야. 이상 실현에의 헌신이라고 말하면 모두 지체 없이 속으로 중얼거린다구. 조심해, 저건 함정이다 라고 말이야."

나는 술잔을 치켜들며 소리쳤다.

“자, 건배! 술이 쉬어 버리겠어.”

“맞았다, 제기랄. 우리 아가씨들, 김 교수의 재임명을 위해 축배
를!”

하고 S가 잔을 마주 높였지만 그가 갑자기 나의 재임명에 집착을 보
이기 시작한 것 역시 도무지 그답지 않은 면이었다.

두 여자가 동시에 항의했다.

“저흰 잔이 없어요.”

“이런. 저 친구 참 인정머리없는 작자군.”

“나누어 마시는 것이 더 정답고 좋지 뭘 그래.”

우리는 빠른 속도로 잔을 비우고 나서 그 잔을 정다움의 표시로
여자들에게 넘겼다.

“영광입니다.”

하고 여자들의 오는 정이 있었으므로 훨씬 홀가분해진 분위기 속에
우리는 본격적인 술마시기를 다시 시작하였다. 신경을 썼던 만큼 방
안 공기가 본래부터 가라앉아 있었던 것이 아니었을 거라는 생각이
들기도 했다.

그러다가 S가 아랫배를 움켜잡고 방문을 빠져 나갔으므로 나는 이
때다 하고 재빨리 그의 신분을 폭로해 버렸다.

“저 친구, 뭐하는 작잔 줄 알아? 글쟁이라고.”

“어머나, 그렇게 안 생기셨는데.”

“그럼 글쟁이답게 생긴 건 어떤 모습인데? 너절하게? 저 친구,
그렇잖어?”

“글쎄요, 뭐랄까. 그래, 뭘 쓰세요?”

“소설.”

“무슨 작품을 쓰셨는데요?”

“나도 모르겠어. 뭐 〈겨울의 우울〉이라던가. 읽어 봤어?”

“읽은 듯두 하구…….”

"엉터리 소설가야, 욕이나 하는. 학교도 다니다가 슬그머니 그만 둬 버리고 저렇게 외도를 하잖아."
"어머머, 그럼 난봉을 피신단 말이에요?"
"난봉이라니?"
"외도를 자주 하신다면서요."
"저 친군 아직 딱지도 안 뗀 숫총각인데?"
"에계계, 그러심 누가 좋아할 줄 알구. 근데 선생님 아주 안 좋은 분이에요."
"어째서? 고향으로 내려가랬다고?"
"왜 친구분을 안 계신 데서 자꾸 깎아내리시려구 애쓰세요. 그런 사람 전 싫어요. 저분은 아까 얼마나 선생님 칭찬을 하셨는지 아 세요?"
"뭐라고?"
"뭐라시더라…… 응, 바탕이나 생각이 한없이 좋구, 순수하구, 순 교자적이구, 외롭구, 대쪽 같구, 늘 긴장해 있구…… 단지 시대를 못 만나 속병을 앓구 계신다면서 침이 마르도록 늘어놓으셨다구 요."
"그게 다 무서운 고단수라고. 그건 우정이 아니야. 뭐가 어떻고, 뭐가 어떻고……. 그게 다 내가 얼마나 촌놈이냐, 그런 얘기 아니 겠어, 지금 세상에."
그때 S가 문을 벌컥 열어젖히고 소리쳤다.
"무슨 음모야? 목포 아가씨, 괜히 저 친구한테 반하면 칼부림난 다."
"나도 자네 바람기에 대해 다 말해 버렸다고."
"뭐라고?"
"외도했다고."
그는 안경대를 잡고 자리에 앉으며 말했다.

"내가 만약 눈만 나쁘지 않았더라도 의과대학을 갔을 거야. 그리고 그랬더라면 외도를 안했겠지."

"작가와 의사는 통하는 데가 있다 이건가." 하고 나는 희뿌연 안경알 속에 콩알처럼 박힌 S의 동공을 들여다보며 말했다. "하나는 인간의 육체를 해부하고 다른 하나는 정신을 해부하니까."

"자넨 재임명이 돼야 해. 자, 마지막으로 한 번 더 건배를!"

"마지막 월급으로 한턱을 쓰는 참인데 벌써 가게?"

"통행금지라는 게 있는 나라야, 여긴."

우리는 잠시 뒤 휘청거리며 자리를 떨고 일어섰다. 꽤 마신 폭인 듯 무릎 관절이 풀어져 제대로 말을 듣지 않았다. 마당으로 내려서자 목포 여자가 재차 사과의 말을 했고, S는 그런 그녀를 붙들고 뭔가 길게 소곤거리고 있었다. 그러고는 비틀거리며 골목을 빠져 나오는 동안 그가 여자와 속삭인 내용을 말해 주었다.

"다시 오겠다고 했지."

"누구나 하는 거짓말이지." 하고 나는 몸을 휘감고 드는 오한에 몸을 후루룩 떨며 건성으로 대꾸했다. 정말 밤이 꽤 깊어진 모양이었다. S가 다시 말했다.

"아냐. 올 거야. 나 갑자기 결혼하고 싶은 생각에 시달리고 있어."

"그 목포 처녀하고?"

나는 여전 건성으로 물었다.

"같이 내려가고 싶어, 목포로."

"집어쳐, 청승맞은 감상일랑."

"왜 안 돼? 오늘 난 왠지 사뭇 가슴이 메었어. 난 한 여자를 행복에 들뜨게 할 자신은 있다고 생각해. 한 인간을 절망에서 구해 낼 수만 있다면 그것도 위대한 일이 아닐 수 없잖어."

내가 반응을 안 보이자 S는 잠시 후 혼자 중얼거렸다.

"그 이상 난 자신이 없어. 이젠 지쳤어."

그때였다. 옆을 지나던 누군가가 불쑥 나를 불러세웠다. 알고 보니 P군이었다.

"선생님, 약주하셨군요."

"응, 좀. 자넨 여전 고생이겠지, 고독을 이기느라?"

"아닙니다. 선생님 모르시는군요, 제 소식. 전 지금 열심히 뛰고 있습니다. 학생 때의 그 부정적인 저를 깨끗이 청산했죠. 마음을 잡았다고 할까요. 아니죠, 덫에서 빠져나온 거죠."

"그럼 지금 뭘……?"

"제 있는 곳은 나중에 말씀드리죠. 참, 선생님 이번에 재임명 못 받으시게 된 것 같던데요. 안됐습니다."

"가보게. 난 동생이 기다리고 있어."

나는 말하기 바쁘게 돌아서서 저만큼 떨어져 기다리고 있는 S에게로 뛰어갔다. 그러고는 단호하게 선언했다.

"나, 자네 말대로 이혼할 거야!"

활촉같이 예리하고 딱딱한 겨울밤이 거기 있었다.

사육제의 끝

"수강신청이란 게 뭐니?"
"매력 있잖니, 그거."
"아냐, 기분 잡치게 하더라 애."
"어머, 왜니? 난 먹구 싶은 것만 골라 먹으라는 것 같아 기분 좋
더라."
"교학과에 도사리구 있는 여자 뵈기 싫어서."
"안경잽이 말이니? 뭐래든?"
"도장 하나 찍어 주며 시시콜콜 으스대잖니."
"선배라지 않니."
"제까짓 게 선배면 별거니, 인상 긋게."
"다 그런 거지 뭐."
"그래, 맞어. 내가 괜히 신경쓰나 봐."
"그렇잖구. 지금 그딴 거 고민하게 됐어? 오늘 미팅이나 신경써
라 애."
"시간 안 바뀌었지?"

“설마.”

“아니야, 우리 한번 알아보자. 그저께처럼 죽쑤지 말구.”

둘은 말을 끝내자 잽싸게 좌향좌 우향우하여 학생회관 쪽으로 팔랑팔랑 뛰어간다. 뒤켠에 서서 그들의 얘기를 엿듣고 섰던 영미는 갑자기 심심해진다. 넓은 운동장에 떨어진 작은 돌처럼 외롭고 심심하다. 그걸 발끝으로 살짝 차던져 봐도 외톨이 된 느낌은 없어지지 않는다. 혜정인 왜 여태도 안 나타나지. 사뭇 어리뻥뻥해하고만 있는 그 기집앤 왜 시간을 지키지 않지? 또 버스를 잘못 타서 한강을 건너가고 있는 거나 아닐지…….

“그렇게 숨도 못 쉬게 몸을 비비적거리던 사람들이 훌렁하게 내려버리구 없잖여. 이거 워디꺼정 왔나 혀서 내려보니, 월려, 한강다리가 보이잖겄남.”

“어머나, 그럼 지나쳤단 말이니?”

“그려. 한강을 건너갔다가 되돌아왔구먼.”

“노량진까지 가서?”

“거기가 노량진쯤 될란감.”

하고 혜정이는 겸연쩍은 낯빛으로 영미를 쳐다본다. 이마에 버짐처럼 소금기가 허옇게 말라붙어 있다.

오늘 또 혜정인 한강까지 나가고 있음이 분명하다. 영미는 지쳐버린 눈빛을 보이던 혜정을 떠올려본다. 그러곤 가볍게 혀를 찬다.

“내가 왜 하필이면 청주 시골뜨기랑 짝이 됐지.”

그러나 영미는 혜정이를 시골뜨기라고 빈정댄 것을 금방 뉘우친다. 걔마저 없었더면 지금 누구 기다릴 아이가 있니. 영미가 나온 여학교는 서울에 있는데도 이 학교에 같이 진학한 친구는 하나도 없다. 아니 그렇진 않고 이 학교의 다른 단과대학엔 같은 학과에 몇 명씩 몰려 있는 데도 있지만 유독 영미의 대학에만은 없다.

그러나 담임선생이 치켜세웠을 땐 이렇게 외로울 줄 모르고 영미

는 얼마나 속으로 우쭐댔던가. 담임 김오령 선생은 합격자 발표가
난 뒤 학교로 찾아간 영미를 세워 놓고 이렇게 소리쳤다. 교무실이
쩌렁 울리도록 큰 소리였다.
　"어어쿠, 우리 영미 어엿한 숙녀가 돼서 나타나셨도다!"
　"아이 몰라요, 선생님."
　"무슨 소리야. 데이트 신청 안 들어오든?"
　"몰라요……."
　"그럼 내가 광고해 주지. 이 아가씨가 바로 S여대에 거침없이 턱
붙은 수재라고. 너, 그거 정말이다. 다른 학과엔 있지만 네가 지
망한 과엔 니 혼자 붙었으니까. 너도 알지?"
　"그런가 봐요."
　"거 봐라, 네가 내 체면 세워 줬지. 내 한턱 쓰런?"
　"아녜요. 모든 게 선생님 덕분이죠, 뭐."
　"그렇게 생각하니? 그럼 우리 한 가지 협상하자."
　"뭔데요?"
　"내 별명 네가 지었다며? 아무리 내가 대머리기로, 야 문어대가
리가 뭐니, 문어대가리가."
　교무실 안이 갑자기 웃음바다가 되었으므로 영미가 곧장 해명하
는 말은 아무리 소리쳐도 들리지 않았다. 김오령 선생은 얼굴이 홍
당무가 되어 돌아서는 영미를 복도까지 따라나오며 마지막이라면서
재차 말했다.
　"합격한 거 축하한다. 그리고 고맙다. 까짓 별명이 문어대가리면
어떻고 네들이 좋아하는 오징어다리면 어떻니."
　"정말예요. 그건 제가 지은 게 아녜요."
　"알어. 농담이야. 청소당번도 없는 대학에 가면 그나마 그런 농담
도 못 들을걸."
　김오령 선생은 아직도 문어대가리를 지은 게 자기인 줄 알고 있으

면 어쩌나 영미는 갑자기 마음이 쓰인다. 아니 청소당번을 않는 학교라던 말이 새삼스레 되살아난다.

어디 청소당번만 않나요. 제복을 입지 않았다구 교문에서 잡지두 않아요. 명찰을 달구 냄새나는 신발주머니를 넣고 다녀야 하지두 않구요. 다방에 가두 아주 으젓한 대접을 해주구, '학생 입장 절대 불가' 극장에두 막 가요. 있잖아요, 선생님두 아시죠, 배우고 싶은 과목만 신청해서 듣는 수강신청이라는 게 있다는 거 말예요? 네? 일학년 땐 그렇지두 않다구요? 그럼 전 맨날 신입생인 줄 아세요. 신입생, 어감이 안 좋네요. 그래서 대학에선 프레시맨이라구 불러주나봐요.

영미는 가슴이 설렌다. 맑고 따뜻한 봄날씨가 보드라운 나래를 펴고 살갗을 간질인다. 아니 쿡쿡 옆구리를 찌른다. 오, 까무라칠 위험까지 있는 이 자유의 분방함이여!

"영미, 화났나벼."

돌아보자 혜정이다. 그럼 옆구리를 찌른 건 봄이 아니라 혜정이었단 말인가.

"내가 너무 늦었지? 미안혀, 애."

"또 한강 다리 보고 오니?"

"한강 다리? 아녀."

"봤대두 괜찮어. 삼십오 원 얻어갖구 거기 가는 남자들두 있대."

"삼십오 원은 왜?"

"버스값이지. 우린 학생이니까 이십오 원이구."

"가선 뭘 허남?"

"빠져 죽지."

"월려, 너 무슨 그런 끔찍헌 소릴 허남."

"걱정 마 애. 물이 너무 차고 더러워서 못 빠져 죽구 돌아온대."

둘은 소리내어 웃는다. 영미는 강의시간이 됐는지 손목시계를 흠

처보며 재차 생각이 난다.

"너 정말 오늘은 왜 늦었니 ? "

"얀, 내 사과허잖았남, 벌써. "

"혜정아. "

"왜 그려 ? "

"뭘 왜 그려야. 너 사투리 좀 안 쓸 수 없니 ? 아쌀하고 세련된 서울 기집애가 될 수 없겠니 ? "

"애가 오늘 와 이런디야. 그래봤자 난 서울말씨 안 배울 티여. "

"그렇게 되나 봐라. 일년두 못 가서 때를 싹 벗을 테니. 목욕값이 왜 봄철마다 올라가는지 아니. 다 니네들 때문이야. "

"쓸데없는 소리 그만두구, 너 내가 왜 늦었는지 알어 ? "

"왜니 ? "

"미팅허재, 남학생들이. "

"남학생 누구 ? "

"청주 출신들이. "

"난 해당사항 없군. "

"아녀. 나보고 일곱 명 확보혀야 헌대. "

"다른 집에나 가봐. 난 빠지겠어. 괜히 충청도 양반들 틈에 끼였다가 '예' 소리 한마디 듣구 나면 통금 시간 되게. "

"안 뒤여. 영미 니가 주선허지 않음 누가 혀 ? "

"글쎄, 난 빼달라니까. "

그렇군요. 김오령 선생님, 깜빡 잊을 뻔했군요. 미팅이라는 것 말이에요. 그게 얼마나 짜릿하게 우리들을 들뜨게 하는 줄 아세요. 회사에 다니는 제 육촌 오빠는 그랬어요. 제 얘길 들으니 살맛 없어진다구요. 그 멋진 그룹 미팅 한번 못해 보고(가 아니죠, 그런 말도 들어보지 못한 채 오빠 졸업했죠) 청춘을 질겅질겅 씹어 뱉어 버린 게 한이 된다는 뜻이겠죠. 아마 선생님두 그러셨을걸요. 아녜요, 선생님은 남녀 칠세 부동석시대 분이신걸요. 죄송해요. 동정이 가고 그리고 안쓰런 생각이 드네요.

김오령 선생님, 제가 이 학교에 입학한 진 한 달이 채 안 되었어요. 아니죠, 보름이 조금 넘나 봐요. 하지만 그동안 전 이미 세 번의 미팅을 즐겼다구요. 춘향이라는 카드를 뽑아 이 도령과, 줄리엣이 되어 로미오를, 그리고 심순애로서 김중배와(였고, 이때 이수일을 뽑은 남학생은 쓴잔 마시고 막 뒤에서 피보기 데이트를) 즐겼죠. 오는 토요일엔 또 약속이 있어요. 오뎃사 파일 미팅이라고 이름지었죠. 차 마시고, 짝지어 오뎃사 파일 구경하고, 저녁 먹고 산책하고 그리고 파트너가 집까지 데려다줄 거예요.

선생님, 정말 선생님을 동정해요. 선생님 같은 미남이 지금 입학하셨다면 굉장히 인기셨을 텐데 말예요. 문어대가리도 아니실 테고요. 요담 찾아뵐 기회가 있음 발모촉진제 한 병 사다드리고 싶네요.

하지만 전 아무것도 아녜요. 요령 좋은 애들은 그동안에 벌써 열 번도 더 미팅을 했다구요. 어머머, 왜 놀라세요, 선생님. 애들은 이미 입학식 전서부터 미팅 얘기만 했어요. 학교 역사를 익히고, 학사에 대한 설명을 듣고 교가를 배우는 오리엔테이션 시간엔 아예 터놓고 종이쪽지를 돌리며 그룹을 짜는 데 바빴다니깐요.

“북한산 정기 받아 기틀을 잡은……”

으로 시작되는 교가를 부르고 있는 것이 아니라 우린 사뭇,

“내일 미팅에서 솜털 부성이 남학생을……”

이라고 목청을 뽑고 있었는지 몰라요.

“7대 3 데이트란 언제나 즐거워요”

하고요. 7대 3이란 말할 것도 없이 미팅 경비의 분배를 뜻하는데 물론 남자들 쪽이 7을 부담하죠. 그들은 그러고도 귓밥 밑이 벌개져서 안절부절 당황하거든요.

돈 얘기가 나왔으니 한마디 더 말씀드려야겠어요. 저희 주머니 사

정은 여학교 시절하곤 사뭇 달라요. 어머머, 선생님 뭐라구요? 그
때도 제과점에서 노닥거리는 걸 자주 보셨다구요? 지금도 제복 입
은 애들이 나가는 그런 빵집에 들락거리는 줄 아세요? 천만에요.
선생님 말씀대로 전 이제 어엿한 숙녀가 됐다구요. 이 세상에 출입
금지 구역이라곤 갖고 있지 않은 어른임을 상기하여 주셨으면 고맙
겠어요. 아까도 얘기했듯이 '완전 성인 영화'도, 곧 헐려 없어진다는
무교동 낙지 골목도 기웃거렸다 해서(가 아니라 요전엔 거기 어두
컴컴한 낙짓집에 앉아 후후거리며 매운 낙지에 곁들여 한 잔 걸쳤
죠. 나무의자가 좀 삐걱거리는 것 외에 별달리 불편한 구석은 없더
군요) 누가 길을 막는 사람이 있을 줄 아세요? 그랬다면 그건 남의
인권 유린이죠.

　아니, 돈 애길 하려다가 얘기가 빗나갔군요. 말씀드린 대로 저흰
아주 사정이 달라졌어요. 무겁고 칙칙한 책가방을 들고 다니는 게
아니라, 저흰 지금 끈이 길다란 핸드백을 울러메고 다니거든요. 책
은 서양 잡지를 뜯어 씌워서 다시 비닐 커버로 포장을 하여 옆구리
에 끼구요. 제가 생각해도 아주 그럴 듯한 모습임에 분명한 제 이런
처녀다움에 울 엄만 요즘 홀딱 반해 버리신 게 틀림없어서 아침마다
물으세요.

"너 용돈 필요하잖니?"

전 이럴 때 가만 있기만 하면 돼죠.

"옛다. 쓰진 않더라도 넣고 다녀라. 대학생이 돼서 잔돈푼도 없어
쩔쩔매서야 꼴이 되겠니."

하긴 엄마의 이런 편애로 아빠한테 더러 구박을 먹기도 하죠.

"임잔 왜 기집애 버릇을 그렇게 들여?"

"제가 어쨌게요. 영민 대학생이라구요. 아직도 단발머리 중학생인
줄 아시나 봐."

"허 참, 기집애 허파에 바람만 잔뜩 채울 참이군."

“뭐라구요 ? ”

“내 말이 틀렸단 말야 ? ”

하고는 휙 돌아서는 아빠를 저는 알지요. 엄마가 저를 너무 사랑하는 데 질투심이 나서 그러신다는 것을. 아빤 절대로 진심으로 그러시는 게 아녜요. 책가방도 아닌 핸드백을 메고 다니는 제가 동전이나 몇 닢 짤랑거리고 다녀선 체면이 아니라는 걸 누구보다 잘 아실 분이거든요.

“너, 뭘 그렇게 골똘하게 생각허구 있남, 한양 가지 않구. ”

하고 혜정이 옆구리를 쿡 찔러서야 영미는 놀란 얼굴로 돌아본다.

“어딜 가자는 거니 ? ”

“월려, 강의시간 되잖았남. ”

“그러니 ? ” 하고 영미는 혜정의 팔을 끈다. 강의실 입구로 걸어들어가며 영미가 말한다. “나 여태 뭐했는지 아니 ? 담임선생한테 아주 기나긴 편지를 썼지. ”

“담임선생 ? ”

“응, 문어대가리한테. ”

“문어대가리 ? ”

“별명이야. ”

“뭐라구 썼남, 그럼 ? ”

“마지막 편지라구. 절교지 뭐, 이걸루. ”

“그럼 너 문어대가릴 사모혔남 ? ”

“사모 ? 호호호. 그런 뜻이 아니구 아직두 여학교 학생 때의 나로 생각하면 안 된다는 경고를 고해 됐다 그 말이야. 말하자면 마지막으루 남은 여학교 때마저 깨끗이 닦아내는 작업이었다고 할까. ”

“어떤 땐디 ? ”

“여하튼, 나 오늘 집에 돌아가면 목욕 가야겠어. ”

"월려, 난 그럼 어쩌구?"

"뭘 말이니?"

"청주 출신들 미팅."

"좋아, 그럼 이따가 짜보자."

강의는 시간에 맞추어 곧 시작된다.

이쪽은 미처 준비도 되어 있지 않은데(가 아니라 설마 벌써 교과서 속으로 들어갈 리야, 하고 있는데) 어느새 23페이지를 넘기란다. 따라 읽어야 하는 건지, 흑판에 두서없이 휘갈겨대는 것들은 어떻게 정리해야 하는지, 노트를 내놓고 필기를 해도 되는 건지…… 정말 대학에 와서도 죽으라고 필기를 해야 하는 건지 가르쳐 주지도 않고 꼭 천하대장군같이 생긴 교수는 굳디굳은 표정으로 수업(이 아니라 강의)을 한다.

영미는 어안이 벙벙하여 주위를 살펴본다. 그러나 당황한 건 영미뿐이 아니다. 모두 어리뻥뻥한 눈을 멀뚱거리며 주위를 살피고만 있다. 그렇지, 아직은 강의에 들어갈 만큼 시간이 흐르지 않았어.

"저렇게 고지식한 교수가 걸렸으니 대학생활 한 모퉁인 무너진 거구나."

하고 영미는 속으로 중얼거린다. 그런데 이 중얼거린 말을 누가 들었을까.

"그게 아냐."

"뭐라구? 그럼 뭐니? 내가 그럼 미팅에 홀려 있단 말이니?"

"그것두 아냐."

"그럼?"

"저게 다 교수 재임명이라는 것 때문이야, 애."

"재임명?"

"그쯤 알아둬. 그리고 불안해하지 마. 아무두 강의 듣구 있는 사람 없으니까."

"난 듣구 있어. 단지 깜빡 잊구 필기도굴 안 갖구 왔을 뿐야. 그래서 깡그리 외는 중야."

"많이 외어라, 체!"

정말이지 영미는 벌써 23페이지를 훨씬 넘겨 버렸을 강의가 싫다. 방법도 가르쳐 주지 않고 혼자 내빼는 교수가 매력 없다. 고등학교 때처럼 줄창 베끼고 외우고 하는 거라면 대학이라고 무엇이 다를 게 있느냐. 변소청소를 하지 않는 것처럼, 담임이 없는 것처럼, 뭔가 달라야지 않느냐. 숙녀 대우를 깎듯이 해줄 줄 알아야 하지 않느냐.

마침내 강의실 안은 소리 없이 기지개를 켜기 시작한다. 분명하다. 그건 소리 없는 외침이다. 강의는 재미없다. 재미없다. 우린 대학 강의라는 게 이렇게 느닷없이 들이닥치는 홍두깬 줄은 몰랐다. 어른들끼리 주고받음직한 농담 한마디 없이 앙심 품은 사람처럼 어려운 말만 하는 교수는 밥맛 없다. 그래야만 고고한 학문이라면 곰팡 냄새부터 난다. ……뭐 이런 말들을 외치고 있었다고나 할까. 차라리 미팅을, 미팅을 생각하자! 혜정이가 부탁한 청주팀 미팅도 짜고 주말에 있을 오뎃사 파일 미팅도 계획을 세우자.

그러나 생각나지 않는다. 아무것도 꾸준히 생각할 수가 없다. 까짓 학점이란 것 싹 한번 무시해 보자 해도 안 된다. 뒤통수에 뻣뻣하게 쥐만 오른다. 도대체 90분이란 시간이 이렇게도 긴 시간인가. 만약…… 만약에 불행히도 이런 시간이 4년 동안 꼬박 계속된다면 졸업 때의 우린 별수없이 늙은이로 변해 있을 거야.

참혹하리만큼(이라고 했지만 일제 36년이 이렇게 절망적이었을까 싶도록) 지리하디 지리한 강의가 마침내 그 막을 내렸을 때 교수는 뭐라고 말하던가.

"다음 시간에도 필기도구를 지참하지 않은 사람은 아예 내 강의에 들어오지 말아요. 난 젊은 여자들이 멍청한 거 가장 싫어하는 사람이니까."

아무도 항의하는 학생이 없다. 교수님, 우리가 어디 그 정도에 떨 줄 아세요 하고 코웃음을 친 건 아니다. 위엄 있는 힐난에 가슴이 철렁 내려앉은 건 더욱 아니다. 대꾸를 못한 건 단지 신경통 때문이 다. 목뼈에 오르기 시작한 쥐는 마침내 신경통으로 발전하여 이미 오래 전부터 혀도 오금도 눈동자도 움직일 수 없게 만들고 만 것이 다.

영미는 가까스로 말문이 열렸을 때 자칫 이렇게 말할 뻔한다.

"나, 아무래두 대학이란 데 잘못 왔나 봐."

그러나 영미를 앞질러 혜정이 말한다.

"대학 수업은……."

"수업이 아니라 강의라니까."

"그려, 강의."

"그래서? 대학 강의는?"

"역시 다른 게비여."

"뭐가 다르다는 거니?"

"말루만 듣던 유명한 교수가 직접 말허시는 거 들으니 신비헌 느 낌두 들구."

"요즘은 텔레비전에 자주 나와야 유명해지는데 이제 그 교수가 언 제 텔레비전에 나오는 거 봤니?"

"넌 텔레비전에 비치는 교수 좋아허남?"

"응. 파이프 수집하고 라이터 수집하구 동전, 차숟갈, 촛대 같은 거 모았다구 벌려 놓구 자랑하는 교수, 몸을 흔들며 끝까지 텔레 비전용 말만 하는 쓸개 빠진 교수, 난 그런 유명한 교수 좋아해."

"맞어. 너두 싫어허지? 그런데 영미, 넌 너무 똑똑혀."

"애가 또 사람 웃겨. 건 그렇구 너 미팅 고민했잖니. 이번 시간 끝나구 한번 만나보자."

“누굴?”

“내 친구. 경상대학에 있어.”

그러나 다음 시간이 끝나기 바쁘게 손목 잡고 뛰어갔는데 차순녀는 찾을 길이 없다. 누구한테 물어봐도 신입생들끼리 이름을 알 턱이 없고, 혜정이의 미팅이 정작 큰일이다.

“어쩌지, 큰일이다, 애.”

“내일두 있잖여.”

그런데 돌아오는 길에 영미는 대학본부 모퉁이에서 생각지도 않는 정경애와 마주친다.

“어머, 너 참 만나기 힘들다 애. 나 지금 너 찾으러 갔다오는 길이야.”

하고 경애가 호들갑스레 말하므로 영미도 그렇게 말한다.

“나두, 근데 그 숄 참 멋지다 애.”

“오늘 미팅 있어, 우리 과만.”

“그러니? 우리 과는 그런 것두 한 번 없지?”

하면서 영미는 정색한 얼굴을 만들어 혜정이 쪽을 돌아다본다. 경애가 그러고 있는 영미의 손목을 끈다.

“얘기 좀 하자 애.”

“비밀 얘기니? 미팅 같은 거면 여기서 해두 돼.”

“미팅 얘기 아냐.”

“그럼?”

경애는 세 발짝 한쪽으로 비킨 다음에야 조진숙이 얘기란다. 영미는 웃음이 쿡 새어나오려 한다. 진숙이가 우스운 것이 아니라 걔 얘길 하면서 무슨 음모를 꾸미는 듯한 눈으로 심각해진 경애가 우스운 것이다. 진숙이라면 1, 2차를 내리 바나나껍질 타버린 아이 아니냐. 그래서 이를 앙사려 물고 두고 보자 하는 재수생이 아니냐. 영미는 가까스로 웃음을 되삼키고 경애를 건너다본다.

“진숙이가 어떻게 됐니?”

“있잖니, 어저께 길에서 우연히 걔 만났어 애.”

“광화문 골목에서?”

“어머, 그럼 너두 만났구나.”

“아니, 얘기만 들었어. 그런데?”

“그런데 있잖니, 우리 언제 걔네 집에 한번 놀러 안 갈래?”

“왜?”

“아무래도 이상해.”

“뭐가?”

“어째 사고칠 애 같더라.”

“무슨 사고?”

“앤, 무슨 사곤 무슨 사고니.”

“그래, 좋다. 찾아가 만나면 무슨 말을 할 참인데? 무슨 말을 해서 걔 사고치지 못하게 할 수 있니, 네가?”

“어떻게 위로해 봐야지.”

“어떻게? 진숙아 울지 마라, 내년이 있다 하구? 애애, 우쭐대지 마. 합격한 사람은 아무 일이나 해낼 수 있다구 생각했다간 머리채 뜯겨. 그리구 걘 절대로 사고치지 않어. 너만 걜 만난 줄 아니. 난 벌써 두 번이나 만났어.”

“어머, 그러니?”

“그래, 애.”

“근데 걘 너 만났단 말 않더라.”

“나만 봤으니까. 신문광고 찢어 들구 내년 입시책 사러 다니는 거 숨어서 봤지. 그런데두 사고를 치니, 걔가. 사고칠 만큼 비관한 기집애라면 벌써 수면제 먹었지, 그러구 다니니.”

“너야말로 너무 으스댄다 애.”

“그게 아냐. 우리가 정말 위로해 줘야 할 앤 김선희야.”

그렇다. 선희다. 머리도 뛰어나고 야심도 강한 선희가 뒤처진 건 문득 생각날 때마다 안쓰럽다. 꼭 사회사업학과를 가서 나중에 뭐가 되겠다던가. 그러던 애가 어느 날 갑자기 진학을 포기했다. 걔 아버지의 이름이 신문에 나고, 연이어 서대문 구치소에 수감되었다는 보도가 잇달았다. 아니, 선희 말을 들으면 처음 신문에 났을 때 이미 걔 아버진 거기 들어가 있었다는 것이다. 선희는 조금도 울먹이지 않고 말했다. 아버지는 잘못이 없다고. 잘못은 그 위에 있으므로 아버진 꼭 해명을 하고 말 거라고······.

"그러구 나서 난 내년에 야간대학에 갈 거야."

하고 선희는 말했지만 영미는 안다. 걔네 아버지가 결코 모든 걸 밝히지 못하리라는 것을. 지고 말리라는 것을 안다. 그리고 알기 때문에 선희의 일이 가슴 아프다.

경애는 헤어지기 전에 말한다.

"그럼 우리 언제 선희네 집에 갈까?"

"아직은 일러, 우선은 걔들 일 잊어버리고 미팅이나 열심히 해."

"기집앤."

"잘 가."

"잘 가."

영미는 경애와 헤어지자 주위를 두리번거린다. 혜정인 기다리다가 먼저 가버렸는지 보이지 않는다. 영미는 타박타박 강의실을 향해 걸어간다. 왠지 나른하게 맥이 빠진다.

강의실 앞까지 가자 영미는 이미 강의가 시작된 것을 안다. 발뒤꿈치를 들고 살금살금 문 앞으로 가서 귀를 기울인다. 여자의 목소리가 높게 들린다.

"그러니까 이 대문은 붓 한 자루를 두고 읊은······"

문을 살짝 밀치고 들어가야 한다. 그러나 영미는 왠지 그러고 싶지 않다. 자꾸만 꽁무니를 뽑아 달아나고 싶다.

급기야 영미는 발소리를 죽여 강의실 복도를 뒷걸음질쳐 나온다. 밖으로 나오자 아직도 하오의 태양에 배를 드러내고 저 아래로 넓은 운동장이 누워 있다. 마치 그건 사막처럼 넓게 느껴진다. 망연히 서서 교문 쪽을 재어보던 영미는 이윽고 운동장 가장자리로 내려선다. 그러곤 어깨를 늘어뜨리고 내쳐 그 넓은 사막을 쳐나가기 시작한다.

——어디로 가니?

그러나 마침내 생각이 났으므로 영미는 공중전화를 찾는다. 통화를 끝낸 그녀는 서둘러 버스를 집어타고 언덕길을 굼실굼실 굴러내려간다.

——차라리 그때가 좋았는데…….

영미가 다방에 들어섰을 때 이영준 즉, 영미의 육촌오빠는 이미 와서 기다린다. 영미는 애써 쾌활한 말괄량이처럼 몸을 흔들며 다가간다.

"오빠 많이 기다렸수?"

"지금 막 내려왔다. 네가 버스 타고 오는 시간 딱 계산했지."

"오빤 그래서 재미없어요. 빈틈없는 남자."

"어렵쇼."

"그렇지 뭐예요."

"너도 조금만 있어봐, 그래야 함을 알게 될 테니까. 내가 굳이 대답할 필요도 없어."

"그렇게 말하는 애늙은인 더욱 매력 없어요."

"내가 지금 매력 있어 봤자 뭐하니."

"아유, 고리타분한 삼십대 노인."

"너 대학생되더니 무책임해졌구나. 모두가 내 세상 같고, 모든 것이 나를 위해 존재하는 것 같겠지. 거미줄같이 얽혔던 모든 출입금지 구역이 철폐되고 아쉬운 것도 거리낄 것도 없고…… 하지만 너, 그게 얼마나 비싸게 먹힌 기쁨인지 생각해 본 일 있니? 얼마나 많은, 너보다 우수한 청년들이 바로 그 너무나 비싸다는 것 때문에 진학을 못하고 방황하는지 생각해 본 일이나 있어?"

"없어요."

"그럼 네 지금 그 들뜬 환희가 얼마나 부도덕한 것인지도 모르겠구나."

"몰라요!"

"하지만 입학 때의 기억이란 별로다. 곧 후회로 바뀌거든. ……어떤 작자가 입학철을 봄으로 잡아서 아이들 가슴에 바람만 잔뜩 불어넣는지……."

"그만하세요. 나두 다 알아요. 사회가 우리를 얕보구 겁 집어먹구 의심하구 하는 거 다 알아요. 그리고 우리가 들뜨고 재잘대구 미팅하구 진학 못한 친구를 잊어버리구 하는 게 얼마나 부도덕하구 큰 죄악이라는 것두 잘 알아요."

그러나 영미는 그런 죄책감 때문에 벌써 강의를 빼먹고 도망 왔다는 말은 차마 못한다. 갑자기 가슴이 터질 것 같았다는 말은 할 수가 없다. 그런 말은 노파심덩어리 같은 오빠로 하여금 또 다른 오해를 불러일으킬 우려가 있기 때문이다. 영미는 속으로 외친다. 그런 눈으로 보지 말아요. 우린 절대로 너무나 비싸게 먹힌 기쁨임을 잊지 않아요. 부모의 고통에 대하여, 친구들에 대하여, 중단당한 우리보다 우수한 청년들에 대하여 우리는 절대로 잊을 수가 없어요. 그래서 우린 잘 해내겠어요. 겉만 보지 마세요.

말이 없이 앉은 영미를 쳐다보며 오빠가 묻는다.

"너 무슨 고민이라도 있는 얼굴이다."

"아뇨."

"용돈 떨어졌나, 우리 숙녀께서?"

"천만에요."

"그럼 왜 불러냈니?"

"그냥. 저 갈래요."

"싱거운 자식."

영미는 곧 자리를 일어선다. 오빠와 헤어져 거리로 걸어 들어가며 영미는 생각한다. 비 오는 날 버스정류장에 우산 들고 마중나와 선 엄마가 보이지 않았을 때의 서운함, 오해한 친구 때문에 밤새 몸을 뒤채야 했던 고통——차라리 그런 여학교 시절이 좋았는지 모른다고. 어느새 대학생활이 고통스러워졌다는 말을 오빠한테 하소연했더라면 그는 뭐랬을까?

"어이쿠, 벌써 그래? 그렇다면 내가 영미를 잘못 봤군. 그건 바로 성장의 표징이야. 제발 열심히, 더욱 열심히 고통스러워해라!"

라고 말했을까.

방관자

나는 그가 장담한 대로 과연 성공할 수 있으리라곤 생각하지 않았습니다. 나는 결코 그는 버텨 내지 못한다고 단정했던 것입니다. 그랬으므로 나는 그가 마침내 손을 흔들며 떠나갔을 때 어딘가 애처로운 느낌마저 들었습니다. 지금이라도 마음을 고쳐 먹는 것이 어떠냐는 뜻의 말을 해주고 싶은 생각이 간절했으나 입이 떨어지지 않아 나는 다만 이렇게 말해 주었습니다.

"거긴 감옥이 아니니까. 언제든 돌아오고 싶으면 돌아와."

"실패하고 돌아오거나 하는 일은 절대로 없을 거예요. 안녕히 계세요."

그러나 그런 장담에도 불구하고 그는 내가 예상한 대로 채 두 달을 채우지 못하고 돌아오고 말았습니다. 물론 그랬다고 하여 내가 그때, 그럼 그렇지, 네가 그런 곳에 가서 어떻게 버텨 낸단 말이냐 하는 따위의 속으로 비웃는 행위는 하지 않았습니다. 오히려 나는 그가 떠날 때 느꼈던 것처럼 돌아온 그를 대하자 안타깝고 애처로운 생각이 뭉클 가슴에 와 닿았습니다. 그의 해쓱해진 모습을 보고는 그가 그동안 얼마나 고통스러운 시간을 보냈을까를 짐작하기에 어렵지 않았습니다.

"돌아올 수밖에 없었지?" 하고 나는 조심스럽게 말했습니다.
"불과 두 달도 안 됐는데 얼굴이 말이 아니군. 아주 반쪽이야."

그러나 나는 나의 이 말이 그에게 행여 빈정거리는 투로 들리지나 않았을까 은근히 걱정이 되어 이렇게 덧붙였습니다.

"하지만, 이젠 돌아왔으니 거기에 대해선 너무 가슴 아파하지 마. 어쩌면 거긴 이미 우리 힘으론 어쩔 수 없는 곳인지도 몰라."

그는 나의 이런 말에도 별달리 표정을 나타내는 일이 없이 다만 피로에 찌든 듯한 얼굴로 나를 멀거니 쳐다보기만 했습니다.

"우리 이렇게 길거리에 서 있을 게 아니라 어디 들어갈까?"

"뭐 좀 사 주시겠어요, 차라두?"

"그럼 다방으로 가서 그동안의 애기 좀 들려줘."

"그래요."

우리는 곧 다방을 찾아나섰습니다. 어디서고 쉽게 찾아낼 수 있듯이 우리는 찾아내는 일에 오랜 시간을 잡아먹진 않았습니다.

자리를 잡고 마주 앉자 우리는 곧 차를 주문했는데, 그는 날라 온 차를 거의 맛보듯이 조금씩 조금씩 마셨습니다. 찻잔을 다 비울 때까지도 그는 들려주겠다던 그곳 생활에 대해선 한마디 말도 없었습니다.

나는 그것이 그의 자책감 때문이라고 생각했습니다. 결의를 세운 단호한 얼굴로 자원하여 떠난 길을 이내 되돌아오고 만 거덜난 자신에 대해 그는 자책을 느끼지 않을 리 없었기에 말입니다.

나는 어떻게든 그런 그를 위로해 주지 않으면 안 된다고 생각했으므로 목소리를 낮추어 속삭이듯 했습니다.

"자신의 실패를 재빨리 인정하는 일만큼 용기 있는 일도 없다고 나는 생각해. 아니야, 엄밀히 말하면 실패도 아니지. 다만 영숙이

한텐 힘에 겨울 뿐이지. 어쨌든 어느 쪽이건 그걸 인정한다는 건 괴롭고 고통스러운 일이지. 그런 의미에서 나는 영숙이의 용단을 높이 사지 않을 수 없어.”

그러나 그는 그때까지도 여전히 입을 열지 않고 앉아 있었습니다. 마치 자기통어의 능력을 상실한 사람처럼 멍청하게 초점 풀린 눈을 하고 말입니다.

“영숙인 그런 일말고도 할 일이 얼마든지 있어.” 하고, 나는 재차 말하지 않을 수 없었습니다. 거북살스런 침묵이 계속되도록 방치해 두는 것은 적어도 그를 정신적으로 또 한 번 고문하는 잔인한 행위나 마찬가지였기 때문입니다. “그리고 꼭 그 일을 하는 것만이 뜻이 있는 건 아니야. 우리가 할 수 있는 일은 너무나 많아.”

“…….”

“나는 자신이 그 일에 부적당하다는 사실을 알아채자마자 단안을 내린 영숙이를 재삼 용기 있었다고 말하고 싶어.”

그는 그날 끝까지 한마디 말도 없이 헤어져 갔습니다. 나는 나중에 가선 목이 탈 정도로 그런 그가 안쓰러웠지만, 그러나 더 이상은 뭐라고 위로할 만한 건덕지가 없었으므로 그의 굳은 얼굴을 펴게 할 길은 아무래도 없었습니다.

나는 적어도 여자를 위로하는 일에는 터무니없이 무능한 인간이란 생각까지 나중엔 했습니다. 그도 그럴 것이, 나는 하다못해 그의 겨드랑 밑을 간지려서라도 그를 웃게 해줬어야 하지 않습니까. 그가 한 말이란 헤어지기 전에 중얼거리듯이 내던진 이 한마디뿐이었으니 말입니다.

“너무나 참담했어요.”

나는 그와 헤어지고 나서도 오랫동안 이 말을 곱씹어 보았습니다. 가슴이 저려 왔습니다. 연약한 여자의 가슴에 멍이 들었다면 당장 그걸 어루만져라도 주어야 하겠는데, 그러나 무슨 말로 위로해 줄 수 있단 말입니까.

　나는 위로해 줄 적당한 방법을 찾아내지 못한 자신을 변명이라도 하듯이 곧 그의 실책을 속으로 비난하기 시작했습니다.

　아닌게아니라 그는 많은 잘못을 저지르고 있었습니다. 우선 도시산업선교 업무라는 것이 한순간의 격정에 들떠서 뛰어들 수 있는 성격의 것이 아니지 않습니까. 그럼에도 그는 그곳에서 온 그의 선배 하나가 참석한 한 보고회 끝에 느닷없이 자신이 거기로 가겠다고 선언하고 나섰던 것입니다. 그의 선배가 누구든 한 사람 '순교하겠다는'는 결의로써 지원해 줬으면 한다는 말 한마디에 그만 감동하여서 말입니다.

　물론 그의 선배는 그의 지원을 기뻐했습니다.

　"나두 영숙이가 나랑 같이 가주었으면 했었어. 우리는 바로 영숙이 같은 평소 훌륭한 정신의 소유자를 필요로 하거든."

　아마 그의 선배의 말뜻은 그가 대학에서 사회사업학을 공부했으므로 적격자라는 뜻이 아니었나 하지만 사회사업이라는 게 어디 기술입니까. 기술이기 이전에 정신적인 자세가 더 중요한 게 아니겠습니까. 그렇게 선뜻 간단히 나설 문제입니까. 나는 영숙 본인에게도 그렇게 말해 줬을 뿐 아니라 덧붙여서, 사회사업이라는 게 직업의식에서 출발하여 성공할 수 있겠느냔 말까지 해주었습니다.

　그가 적당히 흥분한 상태로 거기 가선 불필요한 서류나 정리하고, 직공들의 인적 사항이나 파악하고, 통계를 내고, 차를 끓여 내고 하는 것을 전부로 생각한다면 그거야말로 참으로 무책임한 생각이 아닐 수 없지 않습니까. 아니 그들 직공들의 지적 수준에 걸맞은 예배나 집회의 계획표를 짜는 것을 그 사업에 참여하는 임무로 삼는다면 그건 차라리 가지 않느니만 못하다는 게 나의 판단이었습니다. 그런 정도의 안이하고 사치한 마음으로 그 뒤틀리고, 참담하고, 끝없이 문제가 야기되는 공단에 발을 들여놓는 것은 곧 자기우월감의 만끽을 위한 행위 외에 아무것도 아니지 않겠습니까.

그들 공장 종업원들과는 본래부터 신분이 다름을 나타내기 위해 우아한 옷차림을 하고, 미장원엘 쉴새없이 드나들고, 집회에 나타나서는 동정과 연민에 찬 눈으로 그들을 내려다보고……. 세상엔 그런 직업적 자선사업가들이 얼마나 많습니까. 생계수단이나 나아가 치부의 수단으로 그런 일을 하는 사람들이 많지 않습니까. 일시적인 흥분과 감상으로 그런 일에 뛰어들었다 해도 차츰 그런 일에 익숙해지고 타락하면 그도 그렇게 되지 않았으리란 보장이 어디 있습니까. 주의해야지요.

그러므로 나는 그가 가면을 쓰고 위계(僞計)로 버티지 않고 즉각 되돌아온 정직을 얼마나 다행한 일로 생각했는지 모릅니다. 빈틈없는 위선적 인간이 되기 전에 지체없이 물러선 것은 그 자신을 위해서나 공단 직공을 위해서나 그런 다행이 어디 있겠습니까.

며칠 곰곰이 생각한 끝에 나는 그를 다시 만나보기로 했습니다. 정직한 사람에겐 가혹하게 정직한 말로 위로해 주는 방법이 있다고 생각했기 때문입니다.

그런데 이게 어떻게 된 일입니까. 내가 그의 집으로 찾아갔을 때 그의 어머니는 그가 다시 공단으로 돌아가 버렸다는 것이 아닙니까. 그의 어머니는 이렇게 말하며 한숨을 내쉬었습니다.

"난 그 아이가 지옥으로 떨어져 간 것 같아 가슴이 아파요."

"영숙인 마침내 억세고 다부지게 해낼 겁니다. 너무 걱정 마십시오."

그러나 그의 어머니는 나의 그런 마음에 없는 단정적인 말투를 별로 달갑게 생각하지 않는 눈치였습니다.

"그렇지 않아요. 제까짓 게 무슨 대단한 사회사업가라두 된다는 거예요. 아니 사회사업이라니 요즘 세상에 말이나 돼요. 나라두 손 안 쓰는데 제까짓 게 어디서부터 어떻게 손을 대겠다는 건지

원 ! ”

나는 어쨌든 그를 한번 만나보지 않을 수 없다고 생각했습니다. 내가 생각하던 그와 실제의 그는 다른지 알 수 없었기 때문입니다. 왜냐하면 그가 나를 다시 만나보지 않고 떠난 것은 내가 그에 대해 뭔가 엉뚱한 소릴 했다는 뜻이 될 수도 있었기 때문입니다.

나는 그가 있는 M시의 자유수출공단으로 갔습니다. 그러나 나는 차일피일하고 있었으므로 내가 거길 간 것도 반년이 더 지난 뒤였습니다.

“그럼, 어디로 갔습니까 ? ”

“잘 모르겠어요. 아마 만나보기 힘들 거예요. ”

라고 산업선교회 사무실에 있는 사람은 말했습니다. 나는 뭔가 감추려 한다는 기미를 즉각 알아차릴 수 있었으므로 거짓말을 할 수밖에 없었습니다.

“가르쳐 주십시오. 전 그애 오빱니다. ”

“글쎄, 어느 공장엔가 들어가 일을 하고 있는 모양인데 노조 일로 곧 쫓겨날 형편이라는 얘기만 들었죠. ”

“노조 일이라뇨 ? ”

“글쎄요. ”

“어느 공장이죠 ? ”

“글쎄요. ”

“그애 선배 여성도 한 분 있었는데요 ? ”

“서울루 벌써 돌아갔죠. ”

나는 물러서지 않고 끝내 알아냈습니다. 그가 일하고 있다는 공장으로 찾아갔을 때 그는 작업복을 입은 모습으로 면회실에 나타났습니다. 그를 만나자마자 나는 우선 이 말부터 묻지 않을 수 없었습니다.

“산업선교회에서 영숙이를 못마땅하게 생각하는 눈치던데 왜

지?"

"제가 선교사업을 비난했었거든요."

"비난하다니?"

"지금은 선교가 필요한 때가 아니잖아요. 더구나 선교의 수단으로 우리 공원들의 복지를 생각한다는 건 있을 수 없어요. 종교는 차라리 사치예요. 신앙적 차원의 변혁의지만이 절박할 뿐예요. 그리구 재국 씨가 제게 충고해 주신 것 잊지 않아요. 재국 씨 말씀이 저를 여기서 버티게 하는 힘이 되었어요."

반년 전 영숙이 내 앞에 나타났을 때와는 달리 이번에는 내쪽이 그야말로 말문이 콱 막혔습니다. 다만 마리아를 우러러보는 듯한 눈으로 그를 쳐다볼 밖에 없었습니다.

나야말로 패배한 방관자가 아니겠습니까.

어느 하오

오후 여섯시 반.

성구(成求)는 문앞에 서서 손목시계를 들여다본다. 그러곤 손을 뻗쳐 초인종을 누른다. 뻗은 손가락 끝이 푸르륵하고 가볍게 떨리고 있는 것을 느낀다.

——이러지 말자. 침착하자.

딸깍하는 금속성 소리와 함께 현관문이 열리고 아내의 얼굴이 나타난다. 그렇게 생각해서 그런지 어딘가 냉랭한 얼굴이다.

성구가 현관으로 들어선 다음에야 아내는 입을 연다.

"일찍 들어와 주셨군요."

"그러라고 하지 않았소."

"그래요."

두 사람은 더 이상 말이 없이 거실을 거쳐 안방으로 들어간다. 성구는 주먹을 바지주머니에 찌른 채 방 안을 휘둘러보며 서성거린다. 눈길이 흔들린다.

"우선 외투나 벗으시죠."

하고 아내가 말하므로 성구는 그렇게 한다. 그는 스프링 코트를 벽에 걸며 묻는다.

"애들은 어디 갔지 ?"

"네, 놀이터에서 놀아요. "

"일찍 들어오라고 한 이유는 뭐지 ?"

"……그저요. "

성구는 뭐라고 더 말하려다 말고 입을 다문 채 방을 나간다. 거실을 거쳐 발코니로 나서자 마주 선 아파트 앞 동이 시야를 가로막는다. 그리고 울긋불긋하게 널린 빨래들이 찢어진 깃발처럼 서글프다. 성구는 몸을 한번 후룩 떨고 나서 담배를 찾아 문다. 연기를 가슴 깊숙이 들이마신다. 긴 한숨이 담배 연기와 함께 내뿜어진다.

성구는 단호한 몸짓으로 돌아서서 아내를 부른다.

"여보 ! "

그러나 아내는 놀랍게도 손바닥만한 거실과 발코니가 맞닿은 곳에 세워진 문틀을 잡고 바로 등뒤까지 와 있는 게 아닌가. 성구는 너무 큰 소리를 낸 게 겸연쩍어 얼굴을 약간 일그러뜨린다. 아내가 묻는다.

"왜 부르셨어요 ? "

"……으음. "

"할 얘기가 있으시다는 거겠죠. 저두 그래요. 저두 할 얘기가 있어서 일찍 들어오시라구 한 거예요. "

순간 성구의 눈이 놀라움을 표시한다. 불안하게 떨린다. 그러나 그의 그런 시선은 곧 뭔가 기대에 차서 아내를 응시한다.

"할 얘기가 뭐요 ? "

성구는 이럴 때 서둘면 도리어 일을 그르칠지 모른다는 생각같은 건 할 겨를이 없다. 그는 조급한 몸짓으로 소파에 앉으며 거듭 묻는다.

“내게 할 얘기란 뭐요?”

“그렇다구 또 그렇게 시치미 떼실 것두 없구요.”

“시치밀 떼다니?”

“당신 아주 솔직하지 못하세요. 전 당신이 지금 얼마나 기분 좋으신지 알구 있어요. 그리구 저두 당신이 그러시는 만큼은 기분 좋아요. 마침내 굴레를 벗은 기분이에요. 당신은 아마 끌러 놓았던 허리끈을 다시 맨 느낌이시겠죠.”

성구는 이런 땔수록 진중하자고 속으로 거푸 다짐을 두면서 아내를 바라본다. 아니 뭐라고 대꾸할 말이 생각나지 않는다. 격정으로 가슴이 뻐근하고, 그런가 하면 한편으론 막연하고 어리뻥뼁하다. 무엇을 어떻게 해야 할지 엄두가 나지 않는다.

그도 그럴 것이 이혼이라는 게 그렇듯 말 한마디로 간단히 끝나는 것인가. 이렇게 되면 합의이혼서(라니 그는 상상이나 했었던가!)에 도장을 찍을, 찍게 되겠지만 그러고 난 뒤의 남은 문제들은 어떻게 처리할 것인가!

성구는 그런 모든 문제의 처리에 대해 지금껏 한두 번 생각해 본 것이 아니고 그 대책에 대해서도 거듭 원만한 해결책을 마련해 두었건만 정착 현실로 맞닥뜨리고 보자 어느 것도 마땅한 것이 없다.

——이판에 더 이상 옹졸해지지 말자. 아내, 아니 이정숙(李貞淑)이 요구하는 것이면 무엇이든지 들어 주기로 하자.

성구는 드디어 맨주먹이 되는 자신을 그려 보며 입을 연다.

“사실 난 지금 너무 뜻밖의 당신 얘기에 충격을 받아 제대로 의견을 내놓을 자신이 없지만…….”

“오랫동안 생각해 오셨을 텐데…… 적어두 십삼 년 동안이나.”

“우리가 결혼한 지 어느새 그렇게 됐나!”

“그래요. 십사 년이 돼가죠. 비참한 세월이에요.”

“난 그렇게는 생각지 않어.”

“부인한다는 것은 자신이 비참하게 느껴져서일 뿐예요. 어쨌든 지금은 그런 걸 놓구 다툴 계제가 아니잖아요.”

“그렇지. 하지만 난 당신으로 하여금 그토록 신랄한 평가를 내리도록 무능했던 나를 사과하고 싶소.”

아내도 얌전하게 건너편 의자에 몸을 앉힌다. 그러고 나서 성구를 빤히 건너다보며 말한다.

“당신이 더 잘 아시면서 뭘 그러세요.”

“……내가 잘 알다니?”

“그럼 당신만 청산하구 싶구 전 아무렇지두 않은 줄 아세요?”

“청산하다니?” 하고 성구는 더욱 눈이 똥그래져서 되묻는다. “뭘 청산하고 싶다는 얘긴지 모르겠군.”

“우리의 부부 관계.”

“아니…… 그럼 당신도 정말 이혼하고 싶었다 이거요?”

“그래요.”

“어!”

“왜 그러세요?”

“당신 지금 한 말 농담 아니지? 분명히 진심을 얘기한 거지?”

“너무 좋아하시지 마세요. 그렇게 기뻐하시면 제가 일방적으루 양보해 드린 폭밖에 되지 않잖아요.”

“아냐, 아냐. 난 기뻐하고 있는 게 아냐. 단지…….”

“언제나 책임질 입장인 것처럼 자신만만해하지 마세요. 당신은 그런 우월감 때문에 여태 말을 못 꺼냈을 뿐이거든요.”

“그런지도 모르지. 하긴 오늘 당신이 말하지 않았더라도 내가 먼저 꺼냈을 거야. 그런 결심으로 돌아왔으니까.”

성구는 말하고 나서 갑자기 냉랭하게 가라앉는 방 안 분위기에 신경이 거슬려 다시 담뱃갑을 찾는다. 그가 담뱃개비에 불을 댕기는 동안 아내는 생각이 났다는 듯한 몸짓으로 자리를 일어선다.

“이거 넣구 가셔서 처리하세요.”

하고 안방을 다녀온 아내가 무엇을 내민다. 성구가 손을 내밀어 받아 보니 아내의 도장이다. 그는 받아든 도장을 손가락 사이에 끼고 가만히 들여다본다. 이렇게 조그맣고 간단한 것이었군!

아내가 다시 단호한 어조로 말한다.

“당신한테만 모든 책임이 있는 것 같은 표정 짓지 마시라니깐요.”

“물론” 하고 성구는 약간 목소리를 높여 대꾸한다. “그럼 이 아파트는…… 그게 아니고 그럼 두 아이는 어떻게 했으면 좋겠소?”

“전 데리구 가구 싶은 생각 없어요.”

“나도 그런 편인데…….”

“전 개들을 증오해요. 개들은 저의 지난 십삼 년간을 간단없이 되살리게 만들기 때문이에요. 그건 얼마나 잔인한 일이에요.”

“그렇다면……” 하고 성구는 재빨리 생각해 본다. 뾰족한 묘안이 나서지 않아서가 아니라 아이들을 그들의 할아버지와 할머니한테 맡겨도 괜찮을 것인지 어떤지 판단이 서지 않아서이다.

이때 아내가 말한다.

“당신 뭘 그렇게 골똘히 생각하세요. 아이들이야 고아원에 맡기면 되잖아요.”

‘아, 그렇군, 그런 데가 있었군’ 하고 성구는 생각한다. 그런데 고아원이라는 게 어디에 있을까. 거긴 보낼 만한 곳일까. 아니 그런 데선 쉽게 받아줄 것인가.

“아직두 망설이는 거예요, 당신?”

하고 아내가 재차 독촉하듯 말하므로 성구는 팔을 내저으며 다급하게 딴전을 피운다.

“아니, 아니야. 망설이다니. 난 지금 다른 생각을 하고 있는 중이었어.”

“무슨 생각을요?”

“이 아파트 방을…….”

“아녜요. 전 안 가지겠어요. 당신이 가지세요.”

“나도 가지지 않겠어. 당신이 가지든지 처분을 하든지 맘대로 하라구.”

“싫다니까요.”

“……그렇다면 비워 두는 수밖에 없겠군. 솔직히 말해서 난 이 아파트에 넌덜머리가 나거든.”

“얼버무리지 마시라니깐요. 넌덜머리가 난 건 이 아파트가 아니에요. 바로 결혼이란 무덤이에요.”

성구는 이때다 하고 용기를 내어 묻는다.

“여보, 나 신기한 생각이 들어 그러는데…… 당신 말이야, 어떻게 이혼을 선언할 용기가 났는지 말해 줄 수 없을까?”

“뒤켠에 다른 남자를 숨겨 두구 있지 않냐 그런 얘기예요? 질투가 나신다 그런 말씀예요? 당신은 누구 있어요?”

“아냐, 아냐. 신통해서 그런다니까. 내게 무슨 여자가 있겠어. 아무도 없다구.”

“저두 마찬가지예요.”

“결국 우린 너무 지쳐 버린 거군. 까짓 이따위 싸구려 아파트에 먼지가 겹겹이 쌓인들 어떠오.”

“자, 이제 서두르세요. 곧요.”

“어떻게 서둘지?”

“수속 절차를 모르세요?”

“변호사를 찾아가야 한다는 건 알지만…….”

“지금 찾아가 보세요. 오래 걸릴까요?”

“글쎄.”

“우리, 그 수속하다 또 지쳐 버리면 큰일예요.”

“십삼 년이야 걸릴라고.”

"무슨 말씀예요. 그렇게 되면 아무 일도 못하게요？"

"당신 무슨 일을 할 작정이오."

"글쎄요. 뭐든 할 수 있을 것 같아요. 내 신상에 대한 관심이나 집착을 떠난."

"그건 뭘까？ 사회를 위해？"

"규정지을 수 없어요. 아직은 몰라요."

"어쨌든 이기주의는 청산한다, 그런 말이 되겠지？"

"몰라요. 신경질나요, 하여튼."

"좋아. 그럼, 나 지금 변호사 만나러 가겠어."

성구는 명쾌한 한마디를 남기고 벌떡 자리를 차고 일어선다.

"아니, 김형 무슨 일이야？"

"예？"

"무슨 일인데 변호사를 만나러 간다는 거야？"

"예？"

상념에서 깨어난 성구가 잠시 멍해 있다.

"조금 전에 받은 건 부인 전화야？ 일찍 들어오라고 하던 것 같던데, 무슨 골치 아픈 일이 생긴 모양이군. 뭔가？"

자세히 보니 묻고 있는 건 과장이다. 성구는 눈망울을 멀뚱거리고 섰다 말고 머리를 절레절레 흔들어 생각을 떤다. 그러곤 기어들어가는 목소리로 말한다.

"아무 일도 아닙니다."

"그런데 변호사는 왜 찾아간다는 건가？"

"아닙니다."

말하자마자 성구는 꽁무니를 뽑듯이 하며 사무실을 빠져나간다. 다리가 휘청거리고 맥이 하나도 없다. 빌어먹을！

쓰지 않은 이야기
─포장마차 1

　며칠 전 일이다. 나는 광화문 뒷길을 휘적휘적 걸어 들어갔다. 밤인데다 기온이 뚝 떨어진 날이었으므로 여느 때처럼 사람들로 북적대지 않았다. 지나다니는 것은 대부분 학원을 다녀오는 재수생들뿐이고, 간간이 골목을 휩쓸어가는 바람이 연탄잿가루를 덮씌우곤 했다.

　어느 집으로 들어갈 것인가. 나는 사뭇 망설여졌다. 어떤 집은 휘장 밑으로 사람 다리가 더러 보였지만 어떤 집은 음모라도 꾸미듯 쥐죽은듯 고요했다.

　아무리 기웃거려도 마음에 드는 집이 나서지 않자 나는 슬그머니 화가 치밀기 시작했다. 술 한잔 마시기가 이렇게 힘들어서야.

　그러나 나는 그때 소주 한잔 마시는 일 때문에 화가 났던 것은 아니다. 내게 엉뚱한 청탁을 한 잡지사의 편집부장이 괘씸하게 느껴졌던 것이다. 그는 내게 겨울철의 참새구이 포장마찻집에 대한 취재를 의뢰했던 것이다.

　──농부가 지어논 곡식을 먹고 자라는 동물이 둘 있는데 뭔지

아십니까? 아시겠지만 하나는 도시인이고 다른 하나는 참새지요. 그런데 도시인은 거기에 그치지 않고 일년 내 눈독을 들이고 있다가 겨울이 되면 그놈의 참새마저 잡아다 구워 먹어 버리거든요.

그러니 얼마나 도시인이라는 게 가증스러우냐, 한번 취재해 보면 어떠냐, 자기네 잡지를 위해서도 좋거니와 훌륭한 작품 소재를 얻게 된다면 당신한테도 나쁠 것이 없지 않으냐 라는 투였는데 얼른 듣기 에 얼마나 그럴듯해 보이느냐. 나는 그만 엉겁결에 약속을 해버리고 말았다. 그러나 가만히 생각해 보면 그건 완전히 개수작이 아니고 뭐냐. 터럭 뽑아 논 참새가 다 소설 소재감이라면 낚싯밥으로 수출 한다는 지렁이는 더 훌륭한 소설 주인공이 아니고 뭐냐.

이러구러 나는 희떠운 개수작에 넘어가 연탄재를 뒤집어쓰며 어 둡고 추운 뒷골목을 기웃거리고 있는 것에 약이 오르지 않을 수 없 었다. 이게 무슨 사서 고생이냐 하는 생각이 간절했다. 그나마 비윗 살이라도 두터웠으면 그만 이대로 돌아가서 적당히 꾸며대 버려도 그만이련만. 몇 군데 기웃거리며 냄새 정도는 맡았겠다, 몇 마디 엿 들은 말도 있겠다, 카바이드 불을 켠 것도 봤겠다, 까짓 못 쓸 것도 없었다.

그러나 내겐 그런 융통머리가 없었다. 술꾼을 가장하고 혼자 들어 서기가 멋쩍어 휘장을 들치고 들어서기조차 주저하는 판인데 무슨 배짱으로 포장마차에 대한 장황한 거짓말을 늘어놓을 수 있으랴.

어쨌든 그날 나는 함정에 빠진 느낌을 지우지 못하여 연방 혀를 차며 마땅한 집을 찾아내려 광화문 골목길에 늘어선 포장마찻집을 쉴새없이 기웃거리고 다녔다. 그러다가 재수없이 어떤 사나이와 딱 마주쳤다.

그는 내가 운수사납게 돌부리를 차고 넘어지는 순간에 하필 내 앞 으로 다가서고 있었던 모양인데, 나는 어이없게도 그의 가슴을 이마 로 들이받으며 엉겁결에 그를 끌어안고 엎어져 버렸던 것이다.

뭔가 와잘캉하고 땅바닥으로 떨어졌다. 나는 몸의 중심을 잡기 바쁘게 재빨리 사과했다. 그리고 땅에 떨어진 물건을 집어들었다. 미술 대학생들의 화구 상자같이 생겼는데 실은 그건 아니고 안엔 건반 장치가 되어 있었다. 떨어질 때 음악적 음향을 낸 건 그 때문이었던 듯했다. 나는 그것을 집어 건네주며 그에게 물었다.

"어디 상한 덴 없는지 봐주십시오."

"괜찮아요."

하고 청년은 제대로 보지도 않고 대답했다. 어둠 속에서 보기엔 스물둘 정도 되어 보이는 나이였다. 알고 보니 그는 받아든 상자말고도 여러 개의 상자를 멜빵으로 하여 걸머지고 있었다. 나는 망설이던 끝에 염치불구하고 물었다.

"그게 뭡니까?"

"피아놉니다."

"웬 피아노가 그렇게 많지요."

"팔러 다니는 거 아닙니까."

"그렇다면 자세히 보십시오. 어디 깨지지 않았나?"

"괜찮습니다. 장난감인걸요."

"얼마짜리나 되는 장난감이지요?"

"이천 원씩도 받고 오백 원 더 얹어 받기도 하죠."

"그럼 떨어졌던 건 내가 삽시다."

"그러실 것 없습니다. 염려 말고 가십시오."

청년은 말하기 바쁘게 돌아서서 걸어가기 시작했다. 건반을 두드려 울 밑에 선 봉선화를 불러 넘기고 있는 그 단조로운 악기 소리는 여지없는 아코디언 소리였다.

나는 피아노 연주가 어둠에 빨려 사라질 때까지 그 자리에 서 있었다. 왠지 장님 안마사의 피리 소리를 들었을 때처럼 뭔가 짜릿한 느낌을 그 피아노 소리는 내게 안겨주었던 것이다.

그리하여 나는 이 장면도 내 보고문에 쓰리라는 생각을 하며 다시 걷기 시작했다.

몇 발짝 걷지 않아서였다. 큰길에서 꺾여 들어간 좁은 골목길 안쪽에 뜻하지 않게 포장마차 하나가 서 있는 것을 나는 발견했다. 아무리 골목 어귀라곤 하지만 큰길에선 보이지도 않으므로 꼭 숨어 있는 것 같은 느낌을 주는 그런 집이었다.

나는 흥미가 없을 수 없었다. 왜 큰 골목길을 버리고 샛길 막골목 안에 들어가 있을까. 그러나 혹시 영업을 끝내고 골목 안으로 돌아온 것인지도 알 수 없었으므로 나는 발소리를 죽이고 살금살금 다가가 휘장 안쪽의 동정을 살폈다. 아무리 봐도 어디서 돌아온 것 같진 않았다. 청년 두 사람이 앞치마를 두르고 서서 입을 탁탁 두드리며 하품을 하고 있었다.

"소주 한잔 해도 됩니까?"
하고 나는 너스레를 떠는 시늉으로 휘장을 들치고 들어섰다. 그러나 두 청년은 하품을 해서 눈물이 핑그르르 도는 눈으로 말없이 쳐다보기만 했다.

"술 팔지 않나요?"

"왜요, 팔죠." 하고 그때야 그중 하나가 서둘러 대답했다. "안주는 뭘로 드릴까요?"

"참새 몇 마리 구워 주쇼."

두 청년은 곧 참새를 굽기 시작했다. 그중 하나는 자꾸만 연탄불에다 소금을 흩뿌리고 있었다. 그러다가 생각난 듯 오뎅국물 한 접시를 내놓으며 말했다.

"추우시죠? 우선 뜨뜻한 국물 좀 드세요."

이 정도라면 도무지 포장마찻집을 취재할 건덕지가 어디 있느냔 생각이 다시 들기 시작하여 나는 잡지사 편집부장이 하던 말을 그들에게 들려주었다.

"농부가 지어논 곡식을 훑어먹는 동물이 둘 있다면서요. 하나는 참새고 다른 하나는 도시인이고. 그런데 도시인은 그러고도 모자라서 참새까지 잡아먹는다면서요?"

그러나 두 청년은 내 말에 피식 한번 웃고는 그만이었다. 나는 그 럴듯한 얘기처럼 속았는데 그들은 조금도 그럴 기미가 없는 데에 나 는 화가 나지 않을 수 없었다. 그래서 퉁명스런 목소리로 물었다.

"참새라고 구워 내놓지만 실은 메추라기가 대부분이라면서요?"

"그런 수가 많다더군요."

제기랄, 이렇게 멋대가리없고 능청스럽지 못해서야. 나는 곧장 목 구멍까지 올라오는 욕지거리를 참았다. 젊은 놈들이 어디 할 짓이 없어서 이따위 청승맞은 짓거리들이냐고 소리치고 싶은 것을 참았 다. 어차피 취재란 틀려먹었으므로 나는 시켜 논 참새 대가리나 씹 어 삼키고 돌아갈 생각이었다.

그때 웬 젊은 남녀가 팔짱을 끼고 들어서지 않았는가. 들어서자마 자 남자 쪽이 물었다.

"맥주 있어요?"

"없는데요. 소주밖에 없는데요."

두 남녀는 곧 되돌아나갔다. 돌아나가며, 포장마차라는 게 맥주도 없고 뭐 이 모양이냐고 투덜거렸다. 나는 더 이상 참을 수 없었으므 로 마침내 두 청년을 향해 한마디 했다.

"당신네들 장사 그렇게 해선 안 돼요. 저런 자식은 그냥 둬서 안 된다구."

"저 친군 술 마시러 온 게 아녜요."

하고 소금을 뿌리던 청년이 받아 말했다. 그러자 다른 청년이 말하 는 친구의 옆구리를 쿡쿡 찔렀는데 나는 이상한 생각이 들었으나 못 본 척했다.

"물론 아니지. 참새 대가리 같은 계집애한테 한번 뻐겨 본 거지."

“그런 것도 아니구요.”

“그럼 뭐요?”

“다 이유가 있죠.”

했지만 그는 그 이유에 대해선 말하려 하지 않았다. 나는 혼자 머리를 짰다. 이유가 있다면 무엇일까? 맥주회사 선전원이란 말일까.

“다들 저 바깥 큰 골목에 있는데, 당신네들 포장마차만 이 골목창에 들어와 있는 이윤 뭐요?”

“다 그럴 만한 이유가 있어서죠.”

“그럴 만한 이유가 뭐냔 말요?”

“손님껜 별 불편 없으실 테니 그만두죠 뭐.”

“좋소. 그럼 당신 자꾸 소금을 뿌리는 이윤 뭐요?”

“네, 이건, 연탄불에 소금을 뿌리면 가스가 도망가 버린다더군요. 귀신 쫓을 때도 소금을 뿌리죠, 아마.”

청년은 말하고 나서 또 소금을 흩뿌렸다. 불에 기겁을 한 소금이 사방으로 타닥타닥 튀어 달아나고 있었다.

술꾼 셋이 새로 왔다. 그들은 들어서자마자 그들의 누군가에 대한 욕지거리부터 늘어놓았다. 개새끼, 고양이새끼…… 하고 웬만한 동물 이름이 다 동원되고 있었다. 고 살쾡이새낀 두고 보면 알지만 절대로 제 명에 못 죽을 거라는 장담이었다. 도무지 꼼짝달싹 못하게 해놓고 달달 볶아치니 사람이 견딜 수 있느냐는 거였다.

“술 뭘로 드릴까요?”

“뭐긴 뭐야, 쐬주지.”

“안주는요?”

“대가리째 아작아작 씹어 삼킬 수 있는 거야 참새밖에 더 있겠어. 우린 그 기분에 산다구.”

그들은 주문을 끝내기 바쁘게 또다시 욕지거리를 지껄이기 시작했다.

“곧 죽어도 저만 최고고 저 아니면 안 된다고 생각하니 사람 환장할 노릇 아냐.”

“고 밑에 빌붙어 아첨하는 놈들이 사실은 더 나쁘다구.”

“눈꼴이 셔서 못 보겠다니까.”

그러다가 그중 하나가 나를 흘끗 돌아보며 눈을 찡긋했다.

“이거 너무 떠들어서 미안합니다.”

나는 대꾸를 않는 대신 가벼운 웃음을 띠어 보였다. 그러자 다른 하나가 고개를 앞으로 내밀며 내게 수작을 붙였다.

“보아하니 형씨도 우리 같은 형편인데 뭘 그래. 안 그래요, 형씨?”

“뭐가요?”

“눈꼴시다 이겁니다.”

“그게 누군데요?”

“누군 누구요, 우리 부장이지.”

그때 마침 처녀 둘이 뛰어들어오지 않았더라면 아마도 그들의 부장은 아무 인연도 없는 내 앞에서 더욱 요절이 났을 것이다. 그러나 셋은 여자들을 보자 단박에 입을 닫고 여자들의 아래위를 훑어보기 시작했다. 처녀들은 사내들의 눈초리쯤 거들떠보지도 않고 주인청년들을 향해 말했다.

“아저씨, 우동 있죠, 두 그릇 주세요.”

곧 말아 내온 기계국수를 걸어넣는 여자들을 들여다보며 세 남자가 말을 걸기 시작했다.

“그거 가지고 요기가 되겠어, 아가씨들?”

“한잔 하실까? 요놈의 참새 대가리 맛이 기찬데. 우리 부장나리 맛이거든.”

“개수작들 마, 저 아가씨들 지금 출근하는 길이야.”

“그럼 마침 잘됐군. 우리도 따라붙을까?”

"왼쪽에 선 아가씨 코가 이쁘다."

세 남자의 반주에 맞춰 국수 가락을 치는 현악기의 연주는 어느새 끝이 나고 두 처녀는 동전 몇 알을 떨어뜨려 놓고 돌아섰다. 그러곤 꼬리를 감추기 전에 세 남자를 향해 짧게 작별 인사를 했다.

"많이 들어. 생각 있으면 따라오구."

"조것들이!"

하고 그중 하나가 소리 쳤지만 겨울 언 땅을 또닥거리며 뛰는 여자들의 발걸음 소리는 지체없이 멀어져 가고 있었다. 그리고 곧 이어 두 남녀조의 새 고객이 허리를 구부리고 휘장 안으로 들어섰다.

나는 약간 초조해졌다. 이 따위 풍경이나 잡담을 듣기 위해 시간을 팔 이유란 없기 때문이었다. 적어도 두 주인 청년을 상대로 물어볼 말이 있잖은가. 하루 평균 매상이 어느 정도인지 따위는 알아봐야 하는데 말이다. 그것도 잘못 물어봤다간 세리(稅吏)로 오해받을 것이므로 신중을 요하는 일인데, 그렇다고 희떱게 취재 나왔느니 어쩌니 하는 수작을 붙일 일도 아니고.

나는 도무지 말을 걸어 볼 적당한 방법도 없고 기회도 없는 것에 약이 올라 이래저래 술이나 홀짝홀짝 들이켜고 있었다. 세 남자의 떠들어붙이는 잡담 사이로 '자기' 어쩌고 하는 두 남녀의 재수없는 소곤거림이 간간이 들렸다.

"자기, 우리 이번 축제 어쩔 거야?"

"어쩌긴, 가야지."

세 남자 중 하나가 끼어들었다.

"무슨 놈의 그런 얘기가 다 있어? 한겨울에 축제가 다 뭐야?"

"어마, 무슨 말씀이에요. 크리스마스두 모르세요. 올 나이트할 거라구요."

하는 여자의 대답에 놀라 남자가 머쓱해져서 말이 없었으므로 나는 불가불 그를 응원해 주지 않을 수 없었다.

“빌어먹을 크리스마스!”

“맞았수. 올 나이튼지 올 네이큰지 원!”

용기를 얻은 남자가 주책도 없이 새삼 한술 더 뜨고 나오는 데 나는 놀라지 않을 수 없었다. 자칫하면 쓸데없이 크리스마스 논쟁이 벌어져서 성탄절이 성탄절(性歎節)이라도 되는 날엔 그 책임이 내게로 돌아올 것이기 때문이었다.

그러나 참새구이 포장마찻집 분위기를 위해 양쪽은 더 이상 논란을 벌이지 않았다. 남자가 ‘크리스마스 베이비’라는 말이 있다는 사실을 덧붙였는데도 여자 쪽이 반격해 오지 않음으로써 난(亂)은 슬그머니 평정이 돼버린 것이다.

약간 어색한 맛이 감돌듯 술집 분위기로는 아주 재미 없어져 갔다. 세 남자는 주로 두 주인 청년의 서툰 영업 솜씨를 헐뜯고 있었고 두 남녀는 곧 가버릴 기미였다.

“여봐, 주인, 이놈의 오뎅국물 맛이 왜 이 모양이야?”

“죄송합니다.”

“비싼 소금은 왜 자꾸 뿌려? 우리가 초상집에라도 다녀왔다는 거야, 뭐야?”

“죄송합니다. 이러면 연탄가스 냄새가 덜 난다고 해서…….”

그 소리에 갑자기 와 하고 세 남자가 이유 없이 웃어젖혔으므로 나는 좀 경망스럽게 군다는 투의 눈길로 그들을 쏘아봤다.

“형씬 모르시겠지, 왜 웃는지. 우리 셋은 오늘 사무실을 떠나기 전에 소금 한 가마닐 샀다 이거요.”

“왜?”

“우리 부장나리 책상에 뿌릴려고.”

“그러니까 그 부장나리께서 초상집엘 다녀오셨다 그 말이군.”

“에이, 여보슈.”

“그럼?”

“그 새끼가 우리 저 친굴 오늘 날짜로 해임시켜 버렸다 이거요.”

“그런데?”

“그런덴 뭘 그런데야, 귀신 붙을까 재수없다 이거지.”

“그렇다면 지금 형씨들 환송회하고 있는 중이구먼.”

“만약 그렇다면 한잔 사겠수?”

나는 말없이 소주 한 병과 참새 세 마리를 그쪽으로 보냈다. 해임당했다는 친구가 내 옆구리를 찌르며 싱긋 웃었다.

“형씨 마음에 드는데.”

“난 해임당한 사람 별로 좋아하지 않아요.”

“그러니까 더욱 맘에 드는데. 사실 그렇다구, 해임이나 제적 같은 거 당해 보지 않고 사는 사람, 우리 존경해야 된다구.”

그의 말엔 분명히 야유가 섞여 있으므로 나는 자존심의 손상을 막기 위해 하는 수 없이 말하지 않을 수 없었다.

“나도 해임당한 사람이라는 거 밝혀 두고 싶은데.”

나의 그 말에 두 주인 청년이 먼저 관심을 나타냈다. 무슨 이유로 어떤 직장에서 쫓겨났는지 궁금하다는 뜻일 것이었으나 나는 누가 다그쳐도 그 점만은 대답하지 않을 작정이었다. 그랬는데 아니나다를까 셋 중 하나가 흥미있다는 듯이 자기네 친구를 밀어붙이고 내 곁으로 다가왔다. 두 청년도 나를 지켜보고 있었다.

“어떻게 해임당했수, 형씬?”

나는 결심을 세운 대로 대꾸하지 않았다. 남자가 말을 바꾸어 재차 물었다.

“무능하다 이거였겠지?”

“농땡이다 이거였소.”

하고 나는 결국 결심을 꺾고 대꾸했다.

“그 말이나 그 말이나. 그런데 실제론? 실제로 형씬 농땡이였수?”

“물론이지.”

“에이, 재미없다. 무슨 소리야.”

남자는 실망한 빛이 역력했다. 그는 혀를 세 번이나 차고 나서 소주잔으로 목구멍을 씻었다.

“자 술이나 드슈, 재미없는 사나이.”

그때 누군가 느닷없이 끼어들었다. 사람은 보이지 않고 목소리만 들렸다.

“재미없어할 것 없어요. 진짜 농땡이가 존거요. 어지중간한 것보담은.”

두 청년이 금세 놀란 표정으로 그 보이지 않는 목소리의 주인공을 향해 허리를 굽히고 있었다.

“선생님!”

“자네들 잘 있었나?”

“저희가 여기 있는 줄 어떻게 아셨습니까?”

“애길 들었지. 여러 집을 기웃거렸지만 아니더군.”

“죄송합니다.”

“애기 들었어.”

“도로교통법이란 게 저희만 따라다녀서 그렇습니다.”

“그래, 여긴 괜찮은가?”

“또 쫓겨날 것 같습니다. 아까 누군가가 들여다보고 갔거든요.”

나는 들여다보고 갔다는 사람이 맥주를 찾던 남녀를 말하는지 물어보고 싶었으나 참았다. 주인 청년들이 손을 비비며 너무 쩔쩔매고 있어서 도무지 끼어들 여지도 없었을 뿐 아니라, 그러자니 내게도 뭔가 모르게 그 보이지 않는 인물에 대한 존경심 같은 게 생기려 해서 그들의 대화를 방해할 수가 없었다. 그리고 그런 심정은 나뿐만이 아니어서, 세 사나이와 한 쌍의 남녀마저도 숨을 죽이고 그들의 영문 모를 대화에 귀를 기울이고 있었다.

“손은 괜찮나, 자네들?”

“손이라뇨, 선생님?”

“깨끗이 씻고 구리셀린 같은 거 발라야 하네.”

“네, 그럼요.”

“잠은 제대로 자고?”

“그럼요.”

“암 그래야지.”

도무지 저렇게 의젓한 목소리의 주인공은 누구냐, 하고 나는 눈치 채지 않게 건너다보려 했으나 역시 사람들에 막혀 보이지 않았다.

“선생님은 어떠세요? 주로 번역일을 맡아 하신다면서요?”

“누가 그러던가?”

“저희도 다 듣고 있습니다.”

“지금도 출판사에 원고를 넘기고 오는 길이야. 재미있어. 그렁저렁 재미있게 살지, 소주나 마시며.”

“오늘은 저희가 한잔 대접하겠습니다.”

“무슨 소리야. 나 번역료 받아 넣고 오는 길이라니까.”

“그걸론 쌀을 사셔야지요. 연탄도 들여놓으셔야 하구요.”

“자네들 참 재미없는 소리 하는군. 그것만 가지고 산다면야 밤중에 꿈도 꿀 게 없지.”

“무슨 꿈을 꾸십니까, 요즘은?”

“때로……때론 말이야, 어처구니없게도 여전 자네들을 가르치고 있거든.”

“저희도 선생님 강의 듣는 꿈을 자주 꿉니다.”

나는 몸이 긴장되는 것을 느꼈다. 보이지 않는 인물의 신분도, 포장마차를 열고 참새 대가리를 팔고 있는 청년들의 신분도 알 만하다는 생각이 들자 나는 용케도 제대로 찾아들었다는 흥분에 몸을 떨지 않을 수 없었다. 어디까지나 취재 나온 입장으로서 적어도 한번 그

럿듯한 보고문을 쓸 수 있을 거란 생각에 나는 어느새 흥분하고 있었던 것이다.

남자 하나가 팔을 뻗어서 보이지 않는 인물에게 술을 권하고 있었다.

"한잔 권하고 싶습니다. 번역료 받으셨는데 기분 아닙니까?"

"그러니까 여긴 모두 해임 아니면 제적당한 사람만 모인 것 같군. 그것 참 우연인데."

"하지만 전 옆에 있는 형씨처럼 갑자기 해임당한 사람이 싫어지는데요."

남자는 술을 권하는 한편으로 남은 한 팔을 돌려 나를 가리키고 있었다. 나는 항의하지 않을 수 없었다.

"남의 말을 모방하지 말아요."

모두 웃었다. 꼭 의기가 투합된 것처럼 착각되기 쉬운 그런 분위기가 어딘지 내게 아슬아슬한 불안을 느끼게 했다. 조건반사처럼 잘도 훈련이 된 탓이 아니랴. 나는 화가 나서 거푸 술을 들이켰다.

"김군도 동업이라는 것 같던데 보이지 않는군."

"동업은 동업인데 업종이 다릅니다, 선생님."

"업종이 다르다니?"

"호랑이 제 말 하면 온다더니 저기 들어서는군요."

모두 청년이 가리키는 쪽으로 시선을 돌렸는데 마침 문제의 인물이 뚫고 들어선 곳은 내가 서 있는 바로 옆자리가 아닌가. 나는 그를 돌아보는 순간 어안이 벙벙하지 않을 수 없었다.

"어, 이거 어떻게 된 겁니까?"

"그러게 말입니다."

우리는 엉겁결에 서로의 손을 잡고 흔들었다. 그는 바로 피아노 장수였던 것이다. 내 손목을 잡아 흔들며 그가 말했다.

"아까 걱정해 주시던 피아노, 재수 좋게 제때에 팔아치웠습니다.

그것도 사백 원이나 더 받고.”

“그 하나밖에 못 판 것 같군요 뭘.”

나는 그의 등에 매달린 피아노 상자들을 돌아보며 말했다. 그는 금세 풀이 죽었다.

“도무지 음악이 싫다는 데 어쩝니까.”

그때 주인 청년 가운데 하나가 주의를 환기시켰다.

“야, 선생님 오셨어. 저기 이 교수님 와 계신다구.”

그 말에 피아노 장수 청년은 당장 둘러맨 피아노 상자를 땅바닥에 메어꽂았다. 그러곤 휘장 밖으로 바람처럼 사라졌다.

“선생님, 이게 웬일이십니까?…… 찾아뵙지도 못하고…….”

하는 말소리가 들린 건 그로부터 1초도 채 안 되어서였다. 휘장을 걷고 나갔다가 돌아서 그쪽으로 들어간 것이 아닌가. 그런데 일은 난처하게 발전하고 있었다. 피아노 장수가 그만 꺼이꺼이 울기 시작했으니 말이다. 선생님, 이게 뭡니까, 음악을 모르고 살아가는 사람들한테 장난감 악기를 팔고 다니니 말씀입니다, 하고.

이 교수가 나직한 목소리로 타일렀다. 그는 아마도 피아노 장수의 등을 두드려 주고 있을 것이었다.

“자넨 아무래도 업종을 바꾸는 게 좋겠어.”

“아닙니다. 전 이 짓이 좋습니다.”

“그럼 상품을 바꾸는 건 어떨까?”

“그것도 지금은 꽤 숙달이 돼가지요. 선생님 제 피아노 솜씨 한번 보시겠습니까?”

청년은 말하기 바쁘게 또 이쪽으로 뛰어오고 있음이 분명했다. 나는 재빨리 잔을 비워 들고 그를 기다렸다.

“자, 우선 목을 축이고 연주를 시작합시다.”

하고 나는 기회를 놓치지 않고 말했다.

“좋죠.”

청년은 멜빵 끈을 풀며 대꾸했다. 그러곤 상자를 연 다음 술잔을 받아들었다. 남자 하나가 소리쳤다.

"모두 잔을 드높이 듭시다, 연주회의 성황을 위해!"

축배를 들고 난 다음 청년의 연주는 드디어 시작되었다.

　울 밑에 선 봉선화야
　네 모양이 처량하다
　길고 긴 날 여름철에
　아름답게 꽃필 적에
　어여쁘신 아가씨들
　너를 반겨 놀았도다

청년의 얼굴에는 눈물이 두 줄기로 흘러내리고 있었다. 아니, 돌아보자 청년의 얼굴만이 아니었다. 모두 울고 있었다. 술 탓이었다. 너무 취해서 모두 개판을 치고 있는 것에 나는 울화통이 터지지 않을 수 없었다. 왜 멀쩡한 사람을 울리려 드느냐. 멜로드라마 관객도 아닌 음악회 청중인데. 나는 손수건으로 눈꼬리를 찍어 냈다. 남자 하나가 눈물을 질금질금 쏟으며 소리쳤다.

"우리 기분인데 피아노 반주로 노래 한 곡 더 부릅시다!"

"옳소!"

옳소는 무슨 빌어먹을 놈의 옳소냐. 나는 고막이 터질 것 같은 악악거림 속에서 홀로 술을 마셨다. 이 교수의 얼굴을 그때까지 한 번도 볼 수 없는 것은 참으로 이상한 일이 아니냐. 그러나 이 북새통 속에 이젠 더욱 보일 가망이 없었다.

피아노 소리라는 게 실은 아코디언 소리를 낸다는 얘긴 이미 했으려니와, 그런 간드러지게 넘어가는 멜로디가 한창 흥을 돋우고 있을 무렵 우리에겐 참으로 경악할 사태가 들이닥쳤다. 내가 그 순간에 들은 고함소리는 단지 이것뿐이었다.

"모조리 붙잡아! 한 놈도 도망 못 치게 멱살을 잡아채!"

포장마차는 휘장이 훌렁 벗어지고 안주감을 늘어놓은 베니어판은 리어카와 함께 우지끈 곤두박질쳤다. 피아노도 꼼장어도 닭똥집도 날간덩이도 참새 대가리도, 그리고 시원한 국물도 연탄불도 좁은 골목 바닥에 뒤범벅이 된 채 쓰러엎어졌다. 그런 다음에야 우리 일행은 결박이 되어 끌려갔다.

나는 청년들이 말하던 도로교통법 생각이 자꾸 나서 그것뿐이려니 했는데 경찰서에 붙들려 가서 보자 그것만이 아니었다.

"알 만한 사람들이 그게 무슨 돼먹지 못한 수작들이야? 밤중에 대로상에서 고성방가를 해? 모조리 즉결에 넘겨 버려."

나는 하룻밤을 유치장에서 밝히고 다음날 오후에는 치안유지법에 의한 재판을 받았다. 그리고 벌금을 물고 풀려났다. 모두 풀려났지만 두 청년은 구류 처분을 받아 함께 나오지 못했다.

우리는 풀려나자 다시 근처에 있는 포장마찻집으로 참새구이를 먹으러 갔지만 노래는 부르지 않았다. 일행 중 유일하게 낀 처녀가 말했다.

"덕분에 올 나이트 한번 잘했어요."

나는 빨아 논 행주처럼 지쳐 있었음에도 불구하고 청탁받은 잡지사로 갈 작정으로 버스를 기다렸다. 그러나 나는 잠시 후 단호히 생각을 고쳐 먹었다. 이 이야기를 어떻게 쓸 수 있으랴.

세번째 겨울
―포장마차 2

하늘은 잿빛이었다.

도저히 풀 길조차 없이 헝클어져 방치되고 있는 듯한 전선들이 겨우 그 무겁게 내려앉는 하늘을 어설프게 동여매어 떠받치고 있었다.

이용민(李庸民)은 아까부터 그 자오록하게 찌푸린 허공을 올려다보고 있었다. 문득 자기도 모르게 한숨이 깨물어졌다.

잎사귀 하나 없이 헐벗은 나뭇가지 사이로 악몽 같은 겨울비가 흩뿌리던 그날과 오늘 똑같이 앙상한 나목으로 서 있는 가로수의 풍경에서 다른 것은 없었다. 그날처럼 빗발이 치고 있지 않다고 다른 것이 있지는 않았다.

그러나 용민은 결코 착각할 수 없었다. 착각하기엔 너무나 확연하여 마치 유리알같이 투명한 3년이란 시간이 거기 함몰되어 있었다. 그리고 그것이 얼마나 길고 잔인한 시간이란 것도 그는 빈틈없이 실감할 수 있었다. 만약 그가 고독과의 사투를 포기했더라면 그것은 능히 그를 죽음으로 몰아넣고도 남았을 만큼 기나긴 시간이었던 것이다.

죄수 번호 516번에 비참한 오한이 서리던 날의 무력감, 그 최초의 경험 하나만으로도 그는 죽음을 생각할 수 있었다. 아니 거기서 오한만을 떼어 말한다고 해도 그는 그럴 수 있었다. 하찮은 모든 상황이 그를 단박에 극한으로 몰아갔다. 그만큼 순간순간 맞닥뜨리는 선명한 절망감은 그에게 극복하기 어려운 도전이었던 것이다.

그렇다. 오한 하나만을 들어도 그랬다. 모든 것과 완벽하게 차단된 감방에도 추위만은 용케 틈새를 비비적거리고 기어들어 쇠창살에 곰팡이 같은 성에를 피우지 않던가. 그러나 용민은 차츰 극복의 문리가 트이면서부터 그런 냉기는 곧 열기와 통한다는 것을 알아차리기 시작했다. 그건 결코 착각이 아니었다. 뼈마디가 우두둑 소리를 내는 첫새벽에 몸을 일으키고 감방 복도를 내다볼라치면 거기 시찰구의 철판이 뺨을 댈 수조차 없을 정도로 펄펄 달궈져 있곤 했다. 살이 닿으면 금세 타버리고 말 것같이 아리고 따가웠다.

"야, 이 개자식들아!"

용민은 하는 수 없이 한걸음 물러서서 고함치는 수밖에 없었다. 교도관들로부터 한 번도 대꾸를 들어 본 일 없는 외침을.

"너흰 난로를 끼고 앉았으니 춥지 않다 이거지, 개새끼들아!"

"쓸데없는 개수작 말고 가만 엎드려 있어, 다른 사람들 잠이나 자게."

그것은 옆방에서 소리치는 동료 수인(囚人)의 응수일 뿐이었다. 용민은 끓는 쇠판의 열기를 다시 한 번 확인하고 나서 뒤집어쓴 모포 깃을 여미면서 자리로 돌아오는 수밖에 없었다. 새우등을 하고 모로 누워 고작 발가락이나 열심히 꼬물거리는 수밖에 없었다. 동상에 걸리지 않기 위해선 그나마 그런 짓까지 해야 한다.

용민은 마치 단말마와 같은 소음 속에 떠내려가는 자동차의 물결을 내려다보며 몸을 한번 후룩 떨었다. 그러곤 곧장 헛디뎌지는 것 같은 다리를 지탱하여 발걸음을 떼어 놓기 시작했다. 무릎 관절에

통증이 느껴지는 것이 별로 신경쓸 만한 것은 아니겠지 생각하며. 그것보다는 어깨를 부닥뜨리며 지나가는 사람들의 완력이 의식될 때마다 점점 더 커져 가는 적개심. 3년이란 시간의 공동(空洞)이 그에게는 훨씬 더 문제였다. 그것에 대한 보상을 요구하는 악의가 슬며시 고개를 들고 있었던 것이다.

습기와 곰팡이 냄새만으로 이뤄진 2.8평 방에 열여섯 명이 끼여 앉아 겨우 증오를 소금으로 하여 체념이라는 구더기를 쫓고 있는 동안도 쉴새없이 움직여 온 바깥 세상, 이제 그들 세상으로 들어섰다 해서 거침없이 타협할 수는 없는 일이었다. 3년이라는 허방다리를 그냥 건너뛰어서는 안 되며, 실은 건너뛸 수 있는 것도 아니었다. 그럼에도 그의 사복을 꺼내 주며 교도관은 말했다.

"까짓 지나간 삼 년에 대해선 생각하지 마. 잊어버리는 게 좋아."

그는 주둥이를 풀어헤친 자루를 거꾸로 들고 쏟아 놓았다. 먼지가 푸석푸석 일었으므로 교도관은 잔뜩 얼굴을 찡그리고 말했다.

"그새 먼지가 뽀얗게 앉았군."

그새라니, 개자식. 용민은 속으로 욕을 하고 있었다. 자루에서 쏟아져 나온 옷은 마치 고분에서 나온 수의(壽衣)와 같은 느낌을 안겨주었던 것이다. 그는 교도관이 그것을 차곡차곡 챙겨 앞으로 밀어 놓은 뒤에도 선뜻 손이 나가지 않았다. 그러자 교도관이 그의 옷뭉치를 들어 건네주었다. 곰팡이 냄새가 코를 찔렀다.

"자, 갈아 입어야지."

옷을 받아든 손이 가느다랗게 떨리고 있었다. 이어 교도관이 그의 소지품과 5원짜리 동전 한 개를 포함한 1천 35원의 지폐도 건네주면서 말했다.

"다시 들올 생각 않는 것이 좋을 거야."

용민은 가장자리가 다 해진 수첩 하나와 꾀죄죄한 손수건 한 장, 이젠 누구의 것인지도 생각이 나지 않는 명함 두 장과 1천 35원의 돈을 차례로 받아들었다.

"소지품에 이상 없지 ?"

대답을 않은 채 만기출감증을 휙 뺏아들고 돌아서는 그의 뒤통수에다 대고 교도관이 재차 소리쳤다.

"다신 만나고 싶지 않단 말이야 !"

용민은 시내로 들어가는 버스가 서는 곳으로 가기 위해 후들거리는 다리를 가늠하며 걸었다. 교도관의 덤덤한 표정이 눈앞에 어른거렸다. 문을 따고 나서기 전에 흘끗 돌아보자 교도관은 그런 얼굴로 그를 멀거니 바라보고 있었다. 어찌 보면 화난 얼굴 같기도 했다.

마지막으로 뭔가 한마디 들려주겠다고 딴은 벼르고 별러서 한 말일까. 어쩌면 인생훈(人生訓) 같은 감명을 불러일으키리라는 확신을 가지고. 제기랄 교도관이란 사람들은 그렇게 마지막 순간에 던지는 한마디 말에 보람을 느끼기 위해 교도관을 한다면 얼마나 수인들은 행복하랴.

"까짓 삼 년, 잊어버리라고. 어쩌다 운수가 좀 사나웠다 생각하고 재출발하는 거야. 청춘이 구만 리 같은데 까짓 삼 년이 문제야. 외려 많은 거 배웠을 거라고."

개수작 마라. 용민은 침을 퉤 뱉고 나서 버스에 올랐다. 몇 사람 안 되는 승객들의 시선이 일순에 그에게로 쏠아졌지만 그것이 결코 의뭉스런 눈초리일 리는 없었으므로 그는 조금도 당황함이 없이 빈 자리로 가 앉았다. 그럼에도 버스가 마침내 움직이기 시작하면서야 겨우 안도감을 느낄 수 있었던 것은 그가 당장에 민간인을 회복하는 일이 그렇게 손쉽지 않음을 의미하는 것일까.

버스는 잔뜩 찌푸려 낮게 드리워진 하늘 밑을 뚫고 서서히 내달렸다. 경인 국도를 거쳐 영등포에 이를 때까지 승객은 한 사람도 더 불어나지 않았다. 그러나 시장 앞에 이르자 사정이 달라져서 버스 안은 단숨에 만원을 이루었다. 아우성을 치며 밀려 들어오는 승객들의 희번득거리는 눈길은 새삼스레 그로 하여금 3년이란 시간을 상기케 했다.

'용민 씨가 갇혀 있는 동안도 세상은 변함없이 내빼고 있단 말예요.' 민숙은 그 말을 이렇게 바꾸어 말했다.

"용민 씨는 이러구 있는데 세상 사람들 생기에 넘쳐 날뛰는 거 보면 견딜 수 없어요."

민숙은 그렇게 말하고 나서 헉 흐느꼈다. 입회한 교도관은 그런 면회 장면을 접견 기록에 어떻게 적어 넣었을까.

"울긴."

"저 가보겠어요."

"가봐. 이젠 오지 마."

"무슨 뜻예요?"

"보기 싫어."

"또 올게요."

"오지 마!"

버스가 도심에 들어서기도 전에 이미 겨울 짧은 해가 마감되고 있었다. 옆자리에 앉은 노파가 물었다.

"이 차 답십리 2동으로 가지라우?"

"……글쎄요."

용민은 이유 없이 당황한 몸짓을 하며 얼버무렸다. 민간인을 회복하지 못한 신분의 탄로가 두려운 것일까. 용민은 화가 치민 눈으로 노파를 돌아보았다.

"전 방금……."

그때 앞에 서 있던 청년 하나가 노파를 향해 먼저 말했다.

"이 찬 답십리 가지 않는데요."

"워매, 그럼 이 차 워디루 가간디?"

"하여튼 할머니 답십리 가시려면 서울역에 가셔서 뻐슬 갈아타셔야 해요."

"답십리 2동 간다고 혀서 탔는디 무슨 소리당가."

"걱정 마세요. 서울역에 가면 답십리 가는 차 많아요."

"차빌 또 내야 혀니 그러지라우."

청년은 노파의 그 말에 대꾸하지 않았다. 노파가 혀를 차고 나서 용민을 향해 재차 물었다.

"이 차 몇 번이당가요?"

"……글쎄요."

"워디서 오는 차당가요?"

"고척동에서요."

"워매, 그럼 감악소에서 오는 차란 말여? 무슨 수작들이여. 내려서 갈아타라고 혀서 갈아탔는디 또 그 차란 말여?"

노파는 염병할 년이라고 욕하고 있었다. 그러나 갈아타라고 일러준 차장을 가리켜 하는 말이 아니었다. 노파는 답십리 2동에 사는 자기 딸을 욕하고 있었다. 그 염병할 년이 저는 서울에 살면서 감옥소에 갇힌 제 오라비 면회 좀 가면 어때서 에미 혼자 가게 하여 영치금도 제대로 못 넣는 돈을 길바닥에다 깔게 하느냐는 것이었다.

"실은 저도 방금……."

하고 용민은 노파를 위로하기 위해 서두를 뗐지만 그는 곧 말을 되삼켜 버리고 말았다.

노파는 청년의 지시대로 서울역 앞 정류장에서 내렸고, 용민은 청년과 나란히 앉아 세 정류장을 더 갔다. 청년이 별안간 매우 냉정한 표정을 하고 앞만 바라보는 것에 용민은 공연히 신경이 쓰였다. 다시금 악의가 머리를 들기 시작했다.

개새끼 하고 용민은 자리를 일어서며 중얼거렸다. 옆 죄수가 패통만 쳐도 개새끼 소리가 저절로 나왔었다. 사식(私食)으로 들어온 밥을 혼자 먹고 있는 꼴을 보아도 욕지거리가 튀어나왔다.

“이 새끼야, 백시다이(쌀밥) 혼자 씹어.”
하고 누가 약올라 하면 그에게도 개새끼 소리가 저절로 나왔다. 개
(담배) 잡았을 때는 나누어 줬는데 의리도 없이 저는 혼자 씹어 삼
킨다고 야속해하는 소리를 들으면 더더구나 울화통이 터져 참을 길
이 없었다.

내리고 보니 거긴 청계천 고가도로 밑이었다. 세찬 겨울 저녁 바
람을 맞으며 사람들이 버스를 기다리고 있었다. 얼굴에 쉴새없이 모
래알이 끼얹어져서 용민은 눈을 뜨기가 어려웠다.

어디에 공중전화통이 있을까. 용민은 바람을 등지고 돌아서서 어
둠 속을 두리번거렸다. 눈에 띄지 않았다. 그게 아니라 그는 자신에
게 동전이 한닢도 없다는 생각을 하고 있었다. 용민은 담뱃집 푯말
이 붙은 집 앞으로 갔다. 그런데, 가서 보자 그 집 안기둥에 바로
공중전화통 하나가 걸려 있지 않은가.

우선 담뱃개비 하나를 뽑아 물고 불부터 댕겼다. 그러곤 전화기의
숫자판을 돌리며 생각했다. 역시 민간인으로 회복하기엔 아직도 시
간이 필요하다고. 버스요금이 달라져 있었고 공중전화통 동전 주둥
이에도 10원을 먹는다고 적혀 있었다. 뿐만 아니라 100원짜리 지폐
를 꺼내 주는 그를 담배가게 주인은 아래위로 훑어보았다.

“왜 그러슈?”

“이 돈 아직도 쓰던가?”

“못 쓰우?”

“글쎄올시다. 쓰겠지, 설마.”

“쓰겠죠, 설마.”

수화기에 나타난 목소리는 여자 아이였다. 아마도 식모 아이일 것
이지만 목소리가 귀에 익지 않았다. 박행만(朴行萬) 씨는 아직도
돌아오지 않았다는 것이었다.

“몇 시쯤 돌아오시지?”

“그걸 제가 알 수 있어요?”

“거기 아직도 한남동이지?”

“그럼요. 누구세요?”

“나중에 다시 전화하지.”

“누구신데요?”

“그냥……알았어.”

용민은 수화기를 걸고 돌아서서 담배연기를 깊숙이 빨아들였다. 눈앞이 핑그르르 돌았다. 동시에 뿌듯한 적개심이 턱을 받치고 솟구쳤다. 정수리가 욱신욱신 쑤시기 시작했다. 용민은 얼른 담뱃집을 나와 어둠 속으로 휘적휘적 걸어갔다.

“어서 오십쇼.”

휘장을 들치고 들어서는 그를 쳐다보며 남자가 말했다. 용민은 바지 주머니에 손을 찌른 채로 서서 허옇게 김이 피어 오르는 포장 안을 휘둘러보았다. 사나이 셋이 목인형 같은 여자 하나를 가운데 끼고 서서 소주를 마시고 있었다.

“소주 한잔 주쇼.”

“추우신데 이 국물부터 한 모금 드세요.”

하고 여자가 뜨거운 꼬치국물 반대접을 그가 선 앞으로 밀어놓아 주었다.

“안주는 뭘루 드릴까요?”

“뭐가 있수?”

“꼼장어두 있구, 닭똥집도 있구, 참새구이두 있구……전복, 날오징어, 없는 게 없죠 뭐.”

“아무거나 조금 주슈.”

그때 세 사나이 중 하나가 용민을 돌아보며 말했다.

“형씨, 그러지 말고 참새 대가리나 씹으쇼. 맛이 기가 막혀. 요것들이 해마다 기적적인 식량증산을 망쳐 놓곤 한다는데 씹는 맛이

고소하지 않고 배겨.”

그러나 용민은 사나이의 권유를 받아들이지 않고 이렇게 말했다.

“아주머니, 나 오뎅이나 몇 꼬치 주쇼.”

사나이가 다시 말을 걸었다.

“아항, 형씨 오해하신 모양인데, 난 결코 비료 부정해 먹은 친구에 대해 말하고 있는 게 아니라구요. 부정, 그까짓 걸 이런 자리에서 애기하면 술맛 싹 떨어지게.”

“야, 야, 쓸데없는 소리 집어쳐!”

하고 다른 하나가 거들고 나서자 그가 재차 한마디 달았다.

“더러운 협잡 세상!”

“비료 부정밖엔 없는 세상이라면 그나마 괜찮겠다 임마.”

“자, 참새와 비료 부정을 위해 모두 건배를!”

술잔을 높이 쳐드는 사나이의 팔을 끌어내리며 또 하나가 말했다.

“건배 좋아하지 말고 네 애인이나 잘 단속해, 협잡꾼 끼어들기 전에.”

“우리 미스 김을 누가 건드려.”

“애가 자꾸 부정하자고 옆구리 찔쩍대고 있단 말야.”

하고 중간에 선 사나이가 저쪽 끝으로 목인형 같은 여자 옆에 붙어선 사나이를 손가락질하자 지적당한 사나이가 머리를 긁적이며 중얼거렸다.

“어떻게 봤지. 그만 들켰는데.”

“어머, 제가 누구 애인이란 말예요?”

“그럼 미스 김, 시구 애인 아니란 말요?”

“제가 왜 홍 과장님 애인예요?”

두 사나이가 갑자기 홍시구를 몰아세우기 시작했다. 아무도 없는 사무실에 일년 넘어 단둘이 마주보고 앉아 있었으면서도 아직 애인도 못 만들었다니 세상에 그런 머저리가 어디 있느냐, 목침만한 구

공탄 난로 하나밖에 없는 사무실에 오들오들 떨고 앉아 손목 잡는
일도 안하면 무슨 할 일이 있느냐, 끝없이 구박이었다.

홍시구가 목을 뽑고 미스 김을 넘겨다보며 물었다.

“미스 김, 저 자식이 정말 미스 김 옆구리 찝쩍거렸어?”

“아뇨.”

“부인하는 거 보니 정말 무슨 협잡이 있은 모양인데. 너 임마, 일
로 와 나하고 자리 바꿔. 그냥 뒀다간 무슨 일 나겠어.”

홍시구는 말하고 나서 찰랑거리는 술잔을 들고 휘장을 걷으며 건
너갔다. 이쪽으로 자리를 바꾸어 온 사나이가 투덜거렸다.

“부정도 아무나 하는 게 아니라니까.”

“자, 다시 건배를! 참새떼와 비료 부정의 만수무강을!”

“아니, 잠깐. 형씨도 같이 건배하시지.”

하고 이쪽으로 건너온 사나이가 용민을 돌아보며 말했다.

“내가 끼면 재미 없으니까 댁들끼리나 하슈.”

“역시 그 형씨, 아직도 내가 비료 부정에 대해 말한 것으로 오해
하는 모양이야.”

하고 저쪽으로 건너간 홍시구가 말하는 순간 이쪽에 선 사나이가 갑
자기 뚱딴지 같은 소릴 내질렀다.

“가만 있자, 형씨 안면이 많은데. 어디서 우리 여러 번 만났어,
분명히.”

“어디서?”

하고 용민이 되묻지 않을 수 없었던 것은 사나이가 그를 끝없이 뜯
어보고 있었기 때문이다.

“혹시 형씨 지난달에 의정부 안 갔었수?”

“거긴 왜?”

“그걸 내가 어떻게 알우.”

지난달 나는 무엇을 하고 있었던가 하고 용민은 속으로 생각했다.

아 그랬다. 소지를 불러 종이 한 장과 볼펜 한 자루 구해 오는 교섭
을 벌이고 있었다. 3년 동안의 모든 것을 그 한 장에다 모두 적어
보고 싶은 생각이 불현듯 일었었다.

그건 무슨 어처구니없는 생각일까. 갑자기 3년이란 세월이 어느
새 지나가 버렸구나 하는 아쉬움 같은 것이었다고 할까, 그런 생각
에 그는 잠시 지배당하고 있었다.

어쩌면 그는 그때 덧없이 지나 버린 너무 짧은 기간이었다는 생각
마저 하고 있었는지 몰랐다. 감방 동기들과 작별의 손을 잡아야 하
는 순간의 예감도 그에게는 착잡한 무엇을 불러일으키고 있었다.

그가 그런 생각을 갖기까지에는 물론 감방장 유씨의 영향이 컸다.
일찍이 그의 가슴에 움직일 수 없는 인물로 자리잡은 유씨의 주장이
란 어느 때 들어도 감명 깊고 아무리 되풀이해도 지리하지 않았다.

"모두들 의기를 꺾지 마라. 체념하지 말란 말이다. 분명히 말하지
만 우리의 진범은 모두 밖에 있다. 밖에서 활개치고 다닌다. 그러
므로 우리가 이 안에서 기를 것은 용기뿐이다. 이 재수없는 잡범
놈들아."

고개를 갸웃거리던 사나이가 드디어 생각이 났다는 듯이 손가락
을 튕기며 소리쳤다.

"이제 알았다. 형씨, 마포 아파트 옆에 살지?"

"흥!"

"맞지? 거기서 뺑끼 가게 하지?"

"흥!"

"맞았어. 형씰 거기서 만났어, 망원동 집 짓는 데서."

"망원동에 내가 뭐하러 갔었을까?"

"이거 왜 이러슈. 지난 여름 거기서 집장사 따라다니며 뺑끼칠하
고 다녔잖우. 그까짓 거 뭘 숨기려고 그래. 이름없는 싸구려 뺑끼
좀 썼다고 양심에 찔려 하다간 형씨 평생 뺑끼쟁이 못 면한다구.

철문에 수성 뺑끼칠도 하고 그러는 거지 뭘. 어차피 투기꾼들 손에 넘어다닐 엉터리집들 아뉴.”

“어차피 나는 망원동이 어딘지도 모르니까 그쯤 해두슈.”

“아니, 정말이우? ……그렇다면 이거 낭팬데. 내가 이렇게 기억력이 형편없다니.”

“우린 전에 만난 일이 없을 거요.”

“그렇게 생각한다면 형씨 기억력이라는 것도 알 만하군. 우린 분명히 만났어, 그것도 아주 여러 번. 아냐, 그렇지. 이제사 생각나는군. 맞았어, 우린 퀴논에서 만났어.”

“어디요?”

“퀴논. 당신 거기서 차 몰았잖어. 운전병, 맞지? 맞았어. 이제 보니 우린 웃기는 전우군.”

사나이는 용민이 뭐라고 대꾸할 여유도 없이 그의 어깨를 확 잡아끌었다. 전우끼리 만났는데 한 술상에 어울려야지 말이냐 되느냐는 것이었다.

“야, 이거 이렇게 만나는 수도 있구면. 당신 이름이 뭐였더라. 내이름은 최명운이야.”

“난 이가지.”

“좋았어, 이형. 건망증 환자는 이름을 외워 놨자 어차피 잊어버릴테니까 성만 알아두는 게 좋아. 자, 우리 서글픈 인연을 위해 한잔!”

감방 안에서도 용민은 베트남 전쟁에 갔다온 사나이 하나를 만났었다. 그도 역시 건망증의 천재였다. 감옥에 들어온 이유가 바로 건망증 때문이었으니까. 친구가 돈 200만 원 맡긴 것을 들어먹고도 맡은 일이 없다고 딱 잡아떼는 바람에 사기꾼으로 몰려 수정을 찬조가였다. 그러나 그가 200만 원을 들어먹었다는 건 소장에 나와있는 내용이고, 그의 말로는 여하한 일이 있어도 그 돈을 자기가 착복한 일이 없다는 것이었다.

　다방에 같이 갔던 친구가 어디서 걸려온 전화 한 통을 받고는 급히 다녀오겠다면서 그에게 돈뭉치를 맡겼다. 30분을 기다려도 친구는 돌아오지 않았다. 그는 지친 나머지 그만 집으로 돌아와 버리고 말았다. 200만 원 돈다발은 다탁 위에다 올려놔 둔 채로. 그러나 문제는 거기에 있지 않았다. 이튿날 친구가 그의 집으로 달려와 맡긴 돈을 내놓으라고 했을 때 자신이 돈을 맡았었다는 사실조차 기억하지 못했다는 데 문제가 있었던 것이다.

　조가가 미결감으로 넘어왔을 때 감방 동료들은 그를 사기꾼이라고 불렀다. 그러나 그는 조금도 화를 내지 않았다.

　"야, 말도 안 되는 소리 말라구. 그렇게 건망증이 심한데 어째서 월남전쟁에 갔다온 것은 까먹지 않았누?"

　"여보슈, 사람 병신 취급 마슈."

　"어렵쇼, 그만한 건망증이면 병신이지, 그럼 멀쩡하단 말야?"

　"내가 언제 건망증이 심하다고 했어. 그 자식이 돈독이 올라 생사람을 잡은 거지."

　그랬다. 조가의 비극은 자신이 건망증 환자임을 자각 못하는 데 있었다. 분명히 분배받은 제 식기를 어디다 뒀는지 몰라 번번이 남의 그릇을 들고 나서면서도 자신이 멀쩡하다고 우기는 점이었다.

　"아니, 당신 건망증 심하다는 걸 알고 친구가 정말 옭아넣은 것 아냐? 돈 맡겨 놓고 곧 돌아오겠다던 친구가 이튿날에야 집으로 나타났다는 것도 이상하잖어. 다탁에 놔둔 돈 그자가 숨어서 기다리다가 도로 가져간 거 아냐?"

　"그러게 말야. 난 당했다구."

　그 점은 공소장을 들춰보고야 그렇지 않음이 드러났다. 그 친구는 아내가 유산을 했다는 소식에 놀라 뛰쳐나가다가 도로교통법에 걸려 하룻밤을 경찰서 유치장에서 보내야 했던 것이다. 경찰서 기록도 그의 하룻밤 유치를 확인해 놓고 있었다.

죽어라고 공소장만 따라 외는 조가를 보며 모두들 한마디씩 했다.

"어이 사기꾼, 연애편지 종일 읽어 봤자 말짱 헛거라고, 그 건망증 가지곤."

"그러게 말이야. 이거 아무리 들여다봐도 볼 때마다 새로우니. 대포 소리에 혼이 빠져 버린 건지, 원."

최명운이 그의 옆구리를 쿡 찌르며 소곤거렸다.

"이형, 저 기집애 어때, 삼삼하지?"

"미스 김?"

"생각 있으면 한번 용기를 내보는 게 어때? 저쪽에 있을 때 엉덩이 슬슬 쓰다듬어도 가만 있던데. 홍시구 저거 백날 저래 봤자 헛물 켜는 거라구. 저건 신경쓸 거 없어."

"어째서?"

"사내새끼가 고작 연탄 화덕 공장 두 평 팔 홉짜리 사무실에 앉아 과장이라고 불러 주는 데 헤헤거리고 있으니 별볼일 없는 거지 뭐. 공장은 무슨 놈의 공장이야, 선라이트 지붕 밑에서 황토흙 으깨고 앉았는데. 그래도 특허낸 가스 방지 화덕이라지. 웃기는 애기야. 시민들은 매일같이 가스 중독으로 죽어자빠지고 있는 판에."

"그런 공장 경리직원은 엉덩이 슬슬 문질러도 괜찮은 건가?"

"그럼. 청춘이 쉴새없이 폭삭하고 있는데 어떻게 해."

개새끼야. 민숙도 그런 사무실에 다니고 있었다. 동대문 구청 앞 행정서사 사무실에 앉아 전출 전입 신고서도 써주고, 대지등본이며 지적도 같은 것도 떼다 주고 청사진도 구워 내고, 주인 담배 심부름도 해주고 있었다.

용민은 갑자기 목이 타서 소주잔을 목구멍으로 탁 털어 넣었다.

"용민 씨 건강하세요. 영치금 오천 원 넣어 놨어요."

하고 일년 가까이 소식이 없다가 느닷없이 나타난 민숙이 말했었다.

"면회 오지 말랬잖어."

"……제가 없더라두 용기를 내셔야 해요. 벌써 절반은 치른 셈 아
네요."

"잘 가!"

용민은 말하기 바쁘게 돌아섰다. 마지막으로 왔어요라고 민숙이
말하고 있다는 것을 용민은 직감할 수 있었다.

"면회 끝났시다."

그렇게 하여 민숙은 그들이 쌓은 5년이라는 시간의 퇴적을 허물
고 사라져 갔다. 개자식, 최명운 너 같은 놈이 버짐 핀 민숙을 꾀어
냈을 거다. 나도 건드려 보지 않은 엉덩이를 쓰다듬었을 거다.

"이형, 뭘 그렇게 골똘하게 생각해?"

용민은 대답 대신 한 모금밖에 안 남은 술을 또 홀짝 빨아 마셨
다.

"심각하게 생각할 거 없어. 내가 정보를 하나 주지. 저 기집애 집
은 망우리 밑이야. 종로에 가면 백삼십일번 버스가 있거든. 저 기
집앤 그 차를……."

"집어치우지 못하겠어!"

용민이 최명운을 무섭게 노려보았다. 최가의 눈꼬리에 번지던 웃
음기가 스러지면서 고대 정색이 되었다.

"우린 재수없는 전우 아냐. 이해하라구. 하기야 우린 꽁가이들한
테 너무 많은 죄를 졌지. 그래서 요 모양 요 꼴이 된 거 아니겠
어."

최가는 말하고 나서 참새 대가리 하나를 아삭아삭 씹기 시작했다.
용민은 이제 그와 작별할 시각이라고 생각했다.

"나 잠깐 실례해야겠어."

"응, 알겠어. 변소에 갔다 오겠다 이거지. 우린 역시 닮은 데가

많아. 조루까지 닮았으니 말야."

최가는 한 머리로 말을 흘리면서 한 머리론 그의 팔을 끌었다. 용민은 끌려가면서 실은 그게 아니라고 말하지 않았다. 전화 한 통화를 할 데가 있다는 말을 하지 않았다. 최가가 그의 손목을 잡고 걸으며 말했다.

"이놈의 도시에 살려면 말야, 아니 우리 같은 조루 자진 말야, 변소부터 알아놔야 하거든."

최가는 그를 끌고 어느 건물 안으로 들어갔다. 돋보기 안경을 받쳐 쓴 수위 영감이 좁은 복도 입구를 지켜 앉아 당장 그들을 불러세웠다.

"어디들 가세요?"

"칠층요."

"칠층 어디요?"

"치과요."

"내일 오슈. 다 퇴근하고 아무도 없어요."

"최치과 최 박사가 우리 형님인데 오라고 해놓고 퇴근을 해요? 이럴 수가……."

"그래요? 그렇다면 혹시 모르니까 올라가 보시지."

그들은 승강기를 타고 7층까지 올라갔다. 그러곤 치과병원 문은 열어 볼 필요도 없이 변소로 갔다. 바지 단추를 끄르고 서서 최가가 말했다.

"이형 퀴논 안 갔었다는 거 난 알지."

"어떻게?"

"그냥."

최가는 승강기를 기다리며 재차 말을 걸었다.

"이형은 무슨 일 허우?"

"아무 일도."

“뻥끼 일은 집어치고?”

“……응.”

“시원찮았수?”

뚱딴지 같은 수작을 끝까지 받아 주고 있을 수는 없었으므로 용민은 열린 승강기 안으로 들어서며 단호히 말했다.

“나 오늘 빵간에서 나왔어.”

“그래? 그 안도 뻥끼칠해서 치장해 줄 만큼 여유가 생겼단 말야? 그렇다면 이놈의 나라도 살 만한 모양인데.”

용민은 마침내 포기했다. 포기하고 아래층 복도를 여유만만한 자세로 걸어나가는 데만 신경썼다.

“먼저 가봐. 난 전화 한 통 걸 데가 있어.”

“그까짓 기집년들 하룻밤 안 만나면 어때서 그래. 기집년들한텐 모름지기 무관심한 척해야 한다구.”

“너무 오래 무관심해서 자살 직전이야.”

최가는 설득되어 돌아서는 듯했으나 곧 되돌아서서 소리쳤다.

“혹시 도망칠 핑계 대는 건 아니겠지?”

“내가 무슨 죄를 져서 도망쳐. 빵간에 뻥끼칠까지 해준 몸인데.”

“그건 그래.”

“곧 갈 테니 먼저 가봐.”

최가가 돌아갔으므로 용민은 사방을 두리번거리며 공중전화를 찾았다. 몸이 후룩후룩 떨렸다. 공중전화통은 포장마차가 있는 곳까지 거의 되돌아가서야 발견되었다. 약국 구석참에 숨어 있었다.

“여보세요.”

“거기 박 사장 댁이죠?”

“그런데요.”

아까 그 계집아이의 목소리임에 틀림없었다.

“박 사장 들어오셨어?”

“곧 들어오신다구 전화 왔었는데요.”

“알았어.”

“누구시죠?”

“아까 걸었던 사람.”

수화기를 걸고 물러서던 용민이 그만 누군가의 발등을 밟고 말았다. 돌아보니 홍시구라는 사나이였다.

“괜찮아요. ……그런데 이형 안색이 왜 그렇죠? 속이 좋잖은 거 아뉴?”

“난 술만 들어갔다 하면 언제나 이래요.”

“아닌데. 아주 백지장 같은데…….”

“겨울이라 더하겠지.”

“이형, 최가하고 최치과 변소 갔었지. 최 박사가 정말로 바로 그 친구 형이라구.”

“알 게 뭐야.”

용민은 말을 흘리며 약국 밖으로 걸어나갔다. 수화기를 떼들던 홍가가 그의 뒤통수에다 대고 소리쳤다.

“이형, 빼는 거요?”

“빼긴, 그냥 가는 거지.”

그러자 무슨 셈판인지 홍가가 수화기를 도로 걸어 놓고 따라왔다.

“맘 잘 먹었수. 미스 김만 없으면 나도 뺄 텐데.”

“당신은 친구 아냐.”

“모르는 소리. 최가 성질 몰라서 그래, 이형은. 고주망태가 되면 형편없어진다구. 고주망태되기 전엔 돌아가지도 않고.”

“메어꽂아 버리고 가면 될 거 아뉴.”

“그럴 수도 없고.”

“그럼 할 수 없지.”

“왠지 알우. 저 친구 월남전에서 척추를 다쳤단 말요. 무슨 말인고 하면 성불구자라 그 말이야. 그래서 저렇게 됐는데 어떻게 메어꽂아.”

용민은 더 듣지 않고 걸음을 떼어 놓았다. 그래서 기집년, 기집년하고 혐오감을 참지 못해 했단 말인가. 그래서 미스 김이라는 여자는 그가 엉덩이를 어루만져도 참을 수밖에 없었던 것일까.

용민은 네거리를 건너기 위해 신호등을 기다리고 있었다. 그러나 사람들이 몸을 웅크리고 몰려 서 있었으므로 그도 거기 끼여 서 있었던 것이지 그가 스스로 그 신호등을 기다리기로 한 것은 아니었다. 그는 그만큼 자신을 가누지 못하고 있었다. 큰길가로 나오면서 그는 갑자기 그런 자신을 발견했다.

신호가 떨어졌는지 사람들이 동동걸음으로 차도를 뛰어가기 시작했다. 용민도 그들을 따라 휘청휘청 길을 가로질러 건너갔다. 무릎이 자꾸만 꺾어지려 했다. 그는 이를 악물고 자신을 족쳤다. 정신차려라, 이 머저리 같은 놈아.

그는 누군가를 붙들고 물었다.

“용산 쪽으로 가려는데……. ”

“건너가서 타슈.”

“아니, 택시.”

“택시든 버스든 건너가서 타슈.”

“빌어먹을!”

그는 길을 도로 건너기 위해 다시 신호등을 기다렸다. 정신차리자, 껌뻑하면 저승으로 간다.

공중전화통은 마침 네거리의 모서리에 세 개가 가지런히 서 있었다. 여보세요 하는 건 또 계집아이 목소리였다.

“박 사장 들어왔니?”

“네, 잠깐 기다리세요.”

용민은 계집아이의 그 말에 정신이 아뜩하는 것을 느꼈다. 자, 정신을 가다듬자, 이용민! 드디어 박행만이 수화기에 나타나는 순간 아니냐.

"나 박인데, 누구시오?"

"이용민입니다."

"누구라구?"

"이용민이라구요."

"어? 이군, 언제 나왔나?"

"오늘 나왔죠."

용민은 혀가 잘 돌아가고 있지 않은 자신에 울화통이 터졌다. 박행만은 날짜를 잘못 잡고 있었다고 변명했다.

"내가 이거 예의가 아니었군."

"그런 거 갖고 뭘 그러십니까."

"지금 어딘가, 거기가?"

"신경쓰시지 마십시오."

"내 집으로 오지, 지금이라도."

"신경쓰시지 마시라니까요."

"그럼 언제 오겠나?"

"곧 만나뵙게 되겠죠."

"고생했군."

"어머니 시체를 거둬 주신 거 고맙습니다."

"너무 가슴 아파하지 말게나."

"끊겠습니다."

"어디 뜨뜻한 여관 같은 데 가서 푹 좀 쉬라구."

용민은 전화를 끊고 잠시 정신을 가다듬었다. 온몸에 마비가 오는 것처럼 짜릿하게 저려 왔다. 내가 술을 마신 건 실수다. 그러나 실수할 수밖에 없었다. 용민은 길가로 나와 팔을 내휘둘렀다. 택시 한 대가 다가와 멎었다.

“어디 가세요?”

“용산.”

“이 찬 원효로로 가는데요.”

용민은 이미 세 사람이 타고 있는 택시에 몸을 꾸부려 밀어넣었다. 어깨를 움츠리며 승객 중 하나가 말했다.

“젊은 양반 한잔 걸치셨군.”

그러나 용민은 대꾸하지 않았다. 수감자의 맹세 2항을 외우느라 모르는 사람의 비아냥거리는 말투를 상대할 겨를이 없었다.

——우리는 다시 들어오지 않는다.

우리는 다시 들어오지 않는다. 나는 다시는 들어가지 않는다……출렁거리는 자동차 불빛 사이로 흩날리는 것은 분명히 빗발이었다. 잠시 후 운전사가 와이퍼에 스위치를 넣으며 투덜거렸다.

“웬놈의 겨울비가 다 뿌리죠.”

아무도 대답하는 사람이 없었다. 용민도 못 들은 체 앉아 있었다. 비는 차츰 굵어져서 후두둑후두둑 바람에 몰려 차창을 두드리기 시작했다.

“뒷손님 용산 어디까지 가시죠?”

“경찰서 앞에 세워 주슈.”

용민은 택시에서 내려 경찰서 경비실까지 가는 동안에 옷을 거의 적셔 버렸다. 등에 닿는 비는 차갑고 차가웠다.

“형사과에 좀 들어갑시다.”

“왜?”

“얘기할 게 있어서.”

“정보?”

“그런 거.”

“들어가 보슈.”

용민은 곧 경찰서 현관으로 올라섰다. 우리의 맹세——우리는 다시 들어오지 않는다. 나는 빵간에 다시 들어가고 싶지 않다.

형사과엔 야근 경찰 둘이 앉아 있었다.

"내 이름은 이용민인데 삼 년을 살고 오늘 만기 출옥했소."

"그런데?"

"그래서 왔소."

"무슨 소리야?"

"직업이 운전순데 사람을 둘 치어 죽였었소."

"그런데?"

"실은 내가 치어 죽인 게 아니고 그때 있던 회사 사장이 낸 사고였소."

"도대체 무슨 소릴 하고 있는 거야?"

"요컨대 사장을 위해 내가 대신 감옥살이를 했다 이거요."

"뭐야? 당신 이름이 뭐라구?"

"이용민."

"언제 사건이라구?"

"삼 년 전 십이월 십사일."

"우리 경찰서에서 취급했어?"

형사들은 갑자기 부산하게 서류를 뒤지기 시작했다. 그러곤 찾아내자 곧 과장집으로 보고하고 있었다. 통화 도중에 형사가 물었다.

"왜 당신이 대신 뒤집어썼어?"

"원래 내가 운전수니까 회사를 위해 희생해 달라고 해서."

"그래서?"

"사장 체면이 뭐가 되겠느냐고 해서."

형사는 수화기에 대고 용민의 말을 따라 외웠다. 그러다가 또 물었다.

"아무 대가도 없이?"

"치르고 나면 삼백만 원 주겠다던가."

"그런데 막상 오늘 나와서 연락하니 오리발 내밀더라 이거지!"
"천만에요. 오늘밤 안으로라도 가면 당장 줄 것 같던데요."
형사가 또 그의 말을 그대로 과장한데 복창했다.
"그런데 지금 와서 그 음모를 밝히게 된 동기는 뭐야?"
"그런 질문이 어딨수, 경찰로서."
"알았어. 하지만 이렇게 되면 당신도 또 벌 받아야 한다는 사실 알고 있어?"
"물론."
알고 있답니다 하는 것으로 형사는 그의 과장과의 통화를 끝냈다.
두 형사가 한쪽으로 비켜 서서 잠시 협의했다. 그러곤 그중 하나가 다가서며 말했다.
"영치금은 쉴새없이 들어왔겠군."
"거절했죠."
"왜?"
"홀어머니가 충격을 받아 죽어 버렸거든요."
철거덕하고 용민의 손에 수정이 걸렸다. 그는 팔을 앞으로 모으고 창틀 앞으로 걸어갔다. 빗발이 치는 검은 겨울밤이 거기 있었다.

돌아온 우리의 친구
─포장마차 3

　우리는 토의 끝에 그를 대대적으로 환영하자는 데 의견을 모았다.

　1년 1개월 만에 김포공항착 귀국하는 그를 맞기 위해 우리는 밤 여덟시에 공항 입국자 출구 앞까지 찾아가기로 결의했다. 우리가 그러기 위해서는 적어도 몇 사람은 아예 그날 하루 일터를 쉬거나 배탈 핑계를 대고 조퇴하지 않으면 안 되었으므로 그를 위한 우리의 환영 계획은 대대적인 것이라 하지 않을 수 없었다.

　마침내 합의에 이르고 나자 우리 가운데 하나가 중얼거렸다.

　"녀석은 행복하겠다."

　다른 하나가 받아 말했다.

　"도열해 서 있는 우리를 보면 기분 좋겠지?"

　"맞았어, 녀석은 행복해. 국제선 비행기를 타고 기나긴 여행도 해 보고."

하고 또 다른 하나가 그 말을 받았다.

　"그런 비행기에선 영화도 틀어 준다며?"

　"그럼 영화 보고 싶음 입장권 따로 사가지고 영화관에 들어가야 되나?"

"누가 알어."

"왕복 비행기삯이 백만 원이나 된다면서?"

그는 우리한테 보낸 편지에 썼었다. 왕복 비행기삯만도 우리돈으로 백만 원씩이나 된다고. 그런데 1년 계약이 끝나서 다시 1년을 더 연장하겠다고 하면 한 달 휴가를 주고 그 백만 원씩이나 하는 왕복 비행기표를 끊어 주어 본국에 다녀오게 한다고.

야, 그건 얼마나 신나는 일인가 하고 우리는 모두 편지를 읽으며 부러워했다. 본국에 돌아와 한 달 동안 만판으로 놀고, 친구들을 불러놓고 밤새도록 터번을 쓰고 돌아다니는 사람들의 우스꽝스런 모습에 대해서도 애기해 주고, 내가 남은 일년 더 가 있는 동안에 우리도 집을 삽시다 하고 어머니한테 마음놓고 이야기해도 되고. 아니면, 거 증권인가 뭔가 하는 것에 투자하는 방법에 대해 의논해 봐도 괜찮고……

그런데 그는 다음 사연에서 이렇게 쓰고 있었다.

나는 본국 다녀오는 것을 포기했어. 왜냐고? 포기하고 그 한 달 동안 그대로 일을 해주면 왕복 비행기표값을 현금으로 돌려주거든. 그뿐이야, 보너스로 또 얼마를 더 얹어 준다지 않겠어. 그러므로……

그러므로 본국을 다녀올 수 있는 특별휴가를 포기할 수밖에 없었다고 그는 말하고 있었다. 그는 물론 포기하고 나서 받은 그 거액의 돈을 고스란히 그의 어머니 앞으로 부쳤겠지. 아마도 그가 태어나서 만져본 가장 거액의 돈이었을 그것을 본국에 있는 그의 어머니 계좌에 넣어 주도록 의뢰하며 그는 가슴 뿌듯한 행복감에 젖었을까.

우리는 그가 언젠가 술을 마시고 우리 앞에서 울어 버린 것을 기억하지 않을 수 없었다. 술에 취해서 개판을 쳤다는 얘기가 아니다. 술기운이 그를 서러움에 젖도록 만들어 버렸을 것이었다.

그는 그때 연초제조창의 엽연초더미 속에서 사는 일자리를 쫓겨나 어느 공업단지 조성 공사장의 막노동자로 들어간 지 석 달쨌가 되고 있었는데, 하루 저녁 느닷없이 돌아와 우리 앞에 그 모습을 나타냈던 것이다. 우리는 그를 보는 순간 놀라지 않을 수 없었다.

그의 눈두덩은 시커멓게 멍이 들어 있었고 귓바퀴는 찢어져 있었다. 뿐만이 아니었다. 그가 입술을 들쳐 보이는데 보자 입 안이 온통 다 터져 시커먼 핏덩이가 엉겨 있었다. 옷을 벗기자 온몸에 성한 데가 없었다. 갈비뼈가 부러졌는지 모를 일이었으므로 우리는 그 점부터 우려하지 않을 수 없었다.

“너, 엑스레이 찍어 봤니?”

그는 고개를 가로저었다.

“빨리 찍어 봐야지, 시간 놓치면 병신돼.”

하고 우리는 쥐뿔이나 아는 체 다투어 겁주는 말을 했다. 그러나 그는 들은 척도 하지 않았다.

“가슴팍이 그 정도로 멍들었으면 뼈가 성할 리 없단 말야.”

“일없어.”

“고집부릴 일이 아니야.”

“일없다니까.”

“도대체 어떻게 된 거니?”

하고 우리는 그제야 그가 어쩌다가 온몸이 상처투성이가 되었는지에 대해 의문을 나타냈지만 그는 대답해 주지 않았다. 그는 우리의 질문에는 대답하지 않고 다만 이렇게 말했다.

“술 좀 마시자.”

우리는 만약에 그의 갈비뼈가 나간 게 틀림없다면 절대로 술을 먹여서는 안 된다는 것을 알고 있었지만 그런 말은 하지 않고 술을 마시러 갔다. 술을 먹여 놓으면 무슨 일이 있었는지 털어놓으리라는 기대를 걸고. 우린 주머니가 비었지만 공사장에서 돌아왔으니 술값은 아마 그가 낼 테지 하는 기대를 가지고.

그러나 우리의 기대와는 달리 그는 소주를 다섯 잔이나 마시고도 입을 열 기미조차 보이지 않았다. 우리는 궁금하여 더 이상 기다릴 수 없었다. 그런데 우리보다 더 참지 못하는 사람이 있었다. 바로 포장마차 주인이었다.

"어쩌다 그러셨수, 젊은이?"

그럼에도 그가 여전히 침묵으로 일관하고 있었으므로 우리는 포장마차 주인이 무안을 느끼기 전에 그를 대신해서 거짓말이라도 해 주지 않을 수 없었다.

"한탕 뛰었대요."

아니, 거기까지 거짓말일 리는 없었다. 그가 누구와 다투었음은 의심의 여지도 없지 않은가. 우리의 능란한 거짓말은 정작 그 다음 부분이었다.

"눈꼴이 셔서요. 재수없어서요."

그러나 이번엔 포장마차 주인이 아무 반응을 보이지 않았다. 눈꼴 사납고 재수없는 것에 대해선 그럴 수만 있다면 가끔씩 혼구멍을 내줘야 한다고 말하지 않았다. 세상에 눈꼴신 게 한두 가지냐는 말도 하지 않았다. 그걸 어떻게 다 혼구멍을 내줄 수 있느냐, 앞으론 그딴 것들에 울화통을 터뜨리지 마라, 그러면 그러는 사람만 고단하다, 하는 말도 하지 않았다. 아니 혀조차도 차지 않았다.

우리는 서운한 마음을 금할 길이 없었다. 그래서 그를 힐끔 돌아본 다음 한마디 더 덧붙일 수밖에 없었다.

"아저씨같이 나이든 분이야 못 그러죠. 엄두도 못 내죠. 야합이나 하고 협잡이나 하죠. 그래서 세상엔 날이 갈수록 눈꼴신 것들 행패만 늘어나요."

이쯤 해놓으면 무슨 반응이 있겠거니 하고 우리는 숨을 죽인 채 그를 건너다보았다. 그러나 우리의 그따위 악담은 아무런 효험도 없었다. 주인은 아무 말도 하지 않았을 뿐 아니라 어떻게 보면 우리 말이 맞다는 듯 웃음이 번진 듯한 얼굴을 하고 꼼장어 구워 내는 일에만 열중하고 있었다.

그런데 우리가 주인의 반응을 듣기는 다 틀렸다고 생각하는 순간에 정작 엉뚱한 데서 반응이 나타났다.

"가만히 듣자 하니 아주 질이 나쁜 놈들이군."

이건 단순한 반응이 아니라 아예 시비를 걸어 오는 거군 하는 생각이 펀뜩 들어 우리는 눈꼬리가 떨리는 긴장을 느끼지 않을 수 없었다. 전력(戰力)의 대비(對比)를 알기 위해 우리는 재빨리 시비가 걸려 온 쪽을 돌아봤다. 그러나 우리와 나란히 서서 꼼장어가 굽혀 나오기를 기다리는 패거리는 고작해야 마흔줄의 남자 둘이었다.

그들이 더 자신만만하게 나오도록 유도하기 위해선 우리가 기죽은 것처럼 보일 필요가 있었으므로 우리는 아무 반응도 나타내는 일이 없이 주눅이 든 얼굴을 하고 서 있었다. 물론 술을 마시지도 않았다.

우리의 작전은 적중했다. 사태의 정황을 세밀히 관찰하고 있던 남은 한 사나이가 마침내 앞의 말에 꼬리를 달고 나섰다.

"지금 세상이 어떤 세상인데 길거리에서 껍적대는 불량배들이 다 있어."

우리는 여전히 잔뜩 겁먹은 모습을 하고 말없이 서 있었다. 그제야 우리는 우리가 겨냥한 상대가 처음부터 주인이 아니라 그들이었음을 알아차렸다. 무슨 얘기냐 하면 우리는 그때 돈이 없어서가 아니라, 재미로 그런 참새구잇집을 찾아오는 그들 같은 사람들을 곯려 주는 것으로써 어쩌면 눈두덩이 팅팅 부은 그를 위로할 수 있을지도 모른다는 생각을 하고 있었던 것이다. 정말이지 그의 왼쪽 눈은 너무 부어올라 조금도 눈이 뜨이지 않을 정도로 완강하게 감겨 있었다. 직신하게 두들겨맞고 링을 내려온 권투선수같이.

누가 먼저랄 것도 없이 우리는 잠시 후 드디어 쿡쿡하고 잇달아 웃기 시작했다. 그리고 뜻밖에도 그가 먼저 우리의 어깨를 밀고 두 남자 곁으로 달려들었다.

그러나 그날 밤 우리가 그를 제지하지 않은 것은 여간 큰 실수가 아니었다. 아니, 우리는 처음부터 상대를 잘못 보는 실수를 범한 것이었다. 신사복을 번듯하게 차려 입은 그들이 우리를 현장에서 체포할 수 있는 권리를 가진 사람들인 줄을 우린 몰랐던 것이다.

"우린 당신네들처럼 야합하고 협잡하고 배신하지 않는단 말야. 당신네들이 그런 짓 안했다면 우리 얘기에 왜 끼어들어?"
하고 달려드는 그에게 두 남자는 지체없이 벽력 같은 소리를 내질렀다.

"꼼짝 마! 모조리 주민등록증 내놔!"
"한 놈이라도 도망쳤다간 죽는 줄 알어!"
우리는 그들의 명령에 순순히 따랐다. 그리고 가까운 경찰서로 끌려가 인계되었다.

그는 특히 온몸이 상처투성이 된 연유에 대해 거듭 추궁당했다. 그럼에도 끝까지 입을 열지 않던 그가 새벽의 경찰서 유치장에서 우리한테 그 연유를 털어놓았다.

율포 공업단지 조성 공사장에 내려간 이후, 일당으로 지급되는 임금을 그는 보름께부터 받지 못한 채 일하고 있었다고 했다. 큰 토건회사 다섯이 시공을 맡아 그것을 다시 수많은 군소 토건업자한테 하청을 나누어 주어 진행되고 있던 그 공사는, 원래의 시공업자로부터 공사비가 내려오지 않으면 일당을 제때에 지급할 길이 없다고, 그를 막노동자로 고용한 업주는 늘상 강조했다. 그보다 먼저 온 인부들이 업주의 그런 주장을 납득하고 있었으므로 그도 그런가 보다 하지 않을 수 없었다. 그러자 이윽고 임금 지불이 안 되기 시작했다. 내일은 내일은 한 것이 두 달이나 계속되었다. 많이 밀린 경우는 다섯 달치나 못 받아낸 사람도 있었다. 마지막 연기라고 말한 업주로부터의 약속도 세 번이나 지켜지지 않았다. 마침내 인부들은 작업이 끝난 밤에 모여 모의하기 시작했다. 업주 쪽에 최후의 날짜를 통첩하기로 결정했다.

그 최후의 날을 사흘 앞두고 뜻밖에 그의 동생이 공사장으로 그를 찾아왔다. 그땐 아직 중학생이던 그의 동생은 그와 마주치자 눈물부터 보였다. 그는 놀라지 않을 수 없었다.

"무슨 일이냐?"

어머니가 복막염이라고 동생이 말했다. 진찰 결과 맹장이 터져 복막염으로 발전했다는 것인데 수술 전에 입원수속부터 밟으라고 하여 아침부터 응급실에 누워 있다는 것. 그는 지체없이 곁에 있는 곡괭이를 울러메고 현장 사무실로 뛰어갔다. 수틀리면 찍어 버릴 생각으로.

"우리한테 협박조로 통고한 날이 아직 이틀이나 남았는데 무슨 소리야."

그는 당장 곡괭이 잡은 손이 부르르 떨리는 것을 아직은 참았다.

"복막염은 수술만 하면 낫지만 시간을 놓치면 위험하지."

소장은 뒷짐을 지고 천막자락 끝으로 어슬렁어슬렁 걸어가서 바깥을 내다보고 있었다. 그는 언제까지 참아야 하느냐고 자문했다.

"좋아, 사정이 그렇다니까 입원비만큼 미리 주지."

"주는 게 아니라 내가 받을 돈이에요."

"어렵쇼, 그렇게 나오면 못 주겠는데. 다른 사람들 알면 난리날 거거든. 내가 왜 스스로 말썽을 만들겠어."

"못 줘요?"

"그러니까 얌전히 굴면 줄 수도 있다 그 말씀이지. 대신 내 부탁도 한 가지 들어주는 조건으로."

"무슨 부탁?"

"별거 아냐. 오늘밤 노무자들 데리고 나가 술을 한턱 내. 술값은 물론 내가 내지. 일미집으로 데리고 가서 외상을 그어놔. 딴 뜻은 없고 요즘 모두들 너무 신경들이 날카로워져 있는 것 같아서 좀 누그러뜨리자는 것뿐이야."

"못하겠시다. 나는 지금 당장 병원에 갈 거요."

"허허, 그러면 입원비 못 내준다니까. 내 말하지 않았어. 복막염이란 별거 아니라고."

"어쨌든 못하겠소."

"내 말을 의심하는 모양인데 별다른 뜻이 없다니까. 내 솔직히 말하지. 실은 도자 성능이 떨어져 요즘 작업능률이 영 안 오른단 말씀야. 저걸 수리공장에 넣어 손을 봐야겠는데 노무자들이 의심할까봐 실어 내갈 수가 있어야지."

"난 못한다니까."

"잘 생각해 봐. 시간 놓치면 어머닌 위험하다구. 별거 아닌 부탁인데 잘 생각해 보라구."

불도저의 성능이 못해진 것은 사실이었다. 그는 잘 생각해 봤다. 그러곤 말했다.

"좋시다. 대신 내 밀린 돈을 다 주슈."

"간조 다 해줄 돈이 있다면야 벌써 아까 줬지 왜 여러 말 하고 있겠어, 위급한 환자 눕혀 놓고. 있는 대로 다 긁어모아 보지. 한 육만 원쯤 될 것 같기도 하고……."

그는 결국 십만 원을 받아들고 현장 사무실을 뛰어나왔다. 누구 보는 앞에서 돈 구경 시키는 실수를 범하지 않도록 소장이 몇 번씩 주의를 주었다. 그는 동생을 데리고 급히 공사장을 빠져나가며 말했다.

“너 먼저 올라가면 곧 뒤따라갈게.”

“언제?”

“곧. 복막염 정도는 걱정할 것 없다는데, 수술만 하면 금방 낫는다는데.”

“누가 그래?”

“알아봤어. 그렇지만 당장 수술하도록 해야 한다.”

시외버스 정류장으로 나온 동생은 머뭇거림이 없이 곧 버스에 올라 주었다. 그는 꼭 뭔가 죄를 짓는 것 같은 느낌을 지울 수가 없어 차창 아래로 다가서서 물었다.

“너 학교 공납금은 어떻게 됐니?”

“못 냈지 뭐.”

“그럼 어떻게 되니?”

“그만두래. ……그만둘 거야.”

“무슨 소리냐?”

“벌써 며칠째 학교 가지 않은걸.”

“안 돼. 그 돈 입원비 내고 남은 걸로 등록금 갖다 내.”

“수술빈 어떡허고?”

“그런 건 네가 걱정 안해도 돼.”

동생은 대꾸하지 않았다. 그는 구차하게도 이틀 뒤면 그동안 밀린 임금을 모두 받아내게 된다는 사실을 상기시키고 있었다.

다음날 새벽, 시체실에 누운 어머니 꿈을 꾸고 있는 그를 누군가 두드려 깨웠다. 그리고 눈을 뜨기 바쁘게 지체없이 멱살을 잡혀 천막 밖으로 끌려나갔다. 끌려나가면서도 그는 꿈에 대해 생각하고 있었다. 그것이 꿈일 뿐 현실이 아니었다는 데 그는 감사하고 있었다.

노동자들은 그를 끌고 현장 사무실로 갔다. 기름이 다 닳아 가물가물 꺼져 가고 있는 석유 램프 하나가 천막 기둥에 걸려 있었다. 그것뿐 천막 안은 휑하니 비어 있었다. 석유 램프는 위장용임을 금세 알아차릴 수 있었다.

그는 다시 밖으로 끌려나왔다. 그제야 누군가 처음으로 입을 열었다.

"자, 봐! 두 눈으로 똑똑히 봐!"

그는 가리키는 곳을 보는 대신 둘러선 사람들의 얼굴을 쳐다봤다.

"보란 말야, 공사 장비들이 남아 있는 게 있나!"

그는 파헤쳐진 넓은 벌판을 내다봤다. 멀리 바다 쪽으로부터 뿌옇게 먼동이 트고 있었다.

"배신자!"

"죽여 버려!"

그는 헉 하고 배를 싸안으며 고꾸라졌다. 그리고 발굽들 아래 짓밟혔다. 그가 몸을 일으켰을 때는 주변에 사람 그림자 하나 없었다. 다만 동녘 하늘이 붉은 빛을 띠고 있었다. 하늘과 맞닿은 바다도 붉게 물들어 온통 칙칙한 붉은 빛뿐이었다.

우리는 그제야 그가 왜 포장마찻집에서 발작처럼 우리를 밀어붙이며 나섰었는지 알 수 있을 것 같았다.

그는 말했다.

"나는 배신자야."

"하지만 넌 그들이 걷어 들고 도망치리라곤 생각하지 않았잖아. 그런 계획이란 것까진 몰랐던 거 아냐."

"난 알았어. 낌새를 알아챌 수 있었어."

"지금 생각하니 그럴 뿐이지."

"아냐. 아니란 말이야."

그는 우리의 위로를 단호히 거부했다. 그리고 말했다.

"내가 견딜 수 없는 말은 바로 이 말이야. 사람들 중 하나가 말했어. 나 같은 늙은 놈도 야합을 물리쳤는데 새파랗게 젊은 놈이 놈들과 짜고 그딴 짓을 해 하고."

　그는 순식간에 눈시울을 붉혔다. 곧 이어 후두둑 눈물이 쏟아졌다. 우리는 번들거리는 그의 얼굴을 건너다보며 그가 만약 술만 마시지 않았대도 포장마찻집에서 그런 실수를 저지르진 않았으리라는 생각을 하고 있었다.

　"마침내 우리 주변에 갑부 하나가 탄생했군."

　우리가 그의 편지를 읽으며 이런 얘기를 할 수 있는 건 얼마나 기분 좋은 일인지 몰랐다. 배신자의 아픔에 떨던 그를 갑부로 불러 줄 수 있는 것은 우리에게도 얼마나 큰 행복인가.

　"역시 외국에 나가 일하는 건 국내서보다 정당한 대우를 받는다는 얘기지?"

　"그나마 다른 나라 노동자들이 받는 대우에 비하면 터무니없이 적게 받는다는데도 말이야."

　"왜 봉제공장이나 철공소에서 함마 두드리는 일자리는 없지?"

　"진작 미장이나 목수일이라도 배워 두는 건데."

　"걔가 집장수 따라다니며 뺑끼칠 기술을 배운 건 역시 선견지명이 있었어."

　"어쨌든 걔가 갑부가 돼버렸다는 것만큼 기분 좋은 건 없지 뭐냐."

　그러나 그는 떠나기 전 우리와 마지막 만났을 때 분명히 말하지 않았던가. 그가 떠나는 건 결코 돈에 대한 복수심 때문은 아니라고. 그러므로 우리가 그의 뒤켠에서 그를 갑부라고 부르는 건 어쩌면 그에 대한 모욕이 되는 것인지 몰랐다. 적어도 그는 자신이 그렇게 불리는 것을 기분 좋아할 리 없으니까. 뿐만이 아니었다. 우리는 그가가 있는 곳이 얼마나 견디기 어려운 땅인가에 곧 생각이 미치지 않을 수 없었다. 그는 이렇게 쓰고 있었던 것이다.

　타는 듯한 열기 속의 사막, 그 사막 한가운데 세워진 기름 탱크의 벽에 달라붙어 페인트 롤러를 굴려나가다 보면 느닷없이 비오듯 하던 땀이 말라 버리는 순간이 있다는 것이었다. 더 배어날 땀도 남지 않은 채 장작개비처럼 꾸들꾸들 말라가고 있는 것 같은 그런 느낌이 든다고 했다. 그러면 버릇처럼 불덩이같이 달궈진 탱크의 철판에 등을 붙이고 지상을 내려다보게 된다고 그는 쓰고 있었다.

　까맣게 내려다보이는 지상의 모래밭이 마치 파도가 출렁이는 바다처럼 보이지. 착각이 아니야. 현기증 탓이야.
　그럴 때 생각나는 것이 무엇인지 알어? 거짓말이 아냐. 죽음이야. 허리를 묶은 밧줄을 풀고 슬쩍 탱크를 걷어차면 한 장의 종이처럼 간단히 땅으로 날아떨어질 수 있을 거란 생각. 몸의 물기란 물기는 남김없이 증발해 버렸으므로 뼈가 부러지고 살이 터져도 피는 흐르지 않을 거 아니겠어.
　나는 그런 충동을 하루에 적어도 네 번은 받고 있어. 어떤 고통도 어떤 인내도 잊은 행복한 나의 시체를. 그때의 나는 그런 모습을 하고 있겠지?

그런 그가 다음 편지에서 1년 연장 고용계약서에 서명했음을 거침없이 말하고 있었다. 딱 1년만 더 머문 다음 돌아가겠다고 쓰고 있었던 것이다. 우리는 그런 결단을 내린 그에게 장엄한 어떤 느낌마저 갖지 않을 수 없었다. 여전히 빈털터리로 남아 있는 우리가 갑부가 되어 가고 있는 그를…… 지상의 온도만도 섭씨 40도라면 공중에 떠 있는 그를 휘감는 열기는 도대체 몇 도나 되는 것일까?
　그의 느닷없는 귀국에 대한 우리의 환영 계획은 그러므로 너무나 당연했다. 1년을 연장해서 머물기로 한 겨우 한 달 만에 그는 난데없이 계약을 파기하고 돌아오는 것이 아닌가. 마침내 끝없이 현기증에 시달리는 고통을 청산하고 충동적인 유혹도 떨쳐 버리고 돌아오는 그가 아닌가. 결정을 내린 순간 그는 소리쳤을 것이다. 야, 이

더러운 자본아 하고. 돈의 부피가 커지면 자본이란 이름으로 바꾸어 불러 주니까. 아니 그가 어쨌는지 누가 알랴.

그가 김포공항착 귀국하는 날이 드디어 하루 앞으로 다가선 날 우리는 약속대로 다시 모였다. 환영 계획의 재확인을 위해서. 우리는 술을 마시러 갔다. 아무도 우스갯소리 한마디 하지 않았다. 우리는 다만 제가끔 그와 마주치는 순간에 뭐라고 첫마디를 던져야 할 것인가에 대한 궁리를 짜고 있었다.

얼마나 고생이 많았니 라고 해야 할까. 아니 얼마나 뜨거웠니 라고 물어야 할까. 포기하고 돌아온 건 참 잘한 결정이라고만 위로하고 말아야 할까…….

포장마차에는 막걸리는 번거로우므로 팔지 않았다. 그리고 소주는 여전히 우리에게 너무 독했다.

그러나 우리는 마셨다. 말없이 자꾸 마셨다. 옆에 나란히 서 있는 배지를 단 여섯 명의 여대생들도 소주잔을 기울이고 있었으므로 남자들인 우리가 소주를 거북해할 수는 없었다. 그녀들이 열올리고 있는 대화에 방해가 되므로 우린 떠들 수도 없었다. 그런 곳에 신분을 위장하고 잠입하는 사람들이 있다는 것을 알고 있는 우리로서 그녀들의 애기를 간섭하거나 끼어드는 실수는 두 번 다시 저지를 수 없었다. 우리는 다만 말없이 술을 마시는 일밖엔 할 짓이 없었다.

"애, 눈이 끝없이 펑펑 쏟아지는 거 있지. 그럴 때면 그 눈을 빨간 피로 물들이며 죽구 싶은 거 있지."

우리는 여대생들의 그런 애기를 가물가물 귓가로 들으며, 돈짝만 한 세상을 안주로 집어먹으며, 끝없이 소주잔을 목구멍으로 들어부었다. 세상에 행복을 느끼는 것도 참 여러 질이구나 하는 생각이 안 든 건 아니지만 그건 잠시뿐이었다. 눈이 행복한 살인도 하는구나 하는 생각은 정말 잠시뿐이었다.

그런데 드디어 딸꾹질이 나기 시작하여 정신을 차리고 건너다보자 돈짝만해 뵈던 것은 세상이 아니었다. 재차 어금니를 사려 물고 건너다보아도 눈앞에 일렁이는 돈짝 크기의 상대는 고작해야 털모자를 눌러쓴 포장마차 주인일 뿐이었다. 그리고 술기운에 떨고 있는 것은 우리뿐이었다. 영양이 좋은 여대생들은 여전히 조금도 취해 있지 않았다.

"너 참 어떻게 됐니?"

"응, 재정보증서 붙여 갖구 초청하는 거 있지, 그거 보내 주겠대. 자기 약속했어."

"그럼 벌써 떠났니?"

"다음달에 떠나. 여권이랑 비자랑 다 나왔어, 애."

"그럼 언제 환송회 한번 하자, 애. 그냥 있을 수 있니. 이제 영영 못 만날지두 모르는데."

"박사학위 따기 전엔 돌아오지 않는대. 어떨 때 가만 생각하면 막막해지는 거 있지, 나 요즘 그런 심정이다 너."

"어머, 왜니? 노처녀루 늙으면 어쩌나 해서니?"

"그런 소리 마, 애. 건너가면 육 개월 안으루 초청장 보내 준다니까 그러니 앤. 너, 나 유학 시험 떨어졌다구 그러는 거니? 너 모르는구나. 유학 시험, 그거 별볼일 없는 거야. 재정보증서두 못 얻는 별볼일 없는 인간들한테나 필요한 거야. 내가 막막해지는 것은……."

"가면 아무래두 고생이다, 그거니?"

"우리가 어디 중동에 땅 파러 가는 거니, 고생이게? 뉴욕에 자기 누나가 살구 있다구. 자가용이 몇 대씩이나 된대."

그도 아마 재정보증서 갖고 미국 유학 가는 저런 여자와 같은 비행기 타고 갔겠지. 아니, 미국은 그쪽으로 가지 않으므로 그와 같은 비행기로 유학 떠난 사람은 파리로 여자 목도리 연구하러 가는 남자였겠지.

"아저씨, 꼼장어 두 마리 더 구워 주세요. 그거 정력에 좋다면서
요?"

하는 여대생들의 얘기를 마지막으로, 우리는 더 이상 버티지 못하고
포장마차의 휘장을 들치고 나왔다. 나오다가 우리는 모두가 눈길에
미끄러져 자빠졌다. 그러나 눈 위에 꽈당 자빠져 뇌진탕으로 죽어
버렸으면 하는 생각은 조금도 나지 않았다. 우리는 다만 끝까지 듣
지 못한 여대생의 얘기가 궁금할 뿐이었다. 그녀가 막막해지는 건
무엇일까. 조국의 장래일까, 민족의 앞날일까. 떨어지는 정력 때문
일까, 아니 날로 그게 충천해서는 아닐까.

우리는 꼬리를 무는 의문을 풀지 못한 채 다음날을 기약하고 헤어
졌다. 눈길 조심해, 자칫하면 간다구 하는 당부를 주고받으며.

그리고 다음날 우리는 뻐개지는 것 같은 머리통을 싸안고 최후로
모였다. 우선 꽃집으로 갔다. 꽃다발 하나를 주문했다.

"어떤 꽃다발을요?"

"아주 근사한 걸로."

우리가 멋진 꽃다발을 주문한 것을 꽃집 주인은 매우 고마워하면
서 펄럭이는 리본까지 달아 주었다. 그를 환영하는 깃발로는 아주
그럴싸한 크기였다. 우리는 꽃집 주인을 더욱 즐겁게 해주기 위해
대금을 치르기 전에 한마디 더 했다.

"김포공항으로 가져갈 겁니다."

우리의 이 말에는 그가 만들어 준 꽃다발이 다분히 국제적인 의미
를 지니게 된다는 뜻이 포함되어 있었다.

"아아 그러세요."

하고 꽃집 주인은 과연 감탄하는 목소릴 냈다. 그러고는 그도 축하
의 뜻을 보태고 싶었던지 이렇게 말했다.

"그럼 이백 원을 빼드리죠."

준비를 끝냈으므로 우리는 곧 꽃다발을 앞세우고 공항으로 가는

버스를 탔다. 유치하게 피켓 같은 걸 만들 계획은 애초부터 우린 갖고 있지 않았다. 그때 우리가 좀 거북살스럽게 느낀 것이 있었다면 두 가지였는데, 하나는 그가 도착할 시간이 아직 너무 많이 남아 있었다는 점이고, 다른 하나는 두통이었다. 두통은 참으로 견디기 어려울 정도였다. 시간이 갈수록 점점 더 나빠져 가고 있었다. 그럼에도 우리는 누구도 진통제를 사먹으면 어떠냐는 제의는 하지 않았다.

공항에 도착하기도 전에 겨울 짧은 해는 벌써 밤으로 바뀌어 있었으나 그가 탄 비행기가 도착할 밤 여덟시까진 아직도 두 시간 가까이나 남아 있었다.

"그래도 이 꽃다발을 들고 도중에서 시간을 보낼 덴 없잖겠어."

"그럼. 막바로 온 건 잘한 거야."

우리가 꽃다발을 들고 뭇사람들 틈에 끼여 두 시간을 기다린다면 풋풋한 꽃의 향기를 다 앗기고 말 우려가 있었으므로 우리는 당장 공항 청사 안으로 들어가지 않았다. 공항 광장 끝으로 가서 눈밭에 둘러섰다. 다행히 날씨가 그렇게 춥지 않았다. 아니 그가 타는 듯한 열기 속을 살았던 것을 생각하면 우리가 그 정도 추위를 견디는 것은 아무것도 아니었다. 그리고 그건 두통에도 좋은 처방인지 몰랐다.

한 시간 이상을 눈을 밟고 서성거린 다음 우리는 딸기코를 훌쩍거리며 주차장을 가로질러 건물 안으로 들어갔다.

안으로 들어선 다음에야 우리는 그 안이 그렇게 좁은 공간이 아닌 것을 알아차렸다. 그러므로 그가 입국 수속을 끝내고 마침내 우리 앞에 모습을 드러내는 문이 어디쯤에 있는지 알 수가 없었다.

우리는 속으로 그를 비난했다. 그가 떠날 때 우리로 하여금 그를 배웅하도록만 했던들 우린 지금 조금도 기웃거리지 않고 익숙하게 찾아갈 수 있었을 것이 아닌가. 그는 단호히 말했었다. 만약에 그가 떠나는 공항에 우리가 나타난다면 그걸로 우리의 우정은 끝나는 것이라고. 어째서 그러냐고 묻자 그는 이렇게 대답했다.

"너희가 만약 공항에 나온다면 그건 나를 비웃으러 나오는 것이기 때문이다."

지금 생각하면 그가 그때 그토록 신랄할 것까진 없었다. 어쨌든 다행히 우린 입국자들이 들어서는 문을 찾는 데 그렇게 오래 방황하진 않았다. '안내'라고 써붙인 곳에 가서 물어보면 된다는 것쯤은 알고 있을 만큼 우리도 때로는 용의주도한 편이었던 것이다.

우리가 입국자 출구 앞으로 다가갔을 때 우리는 거기에 우리가 아는 한 분이 이미 도착해 있는 것을 발견했다. 발견하는 순간 가슴이 더없이 벅차 오는 것을 느꼈다. 우리가 그런 지경이었으니 그녀는 얼마나 격정에 떨고 있었으랴. 바로 그의 어머니였으니까.

우리는 격앙된 목소리로, 그러나 나지막한 합창으로 그녀를 불렀다.

"어머니!"

그녀가 흠칫 놀란 몸짓으로 우리를 돌아봤다. 그러고는 격정을 억누르지 못해 급기야 우리 앞에 눈물을 뚝 떨어뜨렸다. 우리는 그녀로 하여금 그만 소리내어 어른의 울음을 울어 버리게 할 우려가 있는 말은 할 수가 없었다. 얼마나 반가우세요 라는 말은 더구나 할 수 없었다. 그러지 않아도 눈물방울이 아스라히 걸린 그녀의 눈은 무언의 말을 하고 있었으니까. 녀석이 드디어 돌아오고 있단 말이야 하고. 그러므로 우리는 다만 이렇게 낮은 목소리로 물었다.

"나오신 지 오래 되셨나요?"

"아니…… 조금 전에."

"거의 도착할 시간이 되었군요."

"응."

그녀는 대답하고 나서야 시간이 임박했다는 데 새삼 실감이 가는지 놀란 눈을 하고 우리를 돌아봤다. 눈가에는 아직도 위태로운 눈

물 방울이 괴어 있었는데 그 눈물 방울은 우리가 미처 손수건을 꺼
내기도 전에 후두둑 바닥으로 떨어졌다. 신수가 편 탓인지 복막염
수술 이후의 오랜 병색을 완전히 회복하고 있던 그녀였는데 아들의
귀환이 다시 살을 내리게 한 것일까. 그녀는 드러나게 수척한 모습
이었다.

이윽고 그가 탄 비행기의 도착을 알리는 안내방송이 들렸을 때,
우리는 숨이 막히는 긴장을 느꼈다. 우리는 몸을 후루룩 떨며 다시
그녀를 환기시켰다.

"비행기가 도착했답니다, 어머니."

그러자 그녀도 방송을 알아들었음인지 아무 대꾸도 않고 줄기차
게 입국자가 들어서는 문쪽만 쏘아보고 있지 않은가. 어쩌면 그새
격정을 진정시켰는지 몰랐다. 우리는 그가 만약 우리와 함께 포장마
차에 가서 한잔 할 수 있었으면 얼마나 좋으랴 생각하며 그의 어머
니의 희끗희끗한 뒷머리를 지켜보고 있었다.

적어도 20분은 시간이 지체된 듯했다. 가방을 들고 가벼운 웃음
을 띤 사나이 하나가 문 앞에 나타났다. 머리에는 매우 비싸 보이
고, 그래서 좋아 뵈는지도 모를 멋진 중절모가 얹혀 있었다. 그러나
그 사나이는 그가 아니었다. 귀국하는 사람도, 이 땅을 찾아오는 여
행자도 줄줄이 이어져 나오고 있었으나 그는 좀체 모습을 나타내지
않고 있었다.

우리는 그제야 그가 귀환한다는 것이 낭설인지 모른다는 생각을
하기 시작했다. 그는 당초의 계약조건대로 지금도 모래밭에서 페인
트칠을 하고 있으며, 그가 돌아오는 것은 적어도 열한 달 뒤일지 모
른다는 생각을 우리는 하기 시작한 것이다. 우리는 재빨리 그의 어
머니를 불렀다.

"어머니!"

그러나 우리가 그녀를 부른 것은 그가 일년 뒤에 돌아올지도 모른

다는 말을 하기 위해서가 아니었다. 우리가 조급하게 그런 생각을 하고 있는 순간에 그의 고등학교에 다니는 남동생이 거기 입국자 출구 앞에 불쑥 그 모습을 나타냈던 것이다. 우리는 뻣뻣하게 몸이 굳어 오는 것을 느꼈다. 발을 떼어 놓으려 하면 그대로 쓰러지고 말 것같은 그런 느낌이 들었다.

현지까지 가서 그를 안내하여 오고 있는 그의 남동생은 어머니와 눈이 마주치자 주춤하고 걸음을 멈춰 섰다. 그의 얼굴이 순식간에 물기로 번들거렸다. 그러나 그는 역시 남자였으므로 오래 지체하지 않고 곧 문 앞을 떠나 이쪽으로 걸어오기 시작했다.

우리는 그제야 우리가 공항 건물 밖에서 그토록 오래 떨고 있었던 것은 그의 어머니를 차마 만날 수 없어서였던 것을 알아차렸다. 그에게 줄 꽃다발을 뭇사람들한테 보이고 싶지 않아서였던 것을 알아차렸던 것이다.

우리는 그녀의 둘째아들, 아직도 까까머리 고등학생인 그 둘째아들이 가슴에 안고 다가서는 하얀 사각(四角)의 곽 위에다 검은 리본이 드리워진 우리의 꽃다발을 얹었다.

그러나 한줌의 재를 위한 꽃다발로는 그건 너무나 흐드러진 풍요(豊饒)였다. 너무나……

회색의 집
─포장마차 4

죽여 버릴 거다.

나는 이상한 증오심에 부대끼고 있었다. 너무 지나친 더위는 살인의 충동마저 도발시키는 것일까. 마치 누구든 나를 성가시게 하는 자가 있으면 죽여 버리고 말 것 같은 그런 살의에 찬 눈으로 나는 사방을 두리번거렸다. 그게 아니라 그때 그자는 죽여 버렸어야 했는데 하는 생각을 하고 있었다. 내 여자를 가로채 간 자 말이다.

나는 그렇게 내 비수에 희생당해 줄 상대를 하나하나 떠올려 보고 있었다. 명단은 절대로 여기 공개할 수 없지만 실로 적지 않은 숫자였다. 증오의 대상을 많이 갖고 산다는 것처럼 불행한 일이 있을까.

누군가 선풍기의 스위치를 끄고 있었다. 그까짓 쉬엄쉬엄 돌아가는 선풍기 바람으론 이 찌는 듯한 사무실 안의 열기를 쫓는 데 아무 도움도 되지 않지만, 그러나 나는 순간적으로 신경이 곤두서는 것을 느꼈다.

"퇴근 안하세요, 김 선생님?"

쳐다보자 스위치를 끈 게 여사무원이므로 나는 꿀꺽 말을 되삼키고 만다.

"먼저 가겠어요."

나는 땀에 젖은 등받이를 추스르며 걸어나가는 여사무원의 뒷모습을 바라보며 증오심을 연민 같은 것으로 바꾸어 보려 애쓴다. 그러나 곧 이어 전화 벨이 울리기 시작했으므로 내 그런 노력은 아무런 효과도 가져오지 못한다. 방정맞은 벨소리는 나뿐만 아니라 아직 퇴근을 않고 있는 다른 친구에게도 매우 신경에 거슬리는 모양이지 않던가.

"도대체 저놈의 전화 발명한 작자가 누구야."

하고 하나가 혀를 차자 전화를 받으러 가는 다른 하나가 받아 중얼거렸다.

"이놈의 전화통 언젠가는 박살내고 말 테니 두고 봐!"

지금 집어던져 버리지 뭘 뒷날까지 기약할까 하고 있는데 뜻밖에도 걸려온 전화는 나를 찾고 있다는 것이 아닌가. 오냐, 마침 잘 걸려들었다, 너 한번 죽어 봐라 하고 어금니를 깨물고 전화통 앞으로 다가갔는데 뜻밖에도 수화기에서 들리는 목소리는 아내가 아니랴.

"무슨 일이야?"

아내가 요령부득으로 시간을 끌고 있었으므로 나는 재차 다그치지 않을 수 없었다.

"무슨 일이냐니까?"

"……너무 끔찍해요."

나는 순간 머리끝이 쭈뼛 일어서는 것을 느꼈다.

"뭐라고? 그게 무슨 말이야?"

"전 말 못하겠어요. 이제 곧 오빠한테서 연락이 갈 거예요."

"얘기해 봐, 빨리! 무슨 일이야?"

아내는 여전히 대답을 들려주지 못하고 있었다. 도대체 무슨 일이 일어난 것일까. 나는 왠지 이 무더위 속에 기어이 살인사건이 터지고 만 것 같은 예감에 사로잡혔다.

"전화 끊겠어요. 되두룩 당신두 가보두룩 하세요. 하지만 밤엔 돌아오셔야 해요. 저 혼자선 무서워서 안돼요."

나는 아내가 수화기를 내려놓도록 내버려 두었다. 재우쳐 봤자 아내는 끝내 '끔찍한' 무슨 일인가의 내용을 들려줄 것 같지 않았기 때문이다.

아내가 자기 오빠에게 내용 전달을 위임할 정도라면 도대체 얼마나 충격적인 내용이길래 그럴까. 나는 실감하려 들수록 더욱 종잡을 수 없고 더욱 조급해져서 처남의 전화를 기다리고만 있을 수 없었다. 번호판을 돌리는 손끝에 빳빳하게 긴장이 갔다.

수화기에 나타난 아내의 오빠는 막 전화를 하려던 참이었다고 말하고 있었다. 애기 들었지 하고 그는 내가 예상했던 것보다는 훨씬 태연한 어투였다.

"무슨 일입니까?"

"응, 아직 못 들은 모양이군. 신우가 죽었대."

"네?"

신우라면 처남의 육촌 매제다. 그러니까 나와는 육촌 동서의 관계에 있는, 말하자면 관계의 거리를 손쉽게 설명하기 어려운 사이에 있는 그런 사나이다. 뿐만 아니라 언젠가(아마도 어느 음력 설날이 아니었던가 싶지만) 처가 나들이를 갔다가 한번 마주친 일밖에 없음이 분명하여 그의 얼굴 모습도 제대로 기억이 나지 않는다. 단지 잊혀지지 않는 것이 있다면 그때 처가에선 주안상을 차려 내왔었는데 한사코 꽁무니를 뽑는 그를 두고 모두들, 이 사위는 밀밭 근처만 가도 사흘은 주정을 한다는 농을 하지 않았던가 하는 점, 그리고 그와 나는 생일을 한 달 사이로 둔 동갑이며 둘 다 셋방살이를 하고 있는 공통점을 가지고 있다는 점 정도일까.

그는 헤어지기 전에 내 곁으로 다가와 이렇게 속삭였다.

“형님, 우리 앞으로 자주 만납시다. 형님도 잘사는 처갓집 두니 더럽지요. 이놈의 집안은 어떻게 돼서 대소가가 다 잘사는지 모르겠어요.”

그러자고 약속했으나 우리는 그 뒤 어느 쪽에서도 먼저 만나자는 제의를 한 바 없었다. 못사는 게 고단해선지, 잘살아 보려는 안간힘에 골몰해선지는 알 수 없지만 어쨌든 우리는 그 뒤로 한 번도 만나 보지 못한 채 지냈다. 아니 지내 오고 있은 게 아니라 그러다가 이젠 아주 만나볼래야 만나볼 수도 없게 되었다는 충격적인 소식을 듣게 된 것이 아닌가. 느닷없이 그의 죽음을 듣게 되다니 도대체 어떻게 된 일인가. 더구나 처남의 말을 들으면 그의 죽음은 너무나 놀랍고도 허망한 것이 아니던가.

“물에 빠져 죽었다는군.”

“물에 빠져서요?”

“피서 갔다가 바다에서 익사했다는 거야.”

“네?”

“하여튼 만나서 애기하지. 시신이 병원에 안치돼 있다니까 한번 들러보긴 해야잖겠어.”

나는 어딘가 시큰둥한 듯도 하고 어떻게 들으면 냉소가 묻은 것같이도 들리는 처남 박정호의 어투가 신경에 거슬렸지만 사십대 후반이라는 나이가 그로 하여금 모든 일에 심드렁한 반응을 보이게끔 만드는지 모른다는 생각으로 이해하기로 한다. 우리는 만날 시간과 장소를 약속하는 것으로 통화를 끝냈다. 늑장부린 시간 약속이라니, 당장 만나서 달려가 봐야지 꾸물거릴 계제인가 하는 생각이 통화를 끝낸 나를 부추겼지만 처남은 분명히 잔무가 남았다고 하지 않았던가.

이신우가 해수욕장에서 익사하다니 도대체 무슨 그런 일이 다 있느냐 말이다. 도무지 믿어지지 않는 일이었다. 그가 피서 휴가를 갔다는 것부터가 믿어지지 않았다. 요즘 바다 다녀오지 않았다는 사람이 없는 판인데 그가 그럴 형편에 있지 않다는 뜻이 아니라, 내가 아는 한 그는 그런 데 갈 사람이 아니었다.

하긴 내 이런 생각도 당치 않은 것이긴 하다. 단지 어딘가 어울리지 않고 어딘가 그답지 않은 느낌을 준다뿐이지, 그라고 해수욕장에 가지 말란 법이 어디 있는가. 약속시간이 되어 나타난 처남 박정호도 만나자마자 그런 뜻일 성부른 한마디를 내뱉었다.

"신우가 바다에 빠져 죽다니, 무슨 뚱딴지 같은 소리야."

그럼에도 나는 어떻게 된 영문인지나 알자고 재촉하는 말을 하지 않고 다만 처남의 다음 말을 기다렸는데, 그건 이신우의 죽음에 혹시 탐탁지 않은 어떤 내막이 있는 건 아닐까 하는 우려 때문이었다. 즉 해수욕장 같은 데 가서 낭비하는 데는 맞지 않는다는 것이 일반적인 인상인 이신우가 실은 전혀 엉뚱한 면을 가지고 있었다든가 하는. 말하자면 세상 사람들이 흔히 말하는 어떤 묘령의 여성과의 잠행 같은 부분이 있었다든가 하는 그런 놀라운 내막 말이다.

이윽고 처남이 말했다.

"거긴 해수욕장도 아니었다지 뭐야."

"저런."

"현지에 사는 신우의 친구가 조용한 곳이라며 소개해 줬다나, 해수욕장에서 한참 떨어진 곳을."

"그러니까 주변에 구출해 줄 사람도 없었던 거군요."

"헤엄칠 줄 모르는 제 아내뿐이었다니 발을 동동 굴러 봤자 무슨 소용 있었겠어."

나는 가슴이 철렁 내려앉는 것을 느꼈다. 동시에 뭔가 죄책감 같은 것에 사로잡혔다.

내가 얼마나 세속적이었던가. 나는 처음 아내가 차마 말을 못 잇는 장면과 마주쳤을 땐 눈앞이 아득했었다. 그러다가 처남으로부터 나와는 별로 추억거리도 없는 이신우의 죽음을 들었을 땐 솔직히 말해서 마음 한편으로 나도 모르게 안도의 한숨을 내쉬었다. 오싹했던 등골에서 다시 더위가 느껴졌다. 젊은 죽음이 좀 애석하긴 하지만 나와는 직접 관련이 없는 게 그나마 다행이라는 생각을 한 것이라면, 나는 그에서 더 잔인할 수 있는가.

그러고도 내가 그의 죽음에서 무슨 냄새가 난다고 속된 짐작을 키웠다면 그건 또 사자(死者)에 대한 얼마나 큰 모독인가. 물론 내가 그럴 어떤 가능성에 대해 생각하게 된 데는 전적으로 그 동기가 뭔가 말을 주저하는 듯하던 아내한테 있었다. 시큰둥해하는 것도 같고 냉소적인 듯도 한 처남의 말투에도 그 원인이 있었는데, 곰곰 되씹어 보면서 나는 희생자의 죽음 이면에 뭔가 떳떳하지 못한 것이 있지 않고는 어쨌든 망인에게도 처남뻘인 그가 그 애석한 죽음을 놓고 그토록 대수롭지 않은 투로 말하진 못했을 거란 것이 내 손쉬운 단정이었으니까.

그랬는데 이제 보니 가족이 함께 떠났다가 당한 참혹한 사고였다지 않은가. 나는 박정호란 사내의 비정함에 부아가 치밀어올랐다. 원래 매우 무뚝뚝한 사나이라고 해서 이해되지도 않았고 나이 탓이겠거니 돌려 버리려도 도무지 마음이 편하지 않았다. 더구나 그는 그의 그런 미처 몰랐던 일면을 발견하고 경련을 느끼는 나를 돌아보며 이런 말까지 하지 않던가.

"신우하곤 별로 거래가 없었지?"

"거래라뇨?"

"별로 만난 일이 없잖으냐구."

"네, 별로."

"그럼 신경쓸 거 없어."

"뭘요?"

"뭐든."

‘뭐든’이 무엇인지 나로서는 알 수가 없었다. 그러나 내가 미처 반문할 사이도 없이 우리가 탄 승용차는 한 시립병원의 영안실 앞으로 미끄러져 들어가고 있었다. 차를 내리기 전에 처남이 운전사의 뒤통수에다 대고 일렀다.

“여기서 좀 기다리고 있어봐.”

운전사가 이의를 제기했다.

“그동안 엔진 오일 좀 갈아 넣고 왔으면 하는데요. 한 시간은 걸릴 거예요.”

“그럼 그렇게 해.”

한여름의 하오 일곱시 반은 조금도 어둠의 그늘이 끼지 않을 시각인데도 사람들이 웅성거리는 영안실 입구를 건너다보는 내 눈엔 온통 검은 빛깔만 너울거렸다.

누군가 젊은 청년이 굳은 표정으로 걸어오고 있었다. 그는 적당한 거리까지 다가온 다음 처남 박정호한테 먼저 인사했다.

“오셨어요.”

그리고 내게도 인사했지만 나는 누군지 알 수 없었다. 청년의 뒤를 따라 걸으며 처남이 나직이 일러주었다.

“신우 동생이야.”

“아아.”

“부조금 넣고 왔어?”

“아뇨.”

“신경쓸 거 없어.”

나는 또다시 부아가 울컥 치밀었다. 넋이 빠진 사람처럼 영정 앞에 앉아 있는 미망인이 눈에 띄었기 때문일까. 신경쓸 게 없어서가 아니라 그런 것까지 준비할 마음의 여유가 내겐 없지 않았던가. 아 내가 끔찍하다는 말로 결국은 이 허망한 죽음을 말한, 어떤 불길한 암시를 했을 때 이미 내 감정은 제어장치가 고장난 자동차처럼 구르고 있었던 게 아닌가. 아직도 삼십대에 머물러 있던 한 젊은 죽음을 듣고도 조의금 따위 체면 치레를 챙길 겨를이란 내겐 정말 없었다.

나는 처남 박정호와 함께 좁은 영안실의 쪼르름이 차려진 여러 개의 빈소, 그 주검의 병렬(竝列) 중에 끼여 있는 이신우의 분향대 앞에 무릎을 꿇었다. 갑자기 격렬해지는 등뒤의 흐느낌 탓일까. 나는 분향하는 손끝이 달달 떨려 거푸 실수를 하고 있었다.

내가 두 번 무릎을 꿇고 엎드린 다음 돌아섰을 때 처남은 벌써 돗자리를 벗어나 신발을 꿰어 신으면서 미망인을 향해 짧게 말했다.

"이제 그만 그쳐."

"오빠!"

"그치라니까!"

처남의 목소리가 마치 퉁명스런 짜증 같은 어조였으므로 그런 오해를 막기 위해선 불가불 나도 한마디 거들지 않을 수 없었다.

"그러시면 쉬 지치십니다."

"울면 뭣해!"

처남은 재차 한마디 더 던지고 나서 성큼성큼 출입구 쪽으로 걸어나갔다. 영안실 밖으로 나오자 이신우의 동생이라는 청년이 바깥 담벼락에 등을 기대고 서 있는 것이 보였다. 그는 왜 빈소를 지키지 않을까.

누군가 우리 두 사람이 서 있는 쪽으로 걸어왔다.

"형님 오셨군요."

그러나 박정호로부터는 아무 대꾸도 없었다. 이어 그는 나와도 굳은 표정으로 악수를 나누었다. 내 아내의 언니의 남편, 그러니까 내겐 손윗동서가 되는 은행원이었다.

알고 보니 그뿐만이 아니었다. 영안실 앞마당에는 사촌처남 내외, 망인의 처남 내외도 와 있었다. 그리고 다른 한편에선 망인의 장인이 비슷한 나이의 다른 두 노년과 어울려 서 있는 것이 보였다. 어쩌면 사돈 사이인지 몰랐다.

그들만 빼고 우린 곧 한자리로 모여들었다. 누군가 말했다.

"이런 일이 있으니까 다 만나게 되는군."

"다 모인 셈인가?"

하고 다른 하나가 받아 말했다.

"저기 막내처남도 나타나는군."

은행 대리가 가리키는 쪽에서 갓 결혼한 박진호가 빠른 걸음으로 다가오고 있었다. 그는 가까이 오자 이렇게 소리쳤다.

"일이 밀려 늦었습니다. 도대체 어떻게 된 겁니까. 무슨 이런 사고가 다 일어납니까."

그는 말하고 나서 곧 영안실 안으로 사라져 갔다. 되돌아나온 그의 눈두덩이 벌겋게 물들어 있었다. 그는 우리가 서 있는 쪽으로 오지 않았다. 영안실 왼쪽의 전주 밑으로 걸어가고 있었다. 손수건으로 얼굴을 싸는 그의 곁으로 사촌처남의 아내가 뛰어갔다. 어깨를 감싸 안으며 뭐라고 진정을 시키는지 그가 울음이 묻은 목소리로 말하고 있었다.

"가세요, 아주머니. 곧 괜찮아질 거예요."

"되련님이 그러시면 어떡해요."

"누나가 불쌍해서 그래요."

그때 또 누군가 내 등뒤에서 갑자기 헉하고 흐느끼는 소리가 났는데 펄쩍 놀라 돌아보자 바로 미망인의 여동생인 현숙이 아닌가. 그녀가 언제 거기 와 있었을까. 모두의 시선이 그녀에게로 쏠렸다. 가장 가까이 있는 내게 그 처녀를 위로해야 할 임무가 지워져 있음이 분명했으나 나는 그녀를 어떻게 다루어야 할지 알지 못했다. 고작 이렇게밖에 할 말이 없었다.

"진정해요."

위로의 말로는 너무나 미흡했으므로 나는 그녀 쪽으로 돌아선 다음 한마디 더 덧붙이지 않을 수 없었다.

"처제는 언니를 위무해 드려야 할 입장이잖어."

"형부!"

하고 현숙이 마침내 내 가슴에 덥석 와 안겼다.

"철이가 불쌍해요. 그 또로또록한 애가 왜 죽어요."

순간 나는 하마터면 소리를 지를 뻔했다. 철이가 죽다니, 도대체 무슨 소린가. 이신우의 외아들마저 익사했단 말인가.

"지금 와서 그러면 무슨 소용 있겠니. 죽은 애가 되살아날 것도 아니고. 남은 사람이나 살게 모두 빨랑 잊어버리도록 해야 해."

하고 그녀의 오빠가 음울한 목소리로 분별력을 일깨워 주고 있었다. 왜 아무도 이신우의 아들마저 죽었다는 사실을 여태 말해 주지 않았을까. 나는 고개를 들어 박정호를 찾았다. 그는 어디로 갔는지 보이지 않았다. 나는 뭔가 분노 같은 것으로 몸을 떨었다. 그러나 당장은 내 가슴에 안겨 흐느끼는 여자의 등을 두드려 주는 일밖엔 할 일이 없었다.

그녀의 오빠가 재차 말하고 있었다.

"도대체 이 무슨 날벼락이야. 이렇게 비참한 일이 어디 있어."

그러나 아무도 그의 혼잣말 같은 중얼거림에 대꾸하는 사람이 없었다. 그의 누이가 나직이 나를 불렀다.

"형부!"

"응?"

"이제 언닌 어떻게 살죠?"

"진정해. 마음을 크게 먹도록 해요."

"그래야죠……. 하지만 철인 사뭇 수석이었단 말예요. 그런 애까지 잃구 어떻게 살겠어요, 언닌."

그녀의 상태가 또다시 걷잡을 수 없이 악화되어 갔다. 나로 하여금 기어이 눈물을 보이고 말도록……. 철이가 초등학교 삼학년이라던가. 그 위로 딸아이 하나가, 그리고 밑으로도 일학년인가 되는 또 하나의 딸을 둔 이신우. 그는 너무 일찍 장가를 든 게 아닐까 하는 엉뚱한 생각마저도 들게 했다. 나처럼 아이가 없다면 현숙의 언니로 하여금 적어도 두 주검을 함께 치워야 하는 슬픔의 배증(倍增)은 예방했을 게 아닌가. 하지만 이 무슨 어처구니없는 산술적 발상인 가. 나는 생각을 떨고 말했다.

"집사람은 왜 코빼기도 안 보이지!"

끔찍하다는 말만 하고 현장으로부터 도망치다니 무슨 돼먹지 못 한 태도인가. 그러자 현숙이 물기에 젖은 눈을 들고 말했다.

"아녜요, 형부. 언닌 벌써 다녀갔어요. 모두 왔다가들 갔어요."

"왔으면 있을 일이지 무슨 할 일이 그렇게 많다고 돌아가. 얼굴만 내밀었으면 다라는 거야 뭐야!"

나는 공연히 화가 치밀어 혀까지 차는 실수를 범하고 있었다. 아 니나다를까, 모두들 어울리지 않는 말투라는 노골적인 표정을 드러 내며 나를 외면했다. 주제넘게 처족들에 대해 그렇게 말하는 법이 아니라는 그런 뜻일까. 아니면 우르르 몰려 있다 해서 무슨 소용이 되느냐 그런 뜻일까. 어쨌든 내 뜻하지 않은 화풀이가 효과를 거둔 것이 있다면 문제의 육촌처제로 하여금 흐느낌을 멈추게 한 것뿐이 었다.

얼마나 시간이 흐른 뒤일까. 그 후텁지근하고 지리한 여름의 낮시 간이 거의 마감되고 있을 즈음 어디를 다녀왔는지 처남 박정호가 불 쑥 나타나 말했다.

"여기 더 있을 테야?"

"형님은 신우의 아들까지 죽은 사실을 알고 있었습니까?"

"몰랐었어? 내 말해 주지 않았던가?"

"아뇨."

"분향하면서 못 봤어. 아들하고 나란히 찍힌 사진 놓여 있는 거?"

나는 영정을 보긴 했지만 그것이 철이와 둘이 찍힌 사진인지 어떤지는 보지 못했다. 미망인의 오열이 내게서 그런 분별을 차릴 여유를 앗아갔는지 모른다.

나는 짧게 말했다.

"먼저 가세요."

"오래 있지 말고 곧 돌아가. 집에 개 혼자 있잖어."

"그러죠."

"난 내일 장례에도 못 나올 것 같어. 요즘 회사일이 너무 바빠."

"아니, 내일이 벌써 장례일인가요?"

"그럴걸. 현지 병원에 일단 안치돼 있다가 새벽에 여기로 운구해 왔다니까."

"그럼 사고는 벌써 어저께 일이군요."

"사고나마나 정신들 차려야지, 신우 제가 뭔데 온 가족 끌고 해수욕을 가느니 해. 제까짓 것한테 휴가여행이 당하기나 한 애기야. 무슨 큰 돈을 벌었다고."

나는 처남 박정호가 왜 처음부터 시큰둥한 말투였는지 그제야 그 이유를 알 것 같았다. 요컨대 분수에 넘치는 짓을 하면 이런 비참한 결과를 초래한다는 생각을 그는 신봉하고 있는 것은 아닐까. 그리고 그렇다면 그는 사자가 되어 어린 아들과 함께 누워 있는 이신우를 헐뜯고 있는 것이 아닌가. 책임을 묻고 있는 것이 아닌가.

"나 먼저 가보겠어."

"그러세요."

나는 그를 배웅하는 대신 어둠의 자락이 너울거리기 시작한 시립 병원 모퉁이로 시선을 보내고 서 있었다. 그토록 미련이 질긴 여름의 하루도 한번 스러지기 시작하자 어둠은 단숨에 손에 잡힐 듯 켜켜로 쌓여 갔다. 빤한 백열등 아래가 아니고는 접근하는 사람을 알아볼 수 없게 되기까진 불과 얼마 걸리지 않았다.

밤이 귀가(歸家)를 위해 있다는 게 문상객들에겐 얼마나 편리한 구실인가 하고 말한다면 내가 너무 신랄한 편일까. 그러나 영안실 주변에 짙은 어둠의 장막이 쳐지기 바쁘게 마당에 서성거리던 사람들의 숫자는 지체없이 반 이상으로 줄어들어 버렸다. 마치 야음을 틈탄 탈주를 노리고 있었다는 듯이. 그리고 탈주를 포기한 사람들은 어느새 돗자리를 들고 반반한 자리를 찾아나서고 있었다.

그런데 어떻게 된 일일까. 이신우의 일부 문상객들 사이에 이상한 주장이 고개를 들기 시작했다. 모두들 나는 집에 돌아가야 된다는 것이었다. 나는 무슨 음모인지 알 수가 없었으므로 작당하고 나서는 그들을 상대로 되묻지 않을 수 없었다.

"왜 저만 돌아가야 된다는 겁니까?"

"집에 아무두 없잖아요. 동생 혼자 있잖아요! 걘 얼마나 무섬을
탄다구요."

하고 늦게 나타난 아내의 언니가 주장했다. 밤엔 돌아오셔야 해요, 저 혼자선 무서워서 안 돼요 라던 아내의 말이 생각났지만 그러나 나는 단호히 말했다.

"걱정 마세요. 나이가 한두 살예요, 무섭게."

"그렇잖아요. 백살을 먹어두 무섬 타는 건 맘대루 안 돼요. 아이
라두 있으면 몰라두."

"글쎄 염려 마시래두요."

나는 그들이 혹시 자기네들의 퇴각의 구실을 만들기 위해 공연히 나를 걸고 넘어지는지 모른다는 생각이 들어 이런 말까지 덧붙였다.

"염려 마시고 아이들 기다릴 텐데 돌아들 가세요. 여기 모두 남아
있어야 밤엔 할일이 없거든요."

"아니야, 우리 일은 우리가 알아서 할 테니 김 서방은 지금 당장
돌아가는 게 좋겠어."

"왜 그렇습니까. 전 그럼 무섬 타는 아내 때문에 외박 한번 못하

겠네요. 출장명령 받으면 어쩌죠 ? ”

“그게 아니라니까. ”

“아니면 뭡니까 ? ”

“김 서방은 위험해. ”

“위험하다니요 ? ”

나는 너무나 뜻밖의 말을 하는 망인의 처남을 쳐다봤다.

“너무 마음이 약해. 아까 막 화를 내는 거 보고 안 되겠다 했지. 더구나 자낸 이 서방하고 동갑이기도 하잖어. ”

나는 실제로 웃음이 나오기도 했지만 우정 쿨쩍 소리내어 웃었다.

“전 마음이 약하지도 않지만 약하다고 하더라도 제가 약한 게 위험할 건 조금도 없습니다. 철이 어머님이 약해져선 안 되지만 다른 사람이야 무슨 상관입니까. ”

나는 안다. 그들은 내가 남아서 어느 순간에 그들을 비난할까봐 두려운 것이다. 그래서 내가 남아 있는 한 그들은 집으로 돌아가는 것이 불안한 것이다.

“돌아가는 게 좋을 텐데. 그렇게 격양되어 밤을 새우는 건 건강에 여간 해롭지 않다구. ”

건너편에서 현숙이 손을 까딱까딱하고 있는 것을 나는 그제야 알아차렸다. 내가 사람들의 포위를 벗어나자 곁으로 다가온 그녀가 말했다.

“형부, 저 저녁 좀 사 주세요. ”

“그러지. ”

우리는 곧 영안실 앞을 빠져나왔다. 병원 입구로 나오며 그녀가 물었다.

“형부 돌아가지 않아두 정말 괜찮을까요 ? 언니 무섬 잘 탄다는 건 사실이잖아요. ”

“무섬을 견디는 훈련도 필요해. ”

현숙은 더 이상 말이 없이 발걸음을 세듯이 천천히 걸었다. 저러다가 어느 순간에 또다시 울음을 터뜨리지나 않을까 아슬아슬한 불안을 느끼게 하는 그런 모습으로.

그러나 그녀는 다시는 내 앞에서 눈물을 보이지 않았다. 울음을 깨물고 있는 게 분명했지만 용케 그녀는 참아냈다. 참고 내게 이렇게 말했다.

"형부, 언니 무서워서 울더라도 내버려 두세요."

"울긴."

"형부, 오늘밤 가지 마세요. 돌아가신 형부 대신 계셔 주세요."

"대신이야 안 되겠지만 가진 않을 거야."

"고마워요, 형부."

"무슨 소릴."

"형분 왜 그럴까요, 돌아가신 우리 형부 분신처럼 느껴져요. 아까 갑자기 그런 생각이 들지 않겠어요……. 언니가 불쌍해요."

"현숙인 어떻게든 언니를 위로하는 일만 해야 해."

"그래야죠. 하지만 너무 잔인한 일예요."

저녁을 사달라던 현숙은 막상 음식점 앞에 이르자 저녁 먹을 생각이 없다고 버텼다. 저녁뿐만이 아니라 어떤 것도 먹고 싶은 것이 없다고 거절했다. 그러나 나는 기어이 그녀를 끌고 마침 바로 옆에 보이는 포장마차의 휘장을 들치고 들어섰다. 그러곤 어거지로 그녀에게 저녁을 사 먹였다. 나는 설득으론 되지 않을 것임을 알고 있었으므로 처음부터 우격다짐으로 나왔는데 내가 그렇게까지 한 이유는, 슬픔에는 포만감보다 더 좋은 약이 없기 때문이었다.

나는 이홉들이 소주 한 병도 곁들여 주문했는데 그녀에게 반잔만 할애했을 뿐 나머지는 나 혼자 다 마셨다. 가락국수는 차라리 행주를 씹는 맛이었다.

내 처방이 과연 효험을 본 것일까. 현숙은 포장마차를 나와 병원으로 돌아가는 길에 낙천가 같은 소릴 하지 않던가.

"언니는 잘 살아가겠죠? 영주와 선주가 있으니까요."

"어떻게 잘 산다는 거야."

"형부 술 취하셨어요?"

"글쎄 말이야."

나는 말하고 나서 그녀를 돌아보았다. 희끄무레한 어둠 속에서 그
녀가 일그러진 얼굴로 마주 쳐다보았다. 웃고 있는 것일까, 울고 있
는 것일까. 내가 물었다.

"영주랑 선주는 어떻게 됐지?"

"엄마가 우리집으로 데려갔어요."

"잊었군. 언니 뭐 요기할 거라도 사다 드려야 되잖을까."

"관두세요."

"아냐, 빵이라도 사가지고 가자구. 마실 거라도."

"관두세요. 언닌 빨리 지칠 수만 있다면 그렇게 될수록 좋아요.
한시라도 빨리. 기운이 남아 있는 순간까지는 언니한테 형벌예요.
벌써 꼬박 이틀째 물 한모금 마시지 않구 버티는데 아직두 저러구
있으니 어쩌면 좋죠."

"그런데도 아무도 손을 쓰지 않고 있어? 그렇다면 큰일 아니야."

"아녜요, 제 처방이 맞을 거예요."

"그렇잖어. 이 여름에 그러면 탈수증으로 쓰러지고 만다구."

"언니의 시동생 되는 청년이 줄창 독촉해대고 있어요. 어쩜 언닌
지금쯤 그 등쌀에 뭔가 안 먹군 못 버텼을지 몰라요."

밤의 영안실 안은 도무지 냉동된 주검을 안치한 장소답지 않다는
것을 나는 이미 현장에 닿기 전에 알아챘다. 높고 무질서한 사내들
의 목소리는 거의 병원 입구에까지 들릴 정도였고, 조금만 귀를 기
울이면 그건 다름 아닌 섰다판의 아귀다툼이란 것을 단박에 알아차
릴 수 있었다.

현장을 목격한 현숙이 놀라움을 감추고 말했다.

"슬픔을 당한 당자들을 환멸에 빠뜨리는 방법두 참 여러 가지군요. 저렇게 해서 슬픔을 잊게 하는 건가요, 형부?"

나도 처음에는 그 소란을 적지않이 비웃고 있었지만 곧 마음을 고쳐 먹었으므로 이렇게 능청을 떨었다.

"저게 좋지 않겠어. 모두가 슬픈 얼굴을 하고 있어 봤자 피차 고단할 뿐이니까."

"저건 죽은 분에 대한 모독예요."

"너무 치열하게 생각하지 마. 저건 밤을 보내는 한 방편일 뿐이야."

"형부, 저 꼭 들려드릴 얘기가 있어요."

"나중에. 아무리 여름밤이라지만 하룻밤은 길거든."

"그래요, 나중에. 마지막 밤예요. 전 언니한테 가보겠어요."

"나도 따라갈까?"

"오시지 마세요. 형부가 차마 집에 가실 수 없어하시더라구 언니한테 말할 거예요. 우리 집안 사람들은 차가워요."

현숙은 말하기 바쁘게 나를 앞질러 잰걸음으로 걸어갔다. 누구에게든 위안받지 않고는 이 엄청난 슬픔을 떠받치고 설 자신이 없어하는 저 몸짓. 내가 그녀 하나만에게라도 위안이 되고 있다면 그것만으로도 얼마나 다행한 일인가.

"이쪽으로 오십시오."

하고 다가와서 말한 건 밝을 때 이미 만난 이신우의 동생이었다.

"고맙습니다, 김 선생님."

"미망인은 뭘 좀 드셨는지 모르겠군요."

"도무지 뜻대로 안 되는군요. 물만 조금 마셨습니다."

청년이 안내하는 쪽으로 다가가면서 보자 이신우가 마지막 가는 밤을 위해 남은 사람의 수효도 다른 집 문상객들에 비해 결코 적지 않았다. 그 가운데는 다행히도 미망인의 처남 박승호도 끼여 있었다. 그 밖에는 얼굴을 알아볼 수 있는 사람이 없었다.

"끝내 되돌아오는군. 저녁은 어떻게 했지."

먹었다고 말하자 그는 지체없이 소주잔을 쥐여주었다. 술도 마셨습니다 하고 말하고 싶었으나 나는 말없이 술잔을 받아들었다. 술을 따르고 난 다음 그는 세 사람의 낯선 사람을 일일이 소개해 주었으나 모두가 이씨 가문 사람들인 그들의 이름과 관계를 나는 곧바로 까먹고 말았다.

그들은 주로 바다의 위험함에 대해 얘기하고 있었고, 그 옆으로 등을 돌리고 앉아 왁자하게 돈 따먹기 섰다판을 벌이고 있는 축은 아마도 이신우의 학교 동창들 아니면 직장 동료들일 것이었다.

"돈 따먹을 생각만 하지 말라구. 죽으면 다 허망한 거야."
하고 섰다판의 한 친구가 경고한 말을 받아 박승호가 이쪽 좌중을 향해 말했다.

"참, 사람이 죽는다는 거, 알고 보면 그것처럼 허망한 것도 없다구. 얘기 들으셨겠지만 매제가 변을 당한 것도 눈 깜짝할 사이에 일어난 일이라지 뭐야."

아무도 자세한 얘기를 들은 사람이 없는 눈치이자 그는 곧 신이 난 듯 당시의 상황에 대해 설명하기 시작했다.

"매제는 애들 셋을 데리고 수영을 한 것도 아니고 고작 조개를 줍고 있었다는 거지. 그랬는데 어느 순간엔가 느닷없이 집채 같은 파도가 덮쳐 눈 깜짝할 사이에 아이 셋을 휩싸가 버렸다지 뭐요."

용케도 딸아이 둘은 가까이 떠밀려가고 있어 그 아버지에게 쉽게 구출됐다. 이신우는 아이들을 모래밭으로 끌어내놓기 바쁘게 쏜살같이 바다로 다시 뛰어들었다. 어느새 철이는 저만치 바다 안쪽으로 밀려가 허우적대고 있었던 것이다.

"애들 에미 말론 매제는 분명히 허우적대는 아이의 팔을 잡아챘다는 거지. 그랬는데 이상하게도 다음 순간 어른까지 팔을 내휘두르며 혁혁거리더라는 게 아니겠어. 그것도 잠시뿐이고……."

나는 더 듣지 않고 자리를 일어섰다. 더 들을 수 없어서라기보다는 더 들을 말이 없었기 때문이다. 되도록 아무 소리도 더는 듣지 않을 작정으로 멀리 벗어나려 했으나 누군가 자신에 차서 말하는 목소리는 여전히 선명하게 내 귓전에까지 와 닿고 있었다.

"그건 그렇지 않지요. 아이가 아버지를 꼼짝 못하게 결박한 거예요. 물에 빠진 사람한테 잡히면 그렇게 되고 맙니다. 손가락을 부러뜨려도 놓지 않아요. 이제 보니 결국 그렇게 돼서 그렇게 된 거군요."

"그거 아주 그럴싸한 얘긴데."

"그럴싸한 게 아니라니깐요. 그런 건 상식으로 아셔야지요."

"그러게 말이오. 아까 염습할 때 보니 둘 다 입술이 새파랗게 질려 있더군."

저 질기디질긴, 상식을 넓히는 화제는 언제 끝이 나는 것일까. 왜 들려줄 얘기가 있다던 현숙은 다시 나타나지 않는 것일까. 나는 마치 죽음의 냄새가 나는 것 같은 어둠 속을 응시했다. 갑자기 밤이 한없이 지리하게 느껴졌다. 무서웠다. 혼자 무섬을 타고 있을 아내를 생각하는 것도 무서웠다. 새벽녘도 되기 전에 어느 섰다판에선가 기어이 쌈박질이 벌어지고 마는 광경을 지켜보는 것은 더욱 무서웠다. 시체를 옆에 뉘어 놓고 멱살을 잡고 코피가 터지는 사람들이 나는 무섭지 않을 수 없었다.

"야, 잇새끼야, 왜 속여. 왜 화톳장을 감추니. 더러운 새끼!"

잔인한 밤이었다. 아니 잔인한 것은 시간이었다. 망인 이신우 부자가 마지막으로 머무는 밤은 그토록 어지러운 소란 속에서 어느새 먼동이 트고 있었다. 그리고 날이 밝자 사람들은 차마 부끄럼을 이기지 못해 을씨년스런 빈 돗자리들만 남기고 소리 없이 빠져 달아났다.

현숙이 다가와 새우등을 하고 깜빡 잠에 떨어진 그녀의 오빠 박승호 씨를 멀거니 내려다봤다. 오빠는 참 주책이죠라고 말하고 있는 것 같았다.

이윽고 그녀가 입을 열었다.

"정말로 슬픔을 실감케 하는 풍경이군요."

그녀는 빈 돗자리와 화투짝과 담배 꽁초와 술병, 음식 찌꺼기, 그리고 슬픔에 지친 상가(喪家) 식구들만 오롯이 남아 입을 탁탁 두드려 하품을 하며 여기저기 쓰레기더미처럼 웅크리고 앉은 영안실 앞 빈터를 가리키고 있었다.

"형분 이제 돌아가셔야죠."

"아니."

"밤새 잠을 못 잔 언니가 있잖아요."

"주인집에 사람들이 있는데 왜 잠을 못 자."

"형분 아직두 언닐 좋게 안 보시는군요. 그렇잖아요. 언니가 젤 슬퍼했어요. 너무 울어서 큰할머니가 억지루 끌구 가셔야 했어요. 형부 이제 가세요."

"내 일은 내가 알아서 해."

"가세요, 형부. 어둠이 가신 지금은 형부 없이두 견뎌낼 수 있어요. 지난밤은 정말 두려웠어요."

나는 그녀를 이해할 수 있었다. 혼자선 감당 못할 것 같은 너무나 엄청난 부피의 슬픔을 누군가와 나누어 지고 싶은 심경과, 적어도 그녀의 언니를 위해선 자기 몫만큼은 자기 혼자서 져주어야만 한다는 어떤 의무감 같은 감정 사이에서 그녀는 괴로워하고 있다는 것을. 그것은 그녀가 비극의 당자가 아니므로 더욱 고통스러운 입장에 서게 하고 있을지도 몰랐다.

그녀의 골몰한 상념을 흩뜨리기 위해 나는 이렇게 말했다.

"오늘도 무지하게 찔 것 같군."

그녀는 그러나 아무 대꾸도 없었다. 하늘을 올려다보지도 않았다.

"현숙이, 뭔가 내게 들려줄 말이 있다고 했는데."

"네, 하지만 말 않는 게 좋겠어요."

"형부에 관한 얘긴가?"

"가세요. 오늘 절대로 장지에 가시지 마세요. 제발예요, 가시지 마세요."

"왜 그러지?"

"장지엔 슬픔을 못 느끼는 사람들만 가야 해요. 형부 같은 분이 아닌, 우리 집안같이 사무적인 사람들만 가야 해요."

"현숙이도 나를 그렇게 보는군."

"아녜요. 하지만 우리 형부가 왜 바다에 가셨는진 모르시잖아요."

"왜 갔어?"

"장지까지 가시지 않는다고 약속하심 언니한테 들은 얘길 해드리겠어요."

"경우에 따라선."

"형부가 갑자기 말했다지 않겠어요. 이번 휴가엔 바다로 가자고 말예요. 그때까지두 언닌 형부가 왜 그런 맘이 생겼는지 알 수 없었대죠. 단지 해수욕장 가까이에 사는 형부 친구의 초청을 받아들인 줄로만 알았다죠. 당신 그동안 바다가 어떻게 생겼는지두 모르구 너무 고생이었어라는 말까지 형분 했다니까요."

그랬는데? 그랬는데 현장에 이르러 친구와 맞닥뜨린 이신우는 놀랍게도 이렇게 말하더라는 것이 아닌가.

　　——자, 마침내 왔어!

　　——어떻게 된 건가, 자네가 바다 구경을 다 오다니.

　　——포기했어. 이젠 날고 뛰어도 다 틀렸거든.

　　——뭐가 말인가?

——(아내를 돌아보며) 이제 당신도 집에 대한 꿈은 버려. 아이들 많다고 트집이면 아이들 많아도 좋다는 셋방 찾으면 되잖어. 그리고 육 개월마다 꼬박꼬박 세 올려 주면 되잖어. 적금, 곗돈 하지 말라구. 모두 해약해 버려. 이제부턴 쪽쪽바나 빨면서 시원하게 사는 거야.

——집값이 많이 올랐다지 ?

——글쎄, 모르겠는걸, 그런 건.

——그래도 절망하진 말게.

——무슨 소린가. 절망이라니, 난 생각을 바꾸었을 뿐이야. 아냐 실은 농담이야. 모처럼 바다 구경을 오니 멋쩍어서.

농담이든 아니든 이신우가 그래서 죽었다고 말해서야 안 되지 않는가. 나는 현숙을 따라 영안실로 갔다. 이신우와 미망인에게 작별 인사를 하기 위해서였다. 나는 현숙에게 내가 장지에 가지 않을 것을 약속하고 말았던 것이다.

나는 미망인 앞에 멈춰 섰으나 어떤 위안의 말도 생각나지 않았다. 영안실로 들어서기 훨씬 이전부터 말을 고르고 또 고르고 있었으나 여전히 실패였다. 이신우는 바다로 가지 말았어야 했다고 말한단 말인가. 그가 중동(中東)에 갔던 건 실수였다고 말한단 말인가. 미망인이 먼저 놀라운 소릴 했다.

"어떻게 하면 제가 죽을 수 있을까요 ?"

나는 현숙과의 약속을 어기기로 마음을 고쳐 먹진 않았다. 그럼에도 영결식이 끝나 두 구의 영구를 싣고 발인하는 영구차의 승강구 앞으로 나는 빨려가고 있었다. 영결식장에 쫓아나왔던 아내가 물기 묻은 목소리로 무슨 뜻인지 모를 소릴 했다.

"고마워요, 여보 ! "

차에 오르자 현숙과도 눈이 마주쳤지만 그녀는 항의하지 않았다. 몸부림하는 그녀의 언니 때문에 나를 몰아세울 겨를이 없었던 것일까. 그러나 영구차가 서울 북쪽에 있는 한 공원묘지를 향해 달리는 두 시간의 운구 동안에 그녀는 틈을 내어 내 좌석까지 와주었다.

"형부네 집안에선 비명에 간 주검이므로 화장으루 지내야 한다구 의논이 됐었대요."

"그런데 누가 반대해서 매장으로 정한 거야."

"언니가요."

공원묘지라는 곳의 장의절차란 너무도 순조롭고 말없이 진행되어 상주나 조객들로 하여금 슬픔의 부피가 사정없이 체감당하는 것을 경험하게 했다. 아니 조의를 표할 겨를도 제대로 주지 않아 사람들을 당황하게 만들었다.

그런 신속한 진행 속에서도 미망인은 지시받은 모든 일을 용의주도하게 해내고 있었으며, 그들의 아빠와 형제가 묻히는 장면만은 꼭 지켜봐야 한다고 영주와 선주한테 타이르는 것도 잊지 않았다. 조객들을 울리는 것은 오직 그 두 아이의 울부짖음뿐인 듯싶은 가운데 마침내 하관의 시각이 닥치고 용의주도한 미망인은 마지막 작별의 말까지 잊지 않았다.

"여보, 이제 당신 집을 가졌으니 편하지 않우. 그리고 철아, 아빠하고 같이 있으니 외롭지 않지?"

두 개의 관을 쓰다듬으며 말하는 미망인의 모습을 마지막으로 나는 산을 돌아 내려오고 말았다.

이제야 겨우 일곱 평 집을 마련하고 들어앉은 이신우. 그러나 아무리 올려다봐도 그의 집이 있는 곳이 어디쯤인지 보이지 않았다. 희뿌연 회색뿐이었다.

암야행(暗夜行)

　극주리(極州里)에 닿았을 때는 밤 열시가 거의 되어 있었다. 나는 당장 뭘 어떻게 해야 할지 막연하고 어리뻥뻥했으므로 그제야 그런 시각에 닿은 것을 후회했다. 도대체 이런 밤중에 무엇을 하러 이 낯선 곳에 온 것인가.

　그러나 내가 이 극주리엘 오겠다고 마음먹은 건 실은 석 달도 넘어 벼르고 별러 온 일이었다. 그리고 가야지 하는 생각을 할 때마다 지경(知瓊)의 얼굴을 떠올렸다. 가는 길에 그녀의 학교도 한번 찾아가 봐야지 하는 생각을.

　아니 그렇지 않았다. 내가 극주리에 가고자 한 것은 오로지 지경을 만나보려는 데 목적이 있었다. 거기 있는 외군 기지촌을 둘러본다는 것은 그러므로 핑계일 뿐이었다. 정말이다. 지금까지 기지촌에 대한 얘긴 수도 없이 들어왔으므로 그 따위 것은 조금도 보고 싶지 않았다.

　하지만 기지촌이 마침 거기 있다는 것은 얼마나 다행한 일이냐. 그걸 한번 둘러보러 온 길에 찾아본 거라고 나는 지경을 만나면 말할 작정이었다.

이런 밤중에 말이냐. 나는 지경의 주소를 갖고 있지 않으므로 그렇지는 않다. 그렇지 않다는 것은 밤중에 그녀의 하숙방에 들이닥치려고 늦게 출발한 것은 아니라는 뜻이다.

나는 우선 여관방을 정하는 일부터 해야 한다는 생각을 하면서도 어둠이 짙게 깔린 을씨년스런 거리를 기웃거리고만 있었다. 왠지 빳빳하게 긴장이 되어 발이 떨어지지 않았다.

뜨내기 마을 같은 느낌을 받는 것은 어쩌면 선입견일는지 몰랐다. 왜냐하면 거긴 아직 기지촌의 냄새가 맡아지는 지점이 아닌, 어디서나 볼 수 있는 그런 궁기 낀 소읍의 모습에 지나지 않았으니까.

나는 긴장을 떨어버리려 두어 번 허리운동을 하고 나서 드디어 발을 떼어 놓기 시작했다. 코끝에 닿는 밤공기가 써늘했다. 몸이 후룩 떨렸다. 여전히 긴장은 풀리지 않았고 나는 또다시 그 시각에 닿은 것을 후회하기 시작했다. 제기랄, 내가 무슨 발작이 나서 느닷없이 이러느냐.

나는 곧 여관 간판을 발견했으므로 포기하고 방부터 잡기로 했다. 애당초 어떻게 하자는 계획도 없었으면서 나는 현관을 들어서며 포기하자는 생각이 들었다. 여관 주인은 의심꾸러기 같은 눈으로 내 행장을 훑어본 다음에야 안내를 붙여 주었다. 복도 끝 구석방으로 나를 안내한 아이가 물었다.

"주무시고 가실 거죠?"

"응."

"또 누가 오실 거 아니죠?"

"응."

"이따가 시끄럽더라도 참으세요."

"응."

"혹시 말예요."

“양놈들도 받니, 이 여관에?”

“그럼 맨날 빈 방이게요?”

나는 아이가 시끄럽다고 한 말이 무슨 뜻인지 알 만했으므로 더 이상 대꾸는 하지 않았지만 공연한 걸음을 한 것에 새삼 부아가 치밀어 올랐다. 숙박계를 쓰고 여관비를 선불하고, 그러고 나서 현관을 도로 나서는 나를 향해 아이가 경고했다.

“텍사스엔 가지 마세요.”

“어딘데?”

“저 아래요. 쬐끔 내려가다 보면 나와요.”

“그런데?”

“아저씨 같은 분 거기 가면 위험해요. 꺼벙하게 굴단 맞아 죽어요.”

요놈의 자식 하는 생각이 들었으나 나는 대꾸를 않고 현관을 나섰다. 벌써부터 방 안에 처박혀 있자니 숨통이 막히는데야 어쩌랴.

꼭 격전을 예비한 전야같이 긴박감이 감도는 침묵——그러나 길거리로 나서자 그런 위기감은 거기도 마찬가지였다. 나는 지경이 하필이면 왜 이런 곳에 와 있는지 이해가 가지 않았다.

지경이 이런 곳에 와 있다는 것은 어떤 의미로든 그녀에겐 어울리지 않는 일이었다. 지경은 애당초 억척스러움 같은 것과는 거리가 먼 여자가 아니냐. 내가 아는 한 지경은 섬약하고 순해빠진 여자였다. 그래서 눈물도 많았다. 말하자면 그녀는 평범한 이 나라 여자의 전형이랄 수 있는 그런 여자였다. 그런 지경이 이 아슬아슬한 분위기를 어떻게 견뎌 내고 있는 것일까.

드디어 은은하게, 그러나 높고 빠른 음악이 들리기 시작하고 칙칙한 색전등 불빛이 껌벅이는 거리가 저만치 앞쪽에 그 모습을 드러내기 시작했다. 여관 아이가 경고한 거리가 바로 거길 것이었다. 그러나 나는 이상하게도 별로 긴장이 느껴지지 않았다. 텍사스라는, 여러 도시에 흔히 있는 어딘가 험상궂은 이름으로 불리는 거리로 지체없이 접근해 가고 있으면서도 나는 아까 처음 이곳에 닿았을 때와는 달리 조금도 긴장되지 않았다.

그곳은 꼭 조차지(租借地)와 같은 모습을 하고 있었다. 나는 옛날 중국 상해에 있었고 우리 나라 여러 항구에도 있었던 조차지의 분위기가 어땠는지 알지 못하지만, 하여튼 거긴 그런 느낌을 주었다. 나는 멈추지 않고 입구를 지나쳐 그대로 걸어 들어갔다. 뒤통수에 신경이 쓰이지 않은 것은 아니지만 나는 별로 주저하지 않았다. 다만 내가 애써 취한 몸짓이 있었다면 한 가지뿐이었다. 누가 봐도 타지방에서 갓 온 사람같이 보이지 않게 하려는 태연스러움의 가장.

실은 그 거리 안쪽에 무슨 용무가 있는, 그러니까 너도 별수없이 이 거리에 목을 달고 살아가는 족속이구나 하는 느낌을 갖게 하기 위해 되도록 길 양켠의 요지경엔 한눈을 팔지 않고 걸었다. 담벼락에 여자의 등을 붙이고 허벅지를 주무르는 놈을 보아도 걸음을 멈추지 않았다. 이 쌍 거랑말코 같은 개년아 하고 여자들끼리 머리채를 잡고 뒹구는 장면과 맞닥뜨렸을 때 잠깐 걸음을 멈춘 것 외에 나는 사뭇 같은 보조로 골목이 끝나는 지점까지 갈 수 있었다. 그리고 무사히 되돌아 나왔다.

"어이 엽전, 우리 심심한데 한코 할까 ? "
하는 여자의 권유 한마디 외엔 나는 누구에게서도 시비 한마디 당하지 않고 출발지점으로 되돌아 나올 수 있었다. 그러자 참으로 건방진 생각이 들었다. 맞아 죽는 연습이란 요컨대 이렇게 쉬운 것이구나 하는. 그러나 여관에 돌아가서 보자 내 손바닥에는 땀이 흥건히 배어 있었다.

접수구 문틀에 기대 서서 텔레비전을 보고 있던 아이가 현관 마루턱으로 나서며 물었다.

"아저씨, 어디 갔다 오세요 ? "

“바람 쐬러.”

아이는 내 방까지 줄레줄레 따라왔다.

“일 잘됐어요?”

“무슨 일?”

나는 문고리를 비틀다 말고 돌아서면서 되물었다.

“아저씨, 물건 사러 오신 거 아녜요?”

“무슨 물건?”

“양키 물건.”

“그자식 웃기는군.”

“그럼 알았다. 사람 찾으러 오셨구나.”

나는 헐개빠진 아이와는 상대 않기로 하고 전등의 스위치를 찾았다. 아이가 먼저 스위치를 올려 주었다. 그러고는 재차 다그쳤다.

“텍사스엔 안 가셨죠?”

“가서 텔레비전이나 봐.”

“다 끝났어요.”

“그럼 가서 자.”

“손님 받아야지, 벌써 자면 돼요?”

“손님이 이렇게 늦게도 오니?”

“이렇게 늦게가 뭐예요. 여기 통금 있는 줄 아세요.”

아이는 이제 조금 있으면 술 취한 양키 군바리들이 여자를 하나씩 끼고 들이닥칠 거라고 했다. 그래 놓곤 무슨 뜻인지 아이는 또 이렇게 말했다.

“하지만 걱정 마세요. 오늘은 그런 일 없을 거예요.”

“왜?”

“양키들 금족령이 내렸거든요. 텍사스에 국제 매독이 퍼졌다나요.”

“거짓말 마. 거기 양놈들 많기만 하더라.”

"그럼 아저씨 거기 가셨더랬군요. 보세요, 아저씨 물건 사러 오신 거 틀림없지."

"너 아까 내가 사람 찾으러 왔다는 건 무슨 얘기냐?"

"많이 오죠, 양공주들 찾으러. 순이도 찾고 명자도 찾고, 리즈, 안나……머 별거 다 있어요."

"누가 찾어?"

"누군 누구예요. 여자들 엄마도 있고 오빠라고 거짓말시키는 애인도 있고 그렇죠."

"이제 가봐."

"아저씬 머예요? 물건 사러 오신 거 아님 머예요?"

"가보라니까."

"오빠예요?"

"그렇다고 해두자."

"관두세요. 못 찾아요, 세상 없어도. 사진 갖고 한 달을 헤매고도 못 찾아낸 사람이 있어요. 아주머니예요."

"난 찾아낼 수 있어."

"헛수고 많이 해보세요."

아이는 마지막 저주의 한마디를 남기고 드디어 돌아갔다. 그러나 녀석은 잠시 후 다시 문 앞에 나타났다.

"그럼 아저씨, 우리집에 오래 머물겠군요."

"내일 아침까지."

"아저씨 양키 물건 장수 틀림없다구."

"이 자식이!"

"안녕히 주무세요."

나는 복도를 쿵닥거리며 뛰어가는 아이의 발소리를 들으며 생각했다.

그러나 아무것에도 실감이 가지 않았다. 아이가 어설프게 늘어놓은 말들이 들을 때와 달리 조금도 실감이 되지 않았다. 아마도 아이가 이런 판에 흘러들어온 건 얼마 되지 않으리란 추측만이 내겐 분명했다. 발을 들여놓으며 받은 충격을 어느새 저 나름대로 삭여 버리고 나자 마음 편해진 것일 터였다. 별거 아니구나 하는 생각이 들자 나름으로 자신이 딱 붙어 투숙객을 만나면 농지거리를 하고 싶은 것이다. 아니 낯선 투숙객을 만나면 무조건 꺼벙해 보이고, 그렇게 보이면 이 판에선 도무지 되는 일이 없다는 사실을 선수쳐서 말해주고 싶은 거다. 절망하는 낯빛을 보기 위해서 말이다. 그것이 아이의 유일한 낙인지 몰랐다.

나는 잡념을 걷어치우고 방바닥으로 벌렁 드러누웠다. 자꾸만 노린내가 맡아지는 것 같았다. 지경은 왜 이런 절망의 땅에 와 있는 것인가 하는 생각이 다시 머리를 들기 시작하면서 나는 나도 모르게 자꾸 혀를 찼다.

차라리 아이의 말대로 시끌짝했으면 하는 생각이 드는 건 또 뭔가. 나는 죽음 같은 정적에 숨이 차서 마침내 몸을 벌떡 일으키고 말았다. 현관 쪽으로 다가가자 접수창구 안쪽으로 아이의 머리통이 들여다보였다. 다 끝났다던 텔레비전을 아직도 틀어놓고 있었는데, 자세히 엿듣자 그건 미군 방송임이 분명했다.

아이가 기척을 알아차리고 몸을 발딱 일으켰다.

"아저씨, 왜 안 주무세요?"

하고 아이는 창구에 얼굴을 채우고 말했다. 그러나 그때 출입문이 덜커덩 열리면서 누군가 들어서고 있었으므로 나는 대답해 줄 필요가 없었다. 아이의 말대로 계집년을 겨드랑 밑에 주려 낀 흰둥이였다. 보기 싫은 콧수염을 달고, 몸을 제대로 가누지 못할 정도로 취해 있었다.

"헤이 유, 김치!"

분명히 현관 마루 위에 선 내게 던진 말이었으나 여자가 재빨리

놈의 옆구리를 쥐어박으며 끌었으므로 나는 튀어나오려는 응수를 꿀꺽 되삼키고 말았다. 정수리가 욱신욱신 쑤시기 시작했다.

이튿날 아침 나는 여관을 나서자 곧 지경이 가르치고 있는 여학교를 찾아갔다. 학교는 마을에서 조금 떨어진 얕은 언덕 위에 있었다.

겨울 아침의 따가운 찬 공기를 뚫고 걷는데도 지끈지끈 쑤시는 두통은 조금도 나아지지 않았다. 잠을 설친 탓이었다.

술취한 흰둥이 자식이 행패를 부리거나 해서 그랬던 것은 아니다. 놈은 방으로 들어가자 곧 잠잠했고 그 뒤로 투숙객도 더 들지 않는 것 같았다. 그런데도 잠이 오지 않았다. 요컨대 쥐죽은듯이 고요한 밤이 오히려 나를 말끔하게 깨어 있게 했다. 나는 그런 고요에 진저리를 치며 노린내나는 이불 속에 누워 수음을 했다. 지경의 치마를 벗기는 상상을 하며 열심히 수음을 했다. 아주 기분이 나빴다. 기분이 나빠서 더욱 잠이 오지 않았다. 지경을 데려가야지 하고 나는 생각하고 있었다.

데려가서 어떻게 하겠다는 거냐. 결혼이라도 하겠다는 거냐. 그럴 수도 있다 하고 나는 주저없이 단숨에 여러 가지 생각을 했다. 결혼을 하고, 셋방 하나를 얻어 들고, 아내 행세를 하는 지경의 모습을 지켜보고…….

나는 왠지 어이가 없어서 더러운 이불을 뒤집어쓰고 혼자 쿨쩍쿨쩍 웃었다. 아, 왜 이렇게 잠이 와주지 않느냐.

나는 밋밋한 언덕길을 걸어 올라갔다. 언덕길이 끝나는 지점에 학교 교문이 버티고 서 있었다. 먼지를 끄려고 더러 물을 뿌려 놓아 길은 군데군데 빙판이 져 있었다. 나는 잔뜩 허리를 구부리고 문구점과 빵집들 앞을 지나 마침내 교문에 다다랐다. 휑뎅그렁하게 비어 있는 아침 운동장이 들여다보였다. 사람 그림자 하나 보이지 않았다. 운동장을 지나 교사의 현관으로 들어설 때까지도 나는 아무런 기적도 들을 수 없었다. 나는 양쪽으로 길게 뚫린 복도를 두리번거리다 말고 손목시계를 들쳐봤다. 열시가 가까워 오고 있는 시각에 인기척 하나 들을 수 없는 이유는 뭐냐.

나는 학교 뒤뜰로 돌아가서야 젊은 사나이 하나와 마주쳤다. 그는 잇솔을 물고 있었는데 알고 보니 거긴 바로 숙직실 앞이었다.

"무슨 일이세요?"

하고 숙직교사는 치약이 허옇게 묻은 입으로 물었다.

"실례합니다. 권지경 선생을 만나보러 왔는데요."

"권 선생 오늘 안 나올 텐데요. 지금 방학중 아닙니까."

"방학 중에도 교대로 나오게 돼 있다는 얘길 들어서……."

"권 선생 요즘 학교 나오긴 합니다만 오늘은 안 나올 겁니다. 어저께 서울 올라갔거든요."

"그래요?"

"빠르면 오늘 오후에나 돌아올 거라고 하던데요."

"온 김에 한번 만나볼까 했더니 공교롭게 됐군요."

나는 자위와 변명을 겸해 대꾸했다. 그러나 그렇게 말했다고 해서 낭패감이 보상되진 않았다. 나는 부아가 머리를 들기 시작하는 것을 느꼈다. 숙직교사는 물로 양치질을 하고 나서 물었다.

"실례지만 우리 권 선생하고 어떻게 되십니까? 집안이십니까?"

"동창입니다."

"네에, 모처럼 오셨는데 안됐군요."

나는 곧 돌아섰다. 아침 공기가 너무 차가워서 몸이 후룩 떨렸다. 숙직교사가 내 뒤통수에다 대고 소리쳤다.

"혹시 모르니까 오후에 전화 한번 해보시죠."

"아마 오후까지 여기 있지 않을 겁니다."

"무슨 전할 말씀이라도 있으시면 전해드릴 수도 있습니다."

"말씀드린 것처럼 지나치는 길에 들러봤을 뿐입니다."

"동창 누구시라고?"

“그러실 필요도 없습니다만, 전 김입니다.”

“안녕히 가십시오. 웬만하면 오후까지 기다려 보셨으면 합니다만.”

나는 대꾸를 않은 채 곧장 숙직교사와 헤어졌다. 친절은 고맙지만 나는 오후까지 거기 머물 생각이 조금도 없었다. 내게 있어 극주리란 마을은 하룻밤새 넌더리나는 곳으로 변해 있었다. 그러므로 그런 곳에 와 있는 지경에게까지 증오심이 생기기 전에 나는 그곳을 떠나야 했다.

그러나 그렇게 되지 않았다. 나는 시외버스 정류소를 두 번씩이나 찾아갔으면서도 떠나지 못했다. 거기 대합실에서 차시간을 기다리는 사람처럼 앉아 있어 보기도 했지만 결국 나는 오후가 되도록 떠나지 못하고 있었다. 나는 오로지 막차 시간만 재어보고 있는 자신을 발견하곤 하면서 좁고 을씨년스럽고 조금도 마음에 안 드는 그곳 거리를 서성거렸다.

내가 돌아본 한에서는 극주리란 낮에는 존재하지 않는 마을이었다. 해가 뜨면 하품을 하며 죽어가는 곳이었다. 저 진저리나는 밤의 기동을 예비하며 지친 가랑이를 길게 뻗고 곤핍 속으로 가라앉아 가고 있었다. 조차지 텍사스도 낮이면 깽판을 걷어 들고 잠적해 버려서, 퀴퀴하게 썩는 냄새가 코를 찌르는 거대한 홀을 들여다보면 꼭 괴물이 웅크리고 앉은 동굴처럼 음산한 어둠뿐이었다. 살아 있는 거라곤 모조리 영자로 크게 내붙인 간판과 양장점, 전축 가게의 쇼윈도, 그리고 당구장의 공 맞부딪는 소리뿐이었다. 그곳 고객의 문화 감각이라는 것이 실은 얼마나 비문화적으로 추악한 것이냐 하는 생각 같은 건 할 계제도 아니었다. 아니 그런 생각이란 애당초 뚱딴지 같은 촌놈 수작일 수밖에 없는 그런 정황이었다.

그럼에도 불구하고 나는 거기 골목길을 두 번째로 돌아나오며 뭔가 감정이 격해지는 자신을 발견했다. 그건 나도 모르게 낙엽처럼 내 가슴속에 쌓여 왔는지, 내가 알아차렸을 때는 이미 어처구니없게도 분노 같은 것으로 변해 있었다. 그래서 나는 터무니없이 이렇게 중얼거렸다. 어디 한번 두고 보자.

나는 떨리는 손으로 전화 수화기를 들고 기다렸다. 교환수가 지경의 여학교로 선을 대준 지 얼마 되지 않아 사나이의 목소리가 수화기에 나타났다.

"저……아침에 학교로 갔었던 사람인데요……."

"아침에요? 그런데요?"

나는 그제야 내가 쓸데없이 말을 길게 하려 하고 있다는 것을 알아차리고 재빨리 말을 바꾸었다.

"아, 그게 아니고, 권지경 선생 돌아왔는가 해서……."

"돌아오다니요?"

"서울 나갔다고 들어서……."

"네에, 권 선생요. 방금 돌아왔죠. 그런데 누구십니까?"

"아는 사람입니다."

"아는 사람이라…… 기다려 보세요. 있는 것 같더니 안 보이네요."

나는 옷소매로 이마를 문지르며 지경이 수화기에 나타나는 순간을 기다렸다.

숙직교사가 일직한테 일러 놓겠다느니 한 건 생판 헛수작이었지 않느냐. 아니 지금 통화한 교사는 일직이 아닐 수도 있으므로 나는 그런 단정을 유보한 채 수화기에 신경을 곤두세우고 기다렸다.

"여보세요."

드디어 지경의 목소리가 전선을 타고 흘러왔다. 나는 몸이 전율하는 것을 느꼈다. 그러나 어떻게 된 것인가. 그건 울화통 같은 것이었다. 여보세요 하고 지경은 재차 부르고 있는데도……

"나 장우야."

"어마, 장우 씨!"

“서울 갔다더니 일찍 돌아왔구먼.”

“그럼 오신 지 오래 되셨군요?”

“실은 여기 뭐 좀 둘러보러 온 걸음이지.”

하고 나는 오래 익혀 온 각본대로 용케 말할 수 있었다.

“기지촌 보러 오신 거군요.”

“그런 셈이지.”

“언제 오셨어요?”

“오늘 아침에.”

나는 용의주도하게 거짓말을 해냈다. 어젯밤에 왔노라고 말할 이
유는 없었다. 밤새 잠을 설쳤다는 말을 왜 할 것인가. 그럼에도 나
는 순간적으로 불쾌한 수음의 기억을 떠올리고 있었다.

“그럼 기지촌은 이미 둘러보신 건가요?”

“그딴 거 볼 것도 없더군.”

“하필 길이 어긋났군요. 연락이라두 하구 오시잖구요.”

“그냥 온 김에 한번 만나볼까 했더니만.”

“전화루 얘기하구 있을 게 아니군요. 우선 만나야겠죠?”

“나 곧 떠날 참인데…….”

“그냥요?”

“아침에 학교엘 갔었지. 갔더니 지경이 서울 올라갔다더군.”

“거기 어디예요?”

“서울행 버스 타는 대합실이야.”

“그리루 나갈게요.”

“차시간이 얼마 남지 않은 것 같은데…….”

“저 갈게요.”

지경은 딸깍 전화를 끊었다. 나는 그녀가 단호하게 말해 준 것에
안도감이 와서 손가락을 튕기며 대합실 안을 서성거렸다. 막차시각
까진 아직 한 시간 가까운 여유가 있었다.

바지를 입은 모습으로 지경은 나타났다. 그리고 분명하지 않은 미소를 띠고 말했다.

"오랜만예요, 장우 씨."

"오랜만이군."

"어디 가서 차라두 마셔요."

"학교에 일이 남았는데 나온 건 아냐?"

"방학 중에 무슨 일이 있겠어요."

"요즘은 지경이 나올 차례라던데, 아침에 만난 숙직교사 말이."

"괜히 할일두 없이 나와 있으라지 뭐예요."

우리는 대합실 건너편에 있는 다방으로 들어갔다. 자리를 잡고 앉자 우리는 잠시 서로의 눈을 들여다봤다. 지경이 또 분명치 않은 미소를 머금고 말했다.

"정말 오래간만예요, 장우 씨."

이미 써먹은 말을 반복하는 것은 화제에 빈곤을 느껴서인가, 아니면 감격의 재확인인가.

"지경이 여기 와 있다는 애길 들은 진 얼마 되지 않어."

"누구한테서 들으셨어요?"

"누구였는지 모르겠어. 하여튼 듣는 순간 놀랐어."

"기지촌에 와 있어서요?"

"지낼 만해?"

"여기두 사람 사는 곳예요."

"내 애긴 그런 뜻이 아닌데."

지경이 대꾸하지 않았으므로 나도 더 이상 말하지 않았다. 여긴 사람이 산다는 것을 더 착잡하게, 원초적으로 절감하게 해 주는 그런 곳이 아니겠느냐는 말을 해줄까 했으나 그만두었다. 나는 지경이 눈치채지 않게 조심스레 시계를 들여다봤다. 그랬는데 지경이 느닷없이 물었다.

"꼭 오늘 돌아가실 거예요?"

지경이 던진 예상 밖의 질문에 나는 대답을 못한 채 멀거니 쳐다보기만 했다. 오늘 꼭 돌아가야 하느냐고 물은 건 무슨 뜻일까? 그러나 지경의 얼굴이 당황한 빛을 나타내고 있었다. 그런 질문을 던진 것을 후회하고 있는지 몰랐다. 그리고 어쩌면 지경은 자신도 모르게 불쑥 그런 말이 튀어나왔을 수도 있었다. 더구나 지경은 내가 대답을 않자 잠시 후 이렇게 말하지 않았는가.

"허긴 기지촌 이미 둘러보셨다면서요. 하루 이상 볼 것두 없죠. 맘에 안 드는 곳이구요."

나는 여전히 아무 대꾸도 하지 못했다. 하루를 더 머물러야 할지 아닐지, 갑자기 마음의 결정을 못한 것 같은 생각이 들기도 했다. 아니 나는 그때 이미 떠나지 않을 결심을 세우고 있었는지 몰랐다. 그런 결심이 선 것이라면 그건 어쨌든 전적으로 지경의 제의 때문이었다.

나는 또 단숨에 많은 것을 그려 보기 시작했다. 극주리 거리를 추위를 무릅쓰고 걷고, 그런 다음 지금 앉아 있는 다방 같은 곳이라도 좋지만 중국음식점의 성냥갑 같은 칸막이방에 단둘이 마주앉을 수 있다면 더욱 좋으며, 그러곤 마침내 지경이 자신의 방으로 가자고 내 팔을 끄는…… 여기 여관은 잘 만한 곳이 못 돼요라면서.

그러나 나는 그런 생각을 하면서 지난밤 수음을 할 때처럼, 그 기분 나쁜 짓을 할 때처럼 지경의 옷을 벗기는 상상은 하고 있지 않았다. 왠지 그런 상상은 되지 않았다. 그런 상상으로 줄달음칠까 오히려 끝없이 두려웠다.

나는 한참 만에 입을 열었다.

"섭섭하지만 역시 막차로 떠나야겠어."

"그러세요."

"내가 남으면 지경을 귀찮게 만들 것 같아서 그래."

“제 사정을 봐주시는 거라구 하시진 마세요. 전 알아요. 장우 씬 단지 기분 나쁜 곳에 찾아드는 밤에 엄두가 나지 않는 거예요. 제 하숙방으로 가실 순 없을 테니까 혼자 보낼 밤을 감당 못해 낼 것 같은 거예요.”

그런 건 아니고, 내가 떠나겠다고 한 건 사실은 내 의사에 반하여 나도 모르게 튀어나온 말이었다. 그런 면에서 보면 내 무의식의 저변에는 정말 거기서 보내게 될 밤의 두려움 같은 것이 있었는지 모르지만……

지경은 입을 다물고 앉은 나에게 따지기 시작했다. 그건 거의 힐난에 가까운 것이었는데, 나는 지경이 그러는 것을 전에 한 번도 본 일이 없었으므로 놀라지 않을 수 없었다.

“장우 씬 서울이란 곳의 분위기에 아주 길이 잘 든 탓예요. 뜨내기촌 같은 이 마을, 아니 연옥같이 느껴지는 여기에 잠시 머무는 것두 견딜 수 없이 더러운 거예요. 단숨에 이런 곳까지 오신 건 장우 씨한텐 너무 무모한 모험이었어요. 이런 데가 아닌 평범한 곳에 떨어져두 무섬을 타는 장우 씨로선. 서울이라는 울타리만 넘으면 당장 불안을 느끼는 장우 씨로선.”

“무슨 얘길 하려는 거지?”

“그렇잖아요? 그 울타리 안에 있어야 보호받는 것 같구 그 안으루 돌아가야 병균이 묻는 걸 막을 수 있잖아요, 장우 씬?”

“그 안에 보호받을 수 있는 장치가 어디 있지?”

“그러니까 얘기예요. 그런데두 왜 그렇게 돌아가는 데 바빠요?”

“돌아가는 일이 바빴다면 여태 이러고 있었을까?”

“장우 씬 기지촌을 보러 왔다구 하시지 않았던가요? 다 봤다구 하시겠죠? 아네요, 아까 전화루 이미 그랬어요, 그깐건 볼 것두 없더라구. 그래 장우 씬 뭘 보셨어요? 뭘 알아냈다구 말할 수 있어요? 전 자신 없어요. 여기 온 지 일년이 되어 가지만 전 아직

여길 말할 자신이 없어요.”

“난 뭘 말할 수 있다고 한 일이 없는데.”

“그래두 돌아가심 여길 소재로 소설을 쓰실걸요. 한 편만이 아닐
지두 모르죠.”

지경은 거기서 갑자기 말을 중단했지만 나는 알고 있었다. 그러니
까 너는 안 되는 것이 아니냐라고 말하고 있는 것을 알 수 있었다.
그러니까 수없이 투고질을 해도 번번이 낙방의 쓴 잔만 마실 뿐 그
렇게 얻고 싶은 소설가의 이름을 얻지 못하고 있지 않으냐, 말하지
않아도 금년 정월 초하루에 또 낙담을 맛본 게 틀림없지 않으냐, 신
년호 신문에서 자신의 이름을 발견하지 못한 쓰라림이 당장 이 기지
촌을 찾게 하는 앙심을 품게 만들지 않았느냐. 지경은 보나마나 그
런 힐난을 하고 있는 것이었다.

나는 순간 심사평이 언급한 내 작품에 대한 충고를 되새겨 보았
다. 그러나 그건 개수작이었다. 지경의 힐난은 받아들일 수 있지만
그건 정말 개수작이었다. 지경이 말했다.

“신춘문예 소설 심사평 읽었어요.”

“그건 개수작이야.”

“저두 그렇게 생각해요. 너무 상투적으루 모호했어요.”

“하지만 다섯 번 투고에서 처음 최종심까지 올라갔어.”

“내년엔 성공하겠죠.”

나는 지경의 말도 너무나 상투적이었으므로 대꾸하지 않았다. 대
신 형 하고 한숨 같은 웃음이 나왔다.

“우리 나가요. 제 하숙으루 가요.”

우리는 다방을 나와 메마른 먼지가 불어닥치는 거리로 나섰다. 나
는 시계를 들쳐보지 않았다. 하숙집은 학교 앞에 있어요라고 지경이
말했다. 나는 거기서도 대답하지 않았다. 학교 가까이 하숙을 정한
것이 너무 상식적이어서가 아니라 그녀의 하숙을 화제로 하는 게 거

북하게 느껴져서였다. 대신에 나는 한참 걷다 말고 이렇게 말했다.

"나 때려치웠어."

"뭘요?"

"소설 쓰는 거."

"안 돼요."

지경은 걸음을 멈추고 나를 노려봤으나 곧 돌아서서 걷기 시작했다.

"그렇잖을 거예요. 장우 씬 소설을 쓰기 위해 기지촌을 취재하러까지 오셨으니까요."

"나는 기지촌을 둘러보러 온 게 아냐."

"아깐 제가 너무 심했어요. 기지촌이란 게 오래 들여다봐야 알아지는 건 아닐 거예요. 조금두 복잡한 것이 아니니까요. 밖에서 볼 수 있는 것, 그게 실은 전부일지두 모르죠."

"난 그걸 보러 오지 않았다니까."

"오래 들여다보면 충격이 삭구 마비되어 더 몰라져요. 전 어느새 덤덤해져 버린 거예요."

"난 지경일 만나러 왔어."

"포기하셨단 말씀은 하지 마세요."

"집어치웠다니까, 벌써. 기지촌을 보러 왔다는 건 전적으로 핑계일 뿐야. 난 그렇게 둘러대고 지경일 만나보겠다고 오래 전부터 별러왔었어. 정말이야."

"절 만나는 데 왜 그렇게 둘러대야 하죠?"

"모르겠어. 그렇게 해야 한다고 오랫동안 생각해 왔어. 핑계삼을 기지촌이 여기 있다는 게 내겐 아주 다행으로 여겨졌었다니까. 여기 만약 그런 것이 없었더라면 난 오지 못했을 거야."

지경은 뭐라고 더는 말이 없이 어깨를 움츠리고 걷기만 했다. 나는 지경이 내 자백에 반응을 보여주지 않는 것에 약간 초조감을 느졌으나 무슨 말을 덧붙여 강조하고 싶지는 않았으므로 나도 입을 다물고 말았다.

하늘을 쳐다보자 영하 18도로 시퍼렇게 언 허공에 어둠의 때가 낀 구름 몇 점이 걸려 있었다. 하늘뿐만이 아니고 길가 집들의 추녀 밑에도 어느새 어둠의 그늘이 스며들고 있었다.

"막차도 떠났겠군."

나는 팔목시계를 들쳐보지도 않고 중얼거렸다. 지경은 여전히 대꾸가 없었다. 한참 만에 내가 다시 말했다.

"실은 나 어젯밤 여기서 잤어."

"오시긴요?"

"밤에 왔어."

"보세요, 장우 씬 소설을 포기한 게 아니잖아요. 밤의 기지촌을 보러 온 거예요."

"천만에. 난 지경일 만날 생각밖에 없었어."

"밤에 닿아선 제 하숙을 찾아낼 수 없는데두요?"

"착각이었어. 느닷없이 당장 만나러 가야겠다는 생각이 들었었어. 그런 건 따질 겨를이 없었어. 여기 닿아서야 머저리 같은 짓이었다는 걸 알았지만."

"그게 사실이람 장우 씬 장우 씨 자신에 속구 있는 거예요. 실은 기지촌 취재가 목적인데두 절 만나는 것으루. 그만큼 장우 씨한텐 이제 소설 쓴다는 일이 두려워진 거예요. 그런 작업은 두려움을 갖구 접근하는 게 좋은 거예요."

"제발 내 말 믿어 줘."

지경은 걸음을 멈추고 돌아봤다. 쳐다보는 눈길이 어딘가 흔들리고 있는 듯한 느낌을 주었으므로 나는 단박에 가슴이 둥둥 뛰기 시작했다. 아, 사랑한다고 말해도 될 순간일까. 나는 초조하여 가슴이 옥죄었다.

　"이 집예요" 하고 지경은 골목 안으로 들어서자 세 번째 집 대문 앞에 서서 말했다. 그리고 문을 두드리기 전에 나직이 소곤거렸다.

"연탄불이 꺼져 써늘할 거예요."

"내가 들어가도 괜찮겠어 ?"

"절 만나러 오셨다며요 ?"

"하지만 주인집 보기에……."

"장우 씨 말구두 많은 사람이 드나들어요."

"그래 ? 남자들이라면 기분 나쁜데."

우스갯소리처럼 말했지만 실은 지경이 그런 투로 말하는 것에 나는 적잖이 놀라고 있었다. 분명히 지경은 어딘가 변한 면을 가지고 있었다. 섬약하고 순해빠진, 눈물 보이기 잘하던 옛날의 지경이 아니었다. 아까 다방에서 내게 힐난조로 말한 것은 누구나 할 수 있는 말이라 해도 옛날의 지경이라면 그랬으리라 상상할 수 없었다.

나는 성숙이란 말을 하기 위해 이런 말을 하고 있는 것은 아니며, 적어도 그때 내가 받은 느낌은 지경이 어딘가 정서적으로 안정이 되어 있지 않으며 몹시 격양되어 있는 것 같았던 것이다. 내가 막차로 떠나지 않겠다고 작정한 것은 지경이 그런 일면을 내보인 데에도 이유가 있다면 있었다.

지경은 대문을 몇 번 두드리고 나서 마침내 자신의 그런 점에 대한 암시일 수도 있는 짧은 한마디를 던졌다.

"장우 씬 제 생활이 어떤 것인지 몰라요. 알면 놀라실 거예요."

그러나 지경은 내가 되묻기 전에 재빨리 막았다.

"하지만 장우 씨한테 말하구 싶지 않아요. 묻지 말아 주세요."

대문이 열리고, 지경은 주인집 여자한테 나를 소개했다.

"학교 동창인데 제 사는 꼴을 보구 싶대요. 김장우 씨예요. 사실은 텍사스 골목 취재 온 길에 만났어요."

지경이 이토록 수다가 는 것도 변한 일면이었다. 주인 여자는 지경에 비해 민망할 정도로 말이 없는데……. 약간 미소를 띤 듯한 표정으로 나를 쳐다볼 뿐 우리가 뜨락으로 올라서고 있을 때에야 여자는 딱 한마디 입을 열었다.

"연탄불 갈아 넣어 놨어요."

"고마워요, 아주머니." 하고 나서 지경은 방문을 따며 나를 흘끗 쳐다봤다. "방이 식지 않아서 다행이군요. 방은 안에 들어가시더라두 놀라지 마세요, 장우 씨."

그러나 나는 방 안으로 들어서는 순간 지경의 경고에도 불구하고 놀라지 않을 수 없었다. 조그만 경대 앞에 쪼르름이 놓인 화장품들이 분명한 외국제품들이라는 것 때문은 아니었다. 안쪽으로 작은 볼박스 몇 개가 아무렇게나 뒹굴고 있어서도 아니었다. 방 한가운데 재떨이 하나가 동그마니 놓여 있고 꽁초와 피우다 둔 양담뱃갑과 성냥이 있었던 것이다.

나는 그것을 발견하는 순간 재빨리 제발 고리타분한 보수주의는 집어치우자 하고 자신을 타일렀다. 그러나 그런 다급한 충고를 또 하나의 내가 받아들여 주지 않았다. 나는 루즈 묻은 담배 필터가 쌓인 재떨이를 내려다보며 뭔가 무너져 내리는 소리를 듣고 있었다.

바깥은 금세 어두워졌다.

나는 왠지 미아가 된 것 같은 느낌이었다. 내가 여기서 오늘밤을 머물러야 할 이유가 어디 있느냐 하는 생각이 갑자기 절실해졌다. 어느 편이냐 하면 아무도 내가 머물러 주기를 바라지 않는 낯선 곳에 주제넘게 주저물러앉아 있는 것 같은 그런 심정이었다.

"왜 그러구 서 계세요?"

하고 지경이 말했다. 당황하거나 하는 눈빛이라도 보여주었다면…… 나는 그런 기대마저 무너지고 있는 것이 더욱 난처했다. 방바닥에 놓인 너저분한 것들을 한쪽으로 밀어놓을 생각조차 지경은 하지 않았다. 오히려 이렇게 말할 정도였으니까.

"담배 태우세요. 장우 씬 이런 담배 별루 좋아하지 않겠지만."

나는 그러나 엉거주춤 서 있었다. 기분이 좋지 않다는 표정을 노골적으로 드러내면서. 내가 그러는 것은 어디까지나 자기구제를 위한 안간힘이었는지 모른다. 그리고 그런 것이 자각되는 것 또한 기분 나빴다.

"앉으시라니깐요."

나는 앉았다. 사실은 그런 사소하다면 사소한 문제에 끝까지 신경을 쓰고 있어선 안 되었다. 그리고 내가 언짢은 것은 어디까지나 지경이 충격적일 만큼 변해 있는 것을 즉각적으로 수용하지 못해서일 뿐이며, 그러므로 그건 지경에 대한 두려움이기도 했다.

"드디어 앉으셨군요."

"방바닥이 뜨뜻하군."

"방 안 풍경이 너저분하죠? 제 사는 모습은 늘상 이래요."

어째서 늘상 이렇다는 것인가. 지경은 그 이유에 대해 말하지 않았다. 나는 거기 놓인 럭키 스트라이크 담뱃갑에서 한 개비를 뽑아 물었다. 불을 댕기는데 지경이 다시 말했다.

"드디어 담배까지 피우구요."

나는 그제야 지경이 관찰자의 입장에 있다는 사실을 알아차렸다. 기분 나쁜 것만은 아니었지만 그럴 수 있는 용기 또한 분명히 그녀의 판이하게 변한 면이 아닐 수 없었다. 지경이 여전히 관찰자의 자신감을 견지하고 나를 놀렸다.

"제가 담배를 배웠는지 묻지 않네요, 장우 씨."

"우선 내가 담배 피우기 바빠서지."

"제가 변했죠."

"자신의 생각은?"

"변했어요."

"환경이 사람을 변화시키는 속도가 놀랍군."

“그럴지두 모르죠. 하지만 환경이란 어느 거예요? 환경의 외형예
요, 아니면 그걸 구성하는 여러 요소 중의 분자 같은 인간을 뜻하
는 거예요?”
“양쪽 다겠지.”
“하지만 장우 씬 외형에 더 신경쓰시는 거 아녜요? 기지촌이라는
특수환경을.”
“그걸 무시할 수야 없잖을까?”
“물론이죠. 하지만 제게 영향을 준 건 기지촌의 외형은 아니었을
거예요. 그걸 구성하는 인간들이 저를 감염시켰을 거예요.”
“감염시키다니?”
“아녜요, 제 표현이 적절하지 못했어요.”
그러나 그때였다. 밖에서 무슨 소리가 들렸다. 대문간임이 분명했
다. 그리고 그 소리에 지경이 튀어 달아났다. 나는 또다시 가슴이
옥죄어들기 시작했다. 밖에서 들린 소리는 명백히 양키의 목소리였
으니 말이다.
“다알링!”
곧 이어 두런두런 지껄이는 소리가 들렸다. 나는 좀이 쑤셨으나
일어서서 문틈으로 내다보지는 않았다. 그럴 엄두가 나지 않아서였
다.
단지 그 순간에 내가 생각한 것이 있었다면 단 한 가지. 그건 적
개심이었다. 두고 보자. 나는 정말 이번 여행을 기지촌 취재 온 것
으로 하리라. 지경을 모델로 한 작품 속에서 그녀에게 보복하리라.
지경은 고대 돌아왔다. 뭔가 커다란 종이봉지를 안고 들어와 방
안 구석에 내려놓았다. 그러고는 내게 청했다.
“좀 도와주시겠어요?”
저 혼잔 힘에 겨워서요라고 지경이 이어 말했다. 마루로 나서자
아주 단단하게 포장된 볼박스였는데 겉에 쓰인 글씨로 봐서 그것이

텔레비전 세트라는 것을 곧 알 수 있었다.

나는 그것을 끌어안고 지경을 돌아봤다. 왠지 좀 비참한 느낌이 들었으나 태연을 가장하고 물었다.

"어디로 가져갈까?"

"방 안에 갖다 놓아 주세요."

지경은 힘에 겹다고 했으나 사실이 아니었다. 아마도 14인치짜리쯤 되어 보이는 텔레비전 세트 하나의 무게가 무거워봤자 얼마나 되랴. 그러므로 지경은 여전히 관찰자의 입장으로 나를 시험하고 있는 거다. 아니 약 올리고 있는 거다. 나는 그런 생각을 하며 '시험에 들지 않기 위해' 나도 용의주도하게 굴려고 애썼다.

"그게 뭔지 묻지 않으세요?"

"티브이 아냐?"

"맞아요."

"그런데?"

"그걸 누가 왜 갖다 줬는지 말예요."

"들었어. 나도 그 정도는 알아들어."

"어떤 정도요?"

"다알링하는 소리지 어떤 소리야."

나는 자제하려 애썼지만 저절로 화가 난 어조가 되었다. 지경은 대꾸가 없이 다만 히죽 웃을 뿐이었다. 나는 굳은 얼굴을 보이기 싫어 지경을 외면하고 방 안을 휘둘러보았다.

"그러니까 저 양키가 제 애인이라는 뜻이세요?"

"글쎄."

"그래서 티브이두 사다 주는?"

"글쎄."

"왜 대답하지 않으세요? 화나지 않으세요. 저 땜에 여기꺼정 오셨다면서?"

“화나.”

“할 수 없어요. 그래요. 저치가 제 애인예요. 이미 두 달이나 되었어요.”

“그럼 내가 와서 방해가 됐겠군.”

“왜요? 가실려구요?”

“가보겠어.”

“모멸감이 드시겠죠?”

“난 아직 김포공항 구경을 못했는데 이제 드디어 가볼 일이 생기겠군.”

“어머, 그럼 장우 씨 배웅나와 주시겠어요?”

“글쎄. 하여튼 오늘은 이만 돌아가겠어.”

나는 단호한 몸짓으로 방문을 나섰다. 지경도 뒤따라 나왔다. 대문 앞까지 배웅받고 싶은 생각도 없었으나 나는 그렇게까진 말하지 않았다.

그런데 어떻게 된 일인가. 지경은 대문을 아주 닫아 걸고 나와 동행하려는 것이 아닌가.

그때의 내 솔직한 심정을 말하자. 나는 지경이 거머리같이 싫게 느껴졌고, 다른 한편으론 따라붙어 주는 것이 위안이 되기도 했다. 그런 상반된 느낌을 동시에 받고 있었다. 따라붙는 것에 위안을 받는 것은 무슨 이유에선가 하면, 그래야 마지막으로 욕지거리라도 퍼부어 줄 수 있잖느냐 하는 데서였다. 그래야만 이 울분같이 끓어오르는 것을 풀 수 있잖겠느냐 하는 데서였다.

“여관을 잡으셔야 되잖아요?”

“그런 걱정은 하지 않아도 될 거야.”

“그럼 이 다방에 들어가요.”

나는 지경을 따라 다방으로 들어갔다. 얼굴을 마주하고 앉았으나 생각과는 달리 좀처럼 욕지거리가 되어 나오지 않았다. 이 더러운 계집애야 하는 소리가 나오지 않았다.

　나는 주문한 커피를 마시며 우선 마음을 진정시켰다. 그리고 담뱃개비 하나를 뽑아 물었다.

　“지경이 말이야…….”

　“제가 먼저 애기할게요. 장우 씬 오해하구 있어 애기가 안 되거든요.”

　“거짓말하려는 거면 듣지 않겠어. 나한테 변명할 생각은 않는 게 좋아.”

　“사실만 애기하려 해도 너무 길어서 전 다 말할 자신이 없어요.”

　지경은 말하고 나서 가늘게 한숨을 내쉬었다. 건너다보자 지금까지의 태연한 얼굴이 아니었다.

　“저 미제 물건 장사해요.”

　나는 놀랐으나 대꾸하지 않았다. 지경이 이어 말했다.

　“아녜요, 한꺼번에 다 애기해 드릴 자신이 없어요. 요점만 추려서 애기할게요. 한 아이가 있었어요. 제가 세들어 있던 집에 같이 방을 얻어 사는 한 처녀아이가 있었어요. 지금 이 집이 아녜요.”

　지금 이 집이 아닌, 전에 세들어 있던 집 옆방에 처녀 하나가 역시 세를 들고 있었다. 텍사스의 ‘나이아가라’라는 홀에 나가는 이른바 여급이었지만 이름만 그럴 뿐 양공주와 다를 것이 없는 그런 아이였다. 그 아이가 밤마다 돌아와선 혼자 훌쩍훌쩍 울었다. 양키한테 붙들려 여관으로 가지 않는 날은 한결같이 그렇게 울며 지냈다.

　그러던 어느 날 처녀가 뜻밖에도 지경의 방문을 두드렸다. 문을 열어 보니 그녀였다. 이걸 드리구 싶어서요라고 말했다. 받아 보니 스카프였다.

　——이걸 왜 날 주죠?

　——그저요. 드리구 싶어서요. 그거 미제 아녜요. 미제라서 드리는 거 아녜요.

──잠깐 들어오겠어요?

──그래두 될까요?

처녀가 지경의 방으로 들어왔다. 술에 취해 있었다. 초점 풀린 눈으로 방 안을 휘둘러볼 뿐 말이 없었다. 그러다가 느닷없이 흐느끼기 시작했다. 지경은 당황한 나머지 여자의 어깨를 두드리며 종용했다.

──진정해요. 이러지 말아요.

──죄송해요, 선생님.

──선생님이라구 부르면 거북해요. 우린 같은 또래예요.

──아녜요. 저 같은 게 선생님하구 비교나 되나요.

──괜찮음 우리 오늘 이 방에서 같이 자요.

──아녜요, 선생님 불편 끼쳐 드리구 싶지 않아요.

──같이 자면서 얘기해요.

그래서 지경은 여자를 억지로 붙들어 앉혔다. 영문이야 어쨌든 서러워하는 여자를 상대하고 있었으므로 지경은 그녀의 배경에 대해선 한마디도 묻지 않았다. 여간 조심되지 않았다.

──제 이름은 김순자예요. 고향은 충남이구요.

──난 권지경예요.

──선생님이 부러워요.

지경은 처녀의 느닷없는 말에 대답하지 않았다. 그러자 여자가 말했다. 자신의 어릴 때 소원이 여교사가 되는 것이었다고. 그래서 지경이 그 집에 세를 들고부터 갑자기 견딜 수 없어졌다는 것이었다. 죽고 싶은 생각밖에 없었어요라고 순자는 말했다. 지경은 대답하지 않았다. 교사라는 직업이란 조금도 부러워할 건덕지가 없다, 매일같이 그럴듯한 교안을 만들어 도장을 받아야 하고 가난한 학생들을 족쳐 공납금을 받아내야 하고 새마을 교육을 받아야 하고…… 뭘 하고 뭘 하고, 조금도 좋은 직장이랄 수 없다라는 말을 할 수 있는 상황이 아니었다.

"이렇게 얘기하려면 역시 한이 없군요. 요컨대 전 그 처녀를 서울루 올려보내기루 했죠."

"그랬는데?"

"성공했죠."

"그럼 그 여잔 지금 서울서 뭘 해먹고 살지?"

"미제 물건 장사해요."

나는 놀라지 않을 수 없었다. 그 여자가 장사를 한다는 데 놀란 것이 아니라 지경이 아까 텔레비전 세트를 받아 놓은 것과 그 여자가 그런 장사를 한다는 것과 어딘가 연관이 있는 건 아닌가 하는 생각이 들어서였다. 아니나다를까 지경은 곧 이렇게 말했다.

"아까 티브이 세트 가져온 친구가 물건을 사다가 저한테 전해 주면 전 그걸 서울에 있는 그 처녀한테 운반해 주죠."

"그 친구가 어떻게 그런 일을 해줘?"

"돈벌이니까 하죠."

"이해가 안 가는데."

"달링이라구 한 것 때문에요?"

"애인이라며?"

"그렇게 약속했어요. 그러지 않음 말이 나서 안 돼요. 물론 지금 제가 있는 집 주인은 알죠."

"어떻게 알어?"

"제가 돈독이 올라 선생답지 않게 돈벌일 하는 걸루요."

"그건 위험하지 않어? 그리고 그 양놈은 언제까지고 돈벌이로만 만족할까?"

"중간에 또 한 여자가 있어요. 아까 제 방에 꽁초를 남겨 놓은 여자요. 그 여자가 바로 달링이라구 부른 미국 군인의 애인예요. 돈 받으러 와서 기다리다가 간 모양예요. 그러니까 장사는 그 두 사람이 하는 거구, 전 운반하는 책임을 지구 있는 셈이죠.”
“그 여잔 어디 있는데?”
“옆집에요. 하지만 물건을 가지고 와선 꼭 저한테 갖다 놓아요.
그 여자한테 가끔씩 수색을 나오는 사람들이 있걸랑요.”
그 여자는 줄담배를 피울 뿐 아니라 종일 콧노래만 부르며 사는
삼십대라고 했다.
“그런 생활을 즐길 만큼 낙천주의자여서 다행이군.”
“그렇게 보세요? 전 그렇게 생각하지 않아요. 그 여잔 염세주의
자예요.”
“그럴 거야.”
“하지만 이 애길 장우 씨 작품 소재로 쓰실 생각은 마세요.”
“말도 안 돼.”
“그건 너무 잔인해요.”
“잔인한 게 한두 가진 아니지. 그런데 알 수 없는 게 있는데, 지
경인 그 위험한 일을 어떻게 용케 해내지?”
“이 조그만 데선 교사만 돼두 대우받아요. 그래서 전 의심받지 않
아요.”
“앞으로도 그럴까, 계속?”
“그렇진 않겠죠.”
“서울 간 여잔 좀 기반이 닦였어?”
“아직요. 그리구 이윤두 아주 박해요.”
우리는 잠시 후 다방을 나왔다. 지경이 말했다.
“여관을 잡으셔야죠.”
“저녁부터 하고 찾아봐도 늦지 않을 거야.”
지경이 내 옆구리에 손을 끼워 넣으며 말했다.
“장우 씨 아까 화나 하는 모습 재밌던데요.”
“나를 놀렸어, 지경이. 한 가지 부탁이 있는데……”

“뭔데요 ? ”
“이제 그짓 그만두지. ”
“그럼 서울 있는 처년 어떡허죠 ? ”
“우리 같이 연구해 보기로 하고. ”
우리는 합의된 것을 기분 좋아하며 어둠 속으로 걸어 들어갔다.
“장우 씨, 좀더 잔인해지심 좋겠어요. ”
“지경이도. ”

이런 전쟁

국수란 역시 길다란 것이었다. 어머니는 밤이 깊도록 국수를 삶아 냈으니까. 종일 안반에다 종이짝처럼 밀어 놓았던 것을 썰어 넣고는 솥뚜껑 새로 김이 새어 나오고, 드디어 파르르 솥뚜껑이 떠는 소리를 내며 거품을 물면 어머니는 지체없이 조리로 익은 국수를 건져내고 썰어 놓은 날국수를 새로 쓸어넣었다. 그러는 한편으론 자주 틈을 내어 내가 장작불을 돌보고 있는 떡시루를 젓가락으로 찔러 보았다. 시루떡이 아직도 제대로 익지 않고 있는 건지, 어머니는 초조한 눈으로 젓가락에 묻어 나온 것을 호롱불빛에 한참씩 비춰 보곤 했다.

"장작 하나 더 넣어 봐라."

나는 장작개비 하나를 아궁이에 더 쑤셔넣은 다음 숯이 된 불덩이를 끌어내어 마당에다 쏟아 놓고 물을 뿌렸다. 그런데 이상하게도 물을 뿌릴 적마다 픽픽 소리를 내며 꺼져 가는 불덩이가 나를 공포에 떨게 했다. 하나하나 꺼져 갈 때마다 나는 내가 뭔가를 죽이고 있는 것 같은 착각에 빠지곤 했다.

웅덩이엔 붕어새끼들이 배를 허옇게 까뒤집고 더부렁 떠다녔다. 미꾸라지들도 죽어서 길바닥에 깔려 있었고 뱀도 죽어 있었다. 아버지는 하필 폭탄이 웅덩이에 정통으로 떨어져서 그렇다고 했다.

웅덩이를 지나쳐 반 시간도 못 간 지점에는 사람 시체 하나가, 바로 우리가 지나쳐야 할 길섶에 처박혀 있었다. 배가 옷섶을 비집고 산더미처럼 부풀어올라 있었고 얼굴에는 개미떼가 새까맣게 달라붙어 있었다. 입이고 코고 눈이고 다 파내 가는 중이었다. 군인의 시체가 아니었다.

내가 지난 여름 피난길에서 본 죽은 모습은 그것이 전부였다. 개미밥이 되고 있는 한 남자 시체와 물고기와 뱀과 개구리, 그게 전부였다. 흙이 패어 달아나고 더 이상 물고기들이 살지 않는 웅덩이도 죽은 모습이라면 그것도 포함될 수 있었다.

나는 시커멓게 꺼진 숯덩이를 들여다봤다. 그러나 보이지 않았다. 숯덩이만 보이지 않는 것이 아니고 아무것도 보이지 않았다. 금방 시뻘건 불덩이를 보고 있던 참이었으므로 내겐 삽짝도 보이지 않고 마을 건너편을 바라봐도 칠흑 같은 어둠뿐이었다.

물 묻은 손가락이 아프게 얼어 왔다. 어둠 속에서 누가 내 목을 조르고 있는 것 같은 공포에 나는 사로잡혔다. 부엌으로 뛰어가려고 해도 갑자기 발이 떨어지지 않았다.

"추운데 너 거기서 뭐하고 있니?"

돌아보자 다행히 어머니가 부엌문 앞에 나와 서 있었다. 아버지가 담뱃대를 터는 소리가 방 안에서 들렸다. 나는 아무 말도 않고 후다닥 부엌으로 뛰어 들어갔다. 장작이 활활 타고 있는 아궁이 앞에 쪼그리고 앉자 몸이 후룩 떨렸다. 죽어서 눈알이 튀어나온 붕어새끼들이 너울거리는 불꽃 사이로 보였다. 아니 그게 보인 게 아니고 나는 배가 산더미같이 부풀어 죽은 시체 생각이 나지 않게 붕어새끼들을 열심히 떠올리려 했다.

동네 다른 아이들은 인민군이 물러가고 국군 지프차가 지서 마당에 들이닥친 이튿날 면사무소 뒷산에서도 사람의 시체를 봤다고 했다. 그것도 하나가 아닌 일곱이나 되는 시체가 큰 소나무 아래 아무렇게나 포개져 죽어 있더라는 것이었다. 나는 집에 돌아오자 아이들이 봤다고 자랑하는 말이 사실인지 어머니한테 물어봤는데, 어머니는 눈을 하얗게 뜨고 내게 야단을 쳤다. 그러곤 터무니없는 거짓말을 보태어 아버지한테 제꺽 일러바쳤다.

"이 녀석 혼 좀 내줘야겠어요."

"또 무슨 일을 저질렀어?"

"글쎄 동네 아이들하고 면사무소 뒷산까지 쫓아가고 하는 모양이지 뭐예요."

"정말이냐?"

하고 아버지가 눈을 부라리고 나를 노려보았으므로 나는 절대로 아니라고 팔을 내저었다. 뿐만 아니라 얘기만 들었다고 덧붙여 말했다. "그런 데 구경하러 다니고 하면 종아릴 분질러 놓을 테다." 하고 나서 아버지는 목소리를 낮추어 다시 말했다. "아이들은 그런 데 가는 게 아니다. 지금은 가도 아무것도 없고. 유족들이 모두 거두어다 장사지내고 없다."

아버지의 말에 어머니가 어른들끼리 나누는 말로 물었다.

"선발대가 부역한 사람들 붙잡아다 총살했다더니 거기가 면사무소 뒷산이었던 모양이죠?"

"시끄러워!"

아버지는 어머니한테 눈을 흘겨 보이고 나서 허공에다 대고 담배 물부리를 획획 뿌렸다. 죽은 붕어새끼들만 생각하자 했으나 나는 면사무소 뒷산에 있는 늙은 소나무의 모습까지 다 생각났다. 먼데서 보면 꼭 커다란 버섯처럼 보이는 그 늙은 소나무는 키가 작은 솔포기들 위로 유독 우뚝 솟아 있어 어디서 보아도 금방 눈에 띄었다.

"이제 멸치국물만 만들면 되겠다. 넌 그만 들어가 자거라."

어머니는 말하고 나서 뜨락으로 나가 서서 건너마을 쪽을 바라봤다. 방 안에서 아버지의 담뱃대 터는 소리가 또 들렸다.

"순자네도 아직 시루떡 덜 익은 모양이구나."

나는 어머니와 나란히 서서 어둠에 묻힌 건너마을을 바라봤다. 자세히 보자 순자네만 부엌에 불빛이 있는 게 아니고 불 꺼진 집이 거의 없었다. 온동네가 소리 없이 부산스레 돌아가고 있는 중이었다. 바깥 공기는 너무 차가워서 아궁이 앞에 있다가 금방 나왔는데도 어깨가 후룩후룩 흔들렸다. 어머니가 재차 재촉했다.

"닭 울기 전에 빨리 들어가 자. 내일 아침엔 일찍 일어나야잖니."

나는 어머니가 그렇게 초조해하는 시루떡이 다 익었는지 물어보고 싶었으나 그만두고 방으로 들어갔다. 문 앞쪽 아랫목 벽을 등에 지고 앉은 아버지는 나를 한번 흘끗 쳐다볼 뿐 아무 말도 하지 않았다. 그 안쪽으로 검은 무명 솜이불에 눌려 가지런히 어깨를 맞붙이고 동생들이 잠들어 있었다. 나는 얼른 드러눕고 싶었으나 출렁거리는 호롱불의 그을음을 내려다보며 하품을 깨물고 서 있었다.

"자거라."

아버지가 돌아보지도 않고 말했다. 그러곤 혀를 한번 끌 차고 벽에서 어깨를 뗐다. 또 부싯돌에 쓸 쑥을 비빌 참인지 몰랐다. 나는 아버지가 앉은 바로 옆이 내 자리인데도 동생들이 누운 안쪽 끝으로 가서 이불 밑에 발을 넣고 앉았다. 거긴 어머니 자리였다.

"빌어먹을!"

아버지는 쑥을 비비기 시작하며 무슨 뜻인지 그렇게 내뱉었다. 누굴 향해 그러는 것인지 알 도리가 없지만 하여튼 지난 여름 피난가다가 되돌아온 이후로 아버진 걸핏하면 그렇게 중얼거렸다. 불빛이 새지 못하게 장짓문에다 홑이불을 치고 앉아 아버지는 연방 빌어먹을, 이었다. 불빛이 보이면 비행기가 폭격을 한다고 밤이면 절대로 불빛을 못 보이게 해서 창호문엔 담요가 쳐져 있었다.

“빌어먹을 ! ”

아버지의 이 첫마디는 피난길을 되돌아서는 순간에 내뱉어졌다. 우리가 열하루 만에 집으로 돌아온 것은 전쟁이 우리보다 걸음이 빨랐기 때문이다. 집을 떠난 닷새 만에 전쟁은 이미 우리가 넘어갈 산등성이 너머로 가서 총을 쏘아 대고 있었다. 동네 사람들은 아마도 학병들이 훈련을 하고 있는 것일 거라고 했다. 우리가 떠난 사흘째 되던 날 어느 초등학교 운동장엔 ‘학병’을 ‘병학’이라고 거꾸로 쓴 광목천을 팔뚝에 두른 청년들이 총을 끌어안고 엎드려 기어다니고 있었으니까.

나는 동네 아이들을 따라 산꼭대기로 뛰어 올라갔다. 드디어 꼭대기에 이르자 그 너머엔 숲으로 우거진 개울과 빤하게 트인 신작로, 그리고 저쪽 건너로 열 채는 될성부른 초가집들이 생울타리를 치고 모여 있는 것이 보였다. 나는 숨을 헐떡거리며 산 아래쪽을 내려다 봤다. 아무것도 움직이는 것이라곤 보이지 않았다. 따르륵 따르륵 하는 총소리만이 끝없이 들렸다. 우리가 서 있는 산모퉁이 어디에 대포가 놓여 있는 것인지 쿵 하고 포알이 날아가면 저쪽 마을 뒷산에 샛노란 연기가 폴싹 피어오르곤 했다. 그러고 나면 따르륵거리는 총소리가 잠시 뚝 멎었다. 그러다간 지체없이 아까처럼 계속되었다.

“빌어먹을 ! ”

나는 흠칫 뒤를 돌아보았다. 아버지가 어느새 내 등뒤에 서 있었다. 동네 사람들 몇이 와서 우리와 같이 산 아래쪽을 내려다보고 있었다.

“돌아가자. ”

우리는 동네 사람들과 함께 닷새 동안 떠난 길을 엿새 만에 돌아와 빈 마을로 들어섰다. 마을 어귀에 막 닿을 무렵엔 갑자기 소나기가 쏟아지기 시작하여 우리는 옷뿐만 아니라 온갖 살림살이를 순식간에 적시고 말았다. 그러고는 아무 일도 일어나지 않았다. 나는 여느때처럼 아이들과 가이셍을 하며 지겨운 여름을 보냈다. 죽은 붕어새끼와 배가 산더미 같던 시체의 생각은 가끔씩밖에 나지 않았다. 가을이 되고, 전쟁이 삼팔선 위로 올라갔다는 것은 믿어지지도 않았다. 벼가 누렇게 익은 들판을 인민군들은 어느 날 전쟁 없이 열을 지어 하루 종일 돌아가고 있었다. 이튿날은 십리 밖 들판 끝에 있는 중학교가 비행기 폭격을 맞아 종일 불길에 싸여 있었다. 인민군들이 그 학교로 숨어들었기 때문이라고 했는데, 폭격을 했을 땐 인민군들은 이미 다 떠나고 하나도 없었다고들 했다.

우리 마을의 전쟁은 그렇게 끝이 났다. 나는 마침내 군인이 되어 가버린 오촌 아저씨의 편지를 그 홀어머니한테 읽어 드리는 것으로 전쟁을 알고 있었다. 아저씨는 파편에 맞아 귓바퀴 하나가 날아가 버렸고 동상에 걸려 발가락 다섯 개를 다 잘라냈다고 쓰고 있었다. 나는 편지를 읽으며 화가 났다. 왜 자기 어머니한테 이런 얘기까지 다 써보내는 것일까.

"할머니 울지 말아요. 아직 발가락 다섯 개는 성하잖아요."

오촌 아저씨는 한 달 후에 다시 편지를 보내 왔다. 손가락 두 개를 또 잘라냈으므로 이 편지는 옆의 친구가 써준 것이라고 했다. 내가 아는 전쟁은 그런 식으로 끝이 났다. 오촌 아저씨의 귓바퀴 하나와 발가락 다섯 개, 그리고 또다시 손가락 두 개를 잘라먹고는 끝이 났다. 왜냐하면 아저씨는 곧 제대하여 돌아올 거라고 알려 왔으니까. 그리고 내 친구의 형 둘을 포함한 마을 청년 다섯이 전사 통지서를 집으로 보내오고 보국대로 나간 딸 다섯의 아버지인 우리 바로 이웃집 용자네 아버지가 대포알을 지고 산비탈을 올라가다가 죽었다고 했다. 같이 간 영균네 아버지만 살아 돌아오고……

그렇게 전쟁은 끝이 났는데 어머닌 이 깡추위 속에 느닷없이 또 전쟁 준비를 시작하지 않는가. 나는 이튿날 아침 어머니를 따라 집을 나섰다. 어머니는 삶은 국수와 시루떡을 이고, 나는 멸치국물과 양념간장과 젓가락과, 그리고 마른 숯가마니를 지고 따라갔다. 나는 하필 시커먼 숯가마니를 내게 지게 하는 데 여간 화가 나지 않았지만, 그러나 집을 나서자 그건 조금도 창피한 일이 아니었다. 동네 아이들이 모조리 숯가마니를 지고 있었으며 아이들이 없는 집은 처녀들까지 시커먼 가마니를 이고 뛰었다. 온 동네 여자와 아이들이 모두 나선 것이다.

어머니는 나를 앞장세웠으므로 나는 내가 다니는 초등학교 길을 따라 동동걸음을 쳤다. 마을 두 개를 지나고 개골창의 논두렁길을 다 처나가면 마침내 장승배기재로 이어지는 신작로가 나선다. 초등학교는 그 재 너머 움푹한 분지에 있었다. 그러나 우리는 그 산마루 길까지도 갈 필요가 없었다. 이미 일찍 나온 사람들이 장승배기 꼭대기로부터 다 차지하고 있어서 길까지도 갈 수가 없었다. 이미 일찍 나온 사람들이 장승배기 꼭대기로부터 다 차지하고 앉아 불을 피우고 있었으므로 우리는 신작로로 올라서자 얼마 가지 않은 지점의 길섶에 자리를 잡는 수밖에 없었다. 머리에 인 것을 내려놓는 어머니의 이마에서 김이 무럭무럭 피어 오르고 있었다. 나는 애처로운 생각이 들어 재빨리 솥을 걸 돌덩이를 주우러 나섰다. 돌은 모조리 얼어붙어 있어서 여간 힘이 들지 않았다. 다른 집들은 그날이 처음이 아니라서 모두 솥을 걸었던 자기네 자리가 있는데 우리만 없었다.

돌 세 개를 주워 오고 나자 내 이마에도 땀이 송글송글 내뱄다. 어머니는 솥을 걸자 불쏘시개로 옆집 불을 얻어와 곧 숯불을 피웠다. 이제 내가 할 일은 쉴새없이 부채질을 해대는 일밖에 없었다.

그런지 30분도 채 안 되어서였다. 드디어 장승배기 꼭대기 신작로에 군복을 입은 대열이 나타나기 시작했다. 철모를 쓰고 총을 둘러메고 있었다. 길가에 늘어앉은 여자들은 긴장을 가누지 못해 놀리던 손을 놓고 죽은 듯이 앉아 있었다.

그건 남하하는 방위군들이었다. 전쟁의 시작은 이렇게 이루어졌다. 선두에 군복 차림으로 총을 멘 사람의 숫자는 불과 50명도 되지 않는 것 같았고 그 뒤로 시퍼렇게 언 남자들이 열을 지어 끝없이 따라붙고 있었다. 그리고 어머니와 나는 그들 춥고 허기진 사람들의 주머니를 노리기 위해 김이 무럭무럭 나는 국수를 말아내고 떡시루를 펴 보이고 할 판이었다.

그러나 그들이 한 그릇에 30환씩 하는 국수가락을 마냥 걸어넣고 있어도 되는 것은 아니었다. 대열 사이 사이에 군복을 입고 총을 멘 감찰이 끼여 있어서 그들이 대열을 이탈하는 것을 용서하지 않았다. 그랬으므로 그들은 마치 허기진 짐승처럼 눈깜짝할 사이에 국수 한 그릇을 다 걸어넣지 않으면 안 되었다. 나는 더러 돈을 받으러 대열까지 따라붙거나, 돈은 미리 내던졌지만 그릇을 입에 문 채 도망치는 남자를 따라가 내던지는 그릇을 받아 오는 일도 했다. 장사는 그렇게 잘되었다. 국수장수 대열의 맨끝에 자리잡은 걸 어머니는 아주 불안해했었으나 우리는 그날 국수도 시루떡도 하나 남기지 않았다. 어머니는 기분이 좋아져서 조금 남은 멸치국물을 마지막 사람에게 덤으로 다 부어 주었다.

나는 어머니와 함께 남은 숯가마니를 지고 집으로 돌아왔다. 잿빛 하늘이 자오록하게 내려앉은 밑을 나는 숯가마니를 진 동네 아이들과 장난을 하며 돌아왔다.

그날 밤부터 눈이 내리기 시작했다. 그럼에도 어머닌 여전히 밤새 국수를 밀었다. 아버지는 방에 앉아 담뱃대 터는 소리를 간간이 내고 있었고 나는 부엌 아궁이 앞에 앉아 불을 지피고 숯덩이에 물을 뿌리고, 입을 탁탁 두드리며 하품을 했다. 일을 다 끝내고 방으로 들어갔을 때 아버지가 마침내 어머니를 향해 소리쳤다.

"집어치우지 못해?"

어머니는 대답 대신 나를 향해 말했다.

"요 다음 장날 운동화 사줄게 내일도 나랑 같이 가자, 응."

"빌어먹을! 운동화 신고 피난 가나" 하고 아버지가 말했다. "이젠 피난 가래도 안 가."

아버지가 그때까지 보국대에 끌려가는 일이 없이 무사했던 것은 아버지의 몸이 불편했던 덕분이었다. 아버지는 그 전에 소에 받혔던 것이다. 외갓집 황소는 공교롭게도 6월 25일에 아버지의 가슴을 받아 논두렁 밑에 내던져 버렸다. 그러나 그때 우리 마을 사람들은 누구도 전쟁이 터진 걸 알지 못했다. 아버지 말로는 외갓집 황소만이 전쟁을 알고 있었다는 것이다. 그래서 아버지로 하여금 전쟁에 가담 못하게 했다는 거였다.

"쇠귀에 경 읽기라니, 말도 안 되는 소리지."

이튿날 아침까지도 눈은 계속해서 내리고 있었지만, 나는 숯가마니를 지고 어머니를 따라 나섰다. 내 짐은 전날보다 한 가지가 더 많았는데 그건 눈을 쓸어낼 빗자루였다.

그러나 그날은 이유 없이 장사가 되지 않았다. 이상하게도 오전 내내 국수 세 그릇밖에 팔리지 않았다. 방위군들이 눈을 받아 먹으며 가는 것일까. 어머니는 함박눈이 어지럽게 흩날리는 속에 앉아 국수 가락을 걸어넣는 방위군을 상대로 말을 붙이고 있었다.

"어제는 경기도 이천 광주에서들 온다고 하던데 오늘은 어디서들 오세요?"

"가평에서 오는 길예요."

내겐 경상도 말투 아닌 말씨가 사뭇 신기하게 들렸다.

"네? 가평 어디서요?"

"북면 제령에서 오는데 왜 그러슈?"

"아이구나, 그럼 안마을 중식이 아세요?"

"알죠. 아주머닌 어떻게 중식일 아세요?"

“외사촌인걸요.”

“저런, 기껏해야 삼십분 전쯤 여길 지나쳤을 텐데요.”

“아이구, 이 일을 어쩌지. 중식일 놓치다니.”

“오늘밤 야영 때 만날 테니 제가 얘기하죠.” 하면서 남자는 잽싸게 시루떡 하나를 집어 주머니에 쓸어넣고 있었다. 그러곤 일어서며 말했다. “국수값은 얼마죠?”

“돈은 무슨 돈예요, 우리 중식이 친군데.”

어머니는 남자가 이미 시루떡 하나를 훔쳐 넣은 줄도 모르고 세 개를 더 싸서 손에 한사코 쥐여주었다.

“올라갈 땐 꼭 들러 가라고 일러주세요.”

“물론입죠. 만나면 시루떡 갈라 먹을게요.”

국수가 안 팔려서 심심했으므로 나는 머리에 얹힌 눈을 터는 체하며 어머니 곁을 빠져나왔다. 그러곤 다른 아이들과 함께 눈속을 뚫고 장승배기로 도망쳤다. 비탈길이 시작되는 지점에 거의 이르렀을 즈음 갑자기 방위군 대열이 뚝 끊어지고 있었다. 나는 속으로 어머니 외사촌이 있는 가평군은 드디어 끝났구나 하고 생각했다. 내가 어머니한테 가평이 얼마나 먼 곳이냐고 물었을 때 어머닌 천릿길이라고 대답했었다. 내가 다니는 초등학교가 고작 십리니까 천리면 백 배나 먼 거리가 아니냐.

내가 그런 생각에 빠져 뛰고 있을 즈음 내 바로 앞쪽에서 느닷없이 한 방의 총소리가 났다. 총소리는 빵 하고 화살처럼 퍼져 달아났다. 우리는 주춤 뜀박질을 멈추고 섰다. 가슴이 철렁 내려앉았다. 눈속을 들여다보자 바로 앞쪽 길 가운데 여자 하나가 쓰러져 있지 않은가.

“일어나! 계집년이 어디 행군하는 앞을 지나가! 총살이야, 총살!”

군인 한 사람이 벽력같이 고함치고 있었다. 그는 여자에게 총을 겨누고 있었다. 여자는 부스스 몸을 일으키는 듯하더니 눈투성이가 된 몸을 뽑아 쏜살같이 달아났다. 총소리는 공포였던 모양이었다. 아마도 거기서부터 다른 군(郡)의 새로운 부대인 모양, 30명은 될 군복 차림의 총을 멘 사람들이 거기 걸음을 멈추고 서 있었다.

"앞으로잇 깟!"

우리는 가슴을 쓸어내리며 군복 대열이 우리 앞을 스쳐갈 때까지 그 자리에 서 있었다. 우리는 놀라서 쓰러졌던 여자가 순자 어머니란 것을 그제야 알았다. 우리 중의 누군가가 말했다.

"순자 엄마 애 떨어졌겠다, 그지?"

"애 뱄니?"

"그럼."

"헛농사 졌구나."

다시 핫바지 저고리니 양복이니를 입은 대열이 시작되었으나 우리는 국수나 먹겠다고 환장하는 그 사람들은 조금도 무섭지 않았다. 눈길에 미끄러지면서 우리는 장승배기 꼭대기를 향해 신작로 가를 뛰기 시작했다.

꼭대기까지 올라가긴 했지만 거기라고 조금도 더 재미있는 일은 없었다. 그 너머로 대열이 얼마나 길게 계속되는지 내려다보았으나 희뿌연 눈발에 묻혀 산줄기마저도 보이지 않았다. 우리는 거기 꼭대기에 있는 바위 동굴 안으로 들어서서 다리를 끌고 느릿느릿 지나가는 방위군들의 행군을 지켜보았다. 거긴 우리가 학교에서 돌아오는 길에 책보를 내던지고 딱지를 치던 곳이었다. 나는 갑자기 딱지나 치며 학교에 다니고 싶었다. 완전히 젖어 버린 어깨를 일그적거리며 나는 흩날리는 눈발을 멀거니 내다봤다. 눈발은 어느새 훨씬 엷어져 있었다. 이마로, 귀밑으로 물이 줄줄 기어내렸다.

"야, 빨리 와!"

우리들 중 어느 아인가 느닷없이 빠락 소리쳤다. 우리는 우르르 신작로로 뛰어내렸다. 그러다가 멈칫하고 걸음을 멈추어 섰다. 누군가 군복을 입은 사나이가 총대를 거꾸로 하여 어떤 사람의 어깨고 허리고를 닥치는 대로 마구 내리치고 있었다. 맞는 남자는 금방 죽을 것 같이 비명을 지르며 결사적으로 몸을 피하고 있었지만, 그러나 길바닥이 미끄러워 제대로 도망쳐지지가 않았다. 드디어 개머리판이 부러져 달아나는 순간 맞던 남자도 땅바닥에 널브러져 엎어지고 말았다. 사나이는 총을 내던지고 군홧발로 넘어진 남자의 골통을 까기 시작했다. 아무도 말리는 사람이 없었다.

우리는 나중에야 총대를 휘두른 것이 아랫마을 팔바우란 사실을 알았다. 철모를 벗어 던지고 씨근덕거리며 돌아서는데 보니 뜻밖에도 그건 팔바우였던 것이다. 팔바우가 왜 또 저럴까. 방위군이 뭘 잘못한 것일까.

우리는 눈길 위에 널브러진 남자가 과연 다시 일어날 수 있을 것인지 여간 궁금하지 않았다. 아니 우리는 남자가 벌써 죽어 버렸는지 모른다고 생각했다. 친구 방위군들이 쓰러진 남자의 어깨를 받쳐 일으켜 세우고 있었다. 그러곤 축 늘어진 어깨를 두 사람이 옆에서 끼었다. 이윽고 대열은 다시 천천히 움직이기 시작했다. 우리는 제가끔 소리 없이 한숨을 내쉬었다. 그러나 나는 화가 치밀어 올라 견딜 수가 없었다. 왜 그들은 진작 팔바우한테 달려들지 못했는가. 걸음도 못 걷게 되고 만 그들의 친구를 부축하여 미끄러운 얼음판을 걸어가느니 일찌감치 팔바우를 때려눕혔어야 하잖았는가.

한 아이가 어디서 알아냈는지 쫓아와서 소곤거렸다. 팔바우가 남자를 두들겨 팬 건 그가 팔바우 마누라의 시루떡 한덩이를 훔쳤기 때문이라는 것이었다.

우리는 믿지 않았다. 그까짓 걸 가지고 그렇게 사람을 개패듯이 했을 리야 있느냐. 그러나 잠시 후 팔바우는 제 마누라를 향해 소리쳤다.

"잔소리 마! 도둑질하는 놈을 가만 둬? 앞으로 국수 한 젓가락이라도 훔쳐먹는 놈은 그 자리서 쏴 죽여 버릴 거야. 이 눈속에 여편네들이 한덩이라도 더 팔겠다고 앉아 있는데 그걸 훔쳐 처먹어? 내가 누군 줄 알고, 감히."

우리는 곧 장승배기를 떠나 내리막길을 뛰어 내려가기 시작했다. 셀 수도 없이 미끄러져 자빠졌지만 우리는 걸음을 멈추지 않았다. 맞은 남자가 어떻게 되었는지 보기 위해서였다. 그러나 어느새 그렇게 멀리 가버렸는지 우리는 끝내 남자를 찾아내지 못했다. 팔바우는 눈속에 앉은 제 마누라만 생각하고 왜 쫄딱 굶고 일주일째 걸어 내려오고 있는 사람들에겐 생각이 미치지 못하는가. 어머니한테 국수를 사 먹던 남자는 배가 그렇게 고프냐고 묻는 어머니의 말에 이렇게 말했다.

"하루 소금 묻힌 밥 한덩이씩 줘서 일주일째 끌고 내려오고 있잖우."

눈은 그쳐 있었다. 나는 숯불을 들여다보고 있는 어머니 등뒤로 살금살금 다가갔다. 어머니의 저고리가 홈빡 젖어 있었다.

"어디 갔다 왔니?"

어머니의 목소리는 뜻밖에도 화난 음성이 아니었다. 나는 만약 어머니가 야단을 치면 재빨리 팔바우 얘기를 들려줄 셈이었는데, 어머니의 외사촌도 그렇게 맞으면 어쩌겠느냐고 말할 참이었는데, 어머니가 그러지 않았으므로 나는 그 화나는 얘기를 나 혼자만 알고 있기로 했다.

어머니는 숯불에서 눈을 떼고 나를 돌아보았다.

"안 되겠다. 그만 돌아가자."

나는 너무 뜻밖이어서 대답을 않은 채 어머니를 빤히 쳐다봤다. 혹시 무슨 일이 있었던 것은 아닐까.

"어서 숯가마니 챙겨라."

“왜 벌써 가요 ? ”

“오늘은 안 될 모양이다. ”

“내일 또 올 거예요 ? ”

“이 사람들 오늘로 마지막 내려간다더라. ”

“그럼 이 국수랑 그냥 나눠 주고 가면 안 될까요 ? ”

“무슨 소리냐, 쌈나게. ”

“누구하고 ? 옆집들하고 ? ”

“저 사람들끼리 쌈나지. 봐라, 저 사람들 누군 주고 누군 안……
…. ”

그러다가 어머니는 말을 뚝 끊고 대열을 쳐다봤다.

“아니, 저 사람 왜 저러니 ? ”

나는 어머니가 턱으로 가리키는 쪽을 바라봤다. 소스라치게 놀라지 않을 수 없었다. 저런, 바로 그 남자가 아닌가. 팔바우한테 맞은 사람이 이제사 거길 지나가고 있는 것이 아닌가. 여전히 목을 꺾은 채 두 사람한테 어깨를 끼여 질질 발을 끌며 끌려가고 있지 않은가.

“누구하고 싸운 모양 아니냐. ”

그러나 나는 대답을 않고 숙인 남자의 얼굴을 들여다보았다. 남자의 다문 입엔 시꺼먼 피가 꽉 물려 있었다.

“같이 고생하면서 의좋게 내려갈 일이지…… 저 일을 어쩐다지, 쯧쯧. ”

나는 끝까지 어머니한테 팔바우 애기를 하지 않았다. 그리고 어머니와 나는 곧 거기를 떠났다. 국수랑 시루떡은 아무에게도 주지 않았다. 나는 숯가마니를 지고 서서, 느릿느릿 흘러가는 사람들을 바라보았다. 여기저기서 미끄러져 엉덩방아를 찧으며 대열은 아주 천천히, 조금씩 조금씩 움직이고 있었다.

마을로 들어서면서야 나는 어머니가 왜 일찍 돌아가자고 서둘렀는지 그 이유를 알아냈다. 어머니는 한숨을 휴우 내쉬고 나서 혼잣말로 중얼거렸던 것이다. 중식이를 못 보고 그냥 지나쳐 보냈다니, 하고. 어머니는 그것이 안타까워서 거길 더 이상 지켜 앉아 있지 못했던 것이다. 그러나 내가 안타까운 것은 어머니의 외사촌 동생이 아니라 입에 피가 물려 끌려가던 남자였다. 어머닌 현장을 보지 못했으므로 그가 마치 누구와 가볍게 주먹질이라도 한 것으로 생각하고 있지만 말이다. 그가 어쩌면 죽을지도 모를 만큼 총개머리판에 직신하게 얻어맞은 줄을 모르고 있지만 말이다.

내가 어머니한테 팔바우가 한 짓에 대해 말할 수 없는 이유 중엔 실은 어머니의 외사촌이 방위군에 끼여 갔다는 점도 있었다. 그런 애길 하면 어머닌 어머니의 외사촌이 또 어딜 가다가 그렇게 두들겨 맞지나 않을까 두고두고 걱정일 것이기 때문에. 어머니의 외사촌이라고 해서 배가 고픈데 남의 시루떡을 훔치지 않는다고 누가 장담할 수 있으랴. 그의 친구도 우리 어머니의 시루떡 한덩이를 훔쳐갔는데……

그러나 내가 어머니한테 팔바우 얘기를 비밀로 하겠다고 마음먹은 것은 우리집 삽짝을 들어서는 순간 아무 소용 없는 짓이 되고 말았다. 어떻게 된 것인지 집에 앉아 있는 아버지가 팔바우 얘기를 먼저 알고 있었던 것이다.

아버지는 어머니한테 마구 화를 냈다.

"내일부터 거기 가기만 하면 다신 집에 못 들어올 줄 알아. 기집 년들이 공연히 방정맞은 짓거리를 해선 죄없는 사람 매타작이나 시키고. 그러다가 그 사람 죽기라도 하면 누가 책임질 거야?"

"내일은 갈 일도 없지만 도대체 그게 무슨 소리요?"

"무슨 소린 뭐가 무슨 소리야. 팔바우란 자식이 방위군 하날 개패 듯이 했다며?"

"아니, 왜요?"

"제 예편네가 파는 시루떡 하나 훔치려 했다고 그렇게 두들겨 팼

다잖어.”

“아이구, 이 일을 어쩌지.”

“지금 와서 어쩌긴 뭘 어째. 기집년들 방정 떨다 생사람 잡은 거
지.”

“그 얘기가 아녜요. 오늘 중식이가 그 사람들 틈에 섞여 지나갔다
지 뭐예요.”

아니나다를까, 어머닌 아버지의 말에 금방 자기 외사촌을 떠올린
것이 아닌가. 어쩌다 국수 한 젓가락 파는 데 눈이 뒤집혀 동생이
지나가는 것도 못 봤으니 그 일을 어쩌느냔 것이었다. 아무 말도 없
이 듣고만 있던 아버지가 마지막으로 한마디 했다.

“만나면 뭘 해. 가슴만 아팠지 뾰족한 수가 있어.”

“시루떡이라도 실컷 먹여 보내죠.”

“중식이 한 사람만 배고픈가.”

“개가 어디서 시루떡 훔치다 두들겨 맞으면 어떡허죠.”

“빌어먹을 !”

팔바우 애긴 순식간에 온 마을이 다 알아 버렸다. 아니 우리 마을
사람뿐만이 아니고 근동 다른 마을 여자들도 거기 와서 국수를 팔았
으므로 우리 면(面)에서는 모르는 사람이 없었다. 그러나 그뿐이었
다. 사람들은 애기를 듣는 순간부터 곧 잊어버리는 노력을 시작하여
며칠이 지나지 않아 동네 사람들은 누구도 팔바우에 대한 애기를 꺼
내지 않았다.

팔바우에 대한 애기를 끈질기게 계속한 건 오로지 아이들뿐이었
다. 그때 개머리판이 부러져 달아나는 것을 본 아이들은 그걸 못 본
아이들한테 그 애길 들려주는 것을 큰 자랑거리로 생각하고 있었기
때문이다.

아이들 말로는 팔바우가 우리 면 방위대장이 된 것은 그가 인민군
패잔병 백 명을 포로로 잡은 공로 때문이라고 했다. 팔바우가 장총

을 거꾸로 메고 가는 그들을 고스란히 붙잡아 일렬로 세웠다는 것인데 우리는 그것이 사실이 아니라는 것을 모두 알고 있었다. 왜냐하면 인민군이 돌아갈 때 그는 마을에 있지 않았으니까. 그러면서도 팔바우가 동네에 와서 허풍을 떨어 대는 것을 그냥 내버려 두는 것은, 누구든 그를 건드려서 득볼 일이 하나 없다는 것을 알고 있기 때문이었다. 다만 어른들은 그가 왜 그런 바람을 불고 다니는지 궁금해했으나 그건 아마도 그렇게 말하면 모두 기가 죽을 줄 알고 해 본 소리일 거라고 말하는 사람이 많았다.

어쨌든 팔바우 얘긴 아이들한테서도 고대 시들해져서, 우리는 고작해야 가이셍이나 양지바른 짚가리를 등지고 말타기를 했다. 나는 말이 되어 등에 아이들을 태우고 엎드려 잠깐씩 운동화 생각을 했다. 어머닌 내게 운동화를 사주겠다는 약속을 지키지 않고 있었다. 내가 몇 번이나 마음먹었으면서도 말하지 않은 것은 그걸 신고 다니면 팔바우한테 두들겨 맞던 남자 생각이 더 날 것 같아서였는지 몰랐다. 아니면 이튿날은 장사가 잘 안 되었고, 어머니가 외사촌을 놓쳐 버려 말을 붙일 용기가 나지 않았는지도 몰랐다. 내게 이제 기다려지는 건 학교가 열리는 것뿐이었다. 학교에 가게 되면 모든 게 잊혀질 것 같았다. 썩어서 배가 팅팅하게 부풀어 오른 시체도, 개머리판에 맞아 땅을 물고 널브러지던 방위군 남자도 잊을 수 있을 것이었다.

그러던 어느 날 저녁나절이었다. 그날은 아주 추운 날이어서 나는 손이 시려 마을 앞강에서 더 이상 썰매를 지칠 마음이 나지 않았으므로 아이들과 헤어져 다리께로 썰매를 몰아갔다. 그런데 생나무 다리목을 세우고 뗏장을 입힌 마을 앞 다리께에 거의 다 다가서고 있을 때였다. 웬 낯선 남자 하나가 외투깃을 세우고 쿵쿵 다리를 건너 마을로 들어가고 있었다. 다리 곁으로 다가가자 그 사람은 얼마나 힘껏 다리를 밟아 대는지 잔모래가 우수수 얼음판 위로 떨어졌다.

나는 거지반 강가에 이르자 썰매를 들고 얼음판을 걸어 나갔는데 고무신이 얼음판에 쩍쩍 달라붙어 도무지 걸을 수가 없었다. 그런데 편뜩 다리 위를 올려다보자 낯선 남자가 다리를 몇 발짝 남겨 놓고 서서 나를 내려다보고 있는 게 아닌가. 나는 흠칫 겁이 났으므로 얼른 고개를 돌리고 쩌벅쩌벅 얼음판을 걸어 나갔다.

"너 말이야."

경상도 사투리가 아니었다. 나는 놀란 목소리를 내며 남자를 쳐다 봤다.

"예?"

"……관두자."

남자는 뭔지 물어보려다 말고 돌아서서 다리를 성큼성큼 건너가 버렸는데 그건 얼마나 다행인가. 내가 썰매를 들고 강둑으로 올라섰 을 때 남자는 이미 동신나무 옆을 지나 우물 가까이께 가고 있었다. 나는 남자가 어느 집을 찾아가는지 지켜봤으면 했으나 너무 손이 시 렸으므로 포기하고 강둑을 따라 뛰기 시작했다.

그런데 이게 어떻게 된 일인가. 내가 빌린 썰매를 곰보네 집에 가 져다 주고 마을 앞 연못 둑으로 나왔을 때, 남자는 연자방아 옆에서 우리 아버지와 얘기를 하고 있는 것이 아닌가. 나는 순간 남자가 중 식이라는, 어머니의 외사촌 동생일지 모른다는 생각이 들었으므로 냅다 얼어붙은 미나리꽝으로 뛰어들었다. 돌아가는 것보다 그게 빨 랐기 때문이다.

그런데도 내가 숨을 헐떡이며 다가갔을 때 아버지는 나를 남자한 테 인사시키기는커녕 거들떠보지도 않았다. 나는 아버지가 혹시 나 를 남의 집 아이로 잘못 알고 있는 것이나 아닌가 하여 아버지의 눈 치를 살피며, 지금은 쓰지 않는 연자방아 가를 빙글빙글 돌았다. 그 러나 아버지는 나를 끝내 남자에게 인사시키지 않았다. 인사는 고사 하고 한참 뒤 아버지는 나를 돌아보며 화가 난 목소리로 야단쳤다.

“빨리 집으로 들어가지 않고 뭘 하고 있는 거냐 ! ”

나는 아버지가 혹시 그 남자와 다투고 있는 건 아닌가 하여 아버지의 말이 떨어지기 무섭게 재빨리 돌아서서 뛰었다. 이만치 와서 돌아보자 아버지는 지팡이에 몸을 의지하고 서서 여전히 남자와 얘기를 하는 중이었다. 아버지는 아직도 지팡이를 짚어야 걸을 수 있었다. 그래 가지고도 피난을 가서는 어떻게 전쟁하는 산등성이까지 올라갈 수 있었는지 모를 일이었다.

나는 삽짝에 기대 서서 아버지를 지켜보았다. 그러나 나는 생각을 고쳐먹어야 했다. 추운데 서서 저렇게 오래 얘기하고 있는 걸 보면 남자가 어머니의 외사촌이 아닌 것은 분명했기 때문이다. 나는 남자가 경상도 말씨가 아니었다는 사실 하나만 가지고 너무 쉽사리 어머니의 외사촌이라고 단정해 버렸던 것이다. 연자방아를 돌며 나는 남자가 하던 말을 한마디 들었는데, 이렇게 말하고 있었다.

“그분이 바로 제 형님인데두요 ? ”

아버지는 굉장히 오래 뒤에 얼굴이 시퍼렇게 얼어서 절뚝거리며 돌아왔다. 나도 그때까지 몸을 떨며 삽짝 옆 버드나무에 등을 기대고 서 있었는데 그건 아버지가 혹시 남자와 싸움을 하는 경우를 생각해서였다. 나는 곁으로 다가온 아버지한테 물어보았다.

“누구예요 ? ”

“아무도 아니다. 넌 왜 여태 여기 서 있니 ? ”

“아는 사람예요 ? ”

“아니다. 바람 쐬러 나갔다가 우연히 마주친 사람이다. ”

“무슨 애길 했어요 ? ”

“아이들이 알 일 아니다. ”

나는 궁금했으나 더 이상 묻지 않았다. 그럴 때 아버지는 아무리 졸라도 더는 절대로 말하지 않는 성미였기 때문이다.

내가 그 남자에 대해 안 것은 바로 그날 밤이었다. 밤이 꽤 깊은

듯했는데 아버지가 어머니한테 남자 얘기를 하고 있었다. 내가 자는
줄 알고. 나는 물론 초저녁에 잠이 들었었다. 그런데 어느 순간 잠
이 펀뜩 깨이자 두런두런 얘기하는 소리가 들렸던 것이다. 뿐만 아
니라 나는 너무나 놀라 잠이 깼음을 알릴 수도 없었다.

"그 사람이 바로 팔바우한테 맞아 죽은 사람의 동생이라는 거 아
니야. 자기도 방위군으로 형하고 같이 내려왔는데 상주에서 공교
롭게도 새로 소대 편성이 되어 갈라져서 형이 장승배기를 지날 무
렵 자긴 그 뒤 초등학교 있는 데쯤 뒤처져 따라오고 있었다는 거
지."

"그래, 그 형은 분명히 팔바우한테 맞은 걸로 죽었대요?"

"그럼 멀쩡한 사람이 달리 죽어. 등뼈도 부러지고 두개골도 파열
되고 장도 터지고 했더라는데."

"그래서 당신은 뭐랬어요?"

"자꾸 팔바우네 집만 가르쳐 달라고 해서 제발 참고 형 유골이나
거둬 고향으로 돌아가라고 했지."

"그랬더니요?"

"원수 갚으려고 방위군까지 도망쳐 나왔는데 죽어도 그럴 수 없다
는 거지."

"원수를 갚다니요?"

"죽여 버리겠다는 거야. 첨엔 다가오더니 이 마을에 방위대장집이
있다는데 어느 집이냐고 묻더군. 자긴 군(郡)에서 나왔다던가.
아무래도 수상쩍어 내가 넘겨짚고 캐물었지."

"그래서 결국은 팔바우네 집을 가르쳐 줬단 말예요?"

아버지는 어머니의 말에 무슨 소리냐고 펄쩍 뛰었다. 위로하고 진
정시키고 하기를 한 시간도 더 되풀이하여 겨우 마음을 돌리는 데
아버지는 성공했다는 것이 아닌가.

"마음을 돌리겠다길래 그럼 오늘은 날도 저물고 했으니 우리집에

가서 자자고 붙잡았지.”

“그랬더니요?”

“이 마을엔 잠시도 머물고 싶지 않을 뿐 아니라 한시라도 빨리 고향에 가야 할 몸이니 가는 데까지 가보겠다는 거야.”

“이 추위에 해 떨어진 속을 어떻게 가죠.”

“빌어먹을!”

그런 지 이틀 뒤에 선 장날에 어머니는 고등어 한 손과 내 운동화를 사가지고 돌아왔다. 끈을 꿰어 신어 보자 꼭 맞았다. 사실은 좀 작았으나 나는 맞는다고 우겼다. 그러곤 신은 걸음에 당장 마을로 뛰어나갔다. 짚가리 앞으로 달려가자 전에 없이 많은 아이들이 모여 있었다. 나는 우정 발끝을 내차며 아이들 곁으로 다가갔다.

“너 마침 잘 왔다. 뒷마을 애들하고 눈싸움하기로 했어.”

“난 싸움은 싫어.”

“빠지면 죽여 버릴 거야.”

그중 나이 많은 아이가 험상궂은 얼굴로 나를 노려보았다. 나는 곧 아이들 꽁무니를 따라붙지 않을 수 없었다.

뒷산으로 올라가자 거기엔 벌써 한 무더기의 조무래기들이 동원되어 눈덩이를 뭉치느라 손을 호호 불고 있었다. 우리는 거기서 작전을 세우고 전열을 가다듬었다. 가운데로 열 명이 공격해 들어가는 동안 양 옆으로 다섯 명씩 나누어 재빨리 적의 뒤를 찌르기로 했다. 뒷마을에서도 스무 명이 나선다는 것이었다. 발이 빠른 아이들이 측면 공격수로 뽑히고 우리는 눈덩이를 싸들고 제대로 뛰지도 못하는 조무래기들을 달고 정면으로 우르르 몰려 들어갔다. 산이라야 민듯한 둔덕일 뿐인데 개골창에서 꼭대기로 이어져 있는 길다란 대나무 숲이 끝나는 지점을 먼저 점령하는 쪽이 이기는 것이었다. 쏭쏭 눈덩이가 날아 넘어오기 시작하는 지점에 이르렀을 때 우리는 드디어 ‘야!’ 소리를 지르며 정신없이 눈덩이를 집어던졌다.

싸움은 거의 오후 내내 계속되었다. 그러나 승리는 결국 뒷마을 아이들에게로 돌아가고 말았다. 놈들은 야비한 수를 써서, 눈덩이 속에 돌을 집어넣고 던져 댔으므로 우리는 도저히 당해낼 수가 없었다. 우리들 중엔 이마가 찢어지거나 혹이 생긴 아이들도 있었다.

우리는 뒷마을 애들과 입씨름을 한 다음 개골창을 따라 길게 울타리처럼 쳐진 대나무숲 옆을 따라 마을로 내려왔다. 결국은 진 전쟁을 치르고 난 기분은 씁쓸했으므로 우리는 아무도 입을 열지 않았다.

그러다가 어느 순간 우리는 헉 하는 외마디 소리를 깨물며 몸이 굳어 버렸다. 그러나 그건 잠시뿐이었다. 누가 먼저 달아나기 시작한 것일까. 우리는 앞을 다투어 마을을 향해 죽어라고 뛰었다. 특히 나는 곧장 누군가 뒤에서 덜미를 잡아채는 것 같아 발이 제대로 놀려지지 않았다. 외투깃을 세운 그대로 엎어져 있는 남자, 그건 누구일까.

아이들은 마을까지 뛰어 내려왔으나 짚가리 앞으로 모이지 않았다. 제가끔 제 집으로 돌아가 버린 모양이었다. 다만 내 앞에서 뛰던 아이만이 마을 골목길까지 내려오더니 뒤따라오는 나를 붙들어 세웠다.

"됐다, 이제 천천히 가자."

나는 내 뒤를 따라붙던 아이 몇과 함께 뜀박질을 멈추고 숨을 몰아쉬었다.

"너희들, 이제 그 시체 누군 줄 아니? 팔바우한테 총 맞아 죽은 사람이야."

나는 갑자기 엄지발가락 끝이 견딜 수 없이 아파 왔다. 운동화는 역시 내 발에 너무 작았다. 나는 곧 절뚝거리며 집으로 뛰어갔다. 자꾸만 다리가 달달 떨렸다.

아버지에겐 몰라도 내겐 끝난 줄 알았던 전쟁은 역시 내게도 그토록 참혹하게 계속되고 있었다.

상(像)

　의사는 내가 뭔가 우상을 믿고 있을 거란 겁니다. 나는 물론 아니라고 단호히 부인했지요. 그런데도 의사는 내 말을 믿지 않고 자기 주장만 옳다고 우기지 뭡니까. 아니 내가 우상을 믿고 있다는 것을 장담할 수 있다고까지 하니 멀쩡한 사람 정신병자를 만들어도 유분수지 세상에 이런 어거지가 어디 있겠습니까. 내가 아무리 산비탈에 살기로 산신령을 믿는단 말입니까, 뒷등에 누운 바윗덩이를 섬긴단 말입니까. 아니면 새벽 두시에 머리를 풀고 나타나는 소복 여인을 본단 말입니까, 삐그덕거리고 일어서는 기둥 같은 허깨비를 본단 말입니까.

　그런데도 의사는 자기 주장을 꺾을 수 없다는 겁니다. 나는 화가 치민 나머지 들이댔지요.

　"선생이야말로 뭔가 허깨비한테 씌인 것 아닙니까?"

　"나는 허깨비를 몰아내는 일을 하는 사람이야."

　"나는 절대로 허깨비 같은 거 보지 않아요. 본 일조차도 없다구요."

"자넨 우상을 믿고 있어, 그것도 여러 개의 우상을."

"생사람 잡는군."

"자네 끝까지 우길 셈인 모양인데 나한테는 실토를 안하고 못 배길걸."

"뭐가 있어야 실토하든지 하죠. 이거 사람 환장하게 만드는군."

이때 의사가 느닷없이 책상을 치며 버럭 소리지르지 않겠습니까.

"뭐야! 자넨 그럼 내가 수의산 줄 아나."

"수의사라뇨? 짐승을 치료하는 의사 말씀인가요?"

"그러잖고야 왜 끝까지 시치미를 떼려 들어."

"아니, 그게 무슨 뜻입니까?"

그러나 의사는 기가 찬다는 투로 허허, 허허 하고 빈 웃음을 몇 번 흘릴 뿐 대뜸 대답해 주지 않더군요. 하지만 흔히 실력 없는 의사들일수록 환자들 앞에서 권위 세우고 싶어하듯이 나는 그게 나를 주눅들게 하려는 저의에서 그러는 것임을 알고 있었으므로 더욱 마음을 단단히 먹을 뿐이었지요. 좀 안 된 표현을 쓰자면, 네가 아무리 수를 써봐라 내가 넘어가나 하고 주먹을 불끈 쥐었죠. 아니죠, 실제로 나는 그런 뜻의 말을 했죠.

"아무리 그러셔도 전 겁내지 않을 테니 이제 그만 포기하시죠."

"뭘 포기해?"

"허깨비 타령."

"안 되겠어. 태윤이 자네, 오늘은 그만 집으로 돌아가. 돌아가서 곰곰이 생각해 보고 내일 다시 와."

"전 집이 아니라 일터로 돌아가야 하는데요."

"안 돼, 집으로 돌아가라니까."

나는 결국 그러겠노라고 말하고 의사 앞을 돌아나왔죠. 나를 집으로 가라고 할 정도면 거기에 모종의 음모가 개재되어 있을 것이 뻔했기 때문이죠. 무슨 말인고 하니 의무실에서 나를 정신과 의사한테 보낼 때는 다 그 뒤에 무엇이 있어서 그랬지, 그렇지 않고야 그랬을 리 없지 않겠느냐 이 말이죠. 하지만 나는 그렇게 말하고 병원을 나와선 집으로 가지 않고 공장으로 냅다 뛰었죠. 친구들이 변소로 몰려와서 모두 묻더군요. 무슨 일이야 하구요. 나는 그들을 향해 의사 김병우처럼 물었죠.

"너네들은 허깨비에 홀려 있니?"

"그게 무슨 말이야? 허깨비라니?"

"우상을 믿느냐구."

"누가 그딴 소릴 해?"

"의사가. 정신과 박사가."

"수작이야, 틀림없어. 우릴 깨려는 수작이라구."

모두 같은 의견이었으므로 나도 단호히 말했지요.

"어림없지. 그런다고 내가 넘어가겠어."

그리고 작업반장한테는 또 이렇게 얘기했지요. 오늘은 일단 돌아가고 내일 다시 오라더라고. 그러자 반장이 넌지시 떠보는 말투로 물어보더군요.

"그래, 뭐 물어보지도 않고?"

"왜요, 여러 가지 미주알고주알 물었죠."

"뭐, 뭘?"

"집안 형편은 어떠냐, 형제는 몇이냐, 월급은 얼마냐……."

"옳거니. 그리고 또."

"작업반 동료들 간에 사이가 어떠냐, 뭐 그런 거죠 뭐. 다 주워섬기자면 끝도 없어요."

그 정도로는 나도 그들의 귀를 즐겁게 해줄 자신이 있었지만 사실인즉 의사는 경찰과는 달리 그런 걸 단 한 가지도 물어본 일이 없었으므로 나는 마지막으로 사실대로 얘기해 줬죠. 처음부터 끝까지 물고늘어지던 허깨비에 대해서 말입니다.

"이런 것도 묻던데요. 아까 말한 대로 우상에 걸려 있느냐구요. 반장님은 정말 우상을 안 믿으세요?"

"야, 야, 너 같은 좀 이상한 애나 그런 걸 믿지 멀쩡한 사람이 왜 그런 걸 믿어."

나는 다음날 다시 병원으로 김병우 의사를 찾아갔죠. 그러곤 24시간 곰곰이 생각한 나머지란 전제를 달고 얘기 한자릴 했지요. 그 날도 아무 얘기를 않았다간 당장 나를 철장 안에 가둬 버릴지 모른다는 생각이 들어서죠.

"허깨비가 있긴 있더군요, 생각해 보니."

"당연하지. 얘기해 봐."

"하지만 그건 제가 믿은 허깨빈 아닙니다."

"그런 건 내가 판단해, 이 의사가."

"제가 겪은 허깨비는 어디 있었는고 하니 동회와 구청과 수도사업소와 시청 수도국 사이에 안개처럼 서려 있었지요."

까짓 허깨비타령은 그만두더라도 이 애긴 꽤 재미있으므로 한번 들어 보십시오. 앞에서도 얘기했지만 내가 사는 곳은 전에도 산비탈이었는데, 이 마을에 사는 사람들이 어느 날 갑자기 근거없이 가슴이 부풀어 버렸겠지요. 우리도 이제 마침내 사람 대접 좀 받아 봐도 괜찮을 때가 됐다는 거였죠.

아항, 그리고 보니 이것도 의사가 말하는 일종의 허깨비 씌운 것인지 모르겠군요. 어쨌든 어느 날 밤일을 끝내고 돌아갔더니 동네 사람들이 나를 붙잡고 나밖에 없다는 겁니다.

"동회에 가서 착실히 말깨나 할 수 있는 젊은인 자네밖에 없네."

"제가 배운 게 있습니까, 동회에 아는 사람이 있습니까?"

그래도 나밖에 없다는 데야 어쩌겠습니까. 하는 수 없이 아침은 뜨는 둥 마는 둥하고 집을 나섰죠. 온 동네 사람들이 싸움터에 나가는 용사를 보내듯이 무운장구를 빌어 주더군요. 망아지만큼씩한 처

녀애들 사이에 끼여 순이도 손을 흔들어 주는 데는 기분이 싫은 것
만은 아니었구요. 나는 동회라는 표적을 향해 내려 뛰었지요.
　"저 꼭대기 산 십팔번지에서 왔는데요."
　"그런데?"
　"저——말씀드릴 게 있어서……."
　"말씀해 봐."
　"저——바위산이라서……식수가 모자라서……."
　"그래서?"
　"그러니까……."
　"그러니까? 나보고 물지게꾼이 돼달라는 거야?"
　"수도를 좀 끌었으면 하는 겁니다."
　"당신 동회 서기를 어떻게 보는 거야?"
　동회 서기는 그제야 처음으로 고개를 들어 나를 쳐다보더군요. 나
는 되묻지 않을 수 없었지요.
　"어떻게 보다니요?"
　"동회 서기 권한이 그렇게 대단한 줄 알고 있었다면 고맙긴 한데
실은 볼품없다구. 수도 아니라 도랑 하나 낼 권력도 못 가졌다
구."
　"그럼 그런 권력은 누가 가졌죠?"
　"그거야 물어보나마나 여기보다 더 높은 데인 구청이지."
　나는 곧장 또 구청으로 갔지요. 아니 이렇게 얘기하면 끝도 없겠
고, 요컨대 구청 직원도 동회 서기와 비슷한 얘기였는데 한 가지 암
시를 준 것이 있다면 시청에 가기 전에 수도사업소부터 찾아가 보는
것이 좋을 거란 얘기여서 거기부터 갔죠. 갔더니 다시 동회와 구청
을 거쳐 결론이 나면 자기네는 마침내 파이프를 묻어 물길을 대주는
기술적인 일을 하는 곳이라는 거예요. 그래서 다시 동회로부터 구청
에 이르는 수속을 밟자 했더니, 도대체 그게 무슨 뚱딴지 같은 소리

냐, 그렇다면 바로 시청으로 가보아라. 마지막으로 시 수도국을 찾아갔더니 당치도 않은 소리 말고 경로를 밟아라, 그러지 않으면 백날 가도 수도관은커녕 크롤칼키 냄새 한번 맡지 못할 것이라지 뭐예요.

아무리 밤일을 하고 돌아와 졸음이 더께더께 붙은 동태눈을 하고 나타났기로 이런 법이 있느냐 해서 나중에는 오기 하나로 쫓아다녔지만 야간반을 끝낸 하루 걸러씩의 두 달 동안, 그러니까 날수로 한 달을 꼬박 동회와 구청과 수도사업소와 시 수도국을 뱅글뱅글 돌았지만 산 18번지에 수도를 놓아 줄 수 있는 권력을 가진 사람은 어디서도 찾아낼 길이 없었지요.

그러니까 내가 사는 마을에 수도를 놓아 줄 수 있는 사람은 그 네 관청 중간쯤의 성층권에 투명체로 떠 있는 허깨비였다 그 말입니다.

"그래서 끝내 산 십팔번지엔 수도관이 묻히지 못하고 말았겠군."
하고 의사가 물었지요.

"아니죠, 묻혔죠."

"저런!"

"어느 해 겨울 어떤 날 느닷없이 인부들이 곡괭이를 메고 와서 비탈길 초입을 파헤치기 시작했죠. 첫해는 초입까지, 그리고 다음해엔 조금 더. 그런 걸음으로 꼭대기까지 올라오자면 이십 년은 걸린다더군요. 그러니까 번영의 서기 이천년대죠."

"어쨌든 수도관이 묻히기 시작했으면 허깨비가 아니지, 어째서 그게 허깨비라는 거야?"

"그래도 그건 허깨비짓예요. 누굴 붙잡고 물어봐도 누구의 명령으로 수도관을 묻는 건지 아무도 모른다고 했으니까요. 우리가 뭐 압니까, 파고 묻으라니까 이놈의 바위를 죽자고 뚫을 뿐이지."

"그거야 말이 되나, 캐보면 나타나지."

"하기야 그렇죠. 간단한 문제죠. 하지만 동네 사람들은 물어보는

일에 지쳐서 그만 그 역사(役事)를 마치 내가 주선한 것처럼 생
각하죠."
"그래서 물은 잘 나왔나?"
"안 나왔죠. 나올 리가 있겠어요."
"그게 무슨 소리야?"
"첫해는 수압이 낮아서 안 나오므로 다음해에 특선으로 바꾸어 주
겠다. 다음해에 가선 특선 가지고도 안 된다, 양수기를 설치해야
한다. 그 다음해엔 양수기 가지고도 안 된다, 산꼭대기에 물탱크
를 만들어야 한다, 이랬죠. 그 말만 믿고 밤 열두시가 넘어야 지
렁이 오줌만큼 나오는 거룩한 수돗물을 받느라 동네 여자들은 줄
서서 밤을 밝혔죠."
"거 보게, 그래도 자넨 허깨비를 믿지 않는다고 하겠나. 내년이면
특선이 온다, 그 내년이면 양수기를 놓는다, 그 그 내년이면 오염
되지 않은 팔당에서 물을 끌어온다. 번영의 팔십년대면 우리도
…… 그랬는데 어떻게 됐는 줄 아나. 한강물은 상류로 올라갈수록
더 오염도가 심하다는 거야. 그러니까 내년부턴 이래야겠지, 다음
해엔 물탱크를 설치한다, 그 다음해엔 수원지가 한강 하류 인천으
로 내려간다, 아니 그 다음해부턴 바닷물을 퍼올린다. 여보게, 허
깨비를 깨게. 자네 마을엔 수돗물이 나올 날이 언젤지 몰라."
"그런 걱정은 하실 필요가 없어졌으니 안심하십시오."
"어째서?"
"산 십팔번지는 싹 허물고 흔적도 남지 않았으니까. 판자촌을 헐
고 지금은 집채만한 경제림 단지라는 팻말이 세워졌으니까요."
"그럼 자넨 집을 잃었군."
"저만이 아니고 온 동네가 트럭에 실려 경기도로 갔죠."
"사랑하는 순이도?"
"허깨비에 걸린 건 정작 선생이시군요. 사랑을 아무나 하는 줄 아

십니까. 더운 여름에는 긴 바지 입고 추운 겨울에는 짧은 치마를
입는 계집애를 위해 가죽장화를 사줄 수 있는 남자나 사랑을 하는
겁니다. 순이네는 어디론가로 떠나 버리고 말았어요.”
“이젠 자네가 의사 노릇하려고 드는군.”
“저는 환자가 아니니까요.”
“그러니까 자넨 우상을 갖지 않았다, 그 말이지?”
“얘기가 났으니 저도 한 가지 물읍시다. 선생께서 어저께 내가 수
의산 줄 아느냐고 물은 건 무슨 뜻입니까? 제가 돼지새끼같이 보
였단 말입니까. 아니면 개자식같이 보였단 말입니까?”
“개자식이란 건 없고 그건 강아지니까, 어쨌든 그런 걸로 보였다
면 그런 소릴 하지도 않지.”
“그럼 그게 무슨 뜻입니까?”
그러나 의사는 내 질문에는 대답을 않고 나를 돌려보냈어요. 다음
날 다시 오라나요. 나는 울화가 치밀었으므로 한마디 하지 않을 수
없었지요.
“오늘은 집으로 갈까요, 공장으로 갈까요?”
“마음대로 해.”
“의학박산 참 돈벌이하기 쉽겠군요.”
하고 나는 방문을 나서기 전에 한마디 더 해줬지요. 그러곤 그날은
공장으로 돌아가지 않고 바로 집으로 와버렸죠.
내가 그런 것이 반장이나 공장장한텐 매우 기분 좋았던 모양입니
다. 이튿날 출근을 해서, 의사가 집으로 돌아가 쉬고 다음날 다시
오라더라고 하자 반장은 곧장 나를 끌고 공장장실로 갔고 공장장은
만면에 웃음을 띠고 회의실로 들어서며 내 어깨를 두드려 주기까지
했으니까요.
“좋아, 가봐. 지금 당장 병원으로 가봐.”
그들은 내 등을 떠밀었는데, 그러지 않아도 내가 즉각 회의실을

돌아나올 수밖에 없었던 것은 갑자기 무슨 회의가 소집됐는지 어느새 내 등뒤엔 반장들이 다 모여 있고 곧이어 본사 간부들이 주욱 문을 들어서고 있었으니까요. 그런데 바로 그때였지요. 내가 막 밖으로 몸을 밀고 나와 문을 닫으려는데 이런 말이 귓가를 스치지 않겠어요.

"잘돼 갑니다."

"뭐가 말이오?"

"저놈 말입니다."

"그럼 저놈이 문제의 조태윤이란 놈이오?"

"바로 그놈입니다. 김 박사가 슬슬 시작하는 모양입니다. 이틀째 불러서는 집에 가서 쉬고 오라고 했답니다. 그 양반 워낙 능구렁이가 돼놔서……."

"그래서 오늘은?"

"오늘 또 오라고 했죠, 물론."

"뭘 사흘씩이나 끌어, 당장 철창 안에 집어넣어 버리지."

"그렇게 쉽게 입원을 시켜 버리면 남은 애들이 가만 있나요. 반발을 사서 역효과를 내죠."

이때 누군가가 또 큰 소리로 말하더군요.

"자, 자, 그깐 일은 김 박사한테 맡기고 빨리 회의 시작합시다."

모두가 걸상 끄는 소리를 내며 자리를 잡고 앉는 기척 끝에 조용해진 방 안에 비교적 또렷한 처음 목소리가 들리더군요.

"오늘 회의는……."

"그래, 오늘 안건이 뭐요?"

"공원들의 변소 가는 시간에 대한 규제에 관한 건입니다."

"그거 뭐가 말이 그렇게 어렵소. 써논 걸 읽지 말고 보통말로 해 봐요."

"예. 보통말로 하자면, 아이들이 변소를 너무 자주 갑니다. 가면 너무 오래 있구요.”

“아, 그렇다면 그건 큰 문젠데. 작업량에 차질이 많아.”

“그런 문제만이 아닙니다.”

“또 무슨 문제가 있소?”

“거기가 바로 온상입니다. 말썽의 온상이란 말씀입니다. 계집애 사내애 할것없이 한데 모여…….”

“아니, 그럼 불미스런 일이 생긴단 말인가요?”

“아, 아, 그런 뜻이 아닙니다.”

“그럼 뭐요? 남녀 공원 변소가 따로 있잖소?”

“물론입죠.”

“물론입죠라니, 공장장은 그걸 말이라고 하오. 그것 하나도 엄격히 규제 못한단 말이오?”

“죄송합니다. 하기야 놈들이 모여 쑥덕거리는 곳이 비단 변소 거기 한 군데뿐이겠습니까마는…….”

“오늘 안건은 변소 아니오?”

“그렇죠.”

“그럼 거기부터 막아야지, 이 바쁜 시간에 그런 걸 가지고…….”

“더 큰 문제는…….”

“조태윤이란 놈 문제는 잘 진행되고 있다며?”

“아까 말씀드린 대롭니다.”

“그런데? ……공장장, 왜 그렇게 줏대가 없소. 난 그렇게 안 봤는데.”

“죄송합니다.”

“죄송하다면 다야? 좀 소신껏 해봐요, 소신껏. 회사의 장래를 위해서. 지금이 얼마나 중요한 시기요. 도약을 위한 발돋움의 시기 아니오. 도약을 위해선 다소간의 무리가 따르는 건 어쩔 수 없다 이거요. 그런 신념을 가져야 한다 그 말이오.”

내가 의사를 찾아갔을 때 그는 신문을 읽고 있었지요. 그러다가 내가 들어서는 걸 보곤 마침 잘 나타났다는 듯이 들고 있던 신문을 내 앞으로 불쑥 내밀더군요.

"아니, 그럴 것 없지. 내가 읽을 테니 한번 들어 봐."

그러나 의사가 열을 올려 읽기 시작한 기사의 내용이란 별것도 아닌 얘기였지요. 뭐 이런 얘기던가요. 백억 달러를 우리 돈으로 바꾸면 5조 원인가가 되는데 그 돈이 얼마만큼 큰 돈인지 실감이 가느냐, 솜씨 좋은 은행원 아가씨가 빳빳한 천원짜리 지폐로 바꾸어 시집도 안 가고 밤낮없이 세다 보면 다 세기도 전에 호호 할머니가 된다. 자그마치 오십 년은 걸려야 다 세어낼 테니까. 그리고 다른 비유를 들자면 그 돈뭉치는 대형 트럭으로 만 대가 된다나 어떻대나.

그러저러한 흰소리를 다 읽고 나서 의사가 안경 너머로 나를 노려보며 물었지요.

"어때?"

"거 누군지 되게도 할일 없는 친구가 다 있군요."

"내가 묻고 싶은 건 그게 아니고 내가 읽은 걸 듣고 뭐 이상한 느낌이 들지 않더냐 이거지."

나는 의사가 무슨 대답을 기다리는지 대충 짐작할 수 있었으므로 그를 기쁘게 해줄 대답을 들려주자 했죠. 먼저 분명히 해둬야 할 게 있다면 내가 그런 생각을 갖게 된 건, 김병우라는 정신과 의사는 어딘가 내가 끝까지 경계만 하지 않아도 될 성부른 허술한 구석을 갖고 있는 것 같은 느낌이 들었기 때문이죠. 그렇긴 하지만 나로선 대단한 모험이 아닐 수 없었으므로 조심스럽게 말을 골라 한다고 했죠. 사실은 나는 내 월급이 3만 몇천 원이라는 것밖에 생각나는 게 없는데(그것도 잔업수당까지 합해야), 그리고 그건 얼마만큼 적은 돈인가를 빈틈없이 실감할 수 있는데, 라는 전제를 달고 나서 이렇게 말했죠.

"그런데 갑자기 오십 년간이나 빠다라시 천원짜릴 세다가 죽을 만큼 큰돈을 넣었다고 생각하니 정신이 하나도 없는데요. 밥 안 먹어도 배부른 것 같고 잠 안 자고도 살 것 같은데요."

"옳지, 자네 드디어 실토하기 시작하는군."

"정말입니다. 당장 죽어도 원이 없겠어요. 그렇게 큰돈을 벌었으니. 하지만 지금이 겨우 시작이라면서요, 신바람나게도."

그러나 의사는 말하자면 깐에 본격적으로 몽둥이를 휘두르기 시작했죠. 처음 만났을 때, 자기는 우상을 깨는 일을 한다고 장담했는데 그것을 실천해 옮겨 보이려는 심산이었겠죠.

이런 이야기부터 시작하더군요. 조금 전에 읽은 기사 중에 백억 불어치 승용차를 수출한다고 하면 서울과 부산 사이 경부고속도로에다 35줄로 붙어세워야 할 대수라느니 어쩌니 한 건 서민들하곤 인연 없는 물건이니 그만두고라도, 웬만하면 월부장수의 꾐에 빠져 들여놓고 마는 텔레비전 수상기의 예를 보자는 거예요. 백억 불어치 수출을 하자면 1억 5천만 대라고 했는데, 그러자면 불과 몇십 달러에 덤핑되는 수출 텔레비전의 원가 미달을 보전하고 거기에 이윤을 붙여주기 위해선 그거 한 대도 살 형편이 못 되는 국내의 가난뱅이들이 결국에 가선 수출가격의 몇십 배를 더 주고 1억 5천만 대나 사주고 말아야 한다는 거지요.

한마디로 해서 수출 백억 달러라는 인플레된 달러탑이 드리우는 짙은 그늘을 알기나 하느냐는 애길 하고 싶은 모양이어서 나도 내친걸음에 한마디 거들었죠.

"그거야 상식 아닙니까?"

그러나 그러고 나자 아차 내가 유도신문에 걸려들었구나 하는 생각이 들어 아찔해서 얼른 말꼬리를 돌렸죠.

"하지만 번영의 팔십년대를 위해 참고 견뎌 내야죠. 자조·자립, 그 담엔 뭐더라……"

"관둬. 자넨 안 되겠어."

이 말에 어찌 내가 가슴이 철렁하지 않을 수 있었겠습니까.

"그게 무슨 말씀입니까, 김 박사님?"

"자넨 틀렸어. 실패야."

"아닙니다. 제가 실술 했다면 용서하십시오."

"……아니지, 사실은 그렇게 말하지만 자네도 분명히 허깨비에 걸려 있다 이 말이야."

"그렇습죠."

"그런데 내 앞에선 끝까지 시치미를 떼고 버티자 작정을 한 거야. 내가 첨부터 말을 잘못 꺼내서 그래. 온 국민이 다 허깨비를 섬기고 있는데 자네라고 성하라는 법이 어딨어. 자네가 뭔데."

"아하, 그러니까 이제야 김 박사님이 수의사니 뭐니 하신 게 무슨 뜻인지 알 것도 같군요."

하고 나는 아무렇게나 말해 버렸죠. 에라, 모르겠다 하는 생각이 들었기 때문이지요. 그러자 의사가, 나는 방어본능 때문에 돼먹지 못했다고 투덜거리더군요. 내 방어본능이란 건 어느 편이냐 하면 상대를 너무 거창하고 어마어마한 것으로 과대평가하는 바람에 자기도 모르는 사이에 방어 상대가 우상화되어 버릴 정도라는 거지요. 처음으로 한마디 그럴듯한 얘기를 듣는 것 같아서 귀가 솔깃해지더군요. 동시에 이 작자가 매우 고등수법을 쓰는구나 하는 생각도 들었는데 이런 생각 역시 너무 심한 방어본능이었는지 모르지요.

그날은 그 정도로 하고 돌아왔는데…… 아니 그게 아니군요. 더 있군요. 사실은 그날 나는 의사의 말을 들으면서도 사뭇 딴 생각에 빠져 있어서 어느 대목을 끝으로 의사와 헤어졌는지 정확히 기억나지 않는군요. 딴 생각이란 회사 간부회의 광경이지 뭐겠습니까.

"다시 용변 문제로 돌아가서 말씀드리겠습니다만, 아이들 변소 가는 시간을 딱 정해서 오 분간으로 하면 어떻겠습니까? 그것도 교

대로, 남녀도 시차를 두고. 사실 변소에 가서 고향 생각한다는 말
이 있듯이 이 변소가 문젭니다."
"문제란 말은 아까 벌써 했소. 우리, 말과 시간을 아낍시다."
"예, 문제인 것이 변소간에 혼자 앉는 시간은 자기를 돌아보는 시
간이지요. 온갖 잡념이 다 생기죠. 쥐꼬리만한 월급 생각도 나고
고달픈 신세도 생각나고……."
"쥐꼬리니 고달픈이니 하는 소린 빼요. 언어경제를 하자니까."
"그러죠. 중풍 앓아누운 애비 생각도 날 거고 공납금 안 준다고
삘렐레 울며 나간 동생 얼굴도 떠오를 거고…… 이거 작업 진도에
보통 영향을 끼치는 게 아닙니다."
"김 부장은 본사로 돌아가거든 그게 얼마나 작업 진도에 큰 지장
을 주는지 컴퓨터에 넣어 봐요. 그리고 공장장 이제 요점을 말해
요."
"예, 요점을 말하자면 아까 말씀드린 건 빼고, 요컨대 변소 가는
것을 다섯 시간 간격으로 한 번씩만 허용하자 이겁니다."
그때 어느 작업반장인가 반기를 들고 나서는 소리가 들리더군요.
"그건 안 됩니다. 무립니다. 오줌을 오래 참으면 아이들이 방광염
에 걸립니다. 흔히 오줌소태라고들 하는 것 말입니다."
그러자 다시 의장의 목소리가 들리더군요.
"맞아요. 아이들이 방광염에 걸린다면 그건 있을 수 없어요. 우리
회사의 기본 운영방침은 어디까지나 공원들의 건강관리와 복지개
선에 중점을 두고 있어요. 공원들을 병에 걸리게 하는 어떤 조치
도, 그런 작업환경이나 생활환경도 우리는 방치해선 안 돼요. 그
래 최 반장 의견으론 용변시간을 몇 시간 간격으로 했으면 좋겠
소?"
"적어도 네 시간 반 간격으론 단축되어야 한다고 생각합니다."
"이의 없소?"

“없습니다.”

이렇듯 춤추는 회의를 엿듣고 있던 생각을 하느라 무슨 얘기가 또 있었는지 분명하진 않지만, 의사는 그러고도 또 무슨 애긴가 더 했음에 틀림없어요. 그렇군요, 의사는 사람들이 그것만 있으면 세상을 가로 세로 마음대로 잴 수 있다고 찾아 헤매는 돈이라는 자(尺), 그리고 남북통일, 그리고 독, 독…….

아니, 잠깐. 태윤 군은 역시 그 대목에서 이 의사의 말을 귀담아 듣지 않았던 것 같군요. 내가 언제 독재자라고 했겠어요. 독점가라고 했겠지……. 그건 그렇고, 여태껏 태윤 군이 하는 애길 가만 들어 보니 나도 꽤나 유치했었군요. 그동안 태윤 군을 데리고 나눈 애길 들어보니 말입니다. 그게 만약 내가 깔본 나머지였다면 지금이라도 사과하겠어요. 의사라는 것도 별거 아니거든요. 다 실수가 있는 법이죠. 하긴 의사가 실수를 하면 생사람을 잡지만. 내가 말하고 싶었던 것인즉슨 다른 게 아니고 우리 모두의 뒷덜미를 잡아채고 있는 허깨비 애긴데, 그야 다 말하자면 한두 가지가 아니지만…… 온갖 잡동사니 환상·몽상·백일몽·공상·잡상들을 다 동원하고 있으니까…… 그걸 대충 대별해 볼 수 있다면 세 가지 정도로 나누어 볼 수 있잖을까 하는 거죠.

그러니까 세 가지 우상을 섬기고 있다는 얘기가 되는 셈인데 첫째는 독점가이고 다른 하나는 가장 근본적인 과제이면서도 점점 어려워지는 통일이라는 영상인데, 그건 참 희한하지요. 서로 휴전선 저쪽에는 털이 숭숭한 괴물이라도 사는 것처럼 밤낮없이 우긴다면야 통일이라는 게 결국은 한갓 환영(幻影)에 지나지 않는 것이 아니겠어요. 그리고 마지막으로 세번째 우상이 말하자면 광풍 같은 말초적 상업주의 아니겠어요. 윤리니 도덕이니 양심이니 하는 것이야 이미 희떠운 수작처럼 된 지가 오래거니와 인간의 능력이나 용기는 쉴새 없이 영락해 가고 자본이라는 이름의 돈의 능력과 만용만이 쉴새없이 등등해 가는 판인데 그것이 우리를 지옥으로 떨어뜨리고 나라를 시궁창으로 만드는 악의 종자 같은 허상이 아니고 무엇이겠느냐 말입니다.

나는 그날의 의사 얘길 다 기억할 수 없고 다만 마지막에 한 말 가운데 한 가지만이 분명해요. 그가 나더러 그만 돌아가라고 하여, 오늘은 어디로 가라느냐고 되물었을 때 그는 이렇게 말했거든요.

"공장으로 돌아가야지, 무슨 소리야."

"내일 또다시 와야죠?"

"멀쩡한 친구가 뭣하러? 자넨 이제 더 이상 만나고 싶지 않아."

"회사에서 믿을까요?"

"믿지 않으면 그 작자들이 여길 와야지. 내가 자네 진단서를 회사로 보낼 텐데."

"고맙습니다, 김 박사님."

우리는 처음으로 악수를 했지요.

"이제야 안심하는 눈친 걸 보니 자네가 어떤 우상에도 걸려 있지 않다는 장담도 실은 생판 거짓말이었다 그 말이야."

"그런지도 모르죠."

"확실하다니까. 자넨 지금까지 분명히 음모라는 허깨비를 보고 있었어. 내가 자네 회사와 짜고 자넬 어떤 음모에 걸어 넣었다고. 처음부터 나는 허깨비를 깨는 사람이라고 했는데도 말일세. 나는 그들과 달라. 그들을 이용할 줄 알아."

나는 공장으로 돌아가자 곧 일을 시작하려 했죠. 그러나 동료들이 말리더군요. 김 박사의 진단 결과 통보가 도착할 때까지 넉넉잡아 일주일만 연기하자구요.

그러기로 하고 일주일 째 되던 날 우리는 마침내 시작했죠. 우선 회의실 책상들부터 때려부쉈죠. 공원들 변소 가는 얘기나 하는 회의실이 무슨 필요예요. 때려부수곤 황망히 들이닥친 회사 간부진과 대좌했죠. 우린 전략대로 우선 최근의 사태부터 문제삼기로 했으므로 구린내나는 변소 문제를 먼저 꺼냈죠.

——우리 본사의 변소 문짝도 네 시간 반 만에 한 번씩 열린다면 오줌소태에 걸리더라도 감수하겠다.

그런데 그때 상대편 하나가 느닷없이 고함치지 않겠습니까.

"태윤이 저 자식, 왜 여태 해고시키지 않았어?"

"무슨 근거로?"

"미치광이 말은 들을 것도 없어. 당장 밖으로 쫓아내 버려!"

"능구렁이 같은 김병우 박사가 멀쩡하다는 진단서를 보내왔을 텐데도?"

"정신병자가 뗀 진단서를 누가 믿어. 내 말이 안 믿어지거든 지금 당장 정신병원 철창으로 가봐. 가서 미치광이들끼리 의좋게 잘 지내 봐."

가봤더니 사실이더군요. 벌써 며칠이나 됐는지 온통 털북숭이가 된 김 박사가 철창 안에 웅크리고 앉아 있더군요.

아니, 그렇지 않아요. 이 병원의 처사가 전혀 맹랑한 것은 아녜요. 나도 부분적인 환자인 것만은 분명하니까요. 나는 태윤 군이 한 말을 지금도 기억해요.

"김 박사님 자신도 한 가지 허깨비에 걸려 있다는 사실을 모르시죠. 우리 국민 모두가 우상을 믿는다고 생각하는 그런 허깨비에 말씀입니다. 천만의 말씀이죠."

하던 말을 말입니다.

기자는 마침내 조태윤의 목소리가 담긴 녹음기를 끄고 일어섰다. 그러나 병원 복도를 돌아나오던 그는 느닷없이 눈앞을 스치는 허깨비를 보았다. 그 이야기를 어떻게 쓸 수 있느냐, 아니 누구한테 얘기들 할 수 있느냐 하고 다그치는 허깨비를……

도시의 자전(自轉)

파수꾼은 고달프다. 출입구를 지키기 위해 언제나 신발끈을 죄어 매고 있어야 하므로 파수꾼의 생활은 고달프다.

그러나 접근하면 발포해 버릴 자세로 빈틈없는 경비를 서주는 대가로 아담한 집을 마련해 주고 때맞추어 진수성찬도 날라다 준다면 생각하기에 따라서는 늘어진 상팔자랄 수도 있다. 아리따운 주인집 딸을 딸려 매일같이 새벽 공원 산책도 내보내 주고, 그러면서도 안식구가 순산을 하면 제 집 경사난 듯이 즐거워하며 각별히 보살펴 준다면. 산다는 것이 등따습고 배부른 것 외에 또 뭐 유별나게 바랄 것이 있느냐 해버리면 그 이상의 행복한 삶도 없다 하겠다. 정기 건강진단도 받고 그럴 때면 의사는 기름기가 번들거리는 몸에 청진기를 대어 보며 으레 고혈압을 염려하지만 동맥경화야 아무나 걸리는 병이랴. 아니 기름진 음식에 어쩔 수 없이 운동 부족인데 몸이 비대해지지 않을 재간이 어디 있겠는가.

아무려면 내일 당장 쓰러질지 모를망정, 북창 응달진 초소에서 귀를 쫑긋 세우고 청음초(聽音哨) 서는 다른 파수꾼에 비하랴. 그에

비한다면 얼마나 복에 겨운 삶이랴, 늘어지게 기지개나 켜자.

정기오는 기지개 켜는 주인집 셰퍼드를 볼 때마다 냅다 걷어차 버리고 싶다. 그러면서도 그가 걷어차지 못하는 것은 그 개자식한테 물어뜯길까 겁이 나서가 아니다. 놈의 비명 소리를 들은 집주인이 가만 있지 않을 것이므로 차버리지 못한다. 당장 쫓아나와 단호하게 명령할 것이므로 보고만 있을 수밖에 없는 것이다.

“나가! 보따리 싸갖고 당장 꺼져 버려! 너 같은 파수꾼 필요 없어!”

정기오는 넌더리가 났다. 6개월마다 보따리 싸들고 경매장을 찾아다니며 새로운 주인을 소개받는 일에 몸서리가 쳐졌다. 아이가 몇이냐는 신문을 당하는 일을 이제 더 이상 감당할 수 없었다. 그러나 그보다 더 넌덜머리나 있는 편은 아내 쪽이었다. 그녀는 어느 정도로 지쳐 떨어져 있느냐 하면 어느 날 아홉 명의 집주인을 만나보는 동안 열세 번의 똑같은 질문을 받자 느닷없이 히스테리를 일으키는 터무니없는 도발을 감행하고 말 정도였으니까.

“고물고물하는 아이가 다섯이나 돼요. 그러니 저흰 셋방 얻기 다 틀렸겠죠?”

그녀의 놀라운 주장에 집주인은 말을 잊은 채 간덩이 떨어진 경악에 떨고 있었고, 항의는 옆에 섰던 복덕방 사람이 대신해 주었다.

“아니, 아이가 하나도 없다고 했잖았수?”

그녀는 아무 대꾸도 하지 않았고, 정기오도 그녀가 허위를 말했다고 고해 바치지 않았다. 아내는 그 집을 돌아나오면서 처음으로 입을 열었다.

“나두 아이 배구 싶어요. 셋방살이 그만두구 아이 낳구 싶어요.”

정말 언제까지 아이를 낳아서는 안 되는 것일까. 아니 반년마다 쫓겨다닐 아이는 태어나서 무엇하느냐. 두 사람은 지친 다리를 질질 끌며 또다시 다른 복덕방을 찾아나섰다.

“두 분 다 출근하세요?”

“아뇨.”

“그럼 집 봐줄 수 있겠군. 요즘 집주인들이란 모조리 셰빠또를 구하고 있단 말씀이야, 새끼가 딸리지 않은.”

이쪽에서도 뭔가 한 가지 조건쯤은 내걸어야 하므로 정기오는 한마디 하지 않을 수 없었다.

“그 집 수세식 변솝니까, 아닙니까?”

“건 왜요?”

“나는 주인하고 같이 양변기를 타고 앉는 건 딱 질색이거든요.”

“두드러기가 나나요?”

“하여튼 그짓은 못해요.”

“그럼 안 되겠군. 그 집은 향수 뿌리는 수세식 화장실 하나밖에 없거든. 연띠가 안 맞어.”

“안녕히 계세요.”

“아니, 당신 얼마짜리 전셋방 구한다고 했더라?”

“오십만 원.”

“예끼 여보슈, 그걸 갖고 감히.”

“그것도 당장은 삼십팔만 원밖에 없고 목표가 오십만 원이죠.”

정기오는 아내와 함께 복덕방을 돌아나오며, 그래서 그가 양변기 트집을 잡은 것으로 복덕방 사람이 오해한다면 억울하다는 생각이 들었다.

이토록 셋방 얻어걸리기가 난관의 연속이었는데, 어느 날 아내를 떼어놓고 혼자 찾아나선 수유리 일대 수색작전에서 정기오는 뜻하지 않게 그의 그런 고충을 속속들이 알아주는 집주인 하나와 만나고 말았다.

그는 정기오가 복덕방에 들어서기 바쁘게 이미 이골이 나 있는 말투로, 자신은 아이도 없는 단 두 식구뿐이며 아내가 출근을 하거나

바람기가 있어 매일 카바레에 드나들지도 않으므로 안집을 잘 지켜
줄 수 있으며 공장을 쉬는 날엔 자신도 집에 남아 두 마리의 셰퍼드
가 되어 파수를 서줄 수 있다는 말을 한마디의 실수도 없이 해내고
있을 때 우연히도 그 자리에 함께 있었다. 그리고 그의 말이 떨어지
기 바쁘게 대뜸 악수부터 청하고 나섰다.
　"우린 천생연분입니다. 난 이미 오 분 전에 떠났어야 할 사람인데
괜스레 누군가 기다려야 할 사람이 있을 것 같은 생각이 들어 눌
러앉아 있었지 뭐요. 이제 보니 댁을 만나려고 그랬던 거 아니겠
어요."
　"무슨 말씀이신지?"
　"우린 한집에서 살 연분이란 말입니다."
　"전 오십만 원밖에 없는데요."
　"그 따위 돈 애긴 꺼내지도 말아요."
　"그나마 지금은 삼십팔만 원밖에 없는걸요."
　"글쎄, 그런 건 그만두자니까."
　그는 팔을 내휘두르며 말렸다. 그놈의 넌덜머리나는 셋방살이 신
세의 고달픈 사정에 대해선 누구보다 잘 안다는 것. 속속들이 모르
는 게 없다는 것. 신물이 나도록 겪고 또 겪었다는 것. 그래서 자신
은 마침내 주인과 셋방살이라는 관계의 최상의 이상적 모습을 실현
하는 것이 인생의 목표처럼 되어 버렸다는 것. 그는 심지어 강아지
를 기르는 인간들을 증오한다는 말도 했다.
　"난 만약 내 여편네가 셋방을 드나들면서 전기 수도료니 쓰레기
치우는 값을 쪼개어 받으려고 안달을 한다면 그날로 당장 이혼해
버리겠어. 하지만 내 여편넨 그럴 리 없거든. 집 지켜준 셰파트한
테 고지서를, 그것도 부당한 고지서를 들이대는 거 봤느냐고 늘상
혼자 불평이었으니 그럴 리 없어. 아담한 집 지어 주고 고깃덩이
던져 주는 것이 개 둔 인간들이 할 짓이라는 거지. 심지어 뒷간

찬 것까지 사람 대가리 숫자 헤아려 가지고 퍼내려 드는 그 다라운 산술, 세상에 그런 용렬한 짓이 어디 있겠어."

정기오가 덩달아 집주인 비난에 합세하고 나선 일은 물론 없었지만 듣고만 있어도 당장 의기가 투합되지 않을 수 없었다. 그의 주장처럼 오랜 방황 끝에 만난 연분 같은 느낌이 없지 않았다.

그들은 복덕방 사람들의 입회 아래 즉각 계약을 체결했다. 계약과정에서 복덕방의 소개업자 가운데 한 사람이 그에게 주의를 환기시켜 잠시 정기오를 놀라게 했지만 두 사람은 이미 어느 쪽도 최초에 합의한 것을 그런 하찮은 것 때문에 깨려들 만큼 무모하지 않았다. 즉 그들 계약의 입회인이 제기한 문제는 셋방의 전세금액이었는데 그는 정기오의 지참금이 20만 원 모자라는 것쯤 조금도 문제되지 않음을 지체없이 선언해 주었다. 그가 그토록 그들의 만남을 소중히 여겼으므로 정기오도 한마디 하지 않을 수 없었다.

"저도 최선을 다해 칠십만 원을 만들어 보겠습니다."

"고맙습니다, 정형. 그렇게 될 수 있다면 난 정형한테 안방을 내드릴 겁니다. 우린 동지니까."

소개업자가 한마디 더 거들고 나섰다.

"참, 그렇군. 정말 그래 보시지. 돈 백 어떻게 마련해서 안방에 세들도록 해보시지. 이 양반 지금 잔금 치르자면 삼백이나 모자라거든."

"백만 원이 마련된다 해도 전 안방에 들진 않습니다. 우린 동지니까요."

"역시 천생연분끼리 만났군."

이러구러 계약이 끝나고 집주인 김씨가 말했다.

"자, 이제 우리집이나 보러 갑시다."

"그럴 거 없습니다. 집은 봐서 뭐합니까."

"하기야 그렇죠. 볼 필요도 없죠."

그러나 소개업자들의 의견은 달랐다.

"거 무슨 소리요. 집을 가봐야지 어딘지도 모르고 나중에 어떻게 이사 와요?"

"그럼 우리집 위치나 알아놓기로 하죠."

두 사람은 합의하고 복덕방을 나왔다. 김씨는 그와 정기오 두 가구가 잔금을 치르고 함께 살러 들어가게 될 집을 향해 걸어가며 말했다.

"아직은 우리집이 아니니까 밖에서 슬쩍 들여다보고 맙시다."

"물론이죠."

"실은 정형은 이미 눈치챘을지 모르지만 나 여태껏 셋방살이로 돌다가 이번에 그만 집을 하나 사버리고 말았거든요, 오기로. 하기야 그게 오기로 되는 짓이면 얼마나 좋겠소마는. 이십 년 넘어 셋방 신세를 졌으니 말하자면 이십 년 계획 끝에 빚 절반 내 돈 절반으로 게딱지 같은 집 하나 차지해 보려는 거지요."

"빚이라도 내셨으니 장하십니다."

"그나마 집주인을 잘 만났어요. 그 사람도 다 같이 없는 사람이어서 이해심이 많았어요."

이해심이 많아 중도금만 치르고 소유권 이전 등기를 내어 은행에 대출신청을 하도록 허락해 주었다는 것. 그리고 은행 대출 알선은 복덕방의 소개업자가 맡았다는 것. 커미션 1할을 주고 성사시키기로 했다는 것. 다른 사람들한텐 3할까지도 받는데 사정이 딱하다니까 특별히 1할만 받기로 했다는 것. '빌어먹을'이라는 말로 김씨는 말끝을 맺었다.

"정형, 집 하나 마련할 때까지 우리 같이 삽시다. 그러기 전엔 우린 헤어지지 맙시다."

정기오는 노량진 사글셋방으로 돌아오며 김씨의 그 주장을 음미하고 또 음미했다. 기분이 좋았다. 김씨가 헤어지면서 하던 말도 또

한 기분 좋았다.

"우리 마침내 한집에 드는 날 멋지게 차려놓고 한잔 합시다."

그는 아내에게 한 가지만을 빼놓고 다 말했다. 그들도 게딱지 같은 집 하나를 마련할 때까지 그 집에 같이 살기로 했다는 사실까지 말했다. 아내도 기분이 나쁘지 않은 것 같았다. 그가 한 가지 사실을 숨기고 말해 주지 않았으므로 가능하면 백만 원을 마련하여 김씨를 기쁘게 해줄 작정이라는 그의 터무니없는 희망에도 그녀는 반대 않고 고개를 주억거려 주었다. 그러나 너무 오래 그녀를 속이고 있을 수는 없었으므로 그는 중도금을 치르고 돌아온 날 드디어 남겨논 한가지도 말했다.

"그런데 우리 방엔 부엌이 없어."

여자에게 그것은 여간 중요한 조건이 아니었으므로 아내는 금세 낯빛을 바꾸었다. 그녀를 설득하는 데 적어도 다섯 시간은 걸렸다. 그리고 밤 열두시의 이불 밑에서 4개 조항에 이르는 서약서까지 써야 했다.

1. 나는 내 사랑하는 아내가 엎질러진 물이라는 조건으로 양해하였음을 납득한다.
2. 이사하는 날로 찬장을 하나 산다.
3. 마룻장을 뜯고 솥을 걸어야 하므로 비오는 날은 밥을 굶는다.
4. 육 개월 계약기간이 지나면 부엌이 있는 집으로 옮긴다.

그가 사랑하는 아내라는 사실 하나 때문에 이런 굴욕적인 서약서를 자필로 쓰고 도장을 찍었음에도 불구하고 그 후로 아내의 눈꼬리에서 희망의 빛이 사라진 건 정기오로서 여간 안타까운 일이 아닐 수 없었다. 그것이 바로 아무리 다급해도, 비참한 정황에도 거울을 들여다봐야 하는 여자의 한계일까?

그녀는 그가 어떻게도 불가능한 것같이 보이던 그의 직장 대중철
공소 주인의 마음을 돌려놓는 데 성공하여 마침내 30만 원의 가불
을 얻어냄으로써 김씨한테 합계 70만 원의 돈을 마지막으로 전해주
고 돌아왔을 때 그를 몰아세우기까지 했다.

"그 가불을 다 까자면 삼 년이나 걸린다면서 어떻게 하려구 그래
요?"

"다 깔 동안 지렁이 오줌만큼 받아서 사는 거지 뭐."

"도중에 절대루 직장을 옮기거나 중동(中東)에 가려구 하지 않겠
다는 서약서를 썼다면서요?"

"썼어. 어기면 퇴직금을 포기하겠다고."

"어쩌려구 그런 것까지 써요?"

"서약서 쓰는 게 버릇이 돼서."

"농담하세요?"

"죽어도 중동엔 안 가."

"건 좋아요. 월급 많이 주겠다는 데가 나서면 어떡해요?"

"그땐 서약서를 휴지로 돌려 버려야지 뭐."

"저한테 쓴 것두 휴지군요, 이제 보니."

"아냐, 그건 목숨 걸고 지켜. 정말이야."

"제 애긴 그게 아녜요."

"아직도 아니면 진짜 할 애긴 뭐야?"

"그 많은 돈을 영수증도 받지 않구 중학생한테 맡기구 옴 어떡해
요. 그 돈 전하는 게 그렇게 급해요. 내일 아침에 전하면 안 되나
요. 원래 이사 들어갈 때 주는 거 아녜요."

아내의 말은 공연한 트집임이 분명했다. 그가 전세금 잔금으로
30만 원을 들고 곧장 김씨의 셋방을 찾아간 것은 처음부터 70만 원
을 받으리라는 예상을 하고 있지 않은 김씨로 하여금 조금이라도 빚
의 덩치를 줄이게 하기 위해서였는데, 마침 김씨도 그의 아내도 없

어 그들의 중학생 아들한테 전하고 돌아오는 수밖에 없었던 것이다. 아마도 내외가 모두 돈을 구하러 나선 것이 분명하다 하는 생각을 하며 돌아온 것인데 아내는 그가 마치 거액의 돈을 어디다 적선이라도 하고 온 것처럼 말하는 것이 아닌가. 그러나 그녀가 공연히 트집을 잡고 싶은 이유를 알고 있으며, 그래서 아무 유감이 없으므로 정기오는 곧 남은 이삿짐 꾸리는 일에만 신경을 썼다. 부엌에 대한 불만을 가지고도 그동안 작은 덩어리들은 거지반 다 꾸려 놓는 등 착실히 이사 준비를 해둔 아내에 감사하며.

그런데 이튿날 새벽, 그러니까 그들이 드디어 오랜 사글세 신세를 면하고 70만 원이라는 거액의 전셋집으로 보금자리를 옮기도록 약속된 날 새벽에 느닷없이 김씨가 노량진으로 그들의 셋방을 찾아오지 않았던가. 상계동에서 얼마나 일찍 출발했으면 그 시각에 거길 올 수 있었을까.

어쨌든 아내는 그가 누군지 모르므로 정기오는 심상치 않은 조짐은 밖에 나가서 듣자 하고 김씨와 함께 대문 밖으로 나왔다.

"아니 제가 있는 곳을 어떻게 알아내셨죠?"

"계약서에 적힌 주소를 갖고 찾아왔어요."

"무슨 일이세요, 이렇게 일찍?"

"조그만 문제가 생겼어요. 철석같이 믿었고, 그네들도 장담한 은행 대출이 오늘도 안 되고 내일에야 나온다지 뭡니까."

"그렇다면 작은 문제가 아니군요. 내일 나온다는 것도 믿을 수 없잖습니까."

"그건 책임진다고 했죠. 커미션을 떼는 조건이니 그 약속이야 지키겠죠."

"그럼 지금 우리가 할 일은 뭐죠?"

"글쎄 어떻게 해야 할지……하여튼 정형한텐 우선 알려드리지 않을 수 없었어요."

“어떤 방법이 있을지 생각이 안 나는군요.”

“정형이 들 방 하나야 편리를 봐주지 않을까 하지만…… 설령 잔금을 오늘 치르지 못한다 하더라도.”

“제 문제야말로 아주 작은 부분이죠.”

“우선 수유리로 가서 사정을 얘기해 볼까 해요, 이사를 하루 연기할 수 있을는지.”

“저도 같이 가겠습니다.”

“그럴 필욘 없구요. 이따가 이삿짐 싣고 아주 오도록 하세요. 지금 말한 대로 방 하나야 비워주지 않겠어요?”

“그래선 안 돼죠. 저도 결과를 알고 행동을 통일하도록 해야죠. 잠깐만 기다려 주세요. 곧 나오겠습니다.”

정기오는 궁금해하는 아내한테 간단히 설명했다. 이사를 하루 연기할 수 있었으면 좋을 사정에 대해.

“하지만 우린 오늘 들어갈 수 있을 거라는군.”

그의 애기를 듣고 있던 아내가 마침 절호의 기회라는 듯이 대뜸 나섰다.

“아녜요. 잘됐어요. 우리 그러지 말구 다른 집 알아봄 어때요, 부엌 있는 방으루.”

“오늘 이사할 집을 오늘 찾아내?”

“왜 안 되겠어요. 그 집처럼 사정이 생긴 집이 또 없으란 법 있어요?”

“그런 절박한 사정을 악용해? 날치기해? 야, 놀라운 악질이다.”

정기오는 아내의 입을 막아 놓기 바쁘게 방문을 차고 달아났다. 수유리에 도착했을 때는 아침 여덟 시도 되기 전이었다.

너무 이른 방문에 집주인 강씨도 수상쩍은 생각이 들었던지 정기오가 그랬던 것처럼 들이닥친 그들을 돌려세워 대문 밖으로 나왔다.

“혹시 무슨 일이 생긴 게 아닙니까?”

"네, 죄송합니다. 강 선생님이 그렇게 여러 가지로 편리를 봐주셨
는데 워낙 엉뚱한 짓을 하자니 일이 제대로 풀려 주질 않는군요."
"사실이지 김씨는 너무 무리였어요. 내가 이런 애기 할 입장은 아
니겠지만."
"죄송합니다."
"은행돈이 나오지 않았습니까?"
"네, 내일은 틀림없이 나온다는군요."
"그럼 어떻게 하죠?"
"혹시 강 선생님 기왕 편리 봐주신 김에 이사를 하루 연기해 주실
수 있으시다면 제겐 그런 다행이 없겠습니다만. 이거 도무지 면목
없는 말씀입니다."
"그거야 말이 안 되죠."
"말이 안 되는 줄 압니다."
"잘 모르시는군. 그게 아녜요. 이사를 김씨하고 나하고 사이에서
만 하는 게 아녜요. 오늘 이사하기로 우리 두 사람이 시작한 것도
아니고. 우린 다만 오늘 이사하는 대열의 한중간에 끼여 있을 뿐
예요. 온 시내가 다 들고 일어나 자리를 옮겨 앉을 채비란 말씀예
요."
"아──그렇군요."
"그 가운데 한 사람도 낙오되는 것을 용납 안해요. 만약에 김씨
가, 내가 이사갈 집 사람부터 시작하여 그 앞의 모든 사람들을 다
붙들어 둘 수 있다면 난 하루 아니라 이틀이라도 얼마든지 양해하
겠어요. 하고말고요."
"그러시군요."
"물론이죠. 여태껏 온갖 편의 다 봐주다가 끝에 가서 한 가지 들
어주지 않아 원망 듣고 싶지 않다구요, 나는."
"원망이라뇨."

“아, 원망 듣죠.”

“……혹시 강 선생님 이사하실 댁 주소 좀 가르쳐 주실 수 있으실까요? ……한번 그분도 찾아뵙고 사정 말씀드려 보면 어떨까 해서요.”

“그야 어렵지 않죠. 하지만 내 말했듯이 가보나마나 헛수고예요. 오늘의 이 도시 대이동은 아무도 저지하지 못해요.”

강씨가 적어준 주소는 갈현동이었다. 우선 소개한 복덕방을 찾으라고 강씨가 일러주었으므로 두 사람은 갈현동에 닿자마자 그렇게 했다.

그러나 두 사람이 복덕방을 거쳐 한 여인을 앞세우고 골목 어귀에 들어섰을 때 이미 거기에는 절망적인 광경이 벌어지고 있었다. 부산하게 장롱짝을 들어내고 있는 사람들이 있었던 것이다. 웬만한 살림살이는 벌써 골목길에 다 나와 있었다.

김씨가 한숨을 내쉬는 소리가 들렸다. 정기오는 그만 돌아섰으면 하는 생각이 들었다. 그러나 복덕방 여인이 뜻밖에도 이렇게 중얼거렸다.

“저 집두 언제 팔렸나 보네, 이사가는 거 보니.”

김씨가 재빨리 물었다.

“우리가 찾아가는 집이 저 집이 아니군요, 그럼?”

김씨가 이번엔 소리 없이 안도의 한숨을 내쉬었다. 정기오도 한 고비를 넘겼다는 느낌이었다.

그러나 그건 잠시뿐 두 골목을 더 꺾어 들어가 으리으리한 고급 주택들이 양쪽으로 늘어선 넓고 곧바른 길에 들어서기 바쁘게 그들은 또다시 이삿짐을 들어내고 있는 광경과 맞닥뜨리고 말았다. 동시에 복덕방 여인이 말했다.

“틀렸어요. 보세요, 벌써 이삿짐 다 들어내 놨잖아요.”

“저 집입니까, 강씨가 이사올 집이?”

“네, 저 집예요. 집값 뛰기 전에 잘 샀죠. 얼마나 집이 크구 좋아
요. 천팔백이면 지금은 만져보지두 못해요.”

“아, 집 정말 좋다.”

하면서 김씨는 살림살이들이 질서 없이 쌓여 있는 대문 앞에 이르러
안을 기웃기웃 들여다보고 있었다. 복덕방 여인도 청바지 주머니에
두 손을 찌르고 서서 어수선한 집 안을 들여다봤다.

“어떡허시겠어요? 밑져야 본전인데 한번 애기나 해보시겠어
요?” 하고 잠시 후 여인이 돌아보며 의향을 물었으나 김씨는 말을
붙여볼 용기가 나지 않는 게 분명했다. “예까지 왔으니 이판사판인
데 한번 들어가 보시든지…….”

이불 보따리가 빠져나오기를 기다려 이윽고 김씨가 성큼 대문을
넘어 들어갔다. 정기오도 여인과 함께 그를 뒤따라갔다. 현관으로
올라서기도 전에 전화를 하고 있는 남자의 떠들썩한 목소리가 들리
기 시작했다.

“약속 시간이 한 시간도 넘었는데 이거 어떻게 된 거요. 에? 약
속한 일 없다구? 아니 거기 2424번 아니오? 그럼? 2404번이라
구? 실례했시다. 난 이삿짐센터에 걸었는데 이거 전화기가 어떻
게 된 거야.”

안주인 같은 여자가 머리에 스카프를 쓰고 현관 끝으로 다가와 물
었다.

“무슨 일이죠?”

“요 아래 복덕방에서 왔어요.”

하고 여인이 김씨 대신에 먼저 대답해 주었다.

“아, 그럼 이분들이 우리집으루 이사올 분들예요? 잔금 가지구
오셨어요?”

“아녜요.”

“그럼 서류확인하러 오셨군요? 다 준비해 놨어요. 인감증명두 떼

다 났구요. 복덕방 잘못 만나 두 장은 싸게 팔았지만 우리 그런
거 갖구 지금 와서 서류 안 넘겨주거나 그럴 사람 아녜요.”
“그게 아니구요…….”
“아님 뭐예요? 아줌마 아니던데……아줌마가 복덕방해요?”
“이씨 아저씨가 잠깐 손님 데리구 나가서 제가 왔어요. 저랑 동업
이거든요.”
“그런데요? 이분들은 누구예요, 그럼?”
“네, 저어…….”

하고 김씨가 말을 받으려는 순간 통화하고 있던 남자의 목소리가 갑
자기 높아지기 시작하여 김씨는 여자를 상대로 찾아온 사연을 말할
필요가 없어졌다. 그녀가 자기 남편 곁으로 가버렸기 때문이다.

“이봐, 당신네들 사람 놀리는 거야, 뭐야. 그러니까 내가 다이얼
을 잘못 돌린 게 아니잖어. 2424번 맞잖어. 이삿짐센터 번호는
다 그렇잖아. 아니, 2404라구? 그럼 전화 끊자는데 왜 바쁜 사
람 붙들고 말이 많어. 뭐야? 이삿짐을 취급하긴 하지만 이삿짐센
터 아니다. 그게 무슨 말이야? 2404라고? (이 자식들이 사람을
놀리는 거야 뭐야, 하고 중얼거리고 나서) 도대체 당신 무슨 말을
하고 있는 거야. 내가 말귀를 못 알아듣는다구? 이삿짐센터가 아
니라 2404라구? 이 친구 무슨 말을 하고 있는 거야.”

그러나 그게 무슨 말인지 끝내는 판명이 되었다. 남자가 다이얼을
잘못 돌려 2404를 2424로 돌렸다는 것이 아니고 2404는 숫자로만
듣지 말라는 것이었다. 즉 2404는 이사 공사(公司)이기도 하다는
거였다.

수화기를 꽈당 내던지고 나서 남자가 소리쳤다.

“별 빌어먹을 놈들이 다 있군. 이 명함 보니 2404 맞군. 내가 그
렇게 돌렸나 2404는 이삿짐센터보다 크고 철저한 신용본위라나.
이사 공사는 큰 회사라고. 세상이 요지경 속이니 별의별 미친놈들

이 다 생기는군."

"이삿짐이나 날라다 주는 인간들이 그렇지 별수 있어요." 하고 여자가 한마디 거들었다. "그나저나 왜 예약한 짐차는 안 오죠?"

"내버려 둬. 오지 않으면 이사 안 가는 거지 뭐."

"살림살인 다 끌어내놓구요?"

"이사 공사보고 와서 지키라지 뭐."

김씨와 정기오는 남자의 그 말에 귀가 번쩍 뜨였다. 복덕방 여인도 희망이 생겼다는 듯이 두 사람을 흘끔 곁눈질했다. 주인 남자가 그제야 그러고 서 있는 그들을 돌아보며 자기 아내한테 물었다.

"저 사람들은 누구야?"

"모르겠어요. 아줌만 복덕방이래요."

"응, 그렇군. 계약할 때 만났었지."

주인 남자가 세 사람이 서 있는 현관 끝으로 걸어왔다.

"무슨 일이오, 아줌마?"

"네, 실은……."

하고 김씨가 먼저 말을 받았다. 그러나 그의 말은 무슨 영문에선지 강씨한테 말하던 내용과 달랐다. 자신이 사서 갈 집에 비해 너무 크고 으리으리한 데 기가 죽은 탓일까, 주인 남자가 이사를 연기할 수도 있을 것처럼 분명히 암시한 말에도 그는 희망을 걸지 않았다. 그는 단지 자신이 처한 사정을 간략하고 요령 있는 말로 설명한 다음 이렇게 제의했다.

"이 댁으로 이사올 강 선생이 지불해 드릴 잔금 중에서 백팔십만 원을 빼주실 수 있다면 그걸 제가 내일 안으로 선생님한테 직접 해드리겠는데요. 그걸 혹시 허락해 주실 순 없으실까 해서 왔습니다만……."

"그게 도대체 무슨 말이지? 이 집에 이사올 사람 돈을 댁에서 내다니 무슨 말인지 모르겠군."

　정기오는 자신이 나설 계제가 아닌 줄 알면서도 김씨의 말이 이상해서 자신이 다시 설명해 주지 않을 수 없는 입장이라는 생각이 들었다.

　"무슨 얘기냐 하면 이분이 강씨댁으로 이사하시게 됐는데 그분한테 지불할 잔금 중에서 백팔십만 원이 모자란다는 뜻입니다. 그것도 은행에 대출 신청한 것이 하루 늦어져서."

　"글쎄 무슨 애긴지 못 알아들어 하는 애기가 아녜요. 내 애긴 당치도 않은 소리 말라 이거요. 그런 허락이야 강씬가 하는 이사올 사람한테 받아야지 왜 나한테 와서 그러느냐 그 말이오, 내 애긴."

　그때 듣고 있던 그의 아내가 한마디 더 거들고 나섰다.

　"아이, 참 별꼴 다 보겠네. 집 싸게 넘겨주구 별 희한한 애기까지 다 듣는군."

　김씨는 여자의 말을 상관 않고 하던 말을 계속했다. 기왕 꺼낸 말을 중도에 그만둘 수도 없는 처지였다.

　"그분은 물론 제 난처한 사정을 이해해 주셨습니다. 단지 그분한테도 그만한 돈 여유가 당장 없으니 선생님께서 양해해 주신다면 그분은 그런 조건을 수락하시겠다는 거죠. 물론 이자도 계산해 드리겠습니다. 딸라 이자라도."

　"난 그렇게 못하겠소. 이자놀이하는 사람도 아니고 댁의 뭘 믿고 그런 합의를 해요?"

　"그러시겠군요. 제게 은행 대출 신청서는 있습니다만……."

　"여보슈, 요즘 은행 대출 꽉 막혔다는 거 모르는 줄 아슈. 나도 그거 대부받지 못해 골병 든 사람이오."

　"제 경우는 좀 다릅니다. 막히기 전에 신청한 거고, 또 커미션으로 십 프로를 떼주기로 한 거니까요."

　"잘해 보슈, 난 못하겠으니까. 강씬가 하는 사람한테 가서 그러슈, 딴 소리 말고 빨리 잔금이나 갖고 오라고."

주인 남자는 다 말하기 바쁘게 다시 이삿짐센터가 이사 공산가를 부르러 전화기 앞으로 돌아가고 있었다. 다 틀려 버린 협상이었다. 이제 길은 아무 데도 남아 있지 않았다.

그런데도 잠시 멈칫하고 서 있던 김씨가 선생님 하고 주인 남자를 재차 불러세우고 있었다.

"아직도 무슨 얘기가 남았수?"

"만약에……선생님이 드실 집주인이 양해를 하신다면 될까요?"

"그야 당연하지. 그 사람을 아슈?"

"웬걸요. 주소를 가르쳐 주시면 한번 찾아가 볼까 하구요."

"그러슈. 죽은 사람 원도 풀어 준다는데 그거야 못 들어주겠수. 주소 적어 드리지. 아예 약도까지 그려 주지."

주인여자가, 왜 욕 얻어먹을 짓거리를 하려느냐고 핀잔이었으나 역시 남자는 그 말에만은 끝내 흔들리지 않았다. 그게 남자가 여자보다 나은 점이라고 해도 될 것인가. 퉁명스럽긴 해도 역시 남자가 여자보단 이해심이 많군요 하고 대문을 돌아나온 복덕방 여인이 말했으니까.

알고 보니 그 집 골목 끝이 곧 큰길이었으므로 두 사람은 대문을 나서자 복덕방 여인과 헤어져 당장 돈암동으로 내달렸다. 김씨가 택시 안에 앉아 말했다.

"이렇게 용렬하고 구차한 행각에까지 정형이 동행하게 되어 면목 없군요. 이렇게까지 해야 되는 건가 하는 생각이 드네요. 대추나무에 연 걸리듯이 빚을 져가며까지 이래야 되는지……."

정말 이렇게까지 해야 하는 건가 하는 생각을 지금까지 쉴새없이 해온 정기오였지만, 그러나 그는 그런 투로 말할 수는 없었다.

"제 염려는 마십시오. 김 선생님이 이사 못하시는 건 저도 올데 갈데 없어지는 거니깐요."

“그래서 더욱 속이 타는군요.”

“용기를 잃지 마십시오. 궁하면 통한다는데 설마 길이 있겠지요.”

김씨가 넘겨준 약도를 들여다보며 택시 운전사는 차를 아리랑 고개 쪽으로 꺾어 들어갔다. 신흥사 입구를 지나서 비탈길 어귀에 이르자 오른쪽으로 가파른 시멘트 포장길이 뚫려 있고 최씨가 이사갈 집은 그 언덕길 중간쯤의 대단한 집들 가운데 하나였다. 두 사람은 차를 내려 대문의 번지를 확인하자 입이 딱 벌어졌다. 감히 말도 못 붙이겠다는 생각이 드는 것은 왜일까. 왜 잘못 걸려들었다는 생각이 드는 것일까.

대문의 인터폰에서 누구냐고 묻는데도 뭐라고 대답해야 할지 두 사람 모두 적당한 말이 떠오르지 않았다. 문 좀 열어주쇼라는 말밖엔 할말이 없었다. 다행히 주인은 너그러이 받아들여 자동으로 빗장을 벗겨 주었다. 그리고 이사 준비를 전혀 하고 있지 않은 이상한 집주인답게 남자는 이상하게도 한마디 반문도 없이 김씨의 말을 끝까지 들어주었다. 남자의 그런 점은 두 사람으로 하여금 어쩌면 가망이 있겠다는 생각보다 뭔가 함정에 빠진 거나 아닌가 하는 느낌을 갖게 만들었다. 더구나 남자는 김씨의 얘기 도중에 잠시 자리를 떠서는 신문 한 장을 들고 와 읽고 있었으니까. 왠지 신문지 뒤에 시커먼 권총을 숨기고 있는 거나 아닌가 하는 생각이 들기도 했다. 잔금 줄 돈 이리 내놔 하고 위협받을지 모른다는 생각이.

김씨는 말을 끝내고 조심스럽게 침을 삼키고 있었다. 그때까지도 침묵을 지키며 신문지 저쪽에 가려 있던 남자의 머리끝이 이윽고 서서히 드러나기 시작했다. 히죽 징그러운 웃음이 담긴 두 눈과 콧등이 드러나는 순간 두 사람은 온몸에 소름이 돋았다.

“당신 참 세상 사는 법을 모르는군.”

“네?”

하고 김씨가 놀란 목소리를 내는 찰나 사나이가 마침내 신문지를 내던지고 벌떡 몸을 일으켰다. 소파에 앉은 두 사람은 마치 가위에 눌린 듯이 몸을 움츠리고 있는데 사나이가 재차 소리쳤다.

"당신 세상 살기 좋은 줄 모른다구."

그러고는 다시 소파에 털썩 떨어져 앉았다.

"고민할 거 없어. 내가 돈 구해 주지. 까짓 백팔십, 그걸 가지고 뭘 그렇게 죽을 상을 지어. 아니 가만 있자, 백팔십? 당신 은행에 이백 신청했군, 커미션 1할 떼고 백팔십 남는다. 또 계산 착오군. 거기서 석달 선이자(先利子) 떼야지, 근저당 설정 등기비 떼야지, 뭐 떼고 뭐 떼고 나면 잘해야 백오십 손에 쥐겠군. 그러니 또 삼십이 더 비잖어."

김씨는 놀랍고 믿어지지 않는 말에 대꾸를 못하고 있었다.

"사내 대장분데 우리 그 따위 조그만 일로 고민해서야 쓰겠어? 어깨를 펴, 어깰."

김씨가 으음 하고 신음 소리를 냈다.

"자, 자, 마음을 가라앉히고 이 신문이나 좀 보라구."

사나이가 던져주는 신문을 들여다봐야 할 것인가, 아닌가. 두 사람은 얼떨떨한 눈으로 사나이를 건너다봤다.

"신문 보라니까. 좀 봐요, 거기. 난 예편네 잘못 둬서 이 집을 홀랑 날리고 말았지만 이렇게 꺼떡 없어. 까짓 자신 있다구."

두 사람은 조간신문을 들여다보며 속으로 생각했다. 물가를 잡겠다는 머릿기사의 장담을 보라는 것일까, 쌀풍년 입학기에 쌀값이 뛴다는 영문 모를 얘기를 읽으라는 것일까. 아니면 석탄광에서 또 사고가 났다는 기사를 읽으라는 것일까. 아니 그들은 그때 어떤 생각도 하고 있지 않았다. 그들은 다만 사나이가 어딘가 이상하고 허황되다는 생각만 하고 있었다. 그리고 그가 그렇게 된 것은 아마도 집을 날린 그의 여편네 때문일 것이라는 생각을 하고 있었다.

"아직도 못 찾은 모양이군."

“뭘 읽으라는 건지……?”

사나이가 신문을 획 나꿔채며 말했다.

“당신 담보물 있지?”

“뭣하게요?”

“여기 봐, 여기. 이렇게 돈 줄 사람 많은 거 안 보여.”

사나이가 탁탁 손가락으로 두드려 보이는 곳은 알고 보니 고작해야 신문의 광고란이었다. 돈 급히 쓰실 분, 3시간 내 대출, 3부 이자…….

“집문서하고 인감증명 세 통, 그리고 당일 돈이 나오게 하는 급행료 이만 원.”

두 사람은 더 이상 듣지 않고 자리를 일어섰다. 사나이도 따라 일어서며 말했다.

“이제 알았지, 이 세상 살기 좋다는 거.”

두 사람은 아무도 대꾸하지 않았다. 그들은 끝장이 왜 이렇게 재수없이 나야 할까 하는 생각만 하고 있었다. 그럼에도 사나이는 옷 속으로 손을 집어넣고 옆구리를 긁으며 마당까지 따라 내려왔다.

“나 찾아와서 사정해 봤자 소용없다구. 난 이집 주인이 아니라고 했잖어. 일년 전에 이미 넘어갔다고 했잖어. 남의 손으로 넘어간 집에 세들어 사는 신세라구. 그러니까 그런 일 갖고 물어보겠거든 이 집 주인을 찾아가야지.”

“그 주인이 어디 있는데요?”

“몰라. 만나본 일도 없으니까. 복덕방 말론 서울 시내 모처에 살고 있긴 있다는데 그들도 그 여편네를 한 번도 본 일이 없대.”

“여편네?”

“그렇다니까. 일수놀이 고리대금업을 하는 여편네라기도 하고 서방이 대단한 자리에 있다기도 하고, 알 수가 없어. 과분지 서방이 있는지도 몰라. 분명한 건 구름 속에 가려 있는 그 여편네를 아무도 본 사람이 없다는 사실 하나뿐야. 그런데도 서울 시내 어디에 어떤 쓸 만한 물건이 나왔다는 건 귀신같이 알고 있어서 제때에 비서라는 새파란 놈을 보내 계약을 딱 맺어 버린다는구먼. 나도 그 젊은놈은 만났지, 계약하고 돈 받고 할 때.”

“그런 여자를 나더러 어떻게 만나라는 거요?”

“내게 전화번호가 있거든. 전화론 만날 수 있어. 얼마나 빈틈없는 여편넨가 하면 비서한테 돈 들려 보내놓곤 받았는지 꼭 확인해 본다구.”

정기오는 대문을 나서기 전에 김씨가 그 여자의 전화번호를 알아두지 않아도 후회하지 않을까 슬쩍 옆구리를 찔렀지만 김씨는 고개를 가로저을 뿐이었다. 하긴 정기오 생각에도 그건 소용없었다. 그런 모든 성가신 일들로부터 격리되려고 베일 뒤에 앉아 있는 건데 그런 여자의 전화번호는 알아서 뭣하랴.

두 사람은 이제 조금도 바쁠 건덕지라곤 없음에도 불구하고 택시를 잡으려 마치 발레하는 무용수처럼 팔을 뻗으며 큰길가를 우왕좌왕했다. 해결의 실마리는 한 가닥도 남지 않았다는 절망적인 상황은 잊고 사나이의 여편네가 어떤 방법으로 집채덩이를 날릴 수 있었을까 하는 점만 궁금해하며. 전화번호만으로 존재하는 여자는 슬하에 얼마나 많은 셰퍼드를 두고 있을까 궁금해하며. 그러다가 이상한 생각이 들어 정기오는 팔을 휘두르는 김씨한테 물었다.

“우리 지금 어디로 가려는 거죠?”

“정형은 노량진으로 돌아가슈. 가서 곧 짐 싸갖고 수유리로 오슈. 나 지금 수유리로 가는 길이니까.”

“그러지 마시고…….”

정기오는 김씨한테 제의했다. 그러지 말고 이번엔 거꾸로 교섭해 들어가 보는 게 어떨까 하고. 즉 김씨가 지금 세들어 살고 있는 방을 목표로 몰려오고 있는 사람들을 찾아나서 보는 것. 시민 대이동

이라는 이 우습지도 않은 사태에 반란을 시도해 보는 의미도 곁들여
서 말이다. 더구나 김씨와 함께 몇 시간 돌아다니는 동안 그가 발견
한 것은 집을 팔아 이사가는 사람들은 점점 나은 집으로 바꾸어 가
고 있다는 점이었다. 그러므로 갈수록 말을 붙이기 어려웠지만 거꾸
로 내려가면 가난뱅이들이야 그보단 쉽지 않으랴. 그러나 김씨는 그
의 제의를 받아들이지 않기 위해 농담까지 했다.
　"난 집을 산 사람이에요. 내가 지금 셋방꾼들이라는 셰퍼드들을
　상대할 수야 없지요. 위신이 있지."
　"저더러 동지라고 하신 건 작전이었군요."
　"강씨가 그랬잖아요. 오늘의 이 대이동은 막을 길이 없다구. 낙오
　되는 것조차 용납 안 된다구."
　"그럼 이제 어쩔 셈이세요?"
　"자꾸 다그치지 마슈, 나도 모르니까. 난 지금 정형 생각밖에 없
　어요. 정형을 어떻게 해야 할까 하는."
　"제 걱정은 마시라니까."
　"어쨌든 한번은 이사해야 할 테니 당장 싣고 오도록 해요."
　정기오는 김씨와 헤어져 곧장 흑석동으로 내달렸다. 자신만이라도
한번 거꾸로 거슬러 내려가 보자 하는 생각이 들어서였는데, 그의
지금 월셋방을 인계받아 올 사람의 주소가 바로 흑석동이던 것이다.
　주소를 들고 주로 복덕방을 찾아 더듬어 올라가자 문제의 셋방은
그곳의 한 초등학교 뒤에서 나타났다.
　"어마나, 그러시다면 더욱 잘됐어요. 이제 사글셋방으로 가면 보
　증금으로 준 돈 곳감 빼먹듯이 할 텐데 하루라도 늦게 가면 그만
　큼 득이지 뭐예요. 그리고 오늘은 그나마 일진도 안 좋다지 않아
　요. 내일이 서쪽에 손 없는 날이래요."
　아이를 엉치에 달고 이삿짐을 싸다가 일어선 여자는 심한 전라도
사투리를 쓰고 있었다. 정기오는 뜻밖에 출발이 좋은데 기분 좋았

다.

“그럼 아주머닌 오늘 이사 않기로 하신 겁니다?”

“그렇지만 우리만 안한다고 무슨 소용 있어요, 이 방으로 밀고 들어올 사람을 막아야지.”

“물론 그 집도 찾아가서 얘기해야지요. 주소 좀 가르쳐 주세요.”

“제가 어떻게 알아요.”

“계약서 쓴 것 있을 거 아닙니까. 거기 보면 나오죠.”

여자는 당장 주인집 문 앞으로 달려들고 있었다. 그녀가 주인집에서 받아온 전셋방 계약서에 적힌 이사올 사람은 마침 거기서 가까운 상도동에 살고 있었다.

그는 당장 고갯길 하나를 뛰어 넘어갔다. 그러나 막상 문제의 집을 찾고 보자 그는 세를 사는 사람이 아니었다. 비록 매우 헐어서 손댈 곳이 너무 많은 집이긴 했지만 그는 집주인이었다. 그가 집주인이라는 데 동정이 간 나머지였을까, 정기오는 자기도 모르게 이삿짐을 챙기는 남자에게 이렇게 말하고 말았다.

“아저씨 그만 이 집에 그냥 눌러 사시죠.”

남자가 금방 분노에 떠는 듯한 눈을 하고 그를 쏘아보았다. 고등학생쯤 되어 보이는 여자 아이와 그 동생임이 분명한 까까머리 남자 아이마저 일손을 멈추고 그의 말을 관심 있게 듣는 표정이었다. 남자가 이윽고 물었다.

“댁은 뉘시오?”

“죄송합니다. 제가 실언을 한 것 같군요. 실은 전 흑석동에서 왔습니다, 선생님댁이 이사갈 집에서.”

정기오는 능란하게 거짓말을 늘어놓았다.

“그런데요?”

“네, 저희가 사정이 여의치 못해서 선생님께서 그러실 수만 있다면 이사날짜를 하루만 연기했으면 해섭니다. 물론 이댁으로 이사올 분에 대해선 또 제가 따로 찾아뵙고 양해를 얻겠습니다만."

"이 집으로 이사올 사람은 없소."

정기오는 남자의 말에 놀라지 않을 수 없었다. 그렇다면 문제는 해결이 아닌가. 그러나 미심쩍었으므로 그는 한마디 더 되물어볼 수밖에 없었다.

"그게 무슨 말씀입니까?"

"무슨 말은 뭐가 무슨 말, 아무도 이사오지 않는다는 말이지."

"그러시다면……."

"그러시다면이 아니오. 이 집은 헐려요, 종적도 없이. 그리고 삼층짜리 새 집을 짓는다더군."

"그러세요?…… 하지만 헌데도 오늘 당장 헐진 않잖을까요?"

"글쎄…… 그렇게 말하지 않던데."

정기오는 되도록 위로의 말을 던져 환심을 사보려고 잠시 망설인 끝에 혼잣말처럼 중얼거렸다.

"이런 좋은 위치에 있는 집을 처분하여 전세를 가시다니……."

"다 그럴 사정이 있어서지."

"물론 그러시겠죠. 안타까운 일이군요."

"아내가 도망갔소. 알겠소? 이 몸이 벨트에 감겨 병신된 값으로 받은 보상금 갖고 곈가 뭔가 하다가 오야가 들어먹고 날라 버리자 겁이 나서 그 길로 가버렸소."

남자는 팔이 없는 한쪽 어깨를 들어 보였다. 그러고는 그 아내를 찾으러 2년을 돌아다니는 동안에 재산을 다 날려 버렸다고 말하고 있었다. 너무 개략적으로만 얘기하여 제대로 실감이 안 되긴 했지만 정기오는 뭐라고 더는 말을 붙일 엄두가 나지 않았다.

그때였다. 열린 대문을 통해 막노동꾼 차림의 남자 넷이 연장을 어깨에 얹고 성큼성큼 집 안으로 걸어 들어왔다.

"이 집 오늘 이사가는 집이죠?"

“그렇소만.”

“아직 이사 안 가셨군.”

“댁들은……?”

“아, 우린 이 집 뜯으러 온 사람들이오. 하지만 염려 말고 이삿짐
싸슈. 그동안 우린 좀 쉴 테니까.”

주인은 그러나 깊게 한숨을 한번 쉴 뿐 입을 열지 않았다. 정기오
는 자신이 또 한마디 하지 않으면 안 된다는 생각이 들었으므로 마
치 전투태세를 갖추듯이 하고 그들 앞으로 나섰다.

“집을 꼭 오늘 뜯어야 하나요? 아직 이삿짐도 그대로 있는데 너
무 야박하잖아요.”

“우린 모릅니다. 단지 시키는 대로 할 뿐이니까.”

하고 그 중 하나가 마루 끝으로 엉덩이를 들이밀고 앉으며 말했다.

“그럼 누가 압니까?”

“주인이 알겠죠.”

“그 주인이란 사람 어디 있나요? 좀 만나봅시다.”

“만나보시기 힘들걸요. 우리도 아직 한 번도 본 일이 없으니까.”

“이 집 뜯으라고 시켰다며요?”

“모르시는군. 전설 같은 여자가 하나 있어요. 얼굴 없는 여자가.
그 여자가 전령을 보내 우리한테 명령을 내려요. 이 집 뜯어라,
저 집 고쳐라 하고.”

정기오는 그제야 펀뜩 떠오르는 것이 있어 재빨리 되물었다.

“아니, 아리랑고개 가는 데 집 또 한 채 가지고 있는 여자 말인가
요?”

“거기뿐일까. 서울 시내에 그 여자 집 없는 데가 어딨어. 아파트
만 해도 여러 채 되는데.”

“그래요?”

“하기야 그런 여편네가 한둘일까.”

　정기오는 노량진으로 넘어오는 길목에서 만난 2톤반 이삿짐 트럭을 붙잡아 타고 자신의 셋집 대문 앞으로 들이닥쳤다. 아내가 고개를 어깨에 얹고 기다림에 지친 표정으로 앉아 있었다. 정기오는 서둘러야 함을 과장해서 말했다.
　"차 잡아 왔어. 막 때려싣자구."
　"기어이 그 집으루 가는 거예요?"
　"밀어내기 전에 서둘자구. 점심은 먹었어?"
　"먹구 싶지 않아요."
　"그래도 먹어두잖고."
　정기오는 그제야 자신이 아침부터 굶어 오고 있는 것을 알아차렸다. 그리고 알아차리자 갑자기 사지에 맥이 빠지는 것 같았다. 이불보퉁이 하나도 들어올릴 수 있을 것 같지 않았다. 두 사람이 이삿짐 트럭 앞자리에 나란히 앉아 미지의 땅 수유리에 닿았을 때는 이미 이른 봄 하루 해가 거의 마감되려 하고 있었다. 흘끗 돌아보자 아내의 눈꼬리에 뭔가 애수 같은 것이 서려 있었다. 어쩌면 공포 같은 것인지도 몰랐다. 정기오는 큰 소리로 말하지 않을 수 없었다.
　"자 다 왔어. 이 집이야, 내가 서약서 쓴 집이."
했지만 그들 두 사람은 차를 뛰어내림과 동시에 엄중한 경고에 부닥뜨리고 말았다.
　"이 집 대문 안으론 한 발짝도 들어올 수 없소. 짐보따리 하나도 들여놓을 생각 말아요."
　쳐다보자 집주인 강씨였다. 몇 시간 동안에 사람이 저토록 달라질 수도 있을까 싶게 그는 아침에 본 얼굴과는 생판 다른 단호한 모습을 하고 있었다.
　"그러는 법이 없어요. 내가 분명히 말했는데도 불구하고 설마 셋방이야 들여놓아 주겠거니 하고 슬쩍 이삿짐을 실려 보내다니 그럴 수가 없어요. 그런 식으로 은근슬쩍 밀고 들어올 셈판인 모양

인데 어림없지. 이제 더는 절대로, 단 한 가지도 양보할 수 없
어.”
　강씨의 말엔 분명히 오해한 부분이 많았지만 정기오는 해명하지
않았다. 그의 주장이 일리 있다고 보아야 할 암시를 이미 김씨가 그
에게 주었었으므로 그는 자신 있게 강씨의 말을 부인할 수 없었다.
　아내와 트럭운전사가 동시에 그를 향해 물었다.
　“어떻게 해요?”
　“어떻게 하긴. 여기 담 밑에라도 내려놓아야지.”
　“지금이라두 다른 집으루 가면 안 돼요? 최소한 부엌은 있는 집
으로 말예요.”
　정기오는 아내의 말을 묵살한 채 트럭의 꽁무니 쪽으로 걸어갔다.
트럭 조수가 끙끙거리며 얽어매 놓은 밧줄을 풀고 있었다. 거기까지
따라와서 아내가 또 다그쳤다.
　“무슨 꿍꿍잇속이 있는 거 아녜요?”
　“없어.”
　“수상해요.”
　“그렇지 않어.”
　“그런데 왜 저 남자 저렇게 우릴 모욕 줘요?”
　“돈을 덜 내고 쳐들어올까봐 겁이 나서 그러는 거지.”
　“우린 다 냈잖아요. 애초 계약보다 더 내기까지 했잖아요.”
　“그렇게 최선을 다했는데도 돈이 좀 모자랐어, 집주인이.”
　“제 얘긴 그 정도루 능력 없는 사람한테 왜 홈빡 빠져서 그러느냐
그 말예요.”
　“우린 동지거든.”
　“동지 땜에 오늘밤은 길거리에서 자겠군요.”
　“그럴 가망도 없지 않지.”
　정기오는 대답하는 한편으로 흘끗 집안을 넘겨다보았다. 강씨는

그동안 이삿짐을 옮겨갔음에 틀림없었다. 아니 짐만이 아니고 사람들도 모두 가고 강씨 혼자만이 그들의 무단 접수를 저지하기 위해 남아 있는 것이 분명했다. 그렇다면 김씨는 이제 한시름 잊어도 되는 것이 아닌가. 강씨가 김씨의 완불을 받지 않고도 최씨한테 줄 잔금을 스스로 지불할 수 있었건 아니면 강씨의 짐을 옮겨 놓는 것만큼은 최씨가 양해를 했건, 어쨌든 이삿짐은 옮겨졌으므로 이제 김씨가 낙오자로 떨어지는 것은 모면한 셈이었던 것이다. 적어도 다음날엔 잔금을 해결할 수 있다니까.

김씨가 이삿짐을 싣고 나타난 건 그로부터 두 시간쯤 뒤였다. 정기오는 김씨가 자신이 당한 것과 같은 경고를 당하는 순간이 언제일까 하고 초조히 기다렸지만 이상하게도 그런 순간은 오지 않았다. 나중에 생각해 보자 강씨는 그의 경고를 받지 않은 김씨가 어떤 태도를 취하나 두고 보자 하고 침묵을 지킨 듯했다. 그러나 김씨는 결코 짐보따리를 집 안으로 들여놓는 비윗장 좋은 도발은 하지 않았다. 그는 차를 뛰어내리기 바쁘게 지체없이 강씨 앞으로 달려가 이렇게 말하고 있었다.

"우리 다음으로 이사 들어올 사람들이 들이닥쳐 부득이 짐을 옮겨오지 않을 수 없었습니다. 오늘 하룻밤만 이 담벼락 밑에 내려놓는 것을 허락해 주시면 감사하겠습니다. 절대로 집 안으로 들어갈 수는 없습니다."

"대문 밖이야 맘대로 하슈. 내 땅이 아니니까."

"여러 가지로 너무 죄송한 것이 많습니다."

곧 땅거미가 지기 시작하여 트럭에서 다 내려놓기도 전에 김씨네 이삿짐은 어둠에 묻히고 말았다. 훨씬 시간이 지체된 뒤 경황을 차린 두 가구는 덮여 오는 어둠의 회색 너울을 걷어내며 서로 인사를 나누었다. 그러곤 김씨가 정기오의 팔소매를 끌고 한쪽으로 갔다.

"정형, 죄송하다는 얘긴 않겠습니다. 강씨는 이삿짐을 다 실어간 것 같아요. 나쁜 생각이지만 이만큼 된 건 천만다행 아니겠습니까."

"그렇죠. 악물려 돌아가는 대이동에 올을 빠뜨리지 않게 됐으니까. 자칫했으면 우린 유성으로 사라질 뻔했잖아요, 이 도시의 자전(自轉) 운동에서 튕겨져 나가."

"오늘 하룻밤만 여관 신세 지십시오. 그리고 내일 우리 굳은 악수합시다. 부인한테 나쁜 첫인상을 드린 것 가슴 아픕니다. 잘 양해구해 주세요. 이삿짐은 제가 빈틈없이 지켜 드리겠습니다."

"저도 짐 곁에 있겠습니다."

"그건 절대로 안 됩니다, 절대로."

"그럼 교대로 지키기로 하죠."

"절대로 안 된다니까요. 나 혼자 남습니다."

정기오는 끝내 김씨의 고집에 꺾여 아내와 함께 그곳을 떠났다. 아내가 어디로 가느냐고 물었다. 식당으로라고 그가 대답했다. 더이상 아내도 그도 말이 없이 낯선 어둠 속을 걸었다.

종일 빈속이었던 탓일까. 그는 생선찌개와 더불어 밥 한 그릇을 먹는 데 땀을 비오듯이 쏟았다. 아내의 콧등에도 땀방울이 송글송글 맺혀 있었다.

식사를 끝낸 아내가 다시 물었다.

"이제 또 어디루 가요?"

"길바닥으로."

"살림은 어떡허구요?"

"이 동넨 도둑이 없대."

그는 자꾸만 감기려는 눈까풀을 버팅기고 비스듬히 앉아 가물가물하는 아내를 건너다봤다. 몸뚱어리가 밑없는 공동으로 끝도 없이 떨어져 내리고 있었다. 마른 풀포기 하나 잡히지 않았다. 그는 일어서야 한다고 생각했다. 아니 일어서기 전에 한마디 해야 할 말이 있었다.

"우리 내일 아침에도 이 식당에 오자구. 아니 매일 와서 먹자구.
어차피 부엌도 없는데 잘됐잖어?"

그러나 그의 이 말은 발음되지 않았다. 그는 이미 잠에 떨어져 있
었던 것이다. 그의 아내마저도, 부엌, 하고 간간이 중얼거리며.

파블로프의 종

마치 심판과 같은 찬비가 종일 구성지게 내리고 있었다. 형우가 다시 찾아온 날은 그런 날이었다.

내가 그를 미처 발견하지 못한 동안 그는 거기 출입구 밖 복도에 얼마나 오래 서 있었던지 몰랐다. 이상해요, 저 사람 아까부터 저기 저렇게 서서 우리 사무실을 들여다보고 있어요, 하는 미스 김의 소곤거림에 내가 처음으로 그를 알아보고 서둘러 다가갔을 때 그가 서 있는 발 밑엔 약간의 빗물이 괴어 있었다. 그는 그렇게 완전히 비에 젖은 모습이었다. 머리카락 끝엔 빗물이 방울져 매달려 있었다.

나는 그와 마주 서는 순간 왠지 모르게 얼굴이 화끈 달아오르는 것을 느꼈다. 사무실 동료들에 대한 창피스러움 같은 것이었을까. 나는 약간 증오가 서린 눈으로 그를 건너다봤다.

마치 겁먹은 듯한 표정을 하고 형우가 말했다.

"봄비가 너무 심하게 오는군."

"나가지."

나는 짧게 말하고 나서 그를 앞질러 복도를 걸어갔다. 그는 왁스를 칠한 복도 바닥에 빗물을 뚝뚝 흘리며 따라왔다. 바쁠 텐데 괜히라고 그가 중얼거리듯이 말했지만 나는 대꾸하지 않았다. 승강기 앞까지 가는 동안 나는 사무실 동료들한테 그를 실연당한 친구라고 말할 것인지 아닌지에 대해서만 생각하고 있었다.

18층에 멎어선 승강기는 더 이상 두 층을 올라오지 않았다. 지리한 기다림 속에 형우가 재차 중얼거렸다.

"바쁠 텐데, 괜히……."

내가 흘끗 돌아보자 그는 흠칠 놀라는 듯한 낯빛을 하며 이상하게 얼굴을 일그러뜨렸다. 웃어 보이려는 몸짓인지 몰랐다. 나는 여전히 증오심 같은 것에 사로잡힌 채 손수건을 꺼내 주었다.

"아냐, 나도 있어."

"다 젖었을 거 아냐."

그는 서둘러 자기 주머니를 뒤지기 시작했다. 곧 이어 마치 마술사의 손수건 같은 것이 그의 젖은 바지주머니로부터 길게 딸려 나왔다. 승강기는 그가 목덜미를 훔친, 다 젖고 때가 낀 손수건을 거기 재떨이에다 대고 비틀어 짜고 있을 때 마침내 26층을 다녀 내려왔다. 형우는 승강기 안에서도 조그마해진 손수건으로 연신 목덜미를 문지르고 있었지만 다행히도 아래층까지 내려가는 동안에 한 사람 밖엔 더 타는 사람이 없었다.

내려갈 땐 마지막으로 서는 17층에서 탄 건설회사 중역이 승강기가 아래층으로 내려앉을 때까지 쉬지 않고 형우를 아래위로 거듭 훑어보고 있었으므로 나는 되도록이면 그와 일행이 아닌 것처럼 시치미를 떼고 있는 편이 좋았지만, 그러나 나는 승강기가 5층을 통과하기 전에 형우를 돌아보며 말했다.

"그래 가지고 감기 들지 않겠어?"

그러나 어떻게 된 영문인지 이번엔 형우 쪽이 완전히 입을 닫고 아무 대꾸도 없었다. 대꾸가 없을 뿐 아니라 돌아보는 일조차도 없었다. 그러는 사이 승강기는 이미 밑층으로 내려와 문을 열고 있었으므로 나는 건물 현관으로 나가는 로비를 걸으면서 재차 물었다.

"그래 가지고 감기 들지 않을까?"

"엘리베이터 안에서 왜 아는 체해, 안내양도 있는데."

"그게 무슨 소리야?"

"내가 자네 친군 줄 알면 자네가 챙피해지잖어."

나는 그의 말을 듣는 순간 나도 모르게 허허 하고 웃음이 나왔다. 그런 것까지 염려해 줄 바엔 애당초 나타나지도 말 일이지. 그를 데리고 음식점에 간 다음에야 나는 그의 그런 서투른 점에 대해 점잖게 충고했다.

"그런 것까지 신경쓰는 건 좋지 않어. 친구로서의 태도가 아니야."

"미안해."

"우선 너답지도 않고."

그는 고개를 떨구고 아무 말이 없었는데, 그의 그런 모습 때문인지 아니면 내가 강조한 우정의 논리에 내 스스로 설득당해 버려선지는 모르지만 하여튼 나는 그 순간 내가 만약 그를 분명히 증오의 눈으로 보았다면 그건 옳지 않다는 생각이 들었다. 아니 혹시 증오한 것이 있다면 그건 그의 그답지 않은 비굴한 태도이지 그를, 즉 형우라는 인간을 증오한 것은 단연코 아니라는 생각이 들었다. 옛날의 형우는 결코 비굴이니 하는 말은 당치도 않은, 너무도 당당하고 자신만만하여 상대방으로 하여금 주눅들게까지 하는 그런 존재였으니까.

무엇이 그런 형우를 불과 십 년도 안 되는 동안에 이토록 다른 인간으로 바꾸어 놓았을까. 그러나 나는 비록 지금 초췌한 모습을 하고 있다 해서 옛날의 형우가 변했다는 생각은 하고 싶지 않았다. 찬비에 홈빡 젖어 나타날 수 있는 것은 어쩌면 형우만이 할 수 있는 행동일 수도 있었던 것이다.

그러므로 그런 친구에게 내가 할 수 있는 일은 그를 불 기운이 있는 곳으로 데려가서 그의 옷을 말려 주고 그러기를 기다리는 동안 그에게 따뜻한 한 그릇의 밥을 사 주는 일 정도에 그쳐야지 그 이상의 어떤 생각, 말하자면 그의 태도에 주접이 끼여 있다고 해서 그를 간단히 속단해 버린다거나, 특히 측은한 눈으로 그를 바라본다든가 한다면 그건 그를 모독하는 것이라고 나는 생각했다.

점심은 먹었는데 하고 형우는 말했지만 나는 그의 그런 소극적인 반응을 무시하고 음식을 주문했다. 내가 그에 대해 확신할 수 있는 한 가지 사실이 있다면 그것은 그가 무슨 연유로 그토록 나쁜 상태가 되었는진 모르지만 하여간 그는 지금 몇푼의 용돈에도 아쉬움을 느낄 정도로 대단히 불편한 가난 속에 빠져 있음이 분명하다는 점뿐이었는데, 그렇다면 그는 틀림없이 식사를 거른 상태였던 것이다.

그는 음식을 먹는 동안 땀을 꽤 흘려 그의 얼굴은 빗물이 아닌 땀으로 다시 흠뻑 젖었다. 그리고 민어 매운탕 냄비를 다 비운 다음까지도 그의 옷은 아직 대충 말라가고 있는 상태에 있었으므로 나는 그와 함께 음식점을 나오자마자 다시 다방으로 갔다.

다방에서도 그는 별로 말이 없었다. '미안해'라는 말을 적당한 간격을 두고 두 번 되풀이한 것이 그가 한 말의 거의 전부였다. 그런 매우 어색하고 굳은 분위기 때문이었을까, 그의 옷이 마를 때까지라는 것이 유일한 목표처럼 되어 버린 지리한 기다림 속에 앉아 있는 동안 나는 그만 나도 모르게 매우 나쁜 생각에 빠져들고 있었다. 말하자면 그에게 얼마간 큰 액수의 돈을 쥐여주는 일은 어떨까 하는. 아니 동창들한테 연락을 취하여 그를 위한 모금 같은 일을 해보는 것은 어떨까 하는.

그러다가 나는 내 그런 발상의 당치 않음에 다시 생각이 미쳐 얼른 고개를 저어 쓸데없는 생각을 떨어 버렸다. 동창들에게 형우를 그렇게 말할 수는 없었던 것이다.

나는 손목시계를 들쳐보며 형우를 흘끔 건너다봤다. 그는 매우 질이 나쁜 담배의 꽁초에 불을 그어 대는 일을 오래 계속하고 있는 중이었다. 그는 처음 다방에 들어와 앉고부터 그 물에 젖은 담뱃갑에서 나온 담뱃개비들을 꺼내어 놓고 그중 가망이 있어 보이는 부분을 잘라내어 열심히 성냥불을 그어 대고 있었지만 번번이 실패의 거듭일 뿐이었던 것이다.

나는 또다시 뭔가 약간 화가 치밀어오르는 것을 느껴 곧 자리를 일어섰다. 그가 너무 서둘러 끽연의 집념을 보이는 바람에 나는 내 주머니에 든 그보다 질이 좋은 담뱃갑을 꺼내 보지도 못하게 되고 만 것 때문일까. 어쨌든 내 목소리는 좀 퉁명스럽게 나오고 말았다.

"나 들어가 봐야겠는데."

"바쁠 텐데, 괜히⋯⋯."

하고 형우는 불 붙이던 꽁초를 얼른 재떨이에 던지고 따라 일어섰다. 세 번짼가 되풀이되는 소리였다. 나는 퉁명스런 목소리를 낸 것에 미안한 생각이 들어 자리를 뜨기 전에 한마디 덧붙였다.

"하다가 내버려 둔 일이 한 가지 있어서 그래."

"그럼. 괜히 바쁜 사람을 붙들고⋯⋯."

"아냐 바쁠 건 없고, 잠깐이면 끝낼 일이니까."

나는 그렇게 말해 놓고도 지하다방을 나와 층계를 오르면서 생각하니 아무래도 그를 그냥 돌려보내는 것이 안됐다는 느낌이 들어 되돌아서서 의견을 물었다.

"우리 이렇게 헤어질 게 아니라 조금 있다가 대포 한잔 하는 게 어때. 날씨도 서글프고 한데."

"아니야."

"아니긴 뭐가 아냐. 너 술 잘하잖어. 됐어, 그렇게 해. 다방에 다시 들어가 있어 넉넉잡아 삼십 분이면 끝내고 올 테니까."

"실은 저어……."

분명히 형우가 표정을 굳히며 말을 얼버무리고 있는 데에 나는 긴장하지 않을 수 없었다. 어쩌면 그건 일종의 방어본능 같은 것인지 몰랐다. 그가 나와 한 직장에 있고 싶다는 얘긴 아닐 테고, 그렇다면 다음 말이 무엇인지 알 만했지만 그의 말문을 틔워주기 위해선 나는 되묻지 않을 수 없었다.

"어, 무슨 얘기야? 말해 봐."

"실은……아이가 아파……입원을 시켜야겠는데……."

"어이구, 몹시 아픈 모양이군, 입원시켜야 할 정도면."

"아주 몹쓸 병이야. 무슨 병인지 묻지는 말게."

"저런, 걱정이겠구면."

"그래서 염치를 무릅쓰고 자네한테 좀……부탁을 청하려고……."

"왜 진작 말하지 않고."

"입이 떨어져야지."

"어디 그게 체면이고 뭐고 하는 거 차릴 일이야. 애가 아파 누워 있는데."

"정말 고마우이."

"그럼……."

"……여유가 되거든……돈 만원만 좀……."

"그거 가지고 무슨 입원을 시켜?"

"응, 집사람이 그동안 좀 마련해 놓은 게 있고, 그렇잖대도 자네한테 그 이상이야 어떻게……."

나는 곧 층계에 선 채로 만원권 지폐 두 장을 꺼내어 형우에게 건네주었다.

"아니 이거……." 하고 형우는 놀란 눈을 하고 나를 올려다봤다. "당장 어떻게 이 많은 돈을……."

내 주머니엔 마침 지폐 봉투가 들어 있었다. 그날이 월급날이었던 것이다. 형우가 돈을 받아 쥐고 말했다.

"형편 되는 대로 꼭 갚음세."

"그건 나중 문제고. 그거면 분명히 아일 입원시킬 수 있겠어? 사실대로 말해. 체면 따위 생각할 때가 아냐. 우리 사이에 그런 것 때문에 말 못해선 안 돼."

"아냐, 이거면 충분해. 만원이면 된다니까."

"그렇다면 다행이구. 당장 가봐야겠군."

"응……입원을 시키자면."

"그렇잖고. 그런 급한 사정이 있는 줄도 모르고 소주 한잔 하자고 했었잖어."

"또 들를게."

"그렇게 해. 아이 다 낫거든 우리 한잔 하자구."

나는 입구로 나온 다음 회사를 나올 때 산 비닐 막우산을 그에게 넘겨주었다.

"아냐, 아냐."

"들고 가라니까. 난 바로 앞이 회산데 뭘 그래. 옷은 거지반 말랐을걸?"

"그럼 완전히 말랐어……워낙 경황이 없어놔서 그만 비닐 우산 하나도 살 겨를이 없이…….."

"그랬겠지. 자, 그럼 빨랑 가봐. 너무 낙심하지 말구. 하필이면 비가 이렇게 내리는 날…….."

형우는 형편 되는 대로 꼭 갚을 그의 각오에 대해 재차 강조한 다음 빗속 인파에 섞여 사라져 갔다. 나는 그의 경황 없을 수밖에 없는 사정에 대해 너무나 잘 알고 있었으면서도 그가 빗속으로 들어선 지 1분도 채 안 되어 이미 내 시야에서 완전히 사라져 버리고 만 것에 뭔가 섭섭함 같은 것이 느껴졌다. 낡은 2층 건물 추녀 밑을 지켜서 있는 나를 쳐다보며 아이 하나가 소리쳤다.

“아저씨 우산 사세요.”

나는 비닐 막우산을 다시 샀다. 비가 주룩주룩 내리는 속에 있어
선지 아이의 목소리도 경황 없이 들렸는데 알고 보니 천만의 말씀이
었다. 떨이로 팔아치움직한 시각에 아이는 되레 빈틈없는 상재를 발
휘하여 그새 백원을 더 붙여 먹고 있었으니까. 그러고도 아이는 제
우산이 더 튼튼하다든가 하는 거짓말도 하지 않고, 백원 더 받는 이
유를 이렇게 설명했다.

“에이, 아저씨도, 지금은 비가 더 많이 오잖아요.”

“퇴근시간이라서 그런 게 아니고?”

“어쨌든 삼백 원 아끼다가 감기 걸리면 더 손해죠, 머.”

“너도 우산 재벌이 돼야 할 텐데.”

“뭐가 돼요?”

“일년 내내 비가 왔으면 좋겠다구.”

“에이, 아저씨 악담하시네.”

“아닌데.”

“아니긴 뭐가 아녜요. 그러면 농사는 날새 버리고 우린 라면도 못
먹게 되는데두요.”

그날 나는 집으로 돌아와 어머니 앞에 월급봉투를 내어놓으며 모
자라는 2만 원에 대해선 비닐우산값이라고 둘러댔다. 시골에서 올
라온 우산장수 아이 얘기를 했다. 사실 그 아이의 논리대로 하면 비
가 여전히 드세게 내리는 밤 열시쯤의 우산값은 거의 만원에 육박할
수도 있었으니까. 그럼에도 어머니는 내 그런, 우산장수를 몰아세우
는 악담을 곧이듣지 않았다.

“월급날만 되면 백만장자가 된 것 같은 착각에 빠져 버리는 네 낭
비벽을 고치는 길은 딱 한 가지밖에 없다. 장가들이는 길 외엔 방
법이 없단 말이다.”

“아항, 그래서 결혼을 인생의 무덤이라고 하는군요.”

“장가 가봐라, 몇 시간 만에 이만 원씩 후딱 날리는 그런 짓 할
수 있나.”

“몇 시간은 무슨 몇 시간예요. 돈 꺼내 주는 덴 일 분도 안 걸리
던데.”

“듣기 싫다.”

“그래서 전 장가 안 가요. 누가 스스로 무덤 속으로 들어가요.”

“듣기 싫다니까. 제 친구들은 벌써 다 갔는데 철딱서니없는 녀석
같으니라구.”

신식 어머니도 아닌데 그래도 내 어머니는 통한다 하는 생각이 들
었으므로 나는 형우 얘기를 어머니한테 해버릴 것인지 어쩔 것인지
의 문제에 대해 잠시 입이 간지러운 유혹을 느꼈다. 그러나 나는 끝
내는 그 유혹을 떨쳐 버리고 말았다. 어머니가 다소 관대해 보이는
것은 내가 당장 20만 원에 가운 지폐뭉치를 밀어놓음으로써 걸려버
린 일시적인 마취 효과에 지나지 않았던 것이다. 그런 그녀한테 형
우가 찾아온 얘기를 하는 것은 각성제를 주는 것과 같은 효과를 낼
것이며, 만약 그렇게 하여 깨어나게 된다면 그녀는 당장 늘상 자랑
거리로 주장해 온 자신의 생활신조를 새삼 강조하고 나설 것임에 틀
림없을 것이었다.

“나는 이날 입때까지 남의 신세는 땡전 한닢두 지구 살지 않았어
요. 발등에 불 떨어져두 자기 불은 자기가 꺼야지 무슨 소리야.”

아니 이렇게 나오는 것까진 그냥 들어줄 수 있다고 하자. 젊은 놈
이 그래, 얼마나 못났으면 그 위중한 지경에 놓인 제 새끼 입원하나
제때에 시키지 못해 찬비를 쪼록 맞으면서 친구한테 돈을 꾸러 다니
느냐 한다고 해도 그 점도 이쪽은 친구로서 이해할 수 있으므로 괜
찮다고 하자. 그리고 인간이 못났다는 말은 듣기에 따라선 영악스럽
다는 평판보다는 나쁘지 않을 수도 있었다.

내가 가장 두려운 것은 형우라는 인간을 모르는 어머니로선 당연

하다고도 할 수 있는, 그의 말을 액면대로만 어떻게 믿을 수 있느냐, 그런 확고부동한 어떤 근거를 제시한 일이 있느냐, 입원수속에서 벌써 만원이 모자라는데, 그럼 입원만 하면 치료비는 한푼도 들지 않아서 만원만 요구한다더냐 하는 따위의 여자 일반이 흔히 가진 악취미에 가까운 의문을 나타낸다면 그것은 적어도 형우가 비를 맞아 가면서 입이 안 떨어지는 부탁을 하러 올 수 있었던 우정을 향한 신뢰감을 모독으로 갚는 꼴이 될 수도 있다는 점이었다. 요컨대 내 어머니도 별수없이 결혼한 여자 중 하나이므로.

나는 그런 모든 것을 생각해 보는 것만으로도 이미 불쾌감을 참을 수 없었으므로 곧 내 방으로 건너오고 말았다. 그런데 이상한 것은 내 방으로 건너온 다음에도, 머리를 떠나지 않는 막연한 어떤 불쾌감에 내가 매달리고 있었다는 사실이며, 그런 자신을 발견할 때마다 나는 깜짝깜짝 놀라지 않을 수 없었다. 하지만 곰곰이 생각해 보면 나는 형우에 대해 어떤 것도 의심하는 것이 없었다. 그러므로 내 불쾌감은 어쩌면 그의 말투에서 오는 것인지도 몰랐다. 사실이지 나는 형우의 말투만은 대단히 마음에 안 들었다. 그는 왜 느닷없이 '자네'란 말을 쓰는가. 그가 '자네'란 말을 쓰기로 한 심리적 동기는 무엇인가. 그건 정말이지 행여라도 비굴이 아닐까. 학교 다닐 때의 그 당당하고 사리분별에 투철하던, 아니 그 뒤에도 동창들과의 교류가 유지되던 시기까지에 관한 한 결단코 단호한 신념과 편협하리만큼 분명한 애증을 가져서, 사랑할 것과 미워할 것을 선명히 갈라놓던 형우가 아니던가. 그러다가 언제부턴가 동창들 앞에 그 모습을 나타내지 않게 되었고, 그러는 동안에 시간이 흘러 궁금한 동창들이 그를 수소문하고 나섰을 때는 이미 소재조차도 알 수 없게 되었던 형우. 그로부터 얼마나 시간이 흐른 것일까. 적어도 7년은 되지 않았을까.

그랬으므로 나는 어느 날 오후에 거짓말같이 나타났을 땐 너무나 놀라워 한동안 말이 나오지 않았다. 잠시 후 나는 서둘러 손을 내밀었지만 내겐 약간 땀이 밴 탄력 없는 그의 손가락 네 개가 잡혀 왔다. 그제야 나는 내가 처음 말이 나오지 않은 것은 그를 너무 오랜만에 만난 감격 때문이 아니라 그의 너무나 늙고 어깨가 굽은 모습 때문이었다는 것을 알아차렸다.

다방에라도 가자고 했지만 그냥 복도에 멍청히 서 있기만 하던 형우. 뭔가 말할 것이 있는 것 같기도 했지만 끝내 말문을 열지 않고 승강기 안으로 사라져 가던 그. 그가 어떻게 하여 저런 모습으로 나타나게 되었을까 하는 충격 때문에 나는 동창들에게 두루 연락하여 형우가 드디어 나타났다고 외치려던 처음의 계획을 바꾸고 말았다. 형우의 그런 모습은 나 혼자만 아는 비밀로 남겨 두어야 할 것 같은 느낌이 들었던 것이다. 그뿐만이 아니었다. 물론 그는 바로 그 다음 날 다시 회사 건물의 안내대에 나타나 내게 연락을 해왔지만, 그렇게 하여 만나자 전날보다는 몇 마디 더 애기를 들려주는 가운데 그동안 어떤 사업을 벌여 봤다가 결국은 홀랑 날리고 말았다는 애기를 하다가 돌아가 버렸다. 도대체 그의 입에서 사업이니 뭐니 하는 말이 나오다니 그 자체가 도무지 어울리지 않는 애기뿐인데 문제는 그가 과연 어떤 연유로 해서 저렇게 되었는가 하는 점이었다. 나는 한동안 형우가 던져준 그런 의문에 너무 골몰했던 나머지 혹시 그간 자동차에 받쳐 뇌진탕 수술을 받은 건 아닐까 하는 생각마저도 들었다. 아니면 그동안 아무도 모르게 어디 붙들려가서 즉사하게 고문을 받아 반편이 되어 버린 것은 아닌가 하는 의심도 없지 않았다. 그렇지 않고서야 어찌, 한때는 그래도 육기통 승용차를 두 대씩이나 굴렸다고 거침없이 주장하던 그의 화술은 어디로 갔는지 이해할 길이 없었다. 그러고도 막상 헤어지는 장면 앞에 서선 고작 이런 말을 한 그를 말이다.

"자네……돈 가진 거 있으면……오백 원만 취해 주게, 짜장면 한 그릇 사먹게."

하지만 비가 오고 나면 땅이 굳듯이 어찌 되었거나 비오는 날 다녀간 형우에게 그 뒤로는 탄탄한 행운만이 있기를 나는 속으로 빌었다. 몹쓸 병에 걸렸다는 아이도 그동안에 치료의 효험을 보아 이미 퇴원을 했거나 그렇지 않다고 하더라도 적어도 위급한 상태는 벌써 벗어났기를 바랐고, 형우도 어떤 정신적인 생채기를 갖고 있는 것은 아니기를 빌어 마지않았다.

그런데 도대체 이게 어떻게 된 일인가. 그로부터 엿새 만인가, 형우는 다시 내가 근무하는 회사 사무실 복도에 그 모습을 나타내지 않았던가. 벌써 심상찮음을 느끼게 하는 그런 모습으로.

나는 복도로 나서자마자 당황한 목소리로 물었다.

"아니, 어떻게 된 거야?"

그렇게 봐서 그런지 낯빛도 더 나빠진 것 같았다.

"면목없네."

"그게 무슨 소리야?"

형우는 그제야 어깨에다 꺾어 올려놓고 있던 고개를 들고 나를 쳐다봤다. 그러나 입은 열지 않았다.

"말을 해. 아이는 어떻게 됐어?"

"……결국……없애고 말았다네."

"뭐야?"

"입원시킨 다음날 밤에."

형우의 눈에서 갑자기 눈물이 후두둑 쏟아졌다. 훌쩍훌쩍 하는 울음소리까지 내기 시작했다. 나는 너무나 순식간에 일어난 이런 돌발사태를 당하여 잠시 동안 무엇을 어떻게 수습해야 할지 생각이 나지 않을 지경이었다. 그러나 곧 그의 어깨를 감싸 안아주는 것이 효과적인 진정제가 되지 않는다는 사실에 생각이 미쳤으므로 나는 지체없이 그를 승강기 있는 쪽으로 밀고 갔다.

"입원이 너무 늦었던 건가?"

형우가 대답 대신 고개를 주억거렸으므로 나는 항의하지 않을 수 없었다.

"그럼 그때 진작 찾아오지 왜 우물쭈물하고 있었어?"

"……그럴 용기가 나야지."

"안 나는 용기 때문에 아이를 죽여?"

"흑!"

"자, 진정하자구. 아이가 몇이던가?"

"그놈 하나뿐이었지."

"저런! 어쨌든 진정하자구. 진정하고 내려가서 우리 차나 한잔 하지."

나는 승강기 앞쪽으로 다가서며 말했다. 형우가 재빨리 어깨를 뺐다. 그러곤 정색을 한 얼굴로 말했다.

"아냐, 그럴 시간이 없어."

"그럴 시간이 없다니. 이대로 그냥 보낼 순 없어. 이렇게 보냈다 간 이번엔 네가 자동차 사골 당할지 몰라."

"아냐, 이미 사곤 난 걸 뭐."

"무슨 소리야, 사고가 나다니?"

"실은……자네한테 또 염치없는 부탁을 하려고 온 거네만…….”

"뭐야? 무슨 사고가 났는데?"

"아내가 충격을 받아 집을 나가 버렸어."

"뭐라구?"

"아무래도 심상찮아. 사고를 내고 말 것 같은 예감이 들거든."

"그럼 어떻게 하지?"

"찾아나서 봐야 할 것 같어. 벌써 사흘이 지났거든."

"그렇다면 또 시간을 놓치고 있는 거 아냐. 어디 짚이는 데는 없구?"

“없어, 아내 고향 언저리라도 한번 뒤져볼까 하는데.”
“부인 고향이 어딘데?”
“시골이야.”
“그럼 여비가 없겠군.”
“실은……그래서 또 염치불구하고…….”
“얼마나 필요할까?”
“생각해서 조금만 취해 주게. 까짓 천한 몸 잠이야 풀섶에서 자도 되니까.”
“잠깐 기다려.”

나는 형우를 거기 승강대 앞에 세워둔 채 사무실로 뛰어 돌아왔다. 그러곤 항상 주머니 사정이 넉넉한 것으로 평이 나 있는 미스 김을 복도 밖으로 불러냈다. 사무실 동료들 말로는 그녀가 전통 있고 수완 좋은 곗군, 그것도 ‘오야’의 직책에 추대되어 오고 있다고 했지만 사실인지 어떤지는 확인한 일이 없었다.

“무슨 일예요?”
“돈 가진 거 있거든 좀 빌려줘.”
“얼마나요?”
“응……오만 원 정도.”
“언제 갚으시겠어요?”
“며칠 안으로.”
“나, 같은 사무실 사람하군 거래하기 싫은데…….”
“한번 거래 터봐, 신용이 대단하다는 걸 알게 될 테니.”
“그야 한 사무실에 근무하는데 의심할 건 없죠.”
“그럼 뭐가 문제야? 데이트 상대도 돼줄 수 있어.”
“농담 마세요.”
“농담 아냐. 난 바쁘단 말야. 발등에 불 떨어진 친구가 요 모퉁이에서 발을 구르고 있거든.”

“친구가요?”

“응, 친구가.”

“그럼 자선사업예요.”

“내가 무슨 억만장자라고 자선사업을 해.”

“그럼 충고하죠. 친구하군 금전거래 끊으세요.”

“글쎄 끊고 잇고 할 그런 계제가 아니라니까. 시간이 급해.”

“이자 주셔야 돼요.”

“물론이지. 요구대로. 빨리만 줘.”

“급하면 이자가 더 비싼데…….”

“비싼 이자 준다니까.”

“농담 아녜요.”

“나도 농담 아니라고 했잖어.”

“좋아요. 특별히 봐드리죠. 하루 2부예요.”

“와, 정말 싸다.”

“비쌈 관두세요.”

“싸다는데 무슨 소리야.”

미스 김은 곧 사무실로 들어가 손가방을 들고 나왔다. 그러곤 능란한 손놀림으로 천원권 다발 오만 원을 세어 보여주었다.

“맞죠?”

“맞겠지.”

“맞겠지가 아녜요. 직접 한번 세어 보세요.”

“맞다니까. 갚을 땐 이자하고 덤으로 뽀뽀도 곁들여 해줄게.”

1일 2부니 뭐니 하고 미스 김은 재차 확인하고 싶어했지만 나는 더 이상 듣지 않고 복도를 내달았다. 농담이 아닐 거라는 생각이 불과 10미터도 안 되는 승강대 앞까지 뛰어오는 동안 빈틈없이 실감을 더해 갔다. 하루 2부 이자라…….

“자 이거 넣고 빨리 가봐.”

"이거 미안하이."

"곧장 고속 버스를 타라구."

"물론."

형우가 승강기 안으로 사라지고, 그리고 돌아서자 나는 뭔가 허망한 느낌이 들었다. 건방지게 철학자도 아니면서 산다는 것이 뭔가 하는 회의가 머리를 들었다.

나는 그날 집으로 돌아가면서 어머니를 생각했다. 이번 봉급 타는 날에도 비가 내려줘야 할 텐데 하고. 그래야 어머니한테 오만 원짜리 비닐 막우산 장수 얘기를 할 수 있을 게 아닌가. 그러면 어머닌 또 나를 장가들여야겠다는 결심이 더 굳어질 테고, 나는 인생의 무덤으로서의 결혼에 대한 확신이 더 한층 분명해질 거고……. 아니었다. 그렇게 어머니와 나의 생각이 반대 방향으로만 내달려 마침내 어머니가 형우의 충격받은 아내같이 가출을 해버리는 사태가 일어나서는 결코 안 되었다. 즉 여하한 경우에도 오만 원짜리 막우산을 파는 아이 얘기를 어머니한테 하는 어리석은 실수는 더 이상 범해선 안 되었다. 오만 원짜리 우산을 사고도 두 사람이 한 달 동안 일용할 양식을 사는 데는 부족함이 없다는 사실에 어머니는 결코 만족하지 않으니까. 그만하면 됐지 더 이상 바랄 것이 무엇인가 하고 생각할 수는 없는, 어머니는 역시 결혼한 여자니까.

남편을 일찍 잃은 어머니는 때로 마치 자신은 결혼한 일이 전혀 없는 여자처럼 말할 때가 있지만 어머니가 만약 결혼하지 않았다면 나를 어떻게 낳았단 말인가. 비록 잠깐일망정 결혼생활의 참담함을 겪었으면서도 심사숙고한 훌륭한 결혼은 무덤 속으로 드는 일이 아니라고 은근히 나를 설득하고자 하는 어머니는 도대체 어떻게 되어 먹은 여자인가. 결혼 않은 아들이 그렇게 보기 싫으시면 전 어머니와 결혼한 폭으로 생각하고 살겠어요라는 말을 내가 지금도 유보하고 있는 것은 그런 말을 들으면 어머니는 괜히 근거없는 절망에 빠져 버리고 말 것이라는 우려 때문이다. 그러므로 내가 언젠가는 결혼이라는 무덤 속으로 들어갈 것처럼, 그러나 그것이 손에 잡힐 듯한 기대로 탈바꿈하진 못하게 제동을 걸며 살아오고 있는 건 얼마나 현명한 처사인가.

형우는 한 주일이 지나도록 어떤 희망적인 소식도 절망적인 소식마저도 전해 주지 않은 채로인데, 느닷없이 전화를 하여 좀 만나자고 재촉을 대고 나선 것은 엉뚱하게도 최 사장으로 불리길 좋아하는 조그만 오퍼상 주인 자성이었다. 그의 첫마디가 내게서 술을 얻어먹고 싶다고 했으므로 나는 결심한 바대로 단호히 선언했다.

"난 술을 얻어먹을 순 있지만 이달만은 절대로 살 수 없노라."

"왜냐?"

"오만 원짜리 우산을 노친네 몰래 산 일이 있으므로 그렇다."

"무슨 소리냐, 도대체?"

"요컨대 술은 살 수 없다는 것."

"동창들이 다 모여 한잔 하자는데 그럼 넌 빼놔야겠구나."

"떨거지들이 또 왜 모이지?"

"그냥 오래간만에."

"무슨 음모 꾸미려는 거니?"

"개별적인 음모보단 나으니까."

"난 혼자서 음모 꾸밀 용기 없어."

"그럼 다행이고. 어쨌든 그 오만 원짜리 우산 구경도 좀 시켜 주고, 나오시지."

나는 결국 군중심리의 만끽이라고 주장한 최자성의 유혹에 넘어가 참석을 약속하고 말았다. 자성은 정히 사정이 절박하다면 삼천 원의 회비를 면제해 줄 수도 있다고 협박했지만, 사실 내가 그 모임을 싫어한 건 꼭히 오만 원의 축난 틈바구니에 신경이 쓰여서만은 아니었다. 공무원도 나오고 무역회사 부장도 끼여 있고 자동차 운전

교습소 선생에다 대학병원 인턴도 히죽히죽 웃으며 나타나는 그런
자리에 가보면 모두가 못난 제 자랑에 골몰하여 남의 애긴 귓전에도
안 들어한다. 그런 자리에 형우 같은 친구라도 얼굴을 내민다면(설
령 옛날의 그가 아닌 오늘의 그라도) 얼마나 분위기가 건강해질 것
인가.

나는 저녁 일곱시의 약속시간을 재며 집합장소인 술집으로 갔다.
그런데 가면서 이미 어머니한테 다른 거짓말을 둘러대든지 하기로
한 오만 원 건에 대해 이상하게도 여전 케케묵은 옛수법에의 집착을
버리지 못하고 있는 자신을 발견했다. 이번 봉급일에도 제발 비가
내려 주었으면 하는, 내가 이거 무슨 수작인가.

술집에 모여 앉은 녀석들은 모두 괴상한 얼굴들을 하고 있었다.
마치 헤픈 계집년처럼 히히덕거리기 좋아하던 전 같은 분위기가 아
니었다. 얼굴을 일그러뜨리고, 더러는 연방 혀를 차기도 했다. 만약
녀석들이 원래 좀 진지한 데가 있는 축들이라면 심상찮은 데가 있음
을 직감시킴직도 한 그런 분위기가 감돌았지만 녀석들이 언제 한번
그런 경험을 쌓은 적이 있었던가.

나는 자리를 잡기 전에 우선 한마디 하지 않을 수 없었다.

"어울리지 않게 왜 우거지상들이냐."

"그럴 일이 있지. 환한 것 보니 우리 가운데 오로지 너만 그동안
행복했구나."

"그것보다 우선 오만 원짜리 우산부터 구경하자."

하고 자성이 말을 앞질렀으므로 나는 정말 기미가 이상하여 재빨리
되물었다.

"도대체 무슨 애기들이냐?"

"우산부터 보자니까."

"우리집 쓰레기통에 가봐. 어느 날 아침엔가 보니 거기 거꾸로 처
박혀 있더라."

“무슨 소리야 ?”

“너흰 무슨 소리들이니 ?”

“좋다, 얘기해 주지, 너만은 차한에 부재이기를 바라면서.”
하고 자동차 운전학원 선생이 벌떡 자리를 차고 일어섰다. “너 도대
체 차형우 만난 일 있어, 없어 ?”

“왜 ? 형우가 어떻게 됐니 ?”

“이거 깜깜소식이군.”

“무슨 사고라도 냈단 말이냐 ? 빨리 말해 봐.”

“사고를 내다마다.”

그때 한쪽에서, 야야 그딴 새끼 얘긴 집어치워, 다신 떠올리고 싶
지도 않어라고 소리치는 작자가 있었다. 병원 인턴이었다. 개새끼,
의사가 되겠다는 놈의 입이 저렇게 비인간적이어서 누굴 치료할 수
있단 말인가.

나는 녀석의 그 한마디로 모든 것을 다 알고도 남음이 있었다. 참
으로 놀라웠다. 울화통이 치미는 대로라면 당장 술상을 뒤엎어 버리
고 싶도록 놀라웠다.

형우는 내게 찾아온 것과 똑같은 방법으로 거기 모인 모두를 찾아
갔고 내게 써먹은 수법 그대로 그 모두에게 손을 내밀었다는 것이
차츰 밝혀져 나갔다. 놀라운 것은 거기에 그치지 않고 찾아간 날짜
까지도 모두 일치되어 그들은 모두가 비에 흠뻑 젖은 형우를 맞아
그의 몹쓸 병에 걸린 아들의 입원비를 보태주느라 주머니를 털었음
이 드러났다. 그날이 월급날이었거든 하고 인턴이 나를 향해 설명해
주었지만 그는 그날 입원비를 요구받지 않은 유일한 예외였다.

“왜냐하면 나는 의사니까. 아이를 우리 병원으로 데리고 오라고
하면 놈은 도망갈 구멍이 없거든. 그래서 내겐 놈이 너희 여러 얼
간이들한테 다음 번으로 써먹은 여편네의 가출을 한수 앞당겨 써
먹었지.”

나는 화가 나서 소리쳤다.

"우리는 지금 자기가 당했다는 것만 중요하여 모두 이성을 잃고 있다. 형우가 너희한테 설령 거짓말을 했다 치자. 그게 사실이라 하더라도 그렇게라도 해서 도움을 얻어야 할 만큼 형우는 절박한 상황에 놓여 있었을 수 있잖겠느냔 말야. 그렇지 않고서야 걔가 왜 그랬겠니."

"자, 모두들 들었지. 안 당한 놈은 저렇게 언제나 이성적이야. 마음씨 곱고."

오퍼상 주인 자성이 팔을 내휘두르며 재차 내게 다그쳤다.

"솔직히 말해. 넌 정말 형우새끼한테 한푼도 뜯긴 일이 없니?"

"만난 일도 없다니까."

"임마!" 하고 인턴이 벽력같이 소리쳤다. "그럼 가만히 앉아 우리 얘기나 들어. 아무 말 않아도 네가 휴머니스트란 거 우린 다 잘 알어."

"내가 무슨 휴머니스트냐."

"어쨌건. 우린 그동안 형우란 놈 뒷조사까지 다 끝냈단 말씀이야."

"그랬더니?"

"궁금해? 조사해 봤더니 어마어마한 사기꾼이었더라 그런 결론이다. 아파트도 몇 채나 갖고 있는 어마어마한 재산가인 복덕방 즉 부동산회사 사장이시기도 하고. 가출했다는 놈의 여편네는 사계에선 빠삭하게 알아 모시는 일수놀이 마담이시고."

"그럼 입원한 아들은?"

"입원? 웃겨 주시네. 초등학교 오학년의 못된 골목대장으로 건재하서. 좀 빼빼 마르긴 했더라만 입원한 역사도 없고."

"그럼 뭐냐? 이게 뭐냐? 이렇게 모여 어쩌자는 거냐?"

"형우란 놈은 정신과 소관이지." 하고 자성이 다시 끼어들었다.

"병원 소관이라면 저놈의 인턴이 봐줘야 하고. 우리 그 의논 좀 해 보면 어떨까?"

"야야, 나한테 보내지 마. 동물원에 넣더라도 내겐 보내지 마. 혈압 올라."

그렇다면 정말 형우란 뭐란 말인가. 그동안 동창 녀석들의 의연금을 모은 돈의 총액이 고작 17만 3천 원으로 밝혀졌다는데, 거기다 내가 적선한, 그러니까 도합 7만 500원을 합해 봤자 25만 원도 안 되는데, 그 돈으로 그를 성토하는 목적도 없는 이런 흥분된 군중대회를 소집하게 만들 수 있는 형우란 인간은 과연 어떻게 된 것인가.

이날 모인 일곱 명은 무엇이 그렇게 술맛을 나게 만들었는진 모르지만 푸푸거리며 끝없이 소주를 목구멍으로 들이부어 댔다. 그리고 헤어지기 전에 돈 안 드는 당부에는 매우 인심이 좋은 자성이 내게 나직이 경고했다.

"넌 아직 당하지 않았다니 두고봐, 곧 찾아올 거다. 그땐 조심하라구. 얼마나 연기가 좋은지 안약도 없이 눈물을 펑펑 쏟기까지 한다구. 정말이야, 제 아이가 기어이 죽고 말았다는 대목에서 놈은 얼마나 구성지게 슬픈 연기를 보였는지 나는 손수건을 꺼낼 수밖에 없었다니까."

"충고해 줘서 고맙다. 그런데 한 가지 물어보자. 형우의 행각이 왜 이제야 들통났니, 진작 드러났더라면 녀석이 울음을 터뜨리는 장면만은 안 봐도 됐을 텐데."

"그러게 말야. 모두가 똑같은 생각이었대. 이렇게 어려운 지경에 빠진 아까운 인재를 자기만 알고 다른 동창들한테는 망신시키지 말아야 하겠다는."

"그런 점에선 우리 친구들 아직도 희망이 있구나."

"형우란 놈 머리가 좋지 뭐. 나만 해도 홀딱 속아 녀석이 모를 것 같아 자동차 운전 교습소 선생 소갤 알려 주기까지 했으니까."

"녀석, 운전 박사한테 멱살까지 잡혔었다니 이제 다신 너희들 앞에 못 나타나겠군."

"무슨 낯으로. 모르지, 지금은 다른 방면으로 진출할 계략을 꾸미고 있는지. 예를 들면 아직도 동창은 많으니까. 소학교, 중학교, 고등학교, 군대……."

"어쨌든 우리 동창들 앞엔 못 나타날 거 아니냐."

그런데 내 그런 장담이란 내게 경고한 자성이 편에서 보면 아직도 얼마나 어리석은 낙관이었던가. 형우는 그런 일이 있은 바로 다음날 오후, 거짓말같이 내가 근무하는 회사의 사무실 복도에 또다시 그 모습을 나타냈으니까. 나는 정말이지 속으로 외쳤다. 저건 절대로 형우가 아니라고. 내 눈에 허깨비가 보인 것이라고.

나는 복도로 나갔지만 어떤 말도 나오지 않았다. 그도 손만 비비적거리고 있었다. 내게 사과하러 온 것이라면 그럴 필요 없다. 돈을 돌려준대도 나는 받지 않는다. 그건 이미 내 돈이 아니니까. 내 어머니도 이미 그 일부를 이해했고 나머지에 대해서도 나는 이해시킬 자신이 있다.

"바쁠 텐데, 괜히."

나는 내 예상이 빗나가고 있는 것에 한편으로 놀라면서도 다른 한편으로는 절대로 침착하자고 다짐 두면서 나로서는 참으로 잔인한 유도신문의 첫마디를 던졌다. 자, 제발 자백해라 하고.

"동창들은 더러 만나나?"

"웬걸. 내가 자네말고 무슨 동창이 있겠어."

"왜, 자성이도 있고 병원에 있는 돈오도 있고."

"참, 자성인 지금 뭘 하는가."

"그보다 부인은 어떻게 됐나? 찾았는지 어쨌는지 말해 줘야지."

"찾았으면 자네한테 왜 여태까지 말하지 않았겠어. 보나마나 벌써 ……."

형우가 마침내 오열의 장면 앞까지 가고 있었으므로 나는 단호한 목소리로 제지하지 않을 수 없었다.

"울지 마! 울려면 힘들 테니."

형우의 눈꼬리에 마침내 푸르륵 하는 경련이 스쳐가는 것을 나는 놓치지 않았다. 그러나 나는 거기서 더 이상 한마디도 하고 싶지 않았다. 몰려간 동창 녀석들이 이미 들려줄 수 있는 모든 비난을 다 퍼부었을 텐데 지금 와서 또 무슨 말이 필요한가.

그러나 형우로선 여전히 할말이 있었다.

"왜들 그렇게 흥분하는가. 내가 뭐 어떻게 했다고."

"듣고 싶지 않어!"

"정도의 차이뿐이지 모두 똑같잖어, 모두가. 치사해, 안 그런 체하고. 나 욕하지 말게. 내가 훨씬 솔직하고 정직했어."

"네 아버지를 욕되게 하지 마라. 옛날의 너도."

"내 아버지 뭐?"

"그렇게 정직하고 깨끗하게 살다 가신 분을……."

"자넨 기억력이 너무 좋아. 그런 것까지 왜 기억하고 있는 거야. 나는 물론 내 아버지가 나를 이렇게 만들었다고 말하진 않겠어."

나는 더 듣지 않고 돌아섰다.

"꺼져, 메다꽂아 버리기 전에!"

"메다꽂고 치료비만 물어준다면 그러게." 하기 바쁘게 형우는 서둘러 내 앞을 가로막아 섰다.

"아니야, 정말이야, 돈 오백 원만 있으면 취해 주게. 짜장면 한 그릇 사먹게."

아침부터 축배를

"왜 그렇게 늦었어?"

문을 밀고 들어서는 형태를 흘끗 쳐다보며 사무장이 소리쳤다. 그의 모국어 실력은 그 정도로 형편없었다. 사무실 졸개들과 마주치면 그는 그 말밖에 할 줄 모른다. 그가 사장과 마주쳐서도 불쑥 그 말부터 내뱉는 실수를 범하지 않는 신통한 분별력을 발휘하고 있는 건 참으로 감탄할 일이다.

형태는 들은 척도 않고 들고 온 서류뭉치를 책상 위에 내동댕이쳤다. 빌어먹을 은혜출장소 호적계 기집년. 들창코! 내 다시 그놈의 출장소 가나 봐라. 형태는 그래봤자 스스로 허물고 말 헛맹세를 재삼 다짐했다.

"준배 이 자식은 가리봉동 가가지고 왜 이렇게 늦어!"

가리봉동 갔다는 준배의 장담에 의하면 사무장은 제 여편네 배 위에 올라타고도 그럴 거라는 것이었다. 출출하다는 움직일 수 없는 명분에 의기투합하여 미스 노까지 가담한 일당 셋이서 찾아간 포장마차에서 준배는 깡소주 기운만 믿고 남의 내밀스런 부부생활에 대

해 그런 터무니없는 호언장담을 했다. 형태는 준배가 아직 솜털이
보숭보숭한 노양 앞에서 좀 지나치다 싶어, 아니 미풍양속에도 어긋
날 뿐 아니라 청소년의 정서 함양에도 얼마나 중대한 차질을 가져오
겠는가 싶어 민망한 가슴을 옥죄는데, 얼씨구 노양이 대뜸 되받아
던지는 말솜씨 좀 봐라.

"그럼 우리 사무장님 조루예요?"

"조루라니?"

"부인한테 왜 그렇게 늦느냐구 소리친다면서요."

"배 위에 올라타고 말이지."

"그래요."

"난 장담해."

"뭘요, 준배 씨?"

"우리 사무장이 조루라는 거."

"어떻게요."

"나한테 자백했었거든. 분명히 말해 두지만 내가 묻지도 않았는데
사무장은 스스로 털어놨어."

"어머나, 그게 정말이에요?"

"정말이잖고. 내 입장에선 기분 좋은 자백을 들은 거지만 우리 사
무장 나으리 입장으로야 오죽했겠어. 그래서 내게 남모를 심각한
자기 고민을 털어놓은 거겠지. 그렇군, 그러고 보니 그때도 바로
이 포장마차에서였어. 저 쥔 아저씨도 아마 그때 우리 사무장 조
루증 고민하던 거 기억날 거야."

노양이 갑자기 히히힉 하고 정신이상기를 드러내면서 가당찮은
경지로 치닫고 있어서 형태는 불가불 수습에 나설 수밖에 없었는데,
만약 그러지 않았던들 그날 밤 아직 솜털이 보숭보숭한 노양의 입에
서 무슨 발칙한 소리가 더 나왔을지 알 수 없었다.

형태는 그 뒤로 그날 밤 일만 생각하면 마음이 편하지 않았다. 아

니 노양의 얼굴만 쳐다봐도 공연히 슬퍼졌다.

"미쓰 노 이건 또 왜 이렇게 늦어." 하고 사무장이 버릇을 못 버리고 투덜거렸다. "엎어지면 코 닿을 데 간 게."

"어딜 보냈는데요.?"

형태는 은혜출장소에서 떼온 한영수란 사람의 호적등본 다섯 통을 사무장 책상 위에 던져 놓으며 물었다. 두 시간 뒤에 찾으러 오라는 걸 20분을 깎아 한 시간 40분 만에 찾아가자 자그마치 딸린 식구가 열일곱이나 되는 한영수의 호적원부가 없다고 신청서를 퇴짜 놓던 들창고 계집애. 다시 찾아보라, 못하겠다, 찾아보라, 못하겠다니까, 찾아보라니까, 어디 두고 보자, 하는 신경질나는 실랑이 끝에 결국은 찾아내어 두고 보나마다 형태의 케이오승으로 끝나 버린 걸 괜히 빡빡 우기던 못돼먹은 계집년. 우산을 안 쓰면 빗물이 코로 흘러들 들창코 가시내——.

"미쓰 노가 어디 들창코야."

"미쓰 노요? 내가 언제 미쓰 노 얘기했어요?"

"그럼 누구 말이야?"

"미쓰 논 어디 갔냐니까요?"

"공신공영에서 부탁한 도시계획법 제49조 증명 몇 장 떼오라고 마포구청에 보냈더니 이렇게 종무소식이잖어."

아이구, 조루. 그게 그렇게 빨리 된다면야 왜 남의 집 소중한 딸을 들창코라고 이를 갈랴. 돌아서는 형태를 사무장이 불러세웠다.

"구청에 좀 다녀와."

"또 뭡니까?"

"무슨 소리야. 일 없으면 좋겠어? 일 없으면 월급도 없어."

꼼짝 못할 소리를 매우 간략하고 명료하게 했다 싶겠지만 그거야 하나마나한 소리 외에 다른 아무것도 아니지 않은가. 삐그덕거리는 나무 층계만 걷어차 버리면 삼층 다락방에 갇혀 오도가도 못할 꼴난 사무장이 뭐 분수에 안 맞게 거창한 협박을 해. 그러나 형태는 마른 침으로 목젖을 적시고 돌아서서 물었다.

"구청에 뭐요?"

"이 필지들 건축대지증명 각각 다섯 통씩. 이것도 공신공영에 보낼 거야."

형태는 지번과 소유주 등 신청서에 써넣을 것들을 적은 종이쪽과 수입인지대로 따로 넣은 지폐 봉투를 받아 들고 돌아섰다. 막 출입문을 당겨 여는데 사무장이 등뒤에서 불러세웠다.

"자네 학력이 어떻게 된다고 했지?"

"왜요?"

"그저. 가봐."

형태는 하마터면 층계 아래로 곤두박질할 뻔한 것에 거푸 혀를 차며 왼발부터 조심스럽게 문 밖 층계로 내밀었다. 문만 열면 그 밖은 바로 경사 70도의 좁은 층계로 연결돼 있어서 거기서 엉거주춤 뒤를 돌아본다거나 했다간 썩은 나무층계 아래 2층으로 급전직하 추락하기 십상이었다. 그런 상상 탓인지 형태는 전에 없이 아랫도리가 후들거렸다. 밟힌 층계가 삐그덕거리며 죽는 소리를 냈다.

어째서 느닷없이 김 교수 생각이 난 것일까. 형태는 구청으로 가는 버스 속에서도 사뭇 김 교수의 얼굴을 그려 보고 있었는데, 우연치고는 참으로 이상한 우연이라고나 할까. 형태는 그날 잠깐 기억이 났던 그 김 교수를 생각지도 않은 장소에서 만나게 되었으니 말이다.

어떻게 된 건고 하니, 형태가 구청 시민홀에 닿았을 때는 점심시간을 7분 남겨 놓고 있는 아슬아슬한 시각이었으므로 서둘러 건축대지증명 신청서 넉 장을 써 들고 수입인지 판매구로 내달렸다. 그런데 판매원이 자리를 비우고 없지 않은가. 몇 분 남은 마감 시각이 초조하게 째깍거렸다. 그런 곳에서 신청서를 접수한 상태와 아직 접수조차 못한 상태와는 얼마나 큰 차이인가. 그러나 시간이 지난 다음에야 나타난 여자 판매원은 유유자적이었다. 접수창구 안에 막 들어선 신청서나 그 앞까지 가 있는 신청서나 그게 그거라는 것.

"난 점심시간에 신청서가 제 혼자 살금살금 돌아다니는 거 아직 못 봤어요. 그런 바퀴 달린 신청서 있음 나두 그거 팔아 떼부자 한번 돼보겠네."

세상일은 마음먹기 달렸다나. 마음을 느긋하게 먹는 게 제멋대로 값을 매기는 비싼 화장품 바르는 것보다 열배 백배 미용에 좋다나. 세상이 다 점심 먹을 때 같이 낑겨 가서 설렁탕 한 그릇이라도 걸치면 비록 가짜 쌀뜨물 포만감일지언정 포만감은 사람을 느긋하게 만든다나 어쨌다나. 하여간에 형태가 마치 그런 소리에 설득당한 것처럼 하고 막 돌아서려는데 누군가 나직이 그의 귀에 대고 속삭이는 사람이 있었다.

"난 장담할 수 있지만 저 여자 남편은 조루라구."

그가 바로 김 교수더라는 말은 천만에 아니다. 초조하게 내려다보는 남편을 향해 제발 맘을 느긋하게 잡수세요, 느긋하게요 하고 기도처럼 되뇌다 보니 그만 저런 위대한 '느긋의 철학'을 갖게 된 거라고 장담하는 사내는 고작해야 월세방 옮겨 앉는 데 필요한 전출신고 하러 온 주제일 뿐이었고 형태가 김 교수를 만난 곳은 거기가 아니었다. 즉 여자의 충고대로 '느긋의 철학'을 연습하기 위해 설렁탕집에 갔다가 거기서 뜻하지도 않은 김 교수와 맞닥뜨리게 된 것이 아니랴.

마치 먹기 위해 태어난 사람들의 게걸스런 단합대회 같은 속에 엉덩짝 한쪽만 겨우 걸치고 앉아 그는 종업원이 그에게 배당된 뚝배기를 다른 사람 앞으로 잘못 가지고 쫓아가는 착각을 일으키지 않기만을 초조하게 빌었다. '느긋의 철학'은 아직 가짜 쌀뜨물 포만감을 맛보기 이전이므로 실천이 되지 않았다. 만화로나 겨우 빗대놓고 욕하

는 갈쿠리 든 세리(稅吏)처럼 설렁탕값을 선불로 휙휙 걷어가 놓고
는 언제 받아 갔느냐고 딱 잡아뗀다면 무얼로 돈냈다는 증거를 대
랴. 아무리 복잡해도 우린 설렁탕 공짜 먹으러 온 사람 귀신같이 안
다구요, 하고 우격다짐이면 망신살만 뻗쳤지 무슨 뾰족한 수가 있으
랴 하는, 어찌 생각하면 내가 약간 노이로제에 가깝지 않나 싶기도
한 불안에 떨고 있는 찰나에 어디선가 느닷없이 귀가 번쩍 뜨이는
목소리가 들리지 않았던가. 분명히 귀에 익은 목소리였다. 뿐만 아
니라 뭔가 심상치 않은 기미를 직감시켰다.

식탐가들의 단합대회답게 도무지 위계질서라곤 없이, 회장이 깍두
기를 찾는 동안에 부회장은 양념, 파 하고 소리지르고 곱살이 끼여
따라온 망둥이마저 덩달아 핏대를 세우는 아수라장 속에서 형태가
어떤 한 목소리에 대해 분별력을 발휘했다는 것은 스스로 생각해도
참으로 신기한 일이 아닐 수 없었다.

사태수습에 늦지 않도록 자리를 차고 일어나 홀 안쪽 방으로 통하
는 복도로 뛰어가자 거기 서 있는 사람은 예상했던 대로 틀림없는
김 교수였다. 그러나 형태는 당장 교수님, 하고 소리치며 달려들 계
제가 아니라는 판단을 내리고 있었다.

어떤 정황이었느냐 하면 김 교수는 그때 신발 한 켤레를 가운데
두고 식당 지배인과 매우 예리하게 대치하고 있었던 것이다. 예리하
게 대치하고 있었다지만 예리함은 전적으로 식당 지배인이 자아내
는 분위기일 뿐 형태 쪽에서 보기에 김 교수는 본래의 기질에서 조
금도 변하지 않아, 그저 무덤덤한 표정 일관이었다.

형태가 즉각 사태수습에 개입할 계제가 아니라고 생각한 것은 당
사자끼리 원만한 해결의 실마리를 찾으리란 기대에서는 결코 아니
었다. 무슨 뜻이냐 하면 형태가 김 교수를 위기 속에 방치해 두는
것은 곧 그렇게 내버려 두고 시간을 버는 동안에 지배인이 더욱 결
정적인 실수를 저지르도록 유도할 수 있었던 것이다. 말하자면 함정

이라고 해도 좋을 구덩이를 파놓고 유인해 들인 다음 최후의 치명적
인 일격을 가해 기절시켜 버리자는 게 형태의 작전이었다고나 할까.

찌그러지고 다 해진 구두 한 켤레를 엉거주춤 들고 섰던 신발장지
기 소년이 마루 끝에 서 있는 김 교수 앞으로 그것을 들어 보이며
재차 말하고 있었다.

"이게 손님 구두 맞다구요. 아니라면 한번 찾아보세요."

김 교수가 소년의 말에 따라 눈을 씀벅이며 선반이 일곱 층이나
되는 길고 무지막지하게 큰 신발장을 기웃기웃 훑어보고 있었다. 그
러나 지배인은 큰 식당의 촌음을 아껴 써야 할 바쁜 총책임자답게
김 교수가 그 큰 신발장을 다 훑어볼 때까지 기다리고 있지 않았다.

"야 임마! 저 찌그러진 구두가 저 영감 신고 온 구두 틀림없다고
했지?"

"네에."

"그런데 무슨 잔소리야. 다른 손님 구두 신고 가면 네가 구둣값
물어낼 거야?"

"제 월급이 얼만데 제가 물어내유."

"그러니까 잔말 말고 그 들고 있는 신발 영감 앞에다 갖다 놔. 여
보, 영감 보쇼! 다른 데 가서 그딴 허튼 수작 붙였다간 늘그막에
좋게 못 갈 줄 알어. 우리집 같은 점잖은 식당이니까 이 정도로
눈감아 주지."

옳지, 네가 드디어 치명적인 실언을 하고 있구나 하고 형태가 쾌
재를 울리고 있는데 단호한 몸짓으로 돌아선 지배인은 그의 앞으로
걸어오며 다시 이렇게 중얼거리기까지 하지 않던가.

"어디서 설렁탕 한 그릇 시켜 먹고 새 신발 바꿔 신고 가겠다는
수작이야!"

형태는 짐짓 난처한 일을 많이 당하는 지배인이란 직책을 동정하
는 듯한 어투로 말하자고 마음먹으며 사나이 앞을 가로막아 섰다.

“골치 아픈 일이신 모양인데 도대체 어떻게 된 겁니까?”

“글쎄 저 얌체 같은 영감쟁이가 설렁탕 한 그릇 값으로 새 구두 한 켤레 장만할 잔꾀를 부리지 않아요. 이런 큰 식당 한번 해보세요. 꼭 혼잡한 틈을 노리는 저런 얌체족들 땜에 여간 골치 아픈 게 아니라구요.”

“아하, 저 영감쟁이가 그러니까 다 해진 구두를 끌고 와서 쌀뜨물도 아닌 엉터리 설렁탕 한 그릇 시켜 먹고 새 구두로 슬쩍 바꿔 신고 가려고 했다 그 말이죠.”

“그렇잖구요.”

“그러니까 지배인이 아까 저 영감쟁이가 다 떨어진 구두 신고 들어오는 것 봤군요.”

“보나마나지. 홀에서 안 먹고 방으로 들어간 것만 봐도 알쪼 아뇨.”

“그렇다면 지배인이 직접 본 건 아니구면.”

“이 사람이 왜 이래! 당신 뭐야?”

“당신 혼내 줄 사람. 당장 저 어른 앞에 가서 무릎 꿇고 빌어.”

“어럽쇼!”

“만약 무릎을 꿇고 빌지 않으면 즉각 잡아 넣어 버릴 거야.”

일격에 친다는 것이 너무 유인이 길어 버려 즉각적인 전과는 거두지 못했지만 서서히 퍼지는 충격도 꽤 볼 만한 것이어서, 실감에 놀란 지배인은 마침내 전의(戰意)를 잃고 비칠거리기 시작했다. 이때 결정적인 최후의 제2격을 쳐야 발악이 있을지도 모를 마지막 잔당의 준동마저도 섬멸할 수 있었다.

그러나 형태는 융단폭격을 가하진 않았다. 대신 참회를 유도하는 선무공작을 폈다. 당신이 있을 수 없는 모욕을 준 저분은 대학교수이자 철학자인 김진기 박사다, 저분의 신분을 확인하겠거든 저분과 함께 저분이 봉직하고 있는 대학으로 가자. 형태가 김 박사의 신분에 대해 구체적으로 말한 것은 긴장한 눈으로 그들을 둘러싸고 사태의 추이를 지켜보는 관전자들을 향한 홍보용의 뜻도 있었는데 과연 그의 작전은 주효하여 관전자들의 시선은 일시에 철학박사 쪽으로 쏠렸다. 철학자란 저렇게 생긴 사람을 두고 부르는 말이구나 하는 눈으로. 그리고 지배인도 죄책감에 사로잡힌 괴로운 낯빛으로 김 박사 앞에 머리를 숙였다. 철학자는 신발도둑이 되지 말란 법이 어디 있느냐, 라는 말이 나오지나 않을까 하는 것이 형태가 가진 가장 큰 우려였으므로 그런 반발의 기미를 전혀 보이지 않는 지배인에 그는 안도의 한숨을 깨물었다. 이제 짧으면 짧을수록 좋은 적당한 시간 동안 김 박사에 대한 존경의 분위기를 성숙시킨 다음 음식점을 서서히 빠져나가는 일만이 남아 있었다. 대학교수이자 철학박사로서가 아니라 그렇게 무자비한 모욕을 당하면서도 시종 무덤덤한 표정으로 일관한 김 박사의 태도는 충분히 목격자들의 존경을 살 만했다. 그리고 또 다른 남은 일이 있다면 새 신발 한 켤레를 변상받는 일도 당연히 잊어선 안 될 항복조인의 한 항목이었다.

　그러나 김 박사는 그것만은 끝까지 사양했다. 갑자기 김 박사에 대한 경배심의 노예가 된 지배인이 굳이 문 밖까지 따라 나오며 곧장 구두가게로 모시겠다고 우기는데도 김 박사가 듣지 않자 그는 지체없이 형태의 소매를 끌어당겼다.

　"박사님이 혹시 저를 명예훼손죄로 걸어넣으려고 저러시는 건 아니시겠죠?"

　확실히 음식점 지배인다운 발상이었으므로 형태는 그 우려에 대한 대답 대신 이렇게 말했는데, 그 반응 역시 그다웠다고나 할까.

　"당신이 소란 피우는 통에 나만 괜히 설렁탕 한 그릇 값 떼였잖아."

　"아하 저런! 그럼 시장하시겠구면. 내일 오세요. 특제로다 곱배기로 드릴게요."

　그는 말하고 나서 꼭요, 꼭 오시는 거죠, 하는 다짐까지 두고서야 돌아갔다.

　김 박사와 단둘이 되어 형태는 박사의 떨떨 끌리는 다 떨어진 구두를 내려다보았다. 한쪽은 뒤축이 달아나고 없는데다 신발코가 다 해져 허옇게 보풀이 인 구두. 어디서 보던 신발 같기도 하지만 저 우스꽝스런 신발을 봤다면 아마도 쓰레기장에서겠지.

　"어디 가서 차나 한잔 할까, 윤군."

　"그보다도 선생님, 왜 신발을 변상받으시지 않으셨습니까?"

　"허허 자네도. 내가 변상을 받는다면 그 신발값이 어디서 나오겠나. 신발장지기 소년의 월급에서 제할 게 아닌가."

　"참 그렇겠군요."

　"어디 가서 차나 한잔 하지, 윤군."

　"선생님 혹시 그 신발 진짜 선생님 거 아닙니까? 신발표를 드렸을 텐데 왜 바뀌었죠?"

　사실대로 말하면 형태의 눈에 박사의 바뀐 신발은 그 차림새에 그렇게 어울릴 수 없었다. 만약 그 형태만 구두지 구두가 아닌 구두가 정말 바뀐 구두라면 누군가 신중한 배려 끝에 박사를 미행하여 바꾸어 놓고 갔을 것 같은 생각마저 들 정도로. 적어도 십년을 하루같이 입어 온 회색의 빛바랜 양복, 너풀너풀 닳아 해진 소매끝과 바짓가랑이, 손가락 두 개 폭의 좁은 옷깃, 역시 손가락 두 개 폭의 뗏국이 빤질빤질한 넥타이, 깎다가 만 들풀같이 억센 턱수염, 길게 자란 반백의 코털, 귀지가 허옇게 엁힌 귓바퀴. 빛나는 것은 오로지 꿰뚫어보는 듯한 불길 같은 눈길 하나뿐이었다. 식당 지배인이 대뜸 신발도둑으로 단정했을 뿐 아니라, 그의 단호한 주장을 주변 사람들이 무리없이 납득하는 듯한 표정이었던 것은 조금도 무리가 아니었는지 모른다. 그리고 신분이 철학자로 드러났을 때의 그들 또한 김 박사가 단박에 소크라테스만큼이나 우러러 보였을 것이다. 차림새 하나 제대로 보살펴 주지 않는, '소크라테스의 악처' 같은 아내를 김 박사는 두었을 거라고. 그러나 그건 틀린 확신이다. 김 박사는 애초에 결혼한 일이 없는 독신이니까. 김 박사가 말했다.

"자네도 이 신발이 내 걸지 모른다고 생각하는군."

"또 누가 그렇게 생각했습니까, 선생님."

"식당 사람들이 그러잖았나."

"참 그랬군요."

"뿐만이 아니야. 그 신발장지기 소년은 내가 철학하는 사람이란 걸 단박에 알아보던걸."

"걔가요?"

"그렇다니까. 나더러 한번 잘 사색해 보라고 몇 번씩 권하지 않겠어, 이게 내 신발인지 아닌지."

박사는 말을 마치고 나서 허허 하고 힘없이 웃었다.

"언젠가도 또 그런 얘길 들은 일이 있지."

"자주 들으시는군요."

"두어 번 되나 보군. 어느 호텔 라운지에선가 칵테일 파티가 있다고 하 성화를 대서 찾아갔는데 입구에 지켜 서 있던 한 청년이 대뜸 내 앞을 막아서는군 글쎄. 왜 그러냐니깐 한번 잘 사색해 보라는 거야, 당신이 초청을 받은 파티 장소가 여긴지 아닌지. 틀림없다니까, 그렇다면 사색 부족이라는군. 자기 생각으론 내가 초청받은 파티 장소는 아무래도 거기가 아닐 것 같다는 거야."

박사는 그러고 나서 또 허허허 헛기침같이 웃었다.

"대단히 경솔한 사람들이군요."

"아닐세, 윤군. 철학이니 사색이니 하는 건 다 농담이고 그들은 형색으로 사람을 구분하는 사람들이야. 나를 틀림없는 파티꾼으로 본 거지."

"파티꾼이라뇨, 선생님?"

"파티꾼 모르나, 윤군. 파티마다 찾아다니며 고급한 안주 주워먹어 끼닐 때우는 사람들. 일년 열두 달 서울 시내 어느 장소서건 파티 열리지 않는 날이 하루도 있는 줄 아나, 자네."

"놀라운 일이군요. 하지만 끼니 땜질이 목적일까요, 그 사람들이?"

"역시 자넨 철학한 사람답게 냉철하군."

"제가 무슨 철학을 했습니까."

"삼학년 도중에 그렇게 됐었던가, 자넨."

"기억하시는군요, 선생님."

"하다마다. ……그건 그렇고 자네 말대로 파티꾼들이 끼니를 때우기 위해서만 파티를 찾아다니는 건 아니겠지."

"술주정뱅이들 아닐까요?"

"그것만도 아니고. 도시는 사람을 밥, 즉 먹는 것의 노예로 만들거나 아니면 사악하게 만드는 두 가지 나쁜 기능밖에 못하지."

"전 전자입니다."

"우린 식당에서 만났으니 두 사람 다 전자지. 차 한잔 하자니까."

"그러시지요."

형태는 다방 간판을 수색하기 위해 사방을 두리번거리는 한편으로 몇 시나 되었을지 속으로 시간을 재어 보았다. 포만감 이전인 그는 당연히도 '느긋의 철학' 이전의 긴장과 초조에 사로잡혀 있었다. 철학자인 김 박사가 그의 그런 초조감을 핀셋으로 찝어내듯 댓바람에 간파했다.

"아, 그게 아니야. 윤군, 자네 지금 시간이 바쁘군."

"죄송합니다만 실은 좀 그렇습니다."

"자네 어디 큰 회사에 취직하고 있다며?"

"누가 그랬습니까, 선생님?"

"아닌가?"

"터무니없습니다."

"그럼 자네 지금 하는 일이 뭔가?"

"말씀드려도 이해가 안 가실 겁니다."

"어떤 일인데 그렇지?"

"일종의 서비스업인데요……."

"그럼 3차산업이군."

"말하자면 그렇게 되는데…… 전혀 새로운 신종 사업입니다."

"자네 그동안에 사업의 전문가가 된 것 같군."

"전 단지 고용원의 하나일 뿐이구요. 첫 출근을 한 다음에야 사업 내용을 들어 보니 놀라운 신종이었습니다. 뭔가 하면 적당한 비용을 받고 남의 호적등본을 떼어다 주는 일입니다."

"호적등본을?"

"실은 호적등초본뿐만이 아닙니다. 등기나 관공서의 무슨 신청 같은 데, 혹은 소송사건 같은 데 내는 구비서류, 부대증빙서류 일체를 다 맡아서 떼다 주는 일이죠."

형태는 굳이 김 박사를 놀라게 할 목적에선 아니었지만 그가 나날이 떼어오는 서류의 목록을 줄줄 따라 외었다. 호적등·초본, 주민등록등·초본, 가옥대장등본, 토지대장등본, 환지지구에선 환지증명이고 미확정지구에선 도시계획법 제49조 증명으로 나오는 건축대지증명, 농지·임야·목야 매매증명, 등기부등본, 수많은 소유주가 넘어가고 또 넘어가고 더러는 저당도 잡히고 가등기가 되어 있기도 하여 증명 떼기가 여간 골칫거리가 아닌 공유지분등기부등본, 재산세과세증명 같은 공과증명…… 뭐뭐 할것없이 요컨대 민원서류는 뭐든, 그리고 서울만이 아니라 지방도 경비만 대주면 제주도 울릉도까지 갑니다.

"사십대에 벌써 수명이 다한 고물기계 같은 사무장이 시키는 대로 서류를 떼다 주면 그가 그 증빙서류들을 의뢰자나 그들이 지정한 소송·신청대리인한테로 보내고 수수료를 받아 오죠."

"그런 일을 해주고 받는 윤군의 월급은 얼마나 되나?"

"까짓 얼마면 어떻습니까. 지금 제게 가장 무서운 것은 건방진 짜증인지 모르겠습니다, 선생님. 이러다간 저도 얼마 안 가서 저의 사무장같이 되지 않을까 싶거든요. 모든 것이 귀찮아지고 적의 (敵意)가 삭아 가고 있습니다. 아까는 구청에서 월세방 옮기는 데 필요한 전출신고를 하러 온 청년 하나와 만났습니다. 모른 체하고 그냥 놔둬 버렸지요. 전출신고는 구청이 아니라 동회에서 한다고 일러주지 않았단 말씀입니다."

"그 일을 한 지 얼마나 됐나?"

"넉 달째입니다."

"밑천이 드는 일도 아니고, 그만하면 윤군은 독립해도 되겠군."

"제가 사장을 한단 말씀입니까?"

"하긴 자넨 못하겠지."

"아닙니다. 전 할 수 있습니다. 전 서류를 떼러 가면 창구에 앉은 사람들의 은근한 기대를 충족시켜 주기 위해서가 아니라 제 필요에 의해 되도록 많은 급행료를 주고 싶어지거든요."

"그러니 자넨 안 돼."

"그러니까 되지요, 선생님."

"사업이 안 되는데?"

"까짓 사업이야 안 되면 어떻습니까."

"자네 지금 곧장 급행료 주러 가야 하겠군."

"그렇습니다."

"가보게."

"안녕히 가십시오, 선생님. 선생님 혹시 호적등본 같은 거 떼실 일 있으시면 제가 떼다 드리겠습니다."

김 박사는 대답이 없이 신발 끌리는 소리를 떨떨 내면서 사라져 갔다. 그 뒷모습은 완강한 '거역의 철학'으로 바위처럼 굳어 보였다.

제 아버지는 한번 신발도둑으로 몰리면 누명을 벗을 길이 없어, 아니 누명을 쓰고도 무덤덤할 수 있는 위인이 아닙니다, 그는 철학자가 아니니까요, 하는 생각이 나서였을까.

형태는 그날 처음으로 완행을 타고 마냥 달려서 남긴 급행료로 그의 아버지를 위한 넥타이 하나를 샀다. 그가 세상에 태어나서 누구를 위한 선물을 산 것은 실로 처음 있는 일이었다. 막상 해보니 그것도 매우 할 만한 일이었으므로 여태껏 선물할 사람을 한 사람도 갖지 못하고 살아온 것에 그는 갑자기 슬픔을 느꼈다. 어머닌 요 다음에 더 좋은 선물로 사다 드릴게요.

그러나 정작 선물을 받을 영광된 당사자가 일찌감치 알코올의 위세에 목을 졸려 드르렁드르렁 숨통이 막혀 하고 있었으므로 형태는 선물 증정의 감격을 맛볼 기회가 없었다. 그렇다고, 어머니가 대신 매십시오, 한다면 내가 퇴주잔이나 받는 사람이냐는 소릴 들을 것이 아닌가.

사람은 역시 신분에 걸맞게 처신해야지, 급행 탈 사람이 완행을 타면 만나선 안 될 사람과 동석이 된다는 것을 형태는 그 이튿날 낮에야 깨달았다. 등기부등본 두 통을 떼가지고 돌아가자 사무장이 대뜸 소리쳤던 것이다.

"형태, 이리 와봐!"

"왜 그러슈?"

"어저께 구청에 가서 어떻게 했어?"

"왜요?"

"오늘 미쓰 노가 가니까 인상을 그으면서 이제 우리 사무실 일 해주나 보라고 이를 갈더라던데. 결국 못하고 돌아왔단 말야."

"그 빌어먹을 들창코!"

"누가 들창코야? 개가 어디 들창코야."

“은혜출장소 기집년 얘기 아닙니까?”

“누가 은혜출장소 얘기했어, 구청 가시내 말이지.”

“모르겠는데요. ……신발을 도둑맞았죠, 아마.”

“누가? 걔가?”

“그럴걸요, 아마.”

“부츠를?”

“모르겠는데요.”

“형태 때문에 잃었어?”

“아아뇨.”

“어쨌든 형태가 그때 거기 있긴 있었군 그래.”

“물론이죠.”

“그런 애한테 자꾸 성화를 대놓으니 그러잖아. 사람이 그렇게 요령이 없어.”

“난 마냥 완행으로 타고 갔는데요.”

“알았어. 가봐.”

사무장은 그런 사건이 있었음에도 무슨 꿍꿍잇속인지 이틀 뒤인 토요일 오후에 느닷없이 술을 사겠다는 제의를 해왔다. 별다른 뜻이 없을지도 모를 술을 사겠다는 단순한 제의가 그에게 꿍꿍잇속으로 느껴진 것은 실은 그 자신이 가슴속에 남모를 딴 생각을 꼬깃꼬깃 품고 있어서인지 몰랐다.

딴 생각이란 아버지한테 양복 한 벌을 더 선물할 자금을 모으겠다는 결심을 말하는데, 그것만은 선물하는 데 재미를 붙인 그의 희망이라기보다 아버지의 요청이었다. 넥타이를 선물받은 이튿날 아침, 출근을 서두르는 그의 뒷덜미에다 대고 아버지가 말했던 것이다.

“넥타인 고맙다……마는 기왕이면 양복 한 벌이 있었으면 좋지 않겠니. 도무지 저 다 낡아빠진 양복 입고 나가자니 남 보기 부끄러워서…… 주눅이 들거든, 어디 모임 같은 데 나가려도.”

본래 저런 흰소린 듣지도 말라는 어머니의 만류에도 불구하고, 좋습니다, 까짓 문제없습니다 하고 결심을 세웠는데, 요란하게 고장난 소리만 내는 사무장이 어느새 그 기미를 알아챘을까. 사기질이 다 닳아 예리한 통증으로 경련하는 이빨과 같은 촉각을 가진 것일까.

그러나 꼬치국물이 설설 끓는 포장마차 휘장 안에 네 식구가 나란히 선 다음에야 사무장은 술을 사겠다는 제의의 배경을 설명했다.

"이번에 공신공영에서 의뢰한 부대서류들을 신속하게 만들어 줬다고 그쪽에서 특별히 우리 사장님한테 감사 전화가 걸려 왔단 말야. 그러자 거기 고무된 우리 사장님이 자네들 저녁이나 한끼 사주라면서 회식비로 금일봉을 내놓으셨다 이 말씀이라구."

준배가 지체없이 묻고 있었다.

"사무장님, 거 한번 물어봅시다. 금일봉이란 말 걸핏하면 듣는데 도통 모르겠단 말입니다."

"얼마면 금일봉이 되느냐 이거지. 그 정도로 무식해도 누가 안 잡아가니." 하고 사무장은 잔뜩 엄숙한 표정을 만들어 준배를 노려보았다. "금일봉이란 돈 한 봉투란 뜻이다, 임마!"

"정해진 액수가 없구요? 그렇다면 나도 한번 해볼 만한 거잖아."

노양이 놓칠세라 되받아 물었다.

"그럼 우리 돈봉투엔 얼마나 큰돈이 들었었죠, 사무장님?"

"일금 사천오백 원."

"에계계, 오백 원은 또 뭐예요."

"사장님 주머닐 다 터니 그렇게 나왔어."

"사무장님 금고에 든 돈은요?"

"미쓰 논 공사(公私)를 구별하는 것부터 배워. 그건 회삿돈이야."

"회사가 사장님 거 아녜요?"

"회사라……발음이 좋다."

장준배까지 또 거들고 나섰으므로 형태는 부득이 개입하지 않을
수 없었다.

"오늘의 재벌은 태초에 비누장수로부터 시작됐어. 사사(社史)에
보면 태초에 가성소다 공장을 창업했다고 돼 있어. 그래야 어려워
서 무슨 말인지 못 알아듣고 거창해 뵈거든, 우리 회사가 재벌이
안 된다고 장담할 수 있어. 가족적 분위기로 일하라고 하셨잖아.
잠자코 뛰어. 뛰면 여기서 사장 전무 상무 다 나올 테니."

"그럼 현재 사장은?"

"회장이지. 아니 회장은 그 아들이고, 총수지."

"아이구, 벅차. 이 뛰는 가슴. 마르고 닳도록……."

모두 사장 전무 상무 될 꿈에 부풀어선지 소주잔이 돌기 시작하면
서 목판에 내려앉을 겨를도 없이 종착지 없는 공중비행만 계속했다.
꼬치국물도 설설 끓고 참새 대가리도 타닥타닥 타고 꼼장어 토막도
지글지글 굽혔다. 섭섭한 점이 있었다면 당돌한 홍일점 노희주 양이
소주를 못 마신다는 핑계를 달고 사무장으로부터 현금 천원을 울궈
내 일찌감치 떠버린 점이라고나 할까. 그러니까 술은 아무리 많이
마셔도 좋지만 술값은 삼천오백 원 이상이 되면 안 된다는 얘긴데,
포장마차 주인이 그들의 그런 물가동결령에 떨어줄까.

그런데 아무리 수명이 다한 고물기계 같기로, 사무장은 역시 그
직함에 어울리는 '기마이'가 있었고, 역시 아직은 희망이 있는 사십
대다웠다. 우리가 아무리 사장 전무 상무 될 사람들이라 하더라도
사장이라면 그가 먼저지, 암. 아니, 이제 보니 우리 셋이 사장 전무
상무 하나씩 떠맡으면 숫자도 꼭 들어맞는구나 하는 데 생각이 미쳤
음인지 그는 연료 공급이 떨어진 빈 소주잔이 스르르 땅으로 추락하
려는 순간 느닷없이 선언했던 것이다.

"맘놓고 마셔! 오늘 술값은 무조건 내가 다 낸다. 여보, 주인!
여기 술 더 안 줘요? 거 닭똥집도 좀 푸짐하게 구워 보쇼."

“회식비 받은 건 우리들한테 나눠 주고 술값은 몽땅 사무장님이 내신다는 그런 얘긴 아니겠죠. 그럴 필욘 없어요.”

준배는 깐에 뼈있는 한마디를 한다고 내뱉고는 사무장의 대꾸를 기다리지 않고 휘장 밖으로 사라졌다. 난 술상 앞에서만은 조루란 말야, 하는 한마디까지 덧붙이고는.

“준배 저 자식 나쁜 놈이야. 질이 좋지 않아.”

하고 사무장이 준배의 꼬리가 사라지기 바쁘게 형태를 돌아보며 말했다. 조금도 취한 끝이 아님을 애써 내보이려는 듯 정색을 한 얼굴이었다. 그러나 사람을 돌려세워 놓고는 헐뜯는 법이 아니라는 것을 일깨워 주기 위해선 형태는 어떤 대꾸도 하지 않아야 했다.

“언제까지 그러는가 보자, 하고 내 저 자식한테 특별히 섭외비조로 더 많이 줘봤는데도 모조리 닦아쓰고 한 번도 내논 일이 없어. 내가 모를 줄 알고.”

‘내가 모를 줄 알고’에 형태는 잠시 찔끔했으나 술기운이 잽싸게 그 찔림을 주물러 주었다.

“약을 한 번도 안 쓰고 준배가 어떻게 서류를 제때에 떼어 오느냐. 말도 못한다구, 민원창구 앞에 가서 저 자식이 비굴 떠는 건. 구역질이 나서 못 봐. 사내가 쓸개도 없이.”

어떻게 된 셈판인지 쓸개가 없는 사내는 다시 돌아오지 않았다. 그리고 사무장은 형태가 끝까지 대꾸를 않는 데 싱거워졌는지 무안해졌는지 머쓱한 표정이 되어 술도 마시지 않고 서 있었다. 그러다가 갑자기 발작을 일으킨 것일까. 그의 목을 끌어안으며 쾌활한 목소리를 가장하여 소리쳤다.

“넌 존 놈이야, 임마, 형태!”

“징그러워요.”

“하지만 한마디 하자. 넌 관둬라.”

“뭘요?”

“넌 남의 호적초본이나 뜯어주고 있어선 안 될 인간이야, 임마!”
“그런 소리 마슈. 난 사무장 자리가 꿈이란 말씀예요.”
“그래 사장 전무 상무 다 해먹어라. 우리가 이러고 있는 동안에
석탄백탄 다 탄다, 임마!”
준배가 쓸개를 횃대에 달아 놓고 다니든 아니든 그게 자식의 질과
는 상관없듯 사무장도 비록 실패가 내다보이는 인생일망정 질이 나
쁜 사나이는 아니었다. 술을 얼마나 마신 끝일까, 둘은 어깨를 끼고
휘청휘청 걸으며 세상이 절망을 날로 올로 짜고 있다고 푸푸거렸다.
그러다가 사무장이 그만 엉엉 소리내어 우는, 참으로 다루기 난처한
사나이로 돌변하고 말았다. 무슨 뜻인지 모르지만 그는 울음 중간에
간간이, 모든 게 끝났어, 볼장 다 봤어, 라는 말을 끼워 넣고 있었
으므로 형태는 그가 염세주의에 빠져 한강에 빠져 죽으러 갈 버스표
를 요구하기 전에 그의 옆구리를 간질여야 한다고 생각했다.
“실컷 우쇼. 하지만 잠깐만 중단하고 제 애기 들으쇼.”
“잔소리 말고 넌 꺼져. 내일부터 나오지 마, 임마! 으흐흐…….”
“허허, 궁금한 게 한 가지 있다니까 그러시네.”
“뭐야, 임마? 으으흐흐.”
“요즘은 항해가 순조로우슈, 어떠슈?”
“항해라니?”
“준배가 항해법을 가르쳐 드렸다던데.”
“무슨 소리야.”
“배를 타고 너무 빨리 가거든 노래를 부르라고 했다던데 뭘 시치
미 떼슈. 배를 저어가자 험한 바다 물결 너머…… 그리고 하선할
때는 〈어머님 은혜〉를 부르는 게 좋을 거라고 했다던가…… 아주
머니 요즘 기분 좋으시겠다.”
“이놈의 자식 이제 보니…….”
마침내 울음의 비참한 세월은 지나고 둘은 희망의 나라로 가기 위

해 돛을 올리고 합창을 시작했다. 배를 저어가자 험한 바다…… 형태가 방범순찰대의 호루라기 소리에 쫓겨 집에 도착했을 때는 언제나처럼 어머니 혼자만이 깨어 앉아 비치적거리며 들어서는 그를 쳐다봤다. 그런데 어머니의 눈길이 뭔가 적의에 차 있는 것 같지 않은가. 세상도 돈짝만하게 잘못 보이는 시력 탓일까 하여 눈두덩을 닦고 다시 봐도 어머니의 눈엔 분명히 적의가 담겨 있었다.

"우리 어머니가 왜 저러실까? …… 아항, 알았다, 어머니 드릴 넥타이 안 사가지고 왔군요."

"이젠 하나 있는 아들놈까지 고주망태가 돼서 들어오니……."

"까지라뇨? 우리집에서 이 아들놈말고 또 누가 고주망태될 자격이 있다고 그러세요, 어머닌."

"저기 봐라, 일 년 열두 달 사시장철 하루도 빼놓지 않고 술독에 빠져 지내는 사낼."

"저 아버지 말예요? 아니, 아버지가 매일같이 술취해 들어온단 말예요? 우리 아버지가요? 거 참 신기하다. 아버지가 무슨 돈으로 매일 고주망태가 되죠?"

"내 말이 그 말 아니겠니."

"역시 아버지 따라가는 아들은 없군. 난 우리 아버지에 비하면 새발의 피군."

"어디 그뿐인 줄 아니. 부엌에 한번 가보렴, 걸핏하면 쑤셔넣고 온 술병이 열병도 넘을 거다."

"어디서 나서요?"

"친구들이 줬다나 어쨌다나."

"그 점에서도 역시 나보다 열 배 백 배 낫군. ……못난 놈은 돼지처럼 잠이나 자버리자."

그렇게 털퍼덕 쓰러져서는, 내가 우두커니 앉아 있는 노친네를 내버려 두고 먼저 쓰러지는 게 아닌데 하는 생각을 잠시 했다. 더 길게 못한 것은 잠이 들어서였으므로 굳이 더 생각하려면 꿈에서나 할 일이었다. 그런데 정작 꿈에 나타난 것은 어머니가 아니라 뜻밖에도 김진기 박사가 아닌가. 내 구두 내놔, 내 구두 내놔라 하고 외치는 김 박사가 아닌가. 아무리 둘러봐도 식당 지배인은 보이지 않는데 도대체 누굴 보고 팔을 내휘두르는 것일까. 바로 너 말이다 너, 윤 형태 너 말이다. 저요, 박사님? 세상에 이런 적반하장이 어디 있습니까. 물에 빠진 사람 건져 놓으니 보따리 내놓으란다는 말이 있지요. 잔소리 말고 내놔. 내 구두 내놔. 박사님, 제발 돌아가십시오. 그만큼 사셨으면 됐습니다. 돌아가세요. 노망하시려거든 죽으세요. 바윗덩이 같은 '거역의 철학'이라는 게 고작 제자를 도둑으로 몰아 치는 겁니까. 내 말 못 믿겠거든 네 집 신발장 한번 열어 봐. 사과 궤짝으로 만든 그거 한번 열어 보란 말야. 사과 궤짝이라구요? 그 신발장을 박사님이 어떻게 아십니까…….

이러저러하게 밑도 끝도 없는 해괴망측한 개꿈에 형태가 시달린 것은 과음 탓일 것이었다. 아니 종일 엉덩이 한번 붙일 겨를도 없이 헤집고 다닌 피로 때문일 것이었다. 그러나 퍼뜩 눈이 뜨이고 나자 형태는 여간 기분이 나쁘지 않았다. 꿈은 자신이 창작하는 소설이므로 김 박사가 사과궤짝을 말한 것은 절대로 사실이 아님에도 그는 두려움에 몸을 떨었다. 그걸 열어 보면 선혈이 철철 흐르는 사람 팔 뚝이 들어 있을 것이 틀림없다는 근거없는 확신에도 사로잡혔다.

어느새 날이 훤히 밝아오고 있었다. 우선 물주전자를 찾아 참을 수 없는 갈증부터 해결하고 보자 해서 몸을 일으켰지만 주전자의 물 은 어느새 누군가 다 마셔 버리고 없는 빈 주전자였다. 아버지는 빠 른 점에서도 역시 아들보다 앞섰다. 그러나 아들에게 한 방울의 물 도 남겨 주지 않는 야박스러움도 갖고 있는 그런 무정한 아버지였 다.

형태는 어머니가 일어날 때까지 참자 하고 몸을 도로 누였다. 그러나 참을 수 없었다. 무엇을 참을 수 없었는고 하면 그의 머릿속을 전광석화처럼 스쳐가는 한 줄기 예감을 참을 수 없었다. 그는 단숨에 문을 박차고 뛰어나갔다. 역시 틀림없었다. 사과 궤짝 안엔 그가 농구화를 대용품으로 신고 다니면서 신주 모시듯 하고 있는 그의 구두켤레말고도 희뿌연 어둠 속에 흑진주처럼 콧등이 광채를 지니고 있는 또 다른 한 켤레의 구두가 그의 구두와 가지런히 놓여 있었다. 언제부턴가 굴러다니던 다 찌그러지고 해진 구두는 보이지 않고. 형태는 섬뜩한 가슴을 쓸어내렸다. 김 박사가 신고 있던 다 떨어진 구두를 내려다보면서 어디서 본 듯하다고 생각했으면서도 왜 예사롭게 지나쳐 버리는 실수를 범했을까.

그러나 당장 다급한 것은 역시 생리적인 욕구 이상이 없었으므로 형태는 사과 궤짝을 열어 놓은 채로 두고 부엌으로 갔다. 전등을 켜고, 그리고 목마름은 냉수 한 사발로 다스려지지 않아 또 한 사발을 들이켰다. 냉수도 때로 계시를 내리는 것일까. 짜릿한 찬 기운을 타고 어머니가 하던 말이 폭음 같은 음향으로 들렸다. 하지만 이 두려워하는 손끝으로 숨겨논 술병을 어떻게 찾아낼 것인가.

형태는 물사발을 내려놓고 찬장을 뒤지기 시작했다. 어머니가 열 병도 넘는다고 말한 술병의 은닉처는 예상했던 것보다는 손쉽게 발각되었다. 열세 병의 양주병은 찬장의 아랫단을 거의 다 채우며 열병식에 동원된 병정들처럼 질서도 정연하게 서 있었다. 그 양주병의 절반 이상이 국산이 아닌 외제 양주라는 것은 아버지가 찾아다닌 잔칫집이 어떤 수준이라는 점을 웅변해 주고도 남지 않는가.

형태는 자신의 너무나 늦궂은 감각을 재삼 자책했다. 어머니가 지난 밤 열 병도 넘는 술병 얘기를 했을 때 어째서 간단히 지나칠 수 있었을까. 그보다도 더 전이다. 아버지가 새 양복 한 벌이 필요하다고 말하던 중에 비친 '모임'이란 단어를 왜 의심없이 들었던 것일까. 분명히 김 박사로부터 상습 파티꾼에 대한 얘기를 들은 이후였는데도······.

형태가 김 박사를 박사의 집으로 찾아간 것은 아침 아홉시도 되기 전이었다. 너무 일찍 찾아감으로써 집주인을 당황하게 만들지 않기 위해 그는 신발 켤레를 들고 김 박사의 집 주변을 돌며 한없이 지리한 시간을 서성거렸는데도 더 이상은 버틸 수가 없었다. 그렇게 시간을 끈 다음에도 문을 따라 나온 김 박사는 놀라서 눈을 치떴다.

"아니, 윤군이 이렇게 이른 아침에 웬일인가?"

"이거 선생님 구두지요?"

"아니, 어디서 났나, 그 신발?"

"음식점 지배인이 찾아 주었습니다."

하고 형태는 궁리에 궁리를 더하고 연습에 연습을 더한 대로 거침없이 말했다.

"음식점 지배인이······ 어떻게?"

"선생님처럼 신발을 잃었다고 주장하는 한 손님이 있었답니다."

"옳지."

"어떤 신발을 보여줘도 그렇게 생겨먹지 않았다고 주장했답니다. 자기 신발은 한쪽이 뒤축이 달아난 다 떨어진 구두라고 우겼다는 거지요."

"바로 내가 신고 온 구두로군."

"손님이 다 돌아간 다음에 보자 이 구두 한 켤레가 남더라지 뭡니까."

"누가 깨끗이 약칠까지 해놓았군. 그가 신고 갈 일이지 그래."

"자기 구두 아니곤 어떤 신발도 신을 수 없다고 고집을 부려."

"그렇다면 내가 신고 온 구두는 돌려줘야 하잖나."

"물론이죠, 선생님. 제가 찾아다 전하겠다고 했습니다."

바꿔 온 구두를 건네주며 김 박사가 말했다.

"이 구두 임자 한번 만나볼 수 없을까, 윤군?"

“왜 없겠습니까. 제 아버진데요. ”

“뭐라구? 자네 이제 뭐라고 했나? ”

“안녕히 계십시오! ”

형태는 말하기 바쁘게 돌아서서 뛰었다. 그러나 그가 다 떨어지고 찌그러진 구두를 들고 부리나케 돌아왔음에도 불구하고 그가 집에 도착했을 땐 이미 아버지가 집을 나가 버린 뒤였다. 열시가 조금 넘었는데 벌써 행장을 차리다니. 손에 들린 구두가 힘없이 바닥으로 굴러떨어졌다. 아침부터 파티를 열고 아버지를 유혹해 가는 작자들은 도대체 어떤 사람들인가.

형태는 맥이 풀려 발끝에 차이는 구두를 망연히 내려다보고 서 있었다. 설렁탕집 지배인을 찾아가서 용서를 빌어야 할 것인가. 아, 아침부터 축배를 드는 도시. 그러나 줄기차게 고배를 마시는 고모라의 마을.

타자(他者)의 마을

　산허리는 이상하게도 안개에 덮여 있었다. 그리 높은 산도 아닌데, 오후 두시의 산이 허리에 흰 안개를 두르고 있는 건 참으로 이상한 일이었다.

　어째서 저 산 이름이 생각나지 않을까. 나는 숨을 죽이고 안개 위에 떠 있는 듯한 산봉우리를 올려다봤다. 무엇 때문인지 뭔가 섬뜩함 같은 느낌으로 가슴이 뿌듯하게 옥죄어 왔다.

　악을 대단히 쓰며 겨우 산등성이를 올라왔던 자동차는 잠시 멈춰서서 트림을 하듯 기어를 풀고는 이내 내리막길을 굴러내려가기 시작했다. 나는 생각이 나서 얼른 뒤를 돌아봤지만 거기엔 무서운 기세로 피어오르는 먼지밖엔 보이는 것이 없었다. 할미꽃이 바위 틈새의 조각 잔디밭마다에 피었었는데 지금도 피고 있을까.

　오른쪽으로 저만치 계곡을 마감하면서 가파르게 내려꽂힌 산의 경사. 전나무가 빽빽이 들어선 중턱 아래쪽으로는 키 작은 활엽수들이 짙푸른 빛깔을 이루며 우거져 있었다. 저 계곡에서도 돌을 들치면 가재가 잡히곤 했었지 하는 생각을 하며, 나는 도로를 따라 계단처럼 층을 이루고 있는 작은 벼논들을 내다봤다.

꼬불꼬불한 논두렁에도 불구하고, 한결같이 못줄을 대고 심은 벼포기들이 마치 열병식에 도열된 병사들처럼 정연한 도열을 이루며 부채살같이 스쳐지나갔다.

20년이라면 그것이 얼마나 긴 세월이었는지 제대로 가늠도 되지 않을 정도로 오랜 시간인데도, 조금도 변하지 않은 고향을 보고 싶은 것일까. 그러나 나는 사실인즉 변한 고향을 보고 싶은 것인지 그렇지 않은 것인지조차 알 수가 없었다. 내게 있어서 확실한 것이라곤 아무것도 없었다. 잠을 못 잔 탓인지 몰랐다.

이럴 때 누구든 무슨 말을 해주었으면 하는 막연한 생각만 한쪽으로 하고 있었다. 나는 아무도 한마디 입을 떼지 않는 데 약이 올라 혼자서 거푸 혀까지 찼다. 어째서 오후 두시에 구름이 산허리를 감고 있는지 한마디 해주어도 좋지 않은가. 아니 하다못해, 산에 나무들이 많아졌다는 말이라도 좋고, 할말은 얼마든지 많지 않은가.

그러나 모두 입을 굳게 다물고 있었다. 나는 고개를 비틀어 뒤쪽에 앉은 기태(起泰)를 한 번 더 돌아보았다. 갑자기 어지럼증이 생기는지, 그의 얼굴 윤곽이 이상하게 일그러져 보였던 듯해서였다. 어지럼증이 일어난다면 그건 쏜살같이 선을 그으며 흘러가는 벼포기들의 도열을 너무 오래 내다본 탓이리라.

나는 현기증을 수습하기 위해 고개를 좌우로 흔들었다. 그러나 알고 보니 기태의 얼굴이 허물어져 보이는 것은 현기증 탓만이 아니었다. 그는 울고 있었던 것이다. 뿐만 아니라 그는 다음 순간 마침내 참지 못하여 충동적인 울음을 터뜨리고 말지 않았는가.

"형님!"

울음은 기설(起卨) 씨의 두 딸과 아들한테 전염되어 따라 흐느끼기 시작했지만 애들의 어머니는 울지 않았다. 입술이 파랗게 죽은 모습으로 매우 심하게 흔들리는 자동차의 진동에도 눈 하나 까딱 않고 앉아 있었다.

"형님! 형님이 이런 식으로 고향에 돌아가시다니요."

하고 기태가 두 손으로 얼굴을 감싸며 울부짖었으므로, 나는 그의 곁으로 가서 그를 진정시켜야 한다고 생각했다. 무엇보다 기설 씨의 두 중학생 딸들의 울음소리가 견딜 수 없었다.

그럼에도 진정시키러 가야겠다는 것은 생각뿐이어서, 나는 주먹으로 연방 눈두덩만 훔치면서 그대로 앉아 있었다. 이대로 둬선 안 된다고 생각한 건 오히려 기욱(起旭) 씨 쪽이어서, 그는 오래지 않아 이렇게 말했다.

"자, 그만들 울음 거두자." 그리고 이어 말했다. "형님이 고향에 돌아올 수 있었던 것만이라도 다행이라고 생각하자."

"뭐가 그래요! 다행은 뭐가 다행이란 말예요!"

기태가 단박에 반발하고 나섰지만, 기욱 씨는 여전히 낮은 목소리로 혼잣말처럼 했다.

"다행이라고 생각해야 되는 거다."

"차라리……."

"그렇지 않아."

차는 어느새 내리막길을 다 내려와 늙은 미루나무가 도로 양쪽으로 뻗어 서 있는 사이를 잔뜩 속력을 내어 달리고 있었다. 이제 시안(柿安)까지는 얼마 걸리지 않을 것이었다.

나는 알 수 없는 초조감 같은 것에 쫓기기 시작했다. 이대로 달린다면 20분, 아니 어쩌면 15분 안에 목적지에 닿게 될는지 모른다는 생각이 나를 그만 모든 것에 자신 없게 만들고 있었다. 30분이라도 남아 있다면 침착하게 마음을 가눌 수 있을 텐데 하는 엉뚱한 생각이 들기도 했다. 출발이 지체되어 아침 6시 50분에 떠나 적어도 일곱 시간 이상 달려와 놓고도 나는 마지막에 당황하여 그런 생각을 하고 있었다.

기설 씨의 부인은 끝까지 냉정한 여인 같은 모습으로 앉아 있었다. 자동차가 드디어 시안리 어귀로 들어설 즈음에는 그녀만이 아니고 그녀의 세 자녀들도, 그리고 기욱 씨와 기태도 그랬다. 마치 적진으로 들어서는 특공대원들 같은 그런 긴장되고 겁먹은 듯한 표정들을 하고 있었다.

뿐만 아니라 마침내 그 모습을 나타낸 영구차를 발견한 마을 사람들 역시도 뻑뻑하게 몸이 굳어 있기는 마찬가지여서, 여기저기 팔짱을 끼고 나와 서 있는 사람들은 16인승의 작은 영구차가 더는 들어갈 수 없는 지점까지 이른다 해도 누구 하나 다가와 조의(弔意)마저 표해 줄 것 같지 않은 그런 냉랭한 분위기를 빚어내고 있었다. 기설이가 기어이 서울에서 죽어 돌아오는군 하고 나이 든 사람들은 제각기 한마디씩 하고 있는지 몰랐다.

누군가 두건을 쓴 사람의 지시를 받으며 영구차는 마을 앞의, 연못을 끼고 있는 도로변까지 천천히 인도되어 들어갔다. 거긴 이미 차일까지 치고 많은 사람들이 모여 있었다. 빈소가 차려져 있음을 한눈에 알아볼 수 있었다.

기태가 별안간 기욱 씨를 향해 다급한 목소리로 소리쳤다.

"형님, 안 됩니다! 집으로 운구해야 합니다."

"그러도록 하자."

"왜 진작 그렇게 지시해 놓지 않았어요?"

"어디 그럴 시간이 있었어야지."

"누가 뭐라 해도 안 돼요. 큰형님은 오늘밤 집에 가서 누우셔야 해요. 형님이 분명히 말하세요."

"하지."

차를 내린 다음 기태의 그런 단호한 주장을 두건 쓴 중늙은이가 완강히 저지했지만, 그러나 그는 끝내 굽히지 않았다.

"안 돼요. 집으로 운구해 갑시다."

끝까지 저지하지 못한 데 화가 나서 두건 쓴 사람은 나와 함께 이미 저만치 운구되어 가고 있는 관을 뒤따르며 줄곧 투덜거렸다.

"무슨 짓들이야, 산 사람이 중요하지. 객사한 사람을 집 안에 들이다니, 이런 법이 세상에 어디 있어."

심한 경상도 억양이 어딘가 귀에 익는다 했더니, 돌아보자 그는 망인의 조카뻘 되는 용수 씨였다. 아직 쉰이 못 되었을 나이일 텐데, 어떻게 이토록 폭삭 늙은이로 보일까. 나는 그를 못 알아본 체 인사도 하지 않고, 그의 불평도 못 들은 것처럼 하면서 앞만 보고 걸었다. 그는 주로 망인의 어머니에 대해 불만이 많았다.

"늙은이가 절대로 안 된다고 반대를 했어야지, 젊은 것들이 뭘 알아. 일껏 일러놓으니까, 그럼 집으로 가자 하고 아들 주장에 따라가 버리다니 말이나 돼. 내 말은 괜한 소린 줄 알어."

울화통을 터뜨리느라 그런지 용수 씨도 끝까지 나를 알아보지 못하는 것 같긴 했지만, 영구차를 타고 서울에서 따라온 작자까지도 자기 말에 한마디 동조해 주지 않는 것이 섭섭했는지 그는 잠시 후 나를 제치고 앞서 걸어갔다.

나중에 알고 보니, 그가 서둘러 관을 뒤쫓아간 건 관이 집 안으로 들어서는 것까진 막지 못했다 하더라도 방 안으로 운구되어 들어가는 마지막 경우 없는 짓만은 적어도 막지 않으면 안 된다는 생각 때문이었던 모양 아닌가.

내가 기욱 씨 집 마당으로 들어섰을 때 그는 다급한 목소리로 소리치고 있었던 것이다.

"아니, 이 사람들이 어디로 가고 있어. 정신 나갔어! 뜰로 올라갈 참이야? 돌아서. 돌아서서 담 밑으로 가, 담 밑으로!"

주춤하고 멈춰 섰던 관이 마당 끝으로 돌아서고, 그리고 마침내 기욱 씨가 역정을 내듯이 소리쳤다.

"알았어. 자넨 그만해 둬."

"알긴 뭘 알아요. 정신 나간 사람들 같으니라고."

"그만해 두라니까."

기욱 씨의 어머니가 용수 씨 곁으로 다가가 뭐라고 말하고 있었다. 그러자 그는 금방 더욱 화가 난 얼굴을 하며 두건을 훌렁 벗어 젖혔다.

원래 좀 앞장서기 좋아하는 편인 용수 씨의 그런 허둥댐은 결과적으로 기설 씨의 남은 가족들의 슬픔마저 체감시키는 효과는 있어서, 고등학생인 준수와 두 중학생 딸은 울음을 그친 채 그들의 어머니를 둘러싸고 마당 한쪽에 겁먹은 표정으로 서 있었다. 뒤미처 연못가에 쳐졌던 경화중학교라고 쓴 차일이 뜯어져 오고, 빈소가 차려지자 제일 먼저 울음을 터뜨린 것은 역시 기태였다. 그는 거의 몸부림치듯이 큰 소리로 오열했다. 준수는 소리 없이 훌쩍였지만 중3인 희수와 1학년인 묘수 두 어린 딸이 어머니를 끌어안고 울부짖는 모습은 마당을 메우고 둘러서 있는 사람들을 숙연하게 만들기에 충분했다.

"그래, 실컷 울어라. 곡성은 구성질수록 좋다. 남보기에도 곡성이
  좀 있어야 상가답고."
하고 용수 씨가 또다시 나서고 있었다. 그는 너무 형식주의에 빠져 있는 사람같이 보였다.

팔월의 긴 여름해도 땅거미가 지기 시작하자 이내 어둠을 몰아 왔다. 관 앞에 켜진 두 개의 촛불 빛을 받으며 준수는 아까부터 미동도 않고 서 있었다. 기욱 씨와 기태가 여러 번 바짓가랑이를 끌어 앉히려 했지만 그는 듣지 않았다. 고2의 나이면 역시 다 큰 것일까. 아버지의 죽음 앞에선 서 있어야 한다고 생각하는 나이일까. 준수는 기태가 간간이 충동적인 울음을 터뜨릴 때마다 얌전한 흐느낌으로 따라 훌쩍이곤 했다.

기태의 육촌인 기표가 용수 씨의 아들이라는, 젖먹이로나 본 적이 있을까 싶은 더벅머리를 데리고 모깃불을 피우느라 마당가를 왔다

갔다하는 것말고는 이상한 느낌이 들 정도로 빈소 주변은 어느 순간부터 갑자기 적막 같은 고요 속으로 휩싸여 들어가고 있었다.

아홉시라면 분명히 밤이 깊어진 게 아닌데, 생각이 나서 돌아보았을 땐 문상객의 발길이 아주 끊어져 버리지 않았나 싶은 감마저 주었다. 조금 떨어진 곳에 기표 친구들 같은 한 무더기의 청년들이 멍석 위에 둘러앉아 탁주잔을 돌리고 있었지만, 그 옆자리에서 노인들이 하느작하느작 말없이 부채질을 하고 있어선지, 그들의 두런두런하는 말소리는 시간이 흘러도 조금도 높아지지 않았다. 좀 부산스러운 곳이 있다면 오로지 부엌 언저리 한 군데뿐이어서, 거기선 기욱 씨 부인과 처녀가 되어 버린 딸 지수, 그리고 누군지 알 수 없는 나이 듬직한 두 여인네와 어울려 분주하게 뜰을 오르내리고 있었다. 기설 씨의 부인도 두 딸과 또 다른 낯선 아낙네와 함께 부엌 앞마당 끝에 앉아 번철에다 뭔가 부쳐 내고 있었지만, 망인의 어머니만은 아까부터 모습이 보이지 않았다.

내가 자리를 일어서려는 기미를 보이자 기태가 재빨리 말했다.

"형, 참 어디 가서 좀 쉬어야 될 텐데."

"내 걱정은 마."

"무슨 소리야. 엊저녁에도 한잠 못 자고 오늘은 종일 자동차에 시달렸으니 얼마나 고단하겠어."

"그렇게 말하는 기탠 엊저녁에 잤었나?"

"나하곤 다르잖어." 하고 나서 그는 기욱 씨를 돌아보며 물었다. "형님, 경식 형 어디 가서 눈 좀 붙일 데 없겠어요?"

아 참, 그렇지. 워낙 경황이 없어 놔서 경식이 거기 있는 것도 잊고 있었군 하고 기욱 씨마저 펄쩍 놀라 몸을 일으켜 세웠으므로 나는 팔을 휘두르며 만류했다.

"제 걱정은 마세요. 아무렇지도 않아요."

"아무렇지 않을 리가 있나, 어제부터 뜬눈으로 버티면서. 그러지 말고, 가만 있자, 어딜 가서 눈 좀 붙이면 좋을까……."

"글쎄, 걱정 마시라니까요."

나는 난처한 나머지 돌아서서 서둘러 마당 끝으로 걸어나갔다.

"잠깐 요 앞에 나가 보고 오겠어요."

대문께의 희미한 불빛 아래에서 나는 용수 씨와 마주쳤다. 그러나 그는 나를 흘끗 쳐다보고는 여전히 알아보지 못하는지 이내 마당 안쪽을 향해 소리쳤다.

"정배 다녀갔어, 아직도 나타나지 않았어?"

내가 알기로는 그는 집 안팎을 들락거리며 벌써 정배에 대해 세 번 이상 같은 질문을 되풀이하고 있었다.

정배, 그게 누구던가? 아무리 생각해 봐도 누군지 가물가물 떠오르지 않았다. 아니, 그보다도 이모는 어디를 가서 보이지 않을까. 기태 어머니 말이다.

농사철이 아닐 땐 맏아들 기설 씨한테 와서 한두 달씩 머무는 경우가 없지 않았지만 대개는 둘째 기욱 씨와 함께 고집스럽게 고향을 지켜온 그녀. 아들의 마지막 모습을 보지 못한 것이 가슴에 맺혀 어디 숨어 앉아 울고 있는 것일까.

그러나 그녀는 결코 울 여자가 아니었다. 내 어머니는 사촌언니인 그녀를 한이 맺혀 울 수가 없는 여자라고 말했다. 두 동생을 붙들고 기설 씨가 얼마나 어머니를 보고 싶어했는지 앞으로 아무도 그녀에게 말해주지 않겠지만, 누가 그것을 말하는 실수를 범한다 해도 그녀는 결코 눈물을 보이지 않을 것이었다.

낮에 영구차가 마침내 이곳에 닿았을 때도 그녀는 내려지는 아들의 관에 손을 얹긴 했지만 눈물은 보이지 않았다. 대신 담담한 어조로 이렇게 말했다.

"집으로 데려가고 싶거든 그렇게 하도록 해라."

나는 대문을 나서기 전에 백열등이 전면을 비추고 있는 집 안쪽을 돌아보았다. 호롱불 대신 추녀 끝에 전구가 달린 변화를 빼면, 어둠에 검은 윤곽을 드러내고 있는 집은 예나 지금이나 그대로인 것 같은 느낌을 주었다. 낮에 봤을 땐 우물 옆의 앵두 한 그루도 별로 자란 것 같지 않은 그만한 키로 아직 서 있었다.

없어진 것이 있다면 지금 기설 씨의 관이 놓여 있는 근방인 사랑채 앞 토담 밑에 묻혀 있던 평행봉이 뽑히고 보이지 않는 정도일까. 나는 매일같이 기태와 함께 평행봉에 매달려 살지 않았던가. 그러다가 언젠가는 땅에 그대로 얼굴을 처박고 떨어져 입술을 다 깬 적이 있지 않은가. 나는 나도 몰래 혀로 입 안을 쓸어 보고 있었다.

기태 누나 기정(起貞)의 잔칫날이 있었던 것도 그 무렵이었다. 뭐가 그렇게 무조건 즐겁기만 하여, 먹지 않아도 배고프지 않고 어른들이 아무리 자라고 독촉을 대도 잠이 오지 않던 날. 신방의 문창호지를 침 묻혀 뚫는 것을 우리는 끝까지 다 지켜보았다.

분명하진 않지만 신방 문틀에 매달려 구멍을 내고 있는 건 모두 처녀들이었던 것 같다. 문은 거의 창살만 남고 다 뚫어지다시피 했는데도, 사모관대를 갖추고 앉은 신랑은 술잔을 따라 자꾸 신부의 턱 밑으로만 들이밀고 있었다. 기정 누나가 고개를 잔뜩 숙인 채 수수방관의 자세를 흐트리지 않는데도, 족두리의 금빛 장식이 하늘하늘 떨고 있었다.

그럼에도 신랑은 끝까지 장난기 같은 고집을 꺾지 않아서, 그는 마침내 찰랑거리는 술잔을 한삼에 덮인 신부의 손등 위에 위태롭게 올려놓고 있지 않던가. 어머, 저거 쏟아지면 어쩌려고 저러지 하고 문틀에 눈을 박고 들여다보던 처녀들이 놀라서 소리쳤다.

"쏟아져도 내 옷은 안 버려요."

하고 안쪽에서 신랑이 대답했다. 신랑은 그만큼 밉살스럽도록 능청맞았다. 그는 창호지가 침으로 다 뚫어져 가고 있는 걸 이미 알고 있었을 뿐 아니라, 문 밖에서 몰래 속삭이는 소리도 다 알아들어 능청스레 대꾸까지 하는 것이 아니던가. 그런 그가 우린 얼마나 얄미웠던지……

기설 씨가 나타난 건 바로 그때였다. 느닷없이 어둠 속에서 불쑥 나타난 그는 대뜸 신발을 신은 채 마루 위로 성큼 올라섰다. 큰 소리로, 어디 무슨 구경거린지 나도 좀 보자 하면서. 그러고는 문 틈에 코를 틀어박고 잠깐 방 안을 훔쳐보다가 마침내 소리쳤다.

"기정이 재 뭐 저런 걸 머리에 쓰고 앉아 있나."

와아 하고 급기야 웃음이 터져 문 밖에서 지켜보고 있던 사람들의 규모를 여지없이 탄로내 놓고는, 기설 씨는 어디서 술을 톡톡히 마신 게 분명한 휘청거리는 걸음걸이로 휑하니 사라져 갔다. 그리고 신방의 구경거리도 이내 끝장이 나버렸다. 상을 번쩍 윗목에다 들어 내 놓고는 신부의 족두리를 벗기고 옷고름까지 풀어헤치더니, 신랑은 그제야 생각이 났다는 듯 벌떡 일어나 윗목 쪽으로 쳐져 있던 모양인 병풍을 들고 와 문을 완전히 막아 버리고 말았던 것이다. 너무 서두는 게 아니냐는 처녀들의 불평에 신랑은 한수 더 떠서 이내 촛불까지 후 꺼버리지 않던가.

마루를 내려오며 기태가 중얼거렸다.

"누부가 불쌍타."

그래 맞다. 누나가 불쌍하다. 우리는 어둠 속에서 능청맞은 신랑한테 시달릴 누나가 마음에 걸려 오래도록 마당가를 왔다갔다했다. 그러나 우리는 기설 형님이 그날 밤 주막에 앉아 밤새 철철 울었다는 것은 몰랐다. 그렇게 사랑하던 외딸의 족두리 쓴 모습도 못 보는 아버지 준명(俊明) 씨를 부르며, 혼자 부진부진 밤을 울고 새운 줄은 꿈에도 몰랐었다.

그런 누이 기정 씨가 밤 열한시 넘어 머리를 풀고 기설 씨의 시신 앞에 도착했다. 버스가 도중에 고장을 일으켜서 그렇게 늦었다는 것인데, 내가 마당으로 들어섰을 땐 그녀는 이미 기욱 씨, 기태, 기

표, 용수 씨 들과 둘러앉아 군에 간 그녀의 아들 얘기를 하고 있었
다.
　"누님 오셨군요."
하고 나는 멍석으로 오르기 위해 신발을 벗으며 고개를 주억거렸다.
　"아이, 이기 누고?"
　그녀의 경상도 억양은 병정이 된 아들을 둔 나이를 실감시킬 만큼
슬프도록 투박하고 억셌다. 그런 갈라지고 저음인 목소리 때문일까.
나는 순간 뭔가 절망 같은 심정에 사로잡혔다. 경상도 억양으로 말
하면, 너무나 오랜만에 한 사람 예외없이 모두가 빈틈없는 본토박이
말로 말하는 것을 듣는 게 하나의 즐거움이기도 했는데……．
　"경식입니다."
　"경식이?" 하고 그녀는 여전 섬찟한 느낌을 주는 갈라진 경상도
말로 되받았다. "중학생이던 경식이가 이렇게 중년이 다 되었다
니."
　그녀가 나를 마지막 본 것은 내가 중학생이던 때인 모양이었다.
그러나 나는 그 만남이 어떤 기회에 이뤄졌었는지 생각이 나지 않았
다.
　"그럼, 나이가 얼만데요, 나보다 하나 위잖아요."
하고 기태가 거들자 그녀가 받아 말했다.
　"그런가. 그렇다면 간당 마흔이구나."
　그녀는 빠른 세월을 혼자 삭이느라 말없이 고개를 주억거리고 있
다가, 한참 만에 다시 물었다.
　"이모는 어떻게 지내시니? 건강하시지?"
　"네, 신경통 때문에 못 오셨어요."
　"저런."
　"십 년 넘어 고생하고 계시지요. 자형은 못 오셨나 보군요."
　"응, 강원도로 장사 떠나고 없단다. 이런 일이 있는 줄도 모르고

하필이면 어제 아침에 떠나 버려서……."

나는 능글능글한 그녀의 남편이 무슨 장사를 떠났는지 묻는 것을
그만두어 버렸다. 풍기 읍내에서 어물전을 열고 있다는 얘기는 오래
전부터 기태한테서 전해 듣고 있었으므로 물으나마나 그 관련이 아
니랴. 나는 대신 이렇게 물었다.

"자동차가 도중에 고장이 났었다면서요?"

"어디서 들었니?"

숙모가 와서 말해 주었었다. 나는 기욱 씨 집을 나와 그동안 그
집을 찾아갔었던 것이다.

내가 작은집을 찾아갔을 때는 숙모 혼자 마당의 평상에 앉아 부채
질을 하고 있었다. 언제 초가를 뜯고 반듯하게 양옥 같은 집을 지었
는지, 집 안에 불 하나 켜져 있지 않은 희뿌연 어둠 속에서도 흰 페
인트를 칠한 벽은 눈이 부실 것 같이 밝은 빛을 쏘고 있었다.

숙모는 내가 마당으로 미처 들어서기도 전에 이미 알아보고 가라
앉은 목소리로 말했다.

"경식이 오는구나. 네가 장의차 따라왔다는 애기 들었다."

"안녕하세요, 숙모님. 그동안 별고는 없으시고요?"

"우리야 뭐." 하면서 숙모는 평상을 내려와 집 안으로 올라갔다.
"하루살이가 몰려들어서……."

하루살이가 몰려들어서 꺼두었던 마루 형광등에 불이 들어왔다.
굳이 전등을 켜는 건 집을 반듯하게 뜯어 지은 사정을 보여주고 싶
어서일까. 그러나 나는 불빛이 몹시 싫게 느껴졌다.

"마루로 올라오겠니? 테레비도 보고."

"여기가 좋아요."

"저녁은 어떻게 했니?"

"먹었어요."

"뭐 마실 거라도 좀 줄까?"

“아뇨.”

나는 나도 모르게 좀 통명스런 목소리로 사양했다. 마실 거라니, 숙모는 언제 저런 도시적인 투를 익혔을까 하는 생각이 들어서였다.

“봉식인 마을을 간 모양이다.”

“봉식이가 집에 있었나요?”

“방학 아니냐. 모레가 개학이라서 내일 새벽차로 떠난다면서 짐도 안 챙기고 어딜 갔지.”

하필이면 내일인가 하고 나는 속으로 생각했다. 그것도 꼭 새벽차로 떠나야 하나. 아직도 비송초등학교에 나간다면 거긴 세 시간이면 닿고도 남을 거리가 아닌가.

“아직도 비송학교죠?”

“그래. 거기 다니는 지 오 년이나 됐지. 곧 대구로 나갈 생각인가 보더라.”

그런데 새벽차로 떠나야 하느냐고 물으려다 나는 그만두었다. 숙모가 참외 몇 개를 담은 쟁반을 가져와 깎기 시작했다.

“농사는 어떠세요?”

“농사랄 게 뭐 있니?”

“오다가 보니 곧 벼가 패겠던데요.”

“멸구가 다 갉아먹고 있다. 한 조각 씹어 봐라.”

나는 깎은 참외 한쪽을 집어들었다.

“옛날엔 씨까지 다 먹었는데요.”

“요즘도 여기선 그러지.”

“그렇게 먹고 싶군요.”

“서울 사람들은 그렇게 안 먹는다면서?”

“제가 깎아 먹죠.”

그러나 나는 집어든 한쪽만 씹고 그냥 앉아 있었다.

“아인 잘 크니?”

“네. 어머닌 신경통이 심해요.”

“이젠 더 못 낳니, 네 집사람은?”

“네.”

“기집애 하나만 두고?”

“자꾸 유산하는데 어떻게 해요.”

나는 생각지도 않은 아내를 머리에 그리고 있었다. 일년 내내 아이만 배고 있는 아내. 그리고 3개월이면 어김없이 병원을 찾아가 수술을 받고 오는 아내. 이제 제발 그만두자고 해도 아이를 여자 혼자 배느냐면서 지치지도 않는 무서운 아내. 나는 하필 마음에 전혀 들지 않는 집을 짓고 사는 숙모의 집에 와 앉아, 이제 정말 그만두지 않는다면 아내와 이혼하는 수밖에 없다는 생각을 하고 있었다.

그런 생각을 하고 있다가, 나는 아내의 습관성 유산과는 아무 상관도 없는 말을 불쑥 내뱉고 말았다.

“기설 씨의 죽음은 참 슬픈 죽음예요, 숙모님.”

“봉식이 말론 자업자득이라더라.”

“간이 나쁜 줄 알면서 계속 술을 먹어서요?”

“그렇잖고.”

“죽을려고 그런 거죠.”

나는 엉뚱하게 반발하고 있었다. 기설 씨가 죽음이라는 것에 매료되어 술을 마신 것은 절대로 아니지 않은가. 술에 취하지 않곤 못 배긴 점은 나도 여간 가슴 아프지 않지만, 어쨌든 그가 자기를 학대함으로써 거기다 뭔가 보복의 의미를 담으려 했다면 이해할 수 없었다.

기설 씨가 술에 취해 있는 모습은 수도 없이 봤지만, 한번은 종로의 밤거리에서도 마주쳤었다. 물론 기설 씨는 나를 알아보지 못했다.

“네네, 안녕하시오. 안녕히 가시오.”

나는 만남과 헤어짐을 위한 가장 짧은 말을 하고는 지체없이 지나쳐가는 그를 잠시 그냥 지켜보고만 있었다. 어떻게 할까. 그러나 다음 순간 나는 발길을 그쪽으로 돌렸다.

"형님!"

나는 그의 옆구리에 팔을 끼워 넣으며 소리쳤다. 내가 적어도 그에게 서울엔 한둘밖에 없는 동생뻘이 되는 누군가 중의 하나라는 점을 일깨워 주기 위해서. 그러나 그는 끝내 나를 알아보지 못했다.

"누구시더라……?"

"경식이라니까요. 경식이 모르세요?"

"천만에, 날 납치해 간대도 난 불지 않아요."

그는 택시 속에서 줄곧 그렇게 말했다. 그러다가 느닷없이 노래를 부르기 시작했다.

"어둡고 괴로워라, 반도 삼천리……."

노래를 들으며 나는 나대로 병원에 누워 나를 기다리고 있을 아내를 떠올렸다. 질금질금 눈물을 짜며 누워 있겠지. 아니 지금쯤은 기다리다 지쳐 대기실에 나와 앉아 있을지도 모른다. 우는 일이 몸서리나지도 않는지 아직도 수술을 끝내면 꼭 눈두덩이 벌겋도록 눈물을 짜는 아내. 기설 씨를 부축하고 나타났을 때 그의 아내는 별다른 말이 없이 베개부터 내려놓았다. 저 원수, 하는 표정도 짓지 않았다. 저러면 이제 밤새도록 울다가 게우다가 자다가 해요 라는 말은 그 전에 한번 들려주었으므로 그런 말도 하지 않았다. 여자란 다 그런지, 그녀도 내 아내 이상으로 참을성이 많았다. 나는 혹시 위안이 될까 하여 거침없는 거짓말을 했다.

"형수님, 오늘은 제가 한잔 대접했죠."

"그냥 둬도 집은 잘 찾아와요."

"술 먹는 사람들의 특징이지요."

그녀의 반편이 된 경상도 억양이 내게 슬픔 같은 걸 안겨주었다.

그만큼 이곳에 오래 와 살고 있으면서도 어째서 저 여자는 넌더리가 나지 않는 것일까. 술기운이 힘겨워 끙끙 앓는 소리를 내고 있던 기설 씨가 느닷없이, 어둡고 괴로워라……하고 또다시 흥얼거리기 시작하고 있었다.

"덕수궁이 어떻게 생겼죠?"

하고 그녀는 언젠가 내게 물었는데, 그게 만약 불평의 뜻이라면 내가 그녀에게서 들은 싫증의 말은 그 한마디가 전부였다. 나는 그때 이렇게 말했다.

"저 많은 자전거 타고 한번 가보시죠?"

그녀는 자전거 가게 주인이기 때문이다. 명의는 물론 기설 씨가 주인으로 되어 있겠지만, 실질적인 경영자는 그녀였던 것이다.

"덕수궁이야 안 가봤을라고요."

"미술관도 돌아보셨어요?"

"시골로 돌아가 살고 싶어요."

지금의 그녀는 정말 시골로 돌아와 버리고 싶은 게 아닐까. 명실상부한 자전거방 주인이 됐으므로, 이제 가게는 자기 뜻대로 처분할 수 있잖은가. 처분하고 돌아와 하루 뒤면 무덤으로 변할 남편과 함께 이곳에서 살면 어떨까. 아무도 기설 씨를 화장하자고 주장하는 사람이 없었는데도 그녀가 화장은 안 된다고 처음부터 단호히 못을 박은 이유는 무엇일까.

"형 왔어?"

마을 갔다던 봉식이 돌아왔을 때, 나는 숙모를 앉혀 놓은 채 평상에 누워 있었다. 막 선잠이 들려 했었는지, 내겐 아이들 학교도 다 걷어치우고 시골로 이사가는 자전거상회 집에 가서 자전거만 산더미같이 싣고 이삿짐은 하나도 보이지 않는 짐차를 올려다보고 섰던 꿈이 선명하게 남아 있었다. 나는 반갑잖다는 기미가 노골적으로 담긴 봉식의 목소리를 되새기며 천천히 몸을 일으켰다. 내가 불을 꺼

달라고 숙모한테 부탁했었으므로 마루의 형광등은 꺼져 있었다.

　"방학이 끝난다며?"

　"내일 첫차로 갈 거야."

　"애들은 잘 크고?"

하고 나는 아까 들은 숙모의 말을 흉내내어 물었다. 그 아이들 중 하나가 내 아들로 양자 와야 할 일이 생길까봐 반갑잖은 목소리가 된 것일까. 숙모가 아이를 왜 더 낳지 않느냐고 다그친 데도 그런 불안이 스며 있었던 것일까.

　"흙 퍼먹고 자라는 촌놈의 새끼들 뭐 신경쓸 거 있어."

　나는 그가 그토록 귀에 거슬리는 말투를 써야 할 만큼 내게 반감을 갖고 있는 이유가 무엇인지 알 수 없었다. 그가 겨울방학을 이용하여 서울을 다녀간 지 적어도 3년 반 만에 우리는 만나고 있는 것이 아닌가. 아니 그보다도 그는 말투를 조심해야 할 교육자가 아닌가. 나는 꽤 속이 상했지만 그가 그러는 연유가 무엇인지를 알 때까진 아무 말 않기로 자신을 달랬다.

　그러나 그가 내게 가진 반감의 근원은 그날 밤 끝내 밝혀지지 않았다. 밝혀지지 않은 채 숙모는 마을을 가고 봉식은 제 방으로 들어가 가방을 챙기는 소리를 내고 있었다.

　나는 당일을 넘기지 않고 방문하는 예의를 다했으므로 이제 말없이 상가로 되돌아가도 좋다고 생각했다. 돌아가면서 숙모가 신경통을 앓는 동서에 대해 굳이 관심 없어 하고 봉식은 아예 안부조차 묻지 않는 것이 혹시 그들의 반감과 무슨 관련이 있는 건 아닌지 생각해 보고 싶었다.

　자 지금이다, 이때다 하면서 나는 시간을 쟀다. 봉식이 벽에 걸린 옷가지를 떼어 뭔가 전등빛에 비춰 보고 있는 것이 선명한 그림자로 창문에 머물러 있었다. 나는 그만 평상에 벌렁 드러눕고 말았다. 촘촘한 별밭이 낮게 내려와 있었다.

잠이 든 모양이었다. 무슨 기척 소리에 퍼뜩 눈이 떠졌을 땐 숙모가 막 평상에 걸터앉으려 하고 있었다.

"그냥 누워 있거라."

"가봐야겠어요."

"가긴 어길 가, 여기서 자지. 거긴 잘 데도 없을 텐데."

"오늘밤에야 어떻게 자겠어요."

"생각대로 해라. 하지만 내 생각엔 오랜만인데 봉식이하고 얘기나 하다가 여기서 자는 게 좋을 것 같다. 거긴 지금 막 너의 종이모 딸까지 온 모양이더라. 왁자하게 곡성이 들려서 와버렸다."

뭔가 반감의 실마리가 잡힐 듯도 한 숙모의 말투에 나는 대꾸없이 평상을 내려섰다. 그러곤 방문 앞으로 다가가 나지막이 말했다.

"봉식이, 나 간다."

"가?"

봉식은 문을 열어 보지도 않고 대꾸를 보내 왔다. 누워 있는지 이젠 그의 그림자마저 보이지 않았다.

"일찍 떠난다니 내일 아침엔 못 만나보겠다."

"새벽에 갈 거야."

"이렇게 갑자기 내려와 안됐군."

나는 영구차를 따라오는 일을 그렇게 간단히 결정하지 말았어야 하지 않았을까 하는 생각을 정말 잠시 했지만 이내 고개를 흔들었다. 망설이고 어쩌고 할 계제였던가. 나는 숙모를 찾아본 것이 잘못이라는 결론을 내리고 만 것에 화가 나서 공연히 허공에다 주먹질을 하고 있었다. 그러다가 급기야 망신을 당했다. 서울 사람은 모기를 주먹질로 잡는 모양인가 하고 기표가 나를 몰아세웠으니까.

"경식이가 내려와 줘서 망자가 얼마나 외로움을 덜고 있겠니."

돌아보자 망인의 어머니였다. 어디로 가서 보이지 않더니, 그녀는 언제 그늘에 가린 기둥에다 어깨를 기대고 뜨락으로 돌아와 앉아 있는 것이 아닌가. 나는 안도의 한숨을 삼키며 말했다.

"이모는 왜 거기 혼자 앉아 계세요?"

"나는 늘 여기 앉아 있다."

나는 더 이상 뭐라고 할 말이 생각나지 않았다. 용수 씨가 중얼거리듯이 말했다.

"정배놈 끝까지 나타나지 않는군."

"그만둬."

하는 기욱 씨의 만류에도 불구하고 용수 씨가 재차 말했다.

"상두꾼들도 안 나타나고."

"늦어도 올 거요. 안 오더라도 다 맞춰 놨는데 뭘 걱정이오."

기표는 용수 씨의 말 많은 점에 짜증이 나는지 말하고 나서 혀를 찼다. 용수 씨가 그냥 듣고 있지 않았다.

"아재뻘인데 이렇게 말해서 안됐지만, 기표 자네 약속 가지곤 솔직히 말해서 마음이 안 놓이는 게 사실 아닌가."

"아재뻘이라니?"

"내 나이 얼만데, 그럼 예대할까?"

기욱 씨가 나섰다.

"그건 기표 말이 맞어. 아재뻘이 아니라 바로 아재야. 촌수가 얼마나 멀다고 그래. 누가 예대까지야 하래나." 하고 나서 그는 이어 말했다. "그리고 기표 약속이라고 마음 안 놓일 이유가 어디 있나. 기다려 보자고. 모두들 올 거야."

"정배 그 자식……."

"허허, 그것 참!"

빈소 앞 분위기가 갑자기 냉랭하게 가라앉는 데 신경이 쓰여 나는 급기야 자리를 일어서고 말았다. 마당가로 가서 허공을 쳐다보자 회색의 어둠 속에 검은 십자가가 희미하게 솟아 있는 것이 보였다. 이 마을에까지 언제 교회가 세워졌는지 그건 예배당의 첨탑임이 분명했다. 내가 기정이 누나 자리로 간 것은 그 다음이었다. 누나가 늦게 도착했다는 애길 숙모한테 들었다고 한 것이.

얼마나 지나서였을까, 기태가 철철 우는 소릴 내기 시작했다. 나는 담배 연기를 더욱 깊숙이 빨아들였다. 기태가 저렇게 충동적인 슬픔에 떠는 것은 그에게 있어 기설 씨의 죽음은 아버지의 죽음과 같은 절망이기 때문인지 몰랐다. 그는 언젠가 내게 말했었다.

"큰형님은 내게 있어 형님이라기보다 차라리 아버지처럼 느껴져. 나는 아버지를 모르거든."

"너무 어렸었으니까."

"한 오라기의 기억도 남아 있지 않아."

우리는 봉천동의 시내버스 종점 마당에 서서 그런 애길 나누고 있었다. 우리는 처음 버스 속에서 만났다. 그리고 그의 요청에 따라 나는 그와 함께 거기 종점까지 동행했다. 그는 그 버스의 운전사였던 것이다. 그는 처음 마주치자 어째서 운명적이라는 건지 설명도 없이 다짜고짜 우리의 만남은 운명적이라고 했다. 그러나 나중에 알고 보니 그는 그날이 버스를 몰기 시작한 첫날이라는 것이 아닌가. 그 첫날에 내가 그의 버스 승객이 되었으니 운명적인 만남이 아닐 수 없다는 것이었다. 나는 물론 종점까지 무사히 닿은 다음에야 대답해 주었다.

"서툰 운전사 만나 죽지 않고 종점까지 왔으니 과연 운명적이군."

"그것도 그럴듯한데."

기설 씨에 대한 애기는 그 다음에 나왔다.

"난 왠지 꼭 큰형 술값을 대기 위해서도 취직하지 않으면 안 될 것 같은 느낌이 들었어."

"그건 아주 나쁜 아우의 생각인데. 형님은 술을 그만 드셔야 되는 거 아냐?"

"모르는 소리. 형님한텐 술이 유일한 약이야. 그게 끊어지는 날이

형님도 끝나는 날이야."

그는 기설 씨와 술의 관계를 그렇게 단호히 옹호했다. 그리고 그런 주저없는 주장만큼이나 그의 경상도 억양과 사투리도 그때까진 완강한 원형으로 남아 있어서 나로 하여금 엷은 향수 같은 걸 느끼게 해주었다.

"갑자기 형님 얘길 왜 하는 거지? 무슨 일이 있어?"

"아무 일 없어."

"그런데?"

"늘 그래. 나한텐 늘 큰형이 유리그릇 같애. 곧 술 마실 돈이 떨어질 것 같단 말이야."

"언제부터?"

"기억날는지 모르겠다, 내가 큰형한테 피가 나도록 종아릴 맞은 거."

"나지. 기정이 누님 잔칫날이었잖어, 그날이."

"맞았어. 그때부터야. 난 어린 나이에도 형님이 나더러 왜 무릎 꿇었냐고 다그치던 말이 그렇게 아팠어. 잊혀지지가 않어. 커갈수록 점점 더 강하게 와닿아. 뭔가 알 것 같아지더란 말이야."

열 살짜리 기태가 그날 기설 씨한테 매를 맞은 건 그가 무슨 이유로 어떤 아이와 다퉜었는진 지금 분명하지 않지만, 하여튼 두들겨 맞고 있다는 누군가의 연락을 받고 뛰어나온 기설 씨한테 목덜미를 잡혀 집 뒤란으로 끌려가서였다. 나는 기설 씨가 그때만큼 무섭게 화를 내는 모습을 본 일이 없었다. 기설 씨가 기태한테 매질을 하며 줄곧 되풀이한 말은 기태의 말대로 딱 한 가지뿐이었다.

"와 무릎 꿇노! 맞아죽지 와 무릎 꿇고 항복하노!"

기태가 두들겨 맞는 현장에 나도 있었는지 아니면 뒤미처 달려갔었는진 확실치 않지만 그가 그의 형한테 멱살을 잡혀가는 건 보았으므로 내가 기설 씨보다 현장에 먼저 가 있었던 것만은 분명한데 기태가 과연 그때 두들겨 맞는 것이 두려워 무릎을 꿇고 항복했었는진 알 수 없었다. 그러나 그런 것은 중요하지 않았다. 그냥 두면 기설 씨가 동생을 죽이고 말 것 같은 위국에 처해 있었다는 것이 무엇보다 중요했다.

마침 어른이 달려왔고 그건 내 아버지였다. 아버지는 기설 씨가 든 매를 낚아채며 소리쳤다.

"이 좋은 날 이게 무슨 짓이야!"

나는 기태가 버스 종점 마당에 서서 무릎 꿇는다는 것이 뭔지 알 것 같다는 말을 했을 때 전율을 느꼈다. 그는 모르기 때문이었다. 누군가 종아리가 터진 그를 재빨리 안고 사라져서 기설 씨의 다음 장면을 그는 보지 못하였으므로 그는 그 뜻을 모를 수밖에 없었다.

기설 씨는 그때 느닷없다 싶게 아버지를 와락 끌어안고 헉헉 흐느끼지 않았던가.

"이모부님, 전 무릎 꿇었습니다. 무릎 꿇고 항복했습니다!"

"그땐 불가항력이었어."

"아닙니다. 버텨서 죽을 수 있었습니다. 전 서서 죽었어야 했어요!"

"어쨌든 오늘은 경사가 있는 날이야."

물론 훨씬 세월이 지난 뒤에야 비판할 수 있었지만, 나는 아버지가 그날 기설 씨의 고독한 패배감을 그런 식으로 가로막은 것은 큰 실수가 아닐 수 없다고 생각했다. 그가 죽기로 버텨 입을 열지 않았다고 하여 고작해야 처사촌집에 숨어 있는 그의 아버지를 못 찾아냈겠느냐 반문쯤은 했어야 하지 않았던가. 그럼에도 아버지는 마치 묵살하듯이, 아버지도 알고 있는 기설 씨의 괴로워하는 내용을 한마디 말로 외면해 버림으로써 꼭 과오를 스스로에게 확인시키는 것 같은 냉혹함을 보인 이유가 무엇일까. 그게 혹시 기설 씨가 버텨내지 못함으로 인해 당신마저 겪은 곤혹에 대한 정감적 반감은 아니었을까.

　그러나 그런 모든 나의 상상을 가능케 한 것은 모두 어머니가 당시의 정황을 내게 설명해 준 다음의 이해일 뿐, 내가 당시를 기억할 수 있는 건 단 한 가지밖엔 없었다. 물론 그 단 한 가지 기억도 내게 있어선 얼마나 강렬하고 충격적인 것인지 나는 지금도 흰 두루마기만 보면 몸에 소름이 훑어가곤 하지만.

　어머니는 나중에 보니 그 시각이 기설 씨가 마침내 버티지 못하고 입을 연 지 한 시간도 채 안 되는 시각이더라고 했다. 곧 닭이 울었으므로 새벽 세시는 되었을 거라고 어머니는 말했다.

　나는 그때 어머니의 등에 업혀 있었다. 잠이 덜 깬 나를 업고 어머닌 뛰었다. 그러다가 헉 하고 멎어 섰다. 장승 같은 누군가가 우리의 눈앞을 가로막고 서 있었던 것이다. 흰 두루마기였다. 어머닌 곧 돌아서서 다시 내달렸다. 알고 보니 거긴 뒤란이 아니던가.

　그러나 아무 데도 길은 없었다. 마당이 내다보이는 담벽에 붙어서서 보자 하얀 옷들이 담 밖을 온통 빈틈없이 에워싸고 있는 게 아닌가. 모두가 흰 두루마기였다. 그리고 그들의 손엔 하나같이 긴 장대 같은 것이 들려 있었다. 어머니는 나를 버리고 그 자리에 자지러지고 말았다. 나는 울음도 나오지 않았다. 어머니가 죽었다고 생각 든 것일까. 나는 쓰러진 어머니를 끌어안고 엎어졌다. 몸이 와들와들 떨렸다.

　결국은 흰 두루마기 셋이 우리 모자를 끌어내다 마루에 내동댕이 쳤다. 내 아버지와 이준명 씨는 결박당한 채 거기 꿇어앉아 있었다.

　누군가 마당에서 올려다보며 짧게 명령했다. 그는 두루마기에 방한모를 눌러쓰고 있었다.

　"끌고 가!"

　"일어서!"

하고 마루에서 죽창을 들이대고 섰던 두루마기 하나가 종이모부와 아버지의 등을 걸어찼다. 밧줄로 결박당하고 있어서 두 사람은 차례로 마당에 고꾸라져 떨어졌다.

"잇새끼들이!"

마당에 둘러섰던 자들의 발길질이 또 한 차례 집중되었다.

"끌어내라니까!"

방한모가 재차 소리쳤다.

"기집년과 애새끼도요?"

"그럼 남겨놀 거야? 모조리 끌어내!"

"알았습니다. 빨리 일어나, 이 쌍년아!"

어머니와 내가 버려진 곳은 지서로 가는 고갯길 밑 개골창이었다. 그러나 나는 내가 버려졌다는 사실에 대해선 전연 기억이 없었다. 어머니의 말에 의하면 우리는 적어도 30분 이상 기절한 상태로 처박혀 있었을 거라고 했다. 그리고 어머니보다 내가 먼저 깨어났다는 것이다. 어머니가 정신을 되찾았을 땐, 나는 울지도 않고 어머니를 흔들어 깨우려고만 하고 있더라는 것. 어머니는 뒤통수를, 그리고 어린애인 나는 정수리를 가격당한 것이다. 어머니는 개골창으로 나를 데리고 가서 '얼음같이 찬 물'을 자꾸만 머리에 끼얹었었다고 했다. 가격당한 자리의 찜질도 겸해 제정신을 찾으라고. 그랬는데도 주먹만한 부기가 가라앉으면서 머리카락마저 빠져 버려, 내 머리 정수리에는 지금도 머리가 나지 않는 밤알만한 크기의 흉터가 생기고 말았다.

어머니는 자주 한탄했다.

"왜 내 머리가 빠지지 않고 네 머리에 흉터가 생겼니."

"전 남자니까 제가 그렇게 된 게 오히려 다행이지요."

"먼저 죽을 사람이 흉터를 갖고 가야지."

그런 지 이틀 뒤에 숙부와 아랫마을의 석표 아버지, 그리고 부면장이던 나정석 씨, 또 그 다음날에는 그 밖의 누구누구가 연행돼 갔다. 잡혀간 사람의 총수가 스물한 명에 이르렀고, 그들의 집은 지붕

이엉까지 다 걷어내고 뒷간 밑창도 퍼내는 등 이 잡듯이 뒤졌다.

온 동네가 똥물로 뒤범벅이 되어 그 냄새가 적어도 한 달 이상 등천을 했다는 말을 나는 그 뒤에도 수없이 들었다. 인공 사상에 물들어 죽을 각오한 사람들을 찾아낸다고 마을 하나가 통째로 벌집 쑤셔 놓은 격이 되었고, 미처 정신차릴 겨를도 없이 당하고 또 당하고 나서 보자 동네가 쑥대밭이 되어 있었다고 했다. 소천면에서만도 그렇게 당한 마을이 시안리말고도 지풍리, 노연 등 세 마을이나 되었으니 죽은 목숨이 얼마나 많았겠느냐고 사람들은 혀를 찼다.

누구나 대장이 종이모부인 면장 이준명 씨라서 그 아들 기설 씨는 살아서 돌아오지 못할 거라고 했다. 닷새 만에 아버지와 숙부가 초죽음이 된 몸으로 풀려나오고, 예천에서 중학교장을 하는 준명 씨의 백씨 자명 씨마저 풀려났다는 소문인데도, 예상대로 기설 씨만은 돌아오지 않았다. 몸을 피해 있던 종이모가 집으로 돌아와 아들 대신에 당신이 잡혀가겠다면서 지서로 내달려 어머니와 기욱 씨가 5리 가량이나 끌려가며 만류하여 되돌아오는 소동이 일어나기도 했다.

그런 소동이 있은 사흘 뒤인 양력 동짓달 초하루, 그날 밤중에 기설 씨는 마침내 집으로 돌아왔다. 어머니의 말에 의하면, 돌아온 기설 씨는 눈동자만이 살아 있었다고 했다. 아니 말 그대로 시체여서, 차마 눈 뜨고 볼 수 없는 참담한 모습이었다는 것이다. 온몸은 이미 검은 빛깔로 썩어 들어가고 있었고, 손톱과 발톱은 하나도 남아 있지 않았다고 했다.

어머니는 그 뒤에 기설 씨 애기가 나올 때마다 반복했다.

"기설이가 살아난 건 기적이다. 언니가 개 살릴려고 얼마나 고생한 줄 아니. 공동묘지를 다 뒤져 사람 뼈다귀까지 주워다 빻아 먹였느니라. 지금 생각하면 그게 무슨 약이 되었으랴만은, 한마디로 기설인 우리 언니 정성으로 살아났다."

어머니는 이어 말했다.

"그렇게 살아났으니 기설인 아무리 술에 얹혀 살아도 쉽게 죽지 않을 거다. 두고 봐라, 오래 살 거다."

어머니는 맞혔는지 모른다. 쉰다섯 해를 살았다면 그로서는 오래 산 것인지 모른다.

다음날, 기설 씨를 땅에 묻는 장례는 의외로 신속하게 진행되었다. 용수 씨가 그렇게 염려한 상두꾼들은 전날 밤 자정이 가까운 늦은 시각이긴 했지만 어김없이 나타나 한상씩 받고 기분 좋아 돌아갔고, 다음날 아침 그들의 어깨에 얹혀 마을을 떠난 꽃상여는 급할 땐 물을 뺀 논으로 빠지기까지 하면서도 둥둥 바람에 실려가듯이 빠른 산행을 해주었다. 상여를 멘 스물여섯 명의 장정들 가운데, 기태와 나와 함께 흙속을 뒹굴며 자란 친구가 다섯 명이나 끼여 있었다.

하관 시각을 기다리고, 신중하게 쇠를 놓아 거듭 좌향을 확인하는 절차를 거치고도 기설 씨는 오후 두시가 되기 전에 완전히 땅에 묻히고 말았다. 실수인지 슬픔을 못 이겨선진 모르지만, 고2인 준수가 흐느낌을 깨물지도 못한 채 첫삽을 뜨고 난 다음 기욱 씨에 이어 삽을 든 기태가 그만 관 위로 뛰어내리는 소동이 있었는데도, 흙더미는 거침없이 부풀어 올랐고 앞소리에 맞춰 흙을 차는 상두꾼들의 발끝은 슬픔을 무덤덤한 무상(無常)으로 바꿔 놓는 또 다른 역할마저 하고 있었다. 만약 그 과정이 한 시간만 더 연장되었더라면 능히 슬픔을 기쁨으로까지 바꿔 놓을 수도 있었을 것 같은, 그런 슬픔 속의 흥을 나는 그때 그 산역에서 기묘하게 체험하고 있었던 것이다.

그런 기묘한 경험으로 하여 하산길은 모두가 슬픔이 아닌 피곤에 다리를 휘청거렸다. 기태까지도 그랬다. 무덤이 되어 버린 아버지 곁에 더 이상 머뭇거리지 못하게 야단을 치다시피 기설 씨의 세 아이들을 쫓아보내 놓고는 정작 자기는 좀처럼 그 앞을 떠나지 못했지만 그런 기태도 슬픔에 빠져 있은 것은 아니었다. 분명하거니와 그 시각의 그를 지배하고 있던 것은 나와 마찬가지로 허탈감이어서, 적어도 20분은 충분히 묘역 끝에 말없이 앉아 있던 그는 이윽고 정곡을 찌르는 짧은 한마디를 남기고 일어섰다.

"참 허망하군!"

아직도 생전의 모습이 너무도 생생하게 남아 있는 사람을 흙속에다 묻는 잔인하고 엄두 안 나는 일을 의식의 격식과 쫓김을 당하면서 해내다 보니 어느새 그 범죄 같은 일을 모조리 다 끝내 버려 남은 일이라곤 아무것도 없게 되어 버린 허망감. 그래서 장의의 의식과 절차에 관한 것이라면 모르는 것이 없는 듯한 지긋한 나이의 어른이 지시하는 해박하고 권위 있는 명령에 따라 꼭두각시처럼 움직인 것이 뭔가 속임수를 당한 것같이 느껴지는지 몰랐다. 아마도 나만이 그런 생각에 압도당하고 있는 것은 아닌 듯했다. 기태는 누구를 향해선진 모르지만 나쁜 사람들이라는 말까지 썼으니까.

우리는 산을 내려가기 시작했다. 앞서 내려간 사람들은 망인의 어머니와 부인까지도 이미 집에 도착해 있을 만큼 지체된 뒤였다. 그럼에도 나는 얼마 내려가지 않아 기태한테 좀 쉬어서 가는 게 어떻겠느냐고 물었다. 자꾸만 무릎 관절이 접히려 하고 있어서였다.

우리는 편편하고 널찍한 바위에 어깨를 나란히 하고 앉았다. 두 줄기로 흘러내린 산의 끝자락과, 그리고 그 아래쪽으로 소쿠리같이 생긴 분지에 안긴 마을이 한눈에 내려다보였다. 멀리 은어의 파닥임같이 하얗게 떠는 강물의 흐름도 한 조각 보였다. 그건 낙동강의 지류였다. 강이 돌아서 흐르는 것이 보인다는 것은 기설 씨의 누운 자리가 여간 명당이 아님을 뜻한다고 누군가 주장하던 말이 나는 생각났다. 기설 씨는 과연 죽어서 처음으로 명당에 누워 보는 것일까. 거긴 술이 있는 곳일까, 아니면 술이 없어도 되는 곳일까.

그러나 나는 기설 씨 생각을 그리 오래 하고 있지 않았다. 내가 정신이 퍼뜩 들어 자신을 돌아보게 되었을 땐 나는 내 어릴 적의 일들을 회상하고 있었던 것이다. 눈앞에 펼쳐져 있는 고향 마을의 모

습이 나를 나도 모르게 그 속에 뛰어놀던 때로 끌어가 버린 것이었
다.

봄이면 이 산에 올라와 진달래를 따먹었다. 소나무 가지를 휘어잡
고 그 순도 따먹었다. 마을에서 올려다보면 지금 걸터앉아 있는 이
바위가 꼭 마른 쇠똥덩이같이 보인다 하여 쇠똥바위라고 불렀던가.
달빛이 밝으면 밤에도 이 바위는 선명하게 보이지 않던가.

지금은 오로지 기설 씨만 생각해야 할 때다 하면서도 나는 달착지
근하게 매달리는 회상을 계속하고 있었다. 실눈을 뜨고 바라보면 고
향의 모습, 그 어느 작은 부분도 내겐 소중하지 않은 것이 없었다.
정체된 모습을 요구하는 반역의 심리가 작용한 것일까. 별로 유용한
것도 아닌 듯하면서 마을 뒤를 자르고 새로 도로를 낸 것은 마음에
들지 않았다. 아니 전날 밤에 본 불편한 구조의 봉식이네 새 집도
맘에 안 들었고 도시적 악의가 전염되어 필요 없이 높이 쌓아올린
블록 담벼락들도 기분 나빴다.

기태마저 기설 씨를 잊고 딴 생각을 하고 있어서 아무 말 없이 앉
아 있는 것일까 하는 의심이 들 무렵 그가 느닷없이 입을 열었다.

"형은 고향이 마음에 들어?"

"글쎄……."

나는 마치 그런 건 생각해 보지 않았다는 투로 얼버무렸다. 그는
더 묻지 않았다. 자신의 의견도 말하지 않은 채 그는 다시 침묵 속
으로 돌아갔다. 그러고는 얼마 있지 않아 벌렁 바위를 베고 드러누
워 버렸다. 나도 따라 누웠다. 팔월의 비낀 볕이 정수리와 콧등을
아프게 쏘았다. 눈을 감자 눈앞에 붉은 장막이 쳐졌다.

우리는 말없이 그렇게 오래 바위를 베고 누워 있었다. 기태는 무
엇을 생각하고 있었는지 모르지만 내겐 상여를 메어다 준 옛친구들
다섯도 떠올랐다.

"경식이 언제 서울로 올라갈 참인가?"

“내일은 가야 할 것 같아.”

나는 이 말을 조금도 어색하지 않은 고향말로 하려 애썼다. 마치 그렇게 하는 것만이 우리 사이의 변함없는 우정 확인인 것처럼.

“모처럼 와서 그렇게 빨리 올라가? 물론 고향에 다니러 온 건 아니지만.”

서울 사람은 바빠, 우리하곤 달라 하고 그때 다른 누군가가 거들었는데 나는 그 말이 비양거리는 의미인지 아닌지에 대해서도 신경이 쓰였다.

“그럼 오늘 저녁밖엔 없군. 이따가 저녁 먹고 슬슬 못둑으로 나오지. 오랜만에 내려와 소주라도 한잔 안 나누고 갈 수야 없잖아.”

“내가 한잔 사야 할 텐데.”

“술이야 누가 사든.”

봉분에다 뗏장까지 다 입히고 흙손을 떨며 나눈 애기이므로 그건 그냥 들어 넘겨도 무방한 약속이 아니었다. 그래서 나는 자꾸만 부담이 되었다. 꼭 나와 하고 두 번이나 다짐을 둔 다음에야 가래삽을 챙겨 산을 내려간 그들을 어떻게 할 것인가. 기태는 당장 불러내기 어려울 것이고, 또 그는 삼우제까진 여기 머물 것이므로 따로 기회를 볼 수 있을 거라는 말까지 그들은 하지 않던가.

얼마나 오래 우리는 바위를 베고 누워 있었던 것일까. 바위를 벤 뒤통수가 아파서 더는 견딜 수가 없어 몸을 일으켰을 땐 해가 어느새 저쪽 먼 산꼭대기 위에 떨어져 있었다. 내가 엉덩이를 떼어 들고 일어서는 것을 쳐다보며 기태가 물었다.

“내려갈 거야?”

“가야지. 걱정하실지 모르잖아.”

그런데 기태는 산을 내려오면서 뜻밖의 말을 했다. 형 고마워, 하고 그는 불쑥 말했던 것이다.

“뭐가?”

"이번에 내려와 준 거."

그 말에는 어디까지나 당자는 자기라는 의미가 숨어 있다면 나는 그에게 서운한 생각이 들지 않을 수 없었다. 왜냐하면 기설 씨는 그의 형일 뿐만 아니라 나의 형이기도 하다는 생각을 나는 늘 하고 있었으니까. 형뻘이라는 뜻이 아니라, 그렇게 따지면 남이나 마찬가지인 기설 씨를 나는 친형처럼 가깝게 느끼고 있었던 것이 아닌가. 기태보다 차라리 더 마음을 써왔다고 자부해도 괜찮을 정도로.

"그런 소리 마!"

하고 나는 좀 퉁명스런 목소리로 대꾸했다. 흙속에 묻어 버리고 내려오는 길이므로 이젠 그나마 아무 데도 없는 기설 씨임에도 그가 실제론 내 친형이 아니라는 점에 어딘가 약이 오르기까지 했다.

"아니야." 하고 기태가 말했다. "아무 상관도 없는 사람이긴 하지만 형 사촌은 아예 코끝도 보이지 않았잖아."

"봉식인 학교 개학이 되어 오늘 새벽에 떠났어."

"어제 나타날 수도 있었고, 먼데도 아닌데 꼭 새벽에 떠날 것까지 있었을까?"

"일찍 학교에 나가서 처리해야 할 일이 있다고 했어. 어젯밤에 잠깐 만났거든. 그렇잖아도 일이 난처하게 되었다면서 걱정했어."

나는 본의 아니게 거짓말을 꾸며대면서 구차하게 내 사촌을 변명했다.

"내 애긴 나타나지도 않고 뒷전에서 싸늘한 눈초리로 바라보고 있는 사람이 몇 있다 이거야."

기태는 잠시 간격을 두고 다시 말을 이었다.

"형은 최고학부를 나와서 나보다 더 잘 알겠지만 우리 큰형이 뭘 잘못했어. 난 사람들이 큰형을 오해하고 있는 것이라면 화가 난단 말야."

"오해하다니?"

"큰형이 버티지 못하고 아버지를 잡혀가게 했다 이거지."

"뭐라고?"

하고 나는 모를 애기라는 투로 되물었다.

"그건 표면적인 애기고 사실은 큰형이 많은 동네 사람들까지 다 연관시켰다는 거지."

"말도 안 되는 소리!"

"말도 안 되는 소리지. 난 언젠가 큰형한테 물어봤단 말야. 큰형 말씀이, 다른 사람들은 묻지도 않았대. 당연하지, 명단도 파악하고 있지 못해서 큰형한테 알아내려 했겠어. 그들은 오로지 아버지 계시는 곳만 알아내려고 혈안이 되어 있었다는 거야."

나는 무엇보다 기태가 너무 많이 알고 있는 데 놀라지 않을 수 없었다. 그는 분명히 자기 큰형이 결국은 무릎 꿇은 것까지도 알고 있었다. 그렇다면 그는 그 치욕적인 악몽으로 하여 기설 씨가 끝없는 자학의 수렁에 빠져 있었다는 것도 알고 있은 것이 아닌가. 하긴 내가, 그는 모른다고 생각한 건 얼마나 건방진 속단이랴. 그는 기설 씨와 피를 나눈 형제 사이인데……

반년이 지나도 온몸의 멍이 풀리지 않을 정도로 매질을 당하고, 거꾸로 매달려 콧구멍에 고춧가루 물이 들이부어지고, 손톱 발톱이 다 뽑혀 나가는 고문 끝에도 살아 남은 기설 씨. 나는 새삼 몸을 후룩 떨었다. 인간의 목숨이 그토록 용렬하리만큼 모질 수 있었던 것에 기설 씨는 참담한 모욕을 느끼진 않았을까.

나는 생각이 나서 기태한테 물었다.

"정배가 누구지, 기태?"

"장우 알지?"

"그렇군, 이제 보니 장우 아버지군."

"형편없는 작자지."

"무슨 일이 있었어, 용수 씨가 그렇게 쉴새없이 묻게?"

“몰라, 그 일?”

“무슨 일인데?”

“한 오륙 년 전이야. 이 작자가 어디 떠돌아다니다가 돌아와선 울 아버지를 보았다고 동네에다 소문을 퍼뜨렸잖았겠어.”

“뭐야!”

“전라남도 구례에 살아 있다는 거야. 두 눈으로 똑똑히 확인했을 뿐 아니라 이틀을 숨어서 지켜본 다음 마침내는 이야기까지 해보고 왔다는 거였지.”

너무나 그럴듯한 정배의 주장에 온 집안이 발칵 뒤집히다시피 한 건 당연한 일. 형장으로 실려가는 중에 탈출하여 산으로 산으로 뛰다 보니 지리산을 넘어 거기까지 닿게 되었다는 것이며, 간접적으로 들어 집안 소식도 대충은 알고 있더라는 말에 기욱 씨는 당장 어머니를 모시고 서울로 올라와 그날 밤으로 기설 씨, 기태와 함께 구례로 내달렸다는 게 아닌가. 고향에 돌아갈 수도 없거니와 돌아갈 수 있대도 동지들을 다 잃고 무슨 낯으로 돌아가겠느냐고 준명 씨는 울먹였다고까지 정배는 말했다는 것이었다.

활 만드는 재주는 언제 익혔는지 그 지방에선 궁장 할배라면 모르는 사람이 없다고 정배는 말했는데, 정작 온 식구가 주소를 들고 찾아갔을 때는 초라한 활터 하나밖엔 찾아낼 수가 없었다. 경상도 사투리를 쓰는 유명한 궁장 노인, 그런 사람은 애당초 있어 본 일조차 없으려니와 무엇보다도 그 근방엔 지금은 활대 만드는 집이 있지도 않다는 애기들이더라는 것.

“맥이 빠져서 돌아왔지.”

기태는 한숨이 묻은 목소리로 애기를 끝냈다. 내가 물었다.

“돌아왔더니 정배는 뭐래?”

“그런 시러베자식 말을 곧이들은 우리가 잘못이지.”

“곧이듣지 않게 됐어, 그 정황에.”

“자기하고 만났으므로 아버진 필경 어디로 몸을 숨겼을 거라고 둘러대더군.”

“그 지방엔 궁장이 아예 있지도 않았다면서?”

“말해 뭣해, 생판 꾸며낸 거짓말이지.”

“왜 그런 거짓말을……”

“세상엔 이해상관 없이도 남을 골탕먹이는 재미로 사는 인간들이 있지.”

“아주 질이 나쁜 작자군.”

“죽여 버릴까 하다가……”

“잘 참았어.”

우리는 동네 뒷등에 이르러 새로 낸 도로의 자갈밭에 서서 분지에 옹기종기 자리를 잡고 앉은 집들을 내려다봤다. 그때 느닷없이 기태가 노래를 흥얼거리기 시작했다. 이 풍진 세상을 만났으니 나의 희망이 무엇이냐……

나는 기태의 어깨를 밀며 서둘러 말했다.

“내려가지. 날이 어두워지려 하는군.”

“살던 집에 가봤어?”

“아니.”

“마루 밑 지하실은 아직도 있을까?”

“있겠지. 일제 때 만든 거라지, 아마.”

“누가?”

“우리 앞에 살던 사람이. 겉으로 봐선 전연 표가 안 나는 참 묘한 지하실이야.”

“무엇 때문에 그런 걸 만들었을까?”

“알 수 없는 일이야, 이런 촌구석에 그런 지하실을 지은 건.”

“동네 사람들도 몰랐지?”

“나도 몰랐는데.”

“이상한 일이야.”

“확실히.”

“혹시…….”

“그럴 거야.”

“아지트였을까?”

“마지막 은신처였겠지.”

이 풍진 세상을…… 하고 기태는 다시 흥얼거리기 시작했다. 어느새 기욱 씨 집 문간이 저만치 보이는 지점에 우리는 와 있었다. 대문을 들어서며 기태가 말했다.

“이상하지. 두려워지거든.”

“뭐가?”

“이 동네가. 갑자기 싫게 느껴져. 큰형님 무덤이 있는데 이 동네가 싫어지면 어떻게 하느냐 말야.”

그러나 기표는 기태의 그런 생각을, 기설 씨와의 정을 떼는 과정이라 했다. 기태가 먼저 말한 게 아니라 우리가 마당으로 들어서자 기표가 다가와 우연히도 우리가 방금 나눈 말을 물어 왔던 것이다.

“기태 형, 고향이 어때요?”

“무슨 말이야?”

“좋아요?”

“싫어.”

“갑자기 그렇죠?”

“응, 갑자기.”

“뭔지 알아요? 돌아간 분과 정을 떼느라고 그래요, 다음번에 내려와 보세요, 그땐 그렇지 않을 테니.”

“임마!” 하고 기태가 화가 난 목소리로 버럭 소리쳤다. “내가 큰형하고 왜 정을 뗀단 말이냐. 미친 소리 마.”

“왜 화를 내고 그래요. 난 원래 그런 법이란 말을 했을 뿐인데.

기묘하게도 그런 일이 꼭 일어난다는 거 아녜요."

기표가 혀를 차면서 뒤란으로 돌아가 버린 뒤에도 기태는 오래 화를 삭이지 못해 씩씩거렸다. 그는 망인과 정신적 교감을 갖는 것마저 단절당하게 된다면 두려운 것이다. 아니 실은 허를 찔린 것 같아 그는 참을 수 없이 약이 오르는 것이다.

나는 기태를 마당에 세워 둔 채 뜰 앞으로 걸어갔다.

"이모, 뭐 좀 드셔야지요."

"먹지. 넌 뭘로 요긴 했니?"

그녀는 지난밤 내내 앉았던 기둥 밑뿌리에 또 앉아 있었다. 안 된 표현이지만 늙은 개처럼 앉아 있었다. 그럼에도 그녀는 늘 거기 그렇게 기둥에 등을 대고 앉아 있다고 말하지 않았던가.

그 기둥에 기설 씨가 밧줄로 결박되어 있었다. 기설 씨를 체포한 자들은 집 안을 수색하는 동안 그를 거기 기둥에 붙여 세워 밧줄로 묶어 두고 있었던 것이다. 그의 어머니가 그 기둥 밑뿌리 자리를 사랑하는 것이 그런 인연 때문이라곤 나는 결코 생각하고 싶지 않았지만, 그렇다면 그녀는 거기 앉으면 무슨 생각에 잠기게 되는 것일까.

"뭐 좀 드셔야 해요."

하고 나는 재차 말했다.

"걱정하지 마라. 나는 굶거나 그러지 않는다."

"그러셔야지요."

"좀 쉬도록 해라. 얼마나 피곤하겠니."

나는 다음날 아침에 떠날 계획이란 말을 하려다가 그만두고 마당의 멍석으로 가 앉았다. 기태가 다리 사이에 머리통을 박고 쭈그려 앉아 있었다. 그러나 기설 씨의 부인과 세 아이들은 어디로 갔는지 보이지 않았다. 기정 씨와 기욱 씨도 보이지 않고 기욱 씨 부인만이 변함없이 부엌에 남아 있었다.

혀를 차며 뒤란으로 돌아간 기표도 그만 담을 탄 것인지 좀처럼 다시 모습을 나타내지 않았다. 아무리 장례를 끝냈다 하더라도 상가가 그렇게 쓸쓸하게 빈집 같은 느낌을 주는 것이 내겐 몹시 마음에 걸렸다. 허탈감이 더욱 부추겨져서 나는 거의 기진할 지경의 공복감에 허덕이고 있었다.

어둠이 속속 그 두께를 더해 갔다. 처마 끝에 매달린 백열등 주위에 하루살이들이 극성을 부렸다. 나는 입을 두드리며 하품을 하고 나서 모깃불이라도 피워야겠다고 엉덩이를 떼고 일어섰다. 집 안을 교교한 적막에 싸여 있게 내버려 둬선 안 되었다. 그건 시끄러운 잡담보다 훨씬 견뎌 내기 어려웠다.

그런데 그때 어둠을 헤치며 웬 조무래기 하나가 마당으로 살금살금 기어들었다. 아이는 내가 서 있는 곳까지 오지도 않고 겁먹은 소리로 말했다.

"여기 서울에서 오신 재융이 큰아버지 있어요? 다녀가시래요. 지금 곧요."

조금도 이상할 것이 없는데도 나는 조그만 아이가 능숙하게 경상도 말을 구사하는 게 왠지 기묘하게 들렸다. 그래서 내용보다는 그 억양을 하나하나 음미하고 있는 동안에 아이는 벌써 한꺼번에 할말을 다 하고는 달아나 버리고 없었다.

뜰에 앉은 종이모가 물었다.

"너의 숙모님 아직 찾아보지 않았니?"

"어젯밤에 잠깐 다녀왔습니다."

"그건 잘한 일이다. 또 찾으시는 모양이니 곧 가보도록 해라."

나는 숙모가 낯모르는 아이를 심부름 보내면서까지 얼굴을 내밀지 않는 것에 여간 화가 나지 않았다. 남남간이라도 들여다보고 조의를 표하는 것이 도리이거니와 아무리 멀다 해도 남은 아니지 않은가. 나는 마당에 모깃불 놓으려던 생각마저 잊고 자리에 도로 앉아 버렸다. 그러나 오래지 않아 뜰에서 독촉을 대는 소리가 다시 들렸다.

"경식이 일어서지 않는 거냐?"

나는 결국 일어서고 말았다. 기표가 잽싸리 몇 포기를 뽑아 들고 뒤란으로부터 돌아나왔다. 모깃불을 챙기려는 모양이었다. 나는 누구한테도 뭐라고 말을 않은 채 대문 쪽으로 걸어나갔다.

"어서 오너라."

숙모는 혼자서 바짝 다가앉아 시끄럽게 노래하는 텔레비전을 보고 있었다. 그럼에도 간밤과 마찬가지로 내가 미처 마당으로 다 들어서기 전에 나를 알아봤다. 발소리만 듣고도 나를 알아볼 수 있다는 과시는 친선도모를 위한 것일까, 기죽이려는 것일까.

숙모는 그날 밤 조카와의 친선을 위해 세심한 배려를 보여주었다. 숙모는 나를 위해 닭 한 마리를 고았던 것이다. 숙모가 입이 넓은 사기그릇에 그것을 담아 작은 자개상에 받쳐 들고 왔을 때까지도 나는 물론 그게 닭 곤 것인 줄은 몰랐다. 김이 피어오르는 그것을 마루에 내려놓으며 숙모가 말했다.

"너 주려고 약병아리 한 마릴 고았다. 인삼 두 뿌리에다 찹쌀하고 마늘도 까 넣으니 먹어둘 만할 거다."

"아니, 숙모님 왜 이러세요."
하고 나는 당황하여 소리쳤다.

"왜 이러긴 뭘 왜 이래, 널 위해 고았다는데. 모처럼 내려왔다가 닭 한 마리도 못 먹고 가서야 마음에 걸려 되겠니."

나는 또다시 화가 치밀어 오르기 시작했으므로 더 이상 아무 말도 하고 싶지 않았다. 마음에 걸리는 게 그렇게 두려워 나를 이토록 난처한 궁지에 빠뜨릴 수 있다면 우선 문상부터 와주었어야 하지 않는가. 그렇지 않는 한 마음에 걸린다는 것은 반감의 반사작용 외에 다른 아무것도 아니잖은가.

나는 수저를 들 생각도 않고 앉아 있었다. 그러자 숙모가 수저를 집어 주며 재촉했다.

"식기 전에 들어라. 저녁 전이겠지?"

"먹었어요."

나는 거침없이 거짓말을 했다.

"그래도 장정이 이거 한 그릇 못 비우겠니. 진작 부른다는 게 심부름 보낼 아이가 있어야지."

나는 결국 수저를 받아들지 않을 수 없었다. 내동댕이치고 싶은 생각뿐인데, 이 뜨거운 한 그릇의 삼계탕을 어떻게 비워낼 지 아득했다. 나는 음식에 손을 대기 전에 위장된 친선이지만 화평을 위해 목소리를 바꾸어 한마디 했다.

"봉식인 떠났군요."

"첫차로 간다고 하잖았니."

"어떻게 인삼이 다 있었어요?"

"봉식이가 지난봄에 나 달여 먹으라면서 몇 뿌리 사왔더라."

"그걸 제가 먹어치우는군요. 같이 좀 드시죠, 어차피 전 다 못 먹을 테니까."

"어서 들어라. 늙은 게 인삼은 먹어서 뭐하니."

"숙모님이 늙으셨어요?"

숙모와 나는 늙었다 아니다로 몇 마디 입씨름을 벌인 다음 논쟁 끝의 공복감을 채우려는 행위처럼 중닭 한 마리 곤 것을 다정하게 나누어 먹었다. 나는 빠른 속도로 세기말적인 기분에 빠져들어서, 숙모가 모과주 담아 놓은 거 한잔 하겠느냐고 물었을 땐 바라던 바라고 주저없이 대답할 정도로 대담해져 있었다.

"여기 와서 좀 파내 주겠니."

"뭘요?"

"모과주."

"땅에 묻혀 있단 말입니까? 그럼 관두겠습니다."

"두어 삽만 뜨면 들어낼 텐데 뭘 그만두니."

나는 삽으로 담 밑 응달을 떠내면서 자꾸만 웃음이 튀어나와 어둠 속으로 얼굴을 돌렸다. 웃음을 참느라 끼륵끼륵 이상한 소리가 연거푸 나왔다.

"그렇게 힘이 드니."

"우스워서 그래요."

나는 사실대로 자백했다. 그러나 무엇이 우스우냐고 숙모가 되물었을 땐 역시 거짓말로 둘러댈 수밖에 없었다.

"모과 생긴 모양이 생각나서요."

숙모도 마침내 모과의 못생긴 생김새 앞에선 히히 하고 웃지 않을 수 없는 모양이었다. 내가 살던 집 뒤란엔 아직도 큰 모과나무가 서 있겠지. 나는 땅 속에서 파내 온, 결국은 독한 소주일 뿐인 모과주를 거푸 석 잔이나 마셨다. 그러곤 술기운을 빌려 한마디 했다.

"봉식인 상여 나가는 거 보고 떠났어도 됐죠?"

"일찍 가야 할 일이 있었겠지."

"그렇지 않을 거예요."

"어째서?"

"숙모님은 아실 것 같은데요. 전 모르겠어요."

"이번에 뭣하러 너까지 따라 내려왔니."

"그게 이윤가요?"

"얼마 만에 고향에 온 거니?"

"이십 년 만이더군요, 딱."

"숙부 제사에는 오지 않더니 종이종사촌이 그렇게 중해서 내려왔
느냐고 동네 사람들 욕하지 않을까 봉식인 걱정이더라."

나는 그제야 숙모와 사촌 아우가 내게 품은 반감의 정체가 무엇인지를 또렷이 알아차릴 수 있었다. 그러나 숙모는 내가 대답을 않고 있는 틈을 이용하여 한 가지 더 덧붙여 말했다.

"이번엔 죽은 사람 아버지 때문에 너의 숙부가 잡혀가 당한 일을 생각해 봐라. 너의 아버지나 숙부가 고초를 겪은 것은 결국 모두 너의 어머니 때문이 아니냐."

"어머니 때문이라뇨?"

"준명인가 하는 분이 너의 어머니 사촌형부가 아니었다면 너의 집 마루 밑에 와서 숨어 있었겠니."

이렇게 되면 숙모나 봉식이 내게 반감을 가진 것은 내가 어머니의 아들이라는 점 때문이 아닌가. 그 점이 조카나 사촌이라는 것보다 그들 모자한텐 더 중요한 것이 아닌가. 기설 씨의 죽음에 대해 자업자득이라는 말을 쓸 수 있었던 것도 그래서가 아닌가.

숙모는 내친 걸음이라고 생각했는지 다시 되풀이했다.

"너흰 그때 어려서 잘 몰랐겠지만 십일 사건이 나자 이준명이라는 한 사람 때문에 같이 돌아다니고 숨겨 준 너의 아버진 어쩔 수 없었다 치더라도 너의 숙분 애매하게 잡혀가서 골병 들도록 매맞은 거 아니냐. 그리고 그 후환으로 골골하다가 일찍 가버려 나를 이렇게 고생시키잖니."

"숙부님 돌아가신 건 지금 와서 따져보면 암이었잖아요. 봉식이도 언젠가 그렇게 말하던데요."

"그걸 누가 알겠니. 암은 멀쩡한 사람한테 괜히 붙니."

이젠 다 말한 폭으로 봐도 좋다고 생각되었으므로 나는 끝막는 한마디를 던지지 않을 수 없었다.

"다 털어놓으셨으니 후련하시겠군요, 숙모님."

숙모는 아무 대꾸가 없이 눈을 아래로 깔고 앉아 있었다. 나는 이제 일어설 때라는 생각이 들었다. 인삼과 마늘을 찹쌀 속에 박은 닭고기도 다 먹었고, 모과주도 마셨고, 속에 끼고 있던 이야기도 다 들었으므로 숙모와 조카가 마주앉아서 할 만한 일은 다한 셈이었던 것이다. 그러나 숙모가 침묵을 깨고 말했다.

"너의 아버진 마지막에 몸을 숨기기만 했어도 괜찮았을 텐데. 보도연맹 사람들은 하나같이 숨지 않고 있다가 모두 당했지 뭐니."

"저 이제 가봐야겠어요."

"가다니, 무슨 소리냐?"

"이 마을 제 친구들이 떠나기 전에 한번 만나자고 했어요. 지금 못둑에서 기다리고 있거든요."

"그럼 갔다가 잠은 우리집에 와서 자겠지?"

"그러죠."

"이부자리 깔아 놓겠다. 피곤할 테니 되도록 일찍 돌아오너라."

"닭 곤 거 잘 먹었어요. 모과주도 맛이 기막혔고요."

숙모가 나를 배웅하러 대문까지 따라나온 건 알고 보니 우려를 표시하기 위해서였다.

"우리가 한 얘긴 잊어버려라. 다 옛날 얘기 아니냐."

"그럼요."

"난 네가 아버지 없이 대학까지 나온 걸 늘 생각한단다."

"주무세요."

"늦더라도 잠은 꼭 여기 와서 자야 한다. 방이 다 비어 있다."

"기다리시진 마세요."

"무슨 뜻이냐?"

"저 혼자 살짝 들어와 잘 수 있으니까요. 좀 늦어질지도 몰라서 그래요."

"그럼 대문 잠그지 않으마."

나는 대꾸를 않은 채 대문 밖 어둠 속으로 들어섰다. 들어서면서 영원한 작별을 생각했다. 나는 마을 앞 못둑으로 가지 않았다. 바로 기욱 씨 집으로 갔다. 대문 밖에 기태가 서 있었다.

"필근이하고 몇이서 만나기로 했다면서 찾아왔었는데."

"그래?"

“그 집으로 찾아가지 않았어 ?”

“아니.”

“그 집에 갔다고 일러줬는데.”

마당에 준수 모습이 어른거렸으므로 나는 곧 기태 곁을 떠나 그쪽으로 갔다. 기설 씨 부인과 희수, 묘수 두 딸도 멍석 위에 앉아 있었다. 기정 씨만이 안 보였다. 나는 준수 앞으로 다가서며 물었다.

“너 어디 갔다왔니 ?”

“여기저기요. 엄마가 설명해 주었어요, 마을에 대해서. 어른들 찾아가 인사두 드리구요.”

여기 내려온 이후론 처음으로 듣는 서울말씨도 내겐 아까 심부름 온 조무래기가 하던 능란한 경상도 말만큼이나 기묘한 느낌을 주었다. 어머니한테 처음으로 아버지의 고향 마을 얘기를 들으며 준수 세 남매는 마음에 들었을까. 그보다도 기설 씨 부인이 아이들한테 서둘러 그런 일을 해준 이유는 무엇일까. 그녀는 정말로 아이들을 데리고 고향으로 내려올 계획을 하고 있는 건 아닐까.

나는 굶지 않는다고 말한 좋이모한테 저녁 식사를 마쳤는지 어떤지에 대해 묻지 않았다. 대신 기설 씨 부인을 돌아보며 권했다.

“아이들 데리고 좀 누우시죠.”

“괜찮아요. 아이들도 졸립지 않다고 하고요. 숙모님댁에 가셨다면서요 ?”

“네, 저녁을 먹으러 오라고 해서.”

“그렇게 애쓰셔서 어떻게 하지요.”

“제가 무슨 애를 씁니까, 형수님.”

모두가 내 존재에 대해 거리를 느끼는 것에 내가 너무 민감하게 반응하는 것일까. 나는 그들이 내게 감사한 마음을 갖는다거나 미안한 생각을 하는 장면과 마주칠 때마다 여전히 심한 곤혹이 느껴졌다. 기설 씨는 내게도 형이라는 사실을 마치 그들 모두가 달려들어

조금씩 허물려 하고 있는 것같이 나는 위험을 느끼고 있었다.

기욱 씨가 방에서 나왔다. 그러곤 자기 어머니한테 가서 방으로 들어가 좀 누우라고 말하고 있었다. 형수 곁으로 가선, 모기약을 뿌려놓았으므로 아이들을 데려다 재우는 게 좋겠다는 의견을 냈다.

아마도 며느리와 아이들을 움직이게 하기 위한 배려겠지만 종이모가 마침내 몸을 일으켰다. 그녀는 방으로 들어가기 전에 마당에다 대고 말했다.

"애야, 그만 아이들 데리고 들어오너라."

잠시 후 마당에는 기욱 씨 형제와 나 셋만 달랑 남게 되었다. 기욱 씨의 말없는 부인은 여전히 딸 지수와 함께 부엌에 있었다.

나는 담배에 불을 붙이고 있는 기욱 씨를 돌아보며 물었다.

"기표는 갔군요."

"가서 좀 쉬라고 했더니…… 저기 또 나타나는데."

돌아보자 정말 기표가 대문을 들어서고 있었다. 그의 손엔 소주병이 들려 있었다. 그는 소주 세 병을 멍석에다 내려놓으며 부엌 쪽에다 대고 소리쳤다.

"지수야, 여기 술잔 몇 개만 갖다 줄래."

기표는 멍석으로 올라앉으며 기태를 향해 말했다.

"형 아깐 내가 잘못했어요. 정 뗀다는 말이 있어서 그냥 지껄인 게 실수가 되어 버렸군요."

"괜찮어. 여러 가지로 고생 많은 너한테 내가 그만 화를 내서 오히려 미안하다. 다만 난 큰형님을 잊지 못한다."

"그럼요. 어떻게 잊겠어요."

"고맙다. 어쨌든 기표 이번에 너무 고생이 많다."

"내가 뭘요."

술상이 차려져 나오고, 무릎을 맞대고 다가앉자 모과주 탓인지 나는 갑자기 취기를 잊고 있었다는 느낌이 들게 눈앞이 어찔거렸다.

하지만 술잔을 거절할 자리가 아님에야 어쩌랴. 점점 더 서둘러 잔을 비우는 기미를 보이더니 기태는 기어이 헉하고 흐느끼기 시작하여 기욱 씨한테 핀잔을 먹고 있었다.

"형수 씨하고 아이들 막 자러 들어갔는데 그러면 어떻게 하니."

기태는 당장 울음을 꿀꺽 깨물어 삼키곤 두 주먹을 만들어 눈두덩을 번갈아 닦았다. 하지만 그는 여전히 소리 죽여 울고 있는 중이었다. 기표가 앉아 술이 모자란다는 말을 하고 있었지만 나는 못들은 척했다. 기태에게 있어 더 이상의 술은 불길에 들어붓는 기름만큼 위험한 액체였기 때문이다. 그에게 만약 술을 더 주어서, 물론 그럴 리 없겠지만 혹시라도 그가 정배의 집을 찾아간다면 거기서 일어날 일을 누가 책임지겠는가. 아니면 모두 잠든 시각에 혼자서 기설 씨의 무덤으로 달려가지 않는다고 어떻게 장담할 수 있는가.

그럼에도 불구하고 기표는 기욱 씨나 내가 반응이 없는 데 불만을 품고 부엌의 지수까지 불러냈는데, 그가 그렇게 한 건 알고 보니 나와 생각이 달라서였다. 그는 기태를 술로 함락시켜야 한다고 생각하고 있었던 것이다. 기태는 치열하게 정서적인 격앙상태에 있으므로 술만 몇 잔 더 마셔 주면 쉽게 쓰러뜨릴 수 있으며, 그러지 않고는 결코 잠들지 못한다고 기표는 나를 한쪽으로 끌고 가서 속삭였다.

나는 그렇게 해서라도 기태를 잠재우는 것이 좋다면 기표의 의견을 존중하기로 하고 2홉들이 소주 세 병을 더 사오는 비용을 내가 부담하겠다고 제의했다. 별수없이 지수가 심부름꾼으로 동원되었다.

그런데 잠재우는 것이 좋다는 기표의 의견대로 한다면 참으로 운 좋은 일이 일어났다. 어떻게 된 건고 하니, 기태는 지수가 심부름에서 돌아오기도 전에 잠이 들어 버렸으니 말이다. 그는 놀랍게도 어느 순간 나무등걸처럼 소리나게 머리통을 멍석에 내던지며 쓰러졌다. 그러곤 다시 일어나지 못했다. 머리를 몹시 박았는데도 그는 통증조차 느끼지 못함이 분명했다. 그도 그럴 것이 그는 늘 과로에 시달리는 서울 시내버스 운전기사가 아닌가.

　일이 우습게 되어 우리는 지수가 구판장까지 가서 사온 소주 세 병을, 기태가 손쉽게 잠든 사실에 축배를 들듯이 남은 셋이서 다 마셔야 할 처지였다. 그러니까 한 사람에 한 병꼴의 양이었는데 나는 나중에는, 될 대로 되어라 하는 기분이었다.

　기표는 이제 그만 가봐, 하는 기욱 씨의 말꼬리가 분명히 낚싯바늘처럼 꼬부라져 있었다. 그가 한 번도 슬픈 얼굴이 되는 것을 볼 수 없는 것은, 그마저 슬픔에 떨고 있었다면 얼마나 난처했을까 하는 안도감의 양감(量感)만큼이나 나를 줄기차게 신경쓰게 만들었다. 그는 기설 씨의 임종 순간에도 시종 무덤덤한 얼굴로 견뎌 내고 있었는데, 그 후로 그는 한 번도 그런 표정을 바꾼 일이 없었다.

　그렇다고 기욱 씨에게 어찌 형을 잃은 슬픔이 없으랴. 그는 그런 모든 감정을 안으로 삭이는 오십대일 뿐이겠지. 나는 피로의 표정마저도 감추고 보여주지 않는 기욱 씨를 쳐다보며 말했다.

　"저도 가보겠습니다."

　나의 이 말은 참으로 생각지도 않게 튀어나온 실언이었다. 기욱 씨가 눈을 크게 뜨고 혀꼬부라진 소리로 반문했다.

　"경식인 어디로 간다는 거야? 아항, 숙모댁에?"

　"네."

　"거기 가면 편히 잘 수 있지."

　그는 마침내 딸꾹질 소리까지 내기 시작했으므로 나는 밤인사도 없이 재빨리 돌아서서 기표를 뒤쫓아갔다. 우리가 헤어져야 할 지점에 이르렀을 때 기표가 내게 물었다.

　"언제 올라갈 계획이세요?"

　"내일."

　"그렇게 빨리요?"

　"응."

"오늘밤은 푹 쉬세요."

"잘 가."

"참, 나도 서울로 갈 거예요."

"그래?"

"진절머리나요."

기표는 더 말하지 않고 어둠 속으로 사라져 갔다. 나는 그가 가고 난 뒤에도 이상하게 진절머리난다는 말을 곱씹어 보고 서 있었다. 마을은 암회색의 어둠 속에 묻혀 희미한 윤곽만을 겨우 짐작하게 했다. 그러나 마을을 둘러보고 있는 순간 내게는 드디어 확연해지는 것이 있었다. 그것은 기태의 말처럼 시안리라는 동네가 싫어지는 그런 것이 아니었다. 기표처럼 넌덜머리나는 것은 더구나 아니었다. 다만 내가 전날 여기 닿자부터 지배당하기 시작하고 있었던 것은 그것이 조금도 내가 자란 마을같이 느껴지지 않는, 한마디로 남의 마을 같은 거리감이었다.

남의 마을. 내가 나서 스무 살이 되도록 살았던 동네가 남의 마을로 느껴지는 이유는 어디에 있을까. 아버지와 종이모부까지 수난 속에 잃고, 온 마을이 쑥대밭이 되고, 그것은 결코 한때 있었던 일로만 돌려져서는 절대로 안 되는, 그래서 끈적한 풀처럼 늘 끌어당기고 축축하게 젖은 옷같이 마음 쓰임을 강제하는 그런 고향이 막상 찾아와서 보니 왜 나의 고향이 아닌 남의 마을로 느껴지는 것일까. 더구나 이젠 기설 씨까지 묻힌 땅인데…… 기설 씨는 내 질문에 보탬이 안 되는 먼 인연의 사람이라고 누가 말할 수 있는가.

나는 기설 씨의 부인이 당장 아이들을 데리고 마을의 여기저기를 찾아다니며 설명을 한 것은 그녀도 이 마을에서 강한 거리감을 느껴 그 불안을 걷어 내기 위해 나선 것은 아니었을까 하는 생각이 들었다. 나는 기태가 이 마을이 싫어졌다고 한 말도 표현이 잘못된 게 아닌지 의심이 갔다.

나는 적막의 어둠 속에 여전히 서 있었다. 벌써 술기운이 스러지고 있는지 목이 몹시 말랐는데 나는 터무니없이, 이 마을은 내게 물 한 모금도 주지 않는구나 하는 비이성적인 생각마저 하고 있었다. 이때쯤이면 소를 몰고 둑방으로 나가 꼴을 뜯기는 게 일이었지 하는 생각은 그땐 나지도 않았다. 팔월 초라면 아버지가 끌려간 칠월 초로부터 딱 한 달 뒤가 되는데도 아버지 생각마저 나지 않았으니까.

무엇보다도 고향으로부터 떨려나서는 안 된다는 그런 생각에만 나는 매달려 있었다. 그러나 떨려나지 않는 것은 내겐 적어도 손쉬운 일이 아니었다. 마을이 완강하게 버티고 서서 나를 기어오르지 못하게 밀어내고 있었던 것이다.

이튿날 나는 늦잠을 자버렸다. 그것도 그 마을에 되도록 오래 눌러붙어 있고 싶은 욕망의 반영이었는진 모르지만 어쨌든 잠이 오지 않았다. 최소한 50시간 이상을 눈 한번 제대로 붙이지 않고 뜬눈으로 버텨 왔었는데도 모기약까지 뿌려 놓은 쾌적한 잠자리에 눕자 좀체 잠이 와주지 않았다. 불현듯 아내의 모습이 떠올랐다. 끌어안고 싶은 어이없는 욕구가 솟아올랐다. 팔월의 무더위 속이긴 하지만 새벽 두시는 충분히 되었을 시각인데 땀이 빼록빼록 내뱄다.

마지막 순간을 근근이 넘기고 있는 기설 씨 곁을 떠나 잠시 집에 들른 나는 다시 그의 병상으로 돌아가며 아내한테 말했다. 집에 돌아오지 못하고 곧바로 고향으로 가게 될 사태가 벌어질지 모른다고. 그때 아내는 뭐라고 말했던가.

"준수 아버님은 남이나 마찬가지 아녜요?"

어둠 속에 누워 나는 그런 말을 하는 아내와는 헤어져야 한다는 생각을 했다. 끓어오르던 욕정이 지체없이 스러졌다. 아내의 어금니를 상상하는 것만으로도 기분이 나빴다. 어금니 하나를 비싼 백금으로 씌우고 있는 아내는 웃을 때마다 그 윤기나는 것이 조금 드러나 보여 보통때는 매우 매력적이라고 생각했던 것이……. 그건 분명히 아내가 가진 매력 중 하나였다.

　그런데 그딴 것을 여태 보기 좋다고 생각해 온 자신에 나는 약이 올랐다. 뿐만 아니라 아내의 방뎅이도 보기 싫었다. 태아를 받치고 버틸 만한 힘이 없어 석 달이면 지쳐서 놓아 버리는 그런 방뎅이는 보기 싫었다. 그랬다. 아이를 가진 지 석 달이면 병원 수술대로 가 눕는 아내는 참을 수 없었다. 그것만으로도 헤어져야 할 충분한 이유가 되었다.

　아내는 평범한 여자였다. 매우 순해서 불평이라는 건 할 줄 모르는 그런 여자였다. 어금니를 씌운 백금의 윤기만이 빛나는 그런 여자——하지만 그 백금니는 원래 그 여자의 것이 아닌 이물질이 아닌가.

　그런 여자가 어떻게 기설 씨는 남이나 같지 않느냐는 말을 할 수 있었을까. 나는 아무리 생각에 생각을 거듭해도 이해할 수가 없었다. 여태껏 용의주도하게 위장하고 살아오다가 드디어 본색을 드러내기 시작한 것일까. 아니면 갑자기 돌아 버린 것일까.

　잠자리에서는 흔히 터무니없는 상념에도 자연스레 빠지듯이 나는 어느 순간부턴가 정신병원의 쇠창살 안에 서 있는 돌아 버린 아내를 상상하는 일에 집요하게 매달리고 있었다.

　내가 마지막 본 아내는 하얀 옷을 입고 정원에 서 있었다. 결혼 때의 신부복 같은, 그러나 분명히 그건 아니고 어쩌면 소복인지도 모를 치렁치렁하게 긴 흰옷을 입고 정원도 아닌 시안리 어귀의 어디에 아내는 표정 없이 서 있었다.

　그런 옷을 입은 아내의 모습을 본 것이 펀뜩 떠올라, 실은 나는 늦잠을 잔 것이 아니라 꽤 일찍 눈이 떠졌다. 다시 생각을 정리해 보니 아내는 기분 나쁘게도 구름을 딛고 허공에 서 있었던 듯싶기도 했던 것이다. 그때 어머니가 투명인간처럼 불쑥 나타나 내 곁에 서 있었는데 뭐라고 했는지 내용은 생각나지 않았다. 아니 재가 왜 저기 서 있니 하고 말했는지 기억에 없었다.

나는 기분이 몹시 언짢아 곧 일어나고 싶었지만 숙모를 실망시키지 않아야 하는 일 때문에 일어날 수가 없었다. 숙모는 이미 두 번이나 내가 누워 있는 방문을 빼꼼 열어 보고 돌아갔던 것이다. 그러곤 발뒤꿈치를 들고 마당으로 뛰어나가 옆집에다 대고 경고하고 있었던 것이다.

"거 개새끼 좀 못 짖게 해요. 지금 우리 서울 조카가 내려와 자고 있단 말이오."

숙모는 내가 끝내 돌아와 준 것이 그토록 흡족한 것이다. 방 안에 눈을 뜨고 누워 있는 나는 드디어 골치가 쑤셔 견딜 수가 없을 지경인데 그녀에겐 그렇게 즐거운 아침인 것이다.

나는 마음을 편하게 갖기로 했다. 이제 곧 떠나야 할 몸이니까. 아니지, 아침은 희망이란 뜻으로 쓰이기도 하니까······.

나는 처음으로 울고 있었다.

정토(淨土)

　어느 날 갑자기 순오는 집으로 돌아가고 싶지 않았다. 그러나 아무리 생각해도 갈 곳이 없었으므로 그는 다만 어둠 속에 잠긴 거리를 방황했다.

　'저어기'라고 그는 말하리라 마음먹었다. 누군가 아는 사람을 만나면, 하다못해 회사 계장과 맞닥뜨리는 불행한 사태가 벌어진다 해도, 그는 단지 저어기라는 말로 얼버무리고 지체없이 헤어지리라 마음먹고 있었다.

　"저어기라니?"

　"저어기."

　"저기, 어디?"

　"실은……."

　"실은 뭐야? 여자 만나는구나."

　"아뇨. 천만에요."

　"그럼 뭐야? 밤이 깊었는데 집에 돌아가지 않고?"

　"실은……."

“수상쩍은데, 말 못하는 걸 보니.”

“아녜요. 실은 저어……돌아갈 집이 없어요.”

그렇다. 나는 돌아갈 집이 없는 거다. 순오는 마침내 매우 적절한 말을 찾아낸 안도감에 젖었다. 재수없이 맞닥뜨린 사나이는 고개를 한번 갸우뚱하고 나서 사라져 갔다. 설득을 당한 것일까.

그러나 순오는 다음 순간 비참한 생각에 빠졌다. 이젠 아는 얼굴과 마주칠 확률이 적은 외진 길로 더 이상 걸어 들어갈 맘이 나지 않을 만큼 그는 외톨이의 쓸쓸한 고적감을 느꼈다. 내게 돌아갈 집이 있게 해주소서 하고 빌고 싶기까지 했다. 얼마나 걷고 난 뒤의 어느 지점쯤에서일까. 순오는 또다시 누군가 거침없이 그의 목덜미를 끌어안고 덤비는 자와 맞닥뜨렸다.

“야, 너 잘 만났다!” 하고 그자는 대뜸 소리쳤다. “근데 왜 너 그렇게 놀라니?”

어둠을 헤치고 잠시 술냄새 풍기는 자를 뜯어보자 그는 조금도 경계할 필요가 없는 치성이가 아닌가. 치성은 어둠 속에 마치 거대한 상아뼈같이 눈부시는 빛깔로 버텨 선 흰 건물을 배경으로 하고 서 있었다. 그리고 오른쪽 길 건너편으론 성능이 좋지 않아 불이 꺼졌다 들어왔다 하는 가로등이 서 있었고, 그 가로등 바로 아래론 쇼윈도에 환하게 불이 들어와 있는 제과점이 건너다보였다.

순오는 아무리 둘러봐도 거기가 어디쯤인지 가늠되지 않았다. 껌벅이는 수박등 불빛으로는 제과점 이름을 읽어 낼 수 없었다. 저 집 이름만 알면 어디쯤인지 알 수 있을 텐데 하고 순오는 초조하게 중얼거렸다. 치성은 아직도 그의 목을 죄고 있었다.

“뭐라고?”

“……아냐.”

“소용없어. 뺄려고 그러는 모양이지만 쉽게 안 될걸. 포기하라구.”

“빼긴 내가 왜 빼니.”

“그렇지! 좋았어. 우린 한잔 푸는 거야.”

순오는 치성을 만난 것이 기분 좋아졌다. 술에 꽤 취해 있는 듯한 치성과 만난 것이 더욱 기분 좋았다. 이 녀석이라면 오늘밤 슬슬 꾀어서 어디 코를 처박고 잘 방을 찾아낼 수 있을지 모른다는 생각을 그는 벌써부터 하고 있었던 것이다.

“빨리 가자!”

하고 순오는 치성의 팔을 끌었다. 어딜 가자는 거냐고 치성이 뚱딴지 같은 질문을 해왔으므로 그는 화가 나지 않을 수 없었다.

“빨리 여길 빠져나가잔 말야.”

그러나 말하고 나서 순오는 아찔한 생각이 들었다. 아무리 이쪽이 녀석을 잡고 늘어질 저의를 품었다 하더라도 상대로 하여금 눈치채게 한다면 그건 얼마나 어리석고 위험한 일인가. 아니나다를까, 치성은 대뜸 술기운을 털어내며 눈을 부라렸다.

“그게 무슨 소리냐?”

“술 사달란 말야, 빨랑.”

“너 누구한테 쫓기고 있구나.”

“아냐, 임마!”

“바로 말해. 난 쫓기는 놈은 제깍 잡아다 바치는 취미가 있다는 걸 몰라?”

“더러운 취미도 다 있군.”

“바른 대로 자백해, 임마야.”

“그래 좀 숨겨줘. 나 지금 정신없이 쫓기고 있으니까.”

“정말이야? 무엇 땜에?”

“술이 먹고 싶어서.”

“짜아식! 얼마나? 목젖이 타니?”

“그래. 너 못 만났으면 소방술 불렀을걸.”

“그러니까 요컨대 내가 네 구세주란 말이군. 기분 존데.”

“잔소리 말고 빨리.”

“덕분에 내 주머닌 오늘밤 볼 것도 없이 거덜나는군.”

치성은 다행히 더 이상 지체함이 없이 곧 사방을 두리번거리기 시작했으므로 순오는 소리 없이 한숨을 깨물었다. 소방수를 부를 지경이라고 했기 때문이겠지만 치성은 그 자리에 선 채로 어둠 속에 있을지도 모를 술집 간판을 찾고 있었다. 그러고 섰다가 버럭 소리를 질렀다.

“뭘 하고 있는 거야. 목마른 놈이 우물 찾지 않고.”

“여긴 잘 모르겠는데……저어기 가면 아는 집이 있는데…….”

“저어기 어디?”

“하여튼 여긴 나가자.”

순오는 왠지 거기가 마음에 들지 않았다. 뭔가 함정 같은 느낌이 들어서였다.

그러나 적어도 그곳으로부터 300미터는 걸어갔지만 술집은커녕 여전히 전혀 가늠도 가지 않는 낯선 거리일 뿐이었다.

“어디까지 가는 거냐, 도대체?”

순오가 대꾸를 않자 치성이 혼잣말로 중얼거렸다.

“벌써 목젖이 숯껑이 돼버려 말도 못하는 모양이군.”

순오는 하는 수 없이 거기가 이 도시의 어디쯤인지 가늠되지 않음을 자백할 수밖에 없었다. 내가 정신이 어떻게 된 게 아닌가 하는 생각이 들었다.

치성은 학창 때부터 대범한 아이였던가. 그는 쓸데없이 길거리를 서성거리고 있는 것에 관대했다. 그는 다만 이렇게 말했다.

“이제 보니 넌 나보다 더 취했어. 그래서 이 도시가 도통 오리무중인 거야.”

순오는 자신이 한 방울의 알코올도 삼키지 않았음을 확인시키는 말은 하지 않았다. 치성이 자신만만해하는 것은 조금도 해로울 것이 없었던 것이다. 모든 결정권을 위임받은 치성이 곧 그의 어깨를 끌었다.

"따라와! 너 같은 고주망태한테 끌려다니다간 술집 구경도 못하고 날 새."

"미안하다."

"어디서 그렇게 퍼마신 거니?"

"나 술 안 마셨어."

"거짓부렁 마. 술 취한 놈이 취했다고 말하는 놈 못 봤어."

"좋다 까짓거."

치성은 얼마 걷지 않아 검은 어둠이 웅크리고 숨어 있는 골목으로 꺾어져 들어갔다. 어딘가 확신에 찬 듯 단호해 보이는 그의 발끝에 순오는 존경을 보냈다. 치성의 어깨가 일그적거릴 때마다 좁은 골목 저쪽 끝에 켜진 빤한 백열등 불빛이 보였다 막혔다 했다. 그리고 그 불빛에 순오는 뭔가 서글픔을 느꼈다.

알고 보니 치성은 그 불빛을 겨냥하고 간 것이 아니었다. 그는 얼마 걸어 들어가지 않은 지점에서 느닷없이 뚝 멎어 섰던 것이다.

"왜 사람을 못 본 척해?"

"어머나, 어서 오세요. 오래간만이네요."

대답한 여인은 오른쪽으로 충분히 5층은 될 높은 연립건물 입구의 계단 위에 서 있었다. 그리고 출입구의 절반은 막고 선 것같이 보이는 그 뚱뚱한 여자의 머리 위에는 희미한 형광등이 켜져 있었다. 그러나 거기가 술집이라는 뜻의 간판은 보이지 않았다.

레슬링 선수 같은 여자가 젖가슴을 출렁이며 위압적인 자세로 계단을 내려왔다. 순오가 자신도 모르게 치성의 옆구리를 찌르는 순간, 그러나 여자는 벌써 치성의 코앞까지 다가서 있었다.

"어서 올라오세요."

“덩치에 어울리지 않게 목소리 하난 기차군.”

“목소리만 기찬 줄 아세요?”

“또 다른 기찬 것도 있나?”

“끝내 드리죠.”

둘은 순오의 존재도 잊은 듯 잠시 동안 끝내주는 것에 대한 단조로운 입씨름을 하고 있었다. 끝내주는 게 뭐야. 그거요. 그게 뭐야. 아이, 그거 있잖아요. 있다니. 있어요. 뭐가. 잘 앎시롱. 순오는 그들이 그의 존재를 잊고 있는 동안에 그만 도망쳤으면 좋으련만 어느새 치성이 그의 손목을 잡아 끌고 있지 않은가. 현관으로 올라서자 여자가 지체없이 명령했다.

“이층으루 올라가세요.”

단둘이 되어 계단을 올라가는 동안 순오는 재빨리 물었다.

“끝내준다는 게 혹시……”

“낚싯밥이야. 헛물 켜지 마.”

“그게 아니고……”

“알았다니까.”

“오래 전부터 아는 단골집이야?”

“첨 오는 집이야.”

“그래? 그렇다면 이 집 맘에 안 드는데.”

“한번 두고 보자구, 어느 정도 칙사대접해 주는지.”

순오는 단박에 돌아서고 싶었으나 왠지 그런 말이 나오지 않았다. 뿐만 아니라 그는 뜻밖에도 이렇게 말하고 있었다.

“나한테도 조금은 있어.”

치성이 무슨 뜻이냐고 되물었으므로 순오는 주머니를 뒤져 지폐를 꺼내 보였다. 그러나 치성은 싱긋 웃고 나서 엉뚱한 소릴 했다.

“요즘은 불경기라서 손님이 없어. 이봐, 텅텅 비었잖어.”

그래서 어쩐다는 것일까. 술을 다 마신 다음 떼거리를 쓴다는 뜻일까. 술은 이미 뱃속에 다 들어부은 뒤므로 불룩한 배짱 하나면 불경기가 쌈을 말려 준다는 뜻일까.

"집 꼴을 보니 오늘밤 잘하면 만리장성 쌓을 것 같은 예감이 드는데, 내 예감은 지금까지 한 번도 틀려 본 적이 없거든."

치성은 이렇게까지 말했지만, 그러나 정작 술상이 들어오자 뜻밖에도 뒤따라온 문제의 몸집 큰 여자한테 분명히 말했다.

"오늘은 우리끼리 애기가 좀 있어."

"에이, 왜 이러셔, 박 사장님, 이 불경기에."

"비밀 애기가 좀 있다니까."

"걱정 마세요. 그냥 써비스예요, 오늘밤은. 장사가 안 돼서 요즘들은 술 드시기 좋아요."

"돈 때문이 아니라니까 그래."

"정말예요? 하지만 섭섭해서 어떻게 해요, 이렇게 찾아 주셨는데."

"염려 마, 또 올 테니."

문 앞에 대기하고 섰던 자야와 숙이가 몸집 큰 여자와 함께 돌아간 다음 치성이 보료를 끌어당겨 앉으며 말했다.

"이렇게 안달을 내게 해놨으니 이제 저 뚱본 우리한테 덜밀 잡힌거지." 하고 나서 그는 물었다. "어때, 기집애들 끼고 마시지 않아도 섭섭하지 않지? 사내란 모쪼록 계획을 원대하게 세워야 돼, 눈앞만 보지 말고."

"섭섭하긴."

순오는 대답하기 바쁘게 술병을 집어들었다. 위기를 넘겼다고 생각하자 순오는 더없이 녀석이 싫게 느껴졌다. 그는 속으로 중얼거렸다. 넌 오늘로 마지막이다.

희떠운 국산 위스키를 소주 들이켜듯 해댔으므로 둘은 한 시간도 못 되어 혀가 굳어 버렸다. 눈앞이 어찔거려서겠지만 치성은 쉴새없이 눈곱을 뜨고 있었다. 그러면서도 꼭 한 병만 더 마시자고 추근대는 그를 순오는 강제하듯이 일으켜 세웠다. 취기도 취기였지만 치성이 처음 한 말에 순오는 자꾸 신경이 거슬렸다. 녀석이 불경기라는 은장도의 자루 쪽을 잡고 있다고 생각하는 것은 얼마나 위험한 착각인가 말이다.

순오는 예리한 칼끝에 찔리지 않기 위해 치성을 일으켜 세우기 바쁘게 먼저 방을 빠져나왔다. 그러곤 재빨리 계단을 내려와 시비의 위험을 안고 있는 술값을 치러 버렸다. 종업원의 부축을 받으며 겨우 아래층으로 내려온 치성이 그의 그런 민첩한 분쟁 해결에 불만을 터뜨렸지만 이미 때는 늦은 것. 치성은 골목으로 나서자 마침내 결정적인 선언을 했다.

"우리 둘 중 오늘 집에 들어가는 놈은 배신자다!"

좋다, 오늘밤 집에 들어가는 놈은 배신자다 하고 순오도 손쉽게 치성의 선언을 받아들였다. 이제 나를 여관으로 데려다만 다오.

그러나 알고 보니 치성은 곧장 여관으로 갈 생각이 아니었다. 혀 굳은 소리로 또다시 술집을 찾아갈 결심임을 말하고 있었던 것이다.

"이번엔 아주 기찬 델 찾아내는 거다."

"기찬 데라니?"

"그런 집이 한 군데 있었는데 왜 당장 생각이 나지 않지."

"술집이라면 난 안 가겠어."

"무슨 잡소리야. 네가 일차 냈으니 내가 이차 사얄 것 아냐. 그게 이 나라 신사들이 할 만한 일이라구……가본 집이 있는데……흰 공단에다 공작이 그려져 있는 치말 입었더라구."

"잔소리 말고 여관에나 가자. 또 갔다간 너 낼 아침에 깨면 벙어리가 돼 있을 거야."

"그게 무슨 소리야?"

"혀가 완전히 굳어 버리니 그렇지."

그도 그럴 것이 치성은 혀만 굳어 있는 게 아니라 쉴새없이 딸꾹질까지 하는 심각한 주정뱅이가 되어 있었던 것이다. 단연코 양보할 기미를 보이지 않는 순오의 단호한 태도에 기가 꺾였는지, 아니면 다음날 아침 벙어리로 변해 있을 자신의 모습이 두려워선지 치성은 뜻밖에 더는 술집을 우기지 않았다. 우기지 않고 이렇게 중얼거렸다.

"여관이 이 가까이 있을까?"

"따라와. 이 도시엔 흔해빠진 게 여관과 다방이니까."

"그럼 다방부터 가자, 거기서도 여잔 꼬실 수 있거든."

순오는 들은 체도 않고 비치적거리는 치성을 끌어당겼다. 여관은 당연히도 그들이 서성거리는 바로 눈앞에 빤한 간판을 내걸고 있었다.

여관 마루로 오르기 위해 신발을 벗어던지며 치성이 중얼거렸다.

"여기서 불러도 여자는 치마를 벗으러 오거든."

소년의 안내로 복도를 걸어가면서도 그는 여전히 주절댔다.

"난 혼자선 못 자. 흰 공단치마에 수놓은 금빛 공작새……."

치성은 몸을 후룩후룩 떨고 있었다. 내가 너딴 것하고 또 만나나 봐라, 하고 순오는 걸음을 멈추고 서서 재차 결심을 굳혔다.

더벅머리 소년이 듣고 있었다는 투로 치성을 향해 물었다.

"방 두 개 쓰세요?"

"그야 두 번 말하면 잔소리지."

"그럼 여자도 불러드려요?"

"너 눈치 한번 빨라서 출셋길이 훤하다. 요즘은 모쪼록 눈치로 때려잡는 세상이거든."

"그런데도 여관 뽀이 삼 년에 아직 출세 한번 못해 보고 이끌예요."

"삼 년 가지고 돼. 하지만 낼 아침에 날 찾아와. 길 열어줄 테다.”

“전에도 그러는 사람이 있었어요. 그런데 아침에 가보니 그 사람 시체가 되어 있던데요.”

치성이 뱀눈을 하고 휙 돌아섰다. 순오가 재빨리 소년을 불렀다. 그러곤 나지막이 속삭였다.

“여잔 하나만 불러.”

“알았어요. 선생님 방에만 들여보낼게요.”

“이 자식이! 난 필요 없단 말야.”

소년은 화가 난 얼굴로 돌아갔지만, 그러나 웬일인지 5분이 지나도 소식이 없었다. 치성이 문을 거칠게 열어젖히는 소리가 들렸으므로 순오는 재빨리 자기 방문을 걸어잠가 버렸다. 치성이 문을 땅땅 두들겼다. 그는 순오가 벌써 여자와 같이 있는 줄 오해하고 있었다. 너 혼자 살짝 그럴 거야, 하고 악을 쓰는 그를 순오는 그냥 문 앞에 세워 둘 수가 없었다. 그는 문을 따고 말했다.

“너 같은 놈하고 만난 건 여간 실수가 아니야.”

“어, 너도 독수공방이야? 이 자식 사짜 놓고 토꼈잖어.”

“돌아가서 얌전히 자.”

“숙박계도 쓰지 않고?”

“알게 뭐야.”

“그럴 바엔 우리 왜 딴 방을 쓰니. 한방에 모여 우리끼리라도 껴안고 자지. 말했잖어, 난 혼자선 도저히 못 자.”

“난 사람 살 닿으면 잠이 안 와. 제발 돌아가 줘.”

치성은 고개를 떨구고 돌아섰다. 그리고 현관 입구 쪽을 향해 소리쳤다.

“야, 임마!”

“시끄럽게 구는 사람이 누구야?” 하고 한참 만에 모습을 나타낸 사람은, 그러나 소년이 아닌 웬 중년남자였다. 단박에 기가 꺾인 치

성이 흘끗 순오를 돌아보았다. 구원을 청하는 눈길로. 순오가 말문
이 막힌 치성 대신 말했다.

"숙박계랑 물주전자 안 갖다 주셨어요."

"필요 없어요. 그렇게 떠들려면 당장 나가 버려요."

중년남자가 물주전자를 가져와 숙박계를 받아 간 다음 치성이 다
시 방문 앞에 나타났다.

"이 집 이상하잖어?"

"뭐가?"

"나가라는데 다른 여관 찾아가는 게 어떠니? 함정에 빠진 것 같
아."

"얌전히 자면 괜찮어."

"너 정말 남의 살 닿으면……."

"그렇다니까."

"그런데 어떻게 마누랄 데리고 사니?"

"듣기 싫어."

"알았다. 그래서 너 아직 애가 없는 거구나."

"이 자식이!"

"넌 이상한 놈야. 고2 때 넌……."

순오는 마침내 화가 나서 문을 열어젖혔다.

"뭐라구?"

"너 그때 한 달이나……."

"한 달이나 뭐?"

"그 병이 또……도진 게 아닌가 걱정이 돼서 그래."

"아냐, 이 새끼야. 내가 정신병원에라도 들어가길 바라지만 천만
에, 난 멀쩡해."

순오는 문을 쾅당 닫아 버렸다. 잠시 문 밖에 서성거리고 서 있던
치성이 발소리를 죽여 제 방으로 돌아가고 있었다. 그랬다. 새벽 두

시의 심야에 어머니도 그렇게 발뒤꿈치를 들고 그의 방문 앞을 떠나고 있었다. 마루를 건너가고 있는 분명한 발소리를 들을 수 있었다.

순오는 또 한 번 부르르 치를 떨었다. 치성이 제 방으로 돌아가 문을 닫는 소리가 들렸다. 어느새 저토록 조심스러우리만큼 술이 깨 버렸을까.

어머니, 이제 우리도 방 두 개 있는 집을 세 얻어야 되겠어요, 하고 순오가 말했을 때 나타내던 어머니의 공포와 슬픔에 잠긴 듯하던 표정. 그 얼굴이 얼마나 무서웠으면 순오는 이렇게 말했을까.

"이제 저도 고등학생이 됐잖아요. 밤을 새워 공부해야 어머니 고생 안 시켜 드리죠."

한참 만에, 참으로 긴 침묵이 흐른 뒤의 한참 만에 어머니는 뭐라고 말했던가.

"내가 널 곁에서 자게 하는 건 무서워서란다."

어머니는 말하고 나서, 하지만 너도 이제 네 방을 따로 써야 할 만큼 자랐지, 라는 뜻의 말을 덧붙였다. 어머니는 자신의 무섬증에 대해 전에도 말한 일이 있었다. 아버지가 내의 바람에 칠흑 같은 어둠 속으로 끌려간 어느 날 밤의 끔찍한 사건 이후 어머니에겐 밤이 견딜 수 없는 공포의 시간이 되어 버렸다고 말했다.

물론 순오에게 있어 아버지의 존재란 기억에도 없는 인물이었다. 정치를 둘러싼 협잡과 폭력의 틈바구니에 끼여 그 희생물이 되었다고 하는 아버지가 그에게 남긴 단 하나의 기억이라곤 언제나 밤늦게 돌아와 차갑디차가운 손으로 그의 아랫도리를 더듬던 섬뜩한 느낌 하나뿐이었다. 잠결에도 깜짝 놀라 어렴풋이 정신이 들면 아버지는 그의 고추를 한번 만져보고 나서 그를 당신 사타구니 사이에 끼고 곧 잠이 들었다. 다리에 쥐가 내려도 그는 작은 몸뚱이를 아버지로부터 빼낼 길이 없었다.

그러던 아버지가 내의 바람의 비참한 시체로(라지만 그에겐 아버지의 그런 모습을 보여주지 않았다) 철길에 버려진 다음부터는 어머니가 밤마다 그를 끌어안고 부들부들 몸을 떨었다. 어떤 날 밤엔 그러고도 견디지 못해 어머니는 베개 밑에 넣어둔 식칼을 수도 없이 확인하고 또 했다. 아버지도 잠자리에선 꼭 단도를 베개 밑에 감추었다고 말하면서.

순오는 어머니의 이런 비극적인 무섬증에 대해 지금도 의심하는 것은 아니었다. 아무리 경악과 같은 무서운 경험도 시간의 흐름 앞에선 별수없이 퇴색하게 마련이라는 사실도 모든 사람에게 공통적으로 적용되진 않는다고 그는 생각하는 편이었다. 어머니에게 밤의 공포라는 병은 세월이 갈수록 더욱 깊어갈 뿐인지 모른다고 그는 생각하는 편이던 것이다.

그러나 어느 이른 봄날의 침잠하는 듯한 피곤한 잠에서 펀뜩 잠이 깼을 때 보인 어머니의 행동——순오는 그때의 어머니를 잊을 수가 없었다.

분명히 그의 몸엔 어머니의 손길이 스쳐간 흔적이 남아 있었다. 물론 그건 단순히 따뜻한 온기가 지나간 정도의 섬뜩함뿐이었는지 몰랐다. 그땐 이미 어머니는 이불을 들치며 어둠 속에 일어나 앉고 있었으니까.

돌아앉은 어머니는 잠시 뒤부터 뭔가 고통스러운 신음 소리를 내기 시작했다. 어금니를 악문 신음 소리. 순오는 발기된 아랫도리가 순식간에 스러지는 것을 느꼈다.

어머니는 30분은 충분히 어둠 속에 앉아 있었다. 그런 다음 그를 외면하고 조심스럽게 이불 속으로 몸을 누였다. 그는 다음날 새벽까지 영영 잠들지 못했다. 그리고 어머니가 다시 잠드는 순간을 혼자 난도질하듯 저미고 있다가 마침내 몸을 일으켰을 때 그가 발견한 것. 그건 피묻은 헝겊과, 그리고 식칼이었다. 희뿌연 먼동 속에선 칼날에 핏기가 남아 있는지 분간이 가지 않았지만 그건 의심할 여지도 없지 않았는가. 순오가 중 3일 때 일이었다.

"난 엄마 젖을 만지지 않으면 잠이 안 와요."

순오는 무슨 생각에서 그런 말을 하지 않으면 안 된다고 마음먹었던 것일까. 다음날 밤 그가 어머니의 젖무덤을 찾으며 그런 말을 했을 때 어머니는 잠시 굳은 표정을 짓다가 이윽고 말했다.

"다 큰 녀석이 징그럽게 무슨 소리니."

그 순간의 어머니는 정말로 그를 징그러워하지 않았을까. 아니 그가 아들인 것을 증오하지 않았을까. 그의 거기에 어느새 꺼칠꺼칠한 몇 올의 터럭이 돋아 너저분해지기 시작한 것을.

어쨌든 어머니는 그때부터 밤이면 때때로 섬뜩하게 온기를 끌고 어둠 속에 혼자 일어나 앉는 일이 잦아 갔다. 달빛이 있는 날엔 그녀의 희디흰 넓적다리를 보는 일도 있었다. 그러나 더 이상 어머니는 식칼을 쓰지 않았다. 이젠 식칼이 어머니의 베개 밑에서 함께 잠자는 일이 없어졌기 때문인지 모르지만 하여튼 그녀에겐 그때 이후로 제법 긴 실에 꿰인 바늘을 베갯머리에 놓고 자는 버릇이 생겼다.

그럼에도 순오는 어머니의 젖을 만지작거리며 그녀를 끌어안고 자는 일을 계속하고 있었다. 다만 그가 그러는 것이 잠을 청하는 과정이 아니라 잠을 쫓는 결과를 가져온다는 것을 어머니는 알지 못할 뿐이었다. 그럼에도 그에게 그런 밤의 긴 여로(旅路)는 하나의 밀교(密敎)와 같은 것이었다.

그의 그런 생활은 그로부터 일년 이상 계속되었다.

치성이 아직도 기억하고 있어서 불쑥 끄집어낸 한 달 동안의 가출이란 그로부터 일년 반나마 뒤의 일이었다. 그리고 치성은 한달이라고 했지만 순오가 그때 집에 들어가지 않은 것은 한 달이 아니고 3주 남짓일 뿐이었다.

그러니까 고등학생이 된 지 몇 달 안 되어 어머니가 방 두 개를 얻어 셋방을 옮기게 되어 순오는 마침내 혼자 방을 차지하게 된 해

방감 같은 것을 안 느낄 수 없었다. 뿐만 아니라 그런 생활이 시작된 지 얼마 안 있어서부터 어머니는 오로지 그의 학업에 대해서만 세심한 주의를 기울이는 듯한 말을 매일 해주어서 더욱 기분 좋았다. 어머니는 그가 저녁을 먹는 시간에만 그녀의 방에 머물도록 허락했던 것이다.

"이제 네 방으루 가지 않니."

어머니는 식사가 끝난 밥상을 들고 문지방을 넘어서기 전에 꼭 그렇게 말했다. 어떤 땐 아예 저녁상을 그의 방에 들여놔 주기도 했다.

"엄만 저녁 안 들어요?"

"내 염련 마라."

그럴 때의 그녀의 음성은 이상하게도 어딘가 증오가 어린 듯한 목소리였다. 그랬다. 어머니의 목소리는 전같이 다정한 것이 아니었다.

식사를 마치고 마루로 상을 들어낼라치면 어머니는 도발적으로 말하기도 했으니까.

"사내가 상은 왜 들구 다니니. 내가 네 방에 들어서는 게 그렇게 두 싫으니?"

"엄마 힘드실까봐 그러죠."

"오냐, 네 방에 이제 다신 발 들여놓지 않으마."

"에이, 엄마……."

"내일부텀은 방두 네가 치워라."

확실히 어머니의 그런 말은 놀라운 도발이었다. 책을 펴놓고 있어도 머리에 들어오지 않았다. 아니 들여다보는 것도 아니었다. 베개를 가슴에 괴고 엎드리면 몸이 근질근질해 왔다. 뭔가 모르게 피부병에 걸린 듯한 걱정에 휩싸일 만큼 온몸이 근질거리고 열이 났다. 책을 엎고 전등의 스위치를 비틀라치면 증오에 찬 어머니의 목소리가 들릴 것 같은 공포가 엄습해 왔다.

"공부하겠다구 방 따로 쓴다면서 벌써 자빠져 잘 참이냐!"

그러나 안집 괘종시계는 벌써 새벽 한시임을 알리지 않던가. 불을 끄고 누운 어둠 속에서 더욱 발호하는 근질거림. 내 어떤 행동이 어머니로 하여금 증오심을 품게 만들었을까? 잠이 말끔히 달아나 버린 어둠 속의 깨어 있음, 그 고통의 시간을 전율시키며 느닷없이 들리는 소리가 있었다. 안집에서 울려 오는 두시 타종 소리. 그것과 동시에 마루를 건너가는 발소리.

발뒤꿈치를 들고 마루를 건너가는 발자국. 문 여닫는 소리. 분명히 어머니였다. 그의 방문 앞으로부터 조심스럽게 돌아가고 있는 기척은 어머니임에 틀림없었다.

순오는 벌떡 몸을 일으켰다. 엄마, 하고 다급하게 소리쳤다. 그러나……발성이 되지 않았다. 온몸에 소름이 쫙 스쳐갔다.

어머니는 언제부터 순오의 방문 앞에 지켜 서 있기 시작한 것일까. 그는 그날 밤 처음으로 공포의 그 발소리를 들은 것이지만 어머니는 그 다음날 밤에도, 그리고 그 다음날 밤에도 새벽 두시 괘종시계 소리와 함께 발소리를 죽여 그의 방문 앞을 떠나고 있지 않던가.

나를 찌르려는 것일까 하는 생각에 순오는 갑자기 지배당했다. 식칼을 들고 기회를 노리고 있는 것은 아닐까. 어떤 날 밤엔 어머니는 소리 안 나게 그의 방문을 조금 열어 보기까지 하고 있음을 그는 눈을 뜬 채 지켜볼 수 있었다.

살그머니 방 안으로 발을 들여놓고 있는 어머니. 그는 벌떡 몸을 일으키고 일어나 앉지 않을 수 없었다.

"네가 이불을 차던지구 자지 않나 해서……."

"엄마 왜 여태 안 주무셨어요?"

"이상하단 말이냐?"

"주무세요. 난 괜찮아요."

“걱정 마라. 네가 말 안해두 나갈 테니.”

“엄마 !”

“에미가 그렇게두 싫으니 ?”

어머니는 서둘러 방을 나갔다. 순오는 잠이 오지 않았다. 별안간 바늘이 눈앞에 어른거렸다. 하얀 허벅지 위에 춤추는 날카로운 바늘 끝. 배어나는 새빨간 선혈. 순오는 치를 떨었다.

그는 드디어 버텨 내지 못했다. 학교에 가도 교실에 들어가지 않는 날이 많아졌다. 그는 변소 뒤켠 플라타너스 나무 위에 올라앉아 울타리 밖으로 길게 뻗어 나간 좁은 골목길을 넘겨다보면서 수업이 끝나길 기다리곤 했다.

치성이 그런 그를 찾아냈다. 그리고 곧 순오는 담임 앞으로 불려 갔다.

“너 왜 수업시간에 나무 위에 올라앉아 있었니 ?”

“나무 위에 앉아 뭘 넘겨다봤니 ?”

“그 너머 누가 있었니 ?”

“대답 안할 거니 ? 너 알지. 난 대답 듣지 않곤 그냥 넘어가지 않는 선생님이란 거.”

“좋다 ! 대답할 마음이 생길 때까지 저기 교무실 구석에 꿇어앉아 있어.”

그러나 순오에겐 대답할 말이 없었다. 그가 늙은 활엽수 위에 올라앉아 넘겨다본 것은 아무것도 없기 때문이었다. 그렇다고 실이 길게 꿰인 바늘을 생각하고 있었다고 말할 수는 없지 않은가.

교무실 구석참으로 가고 있는 그를 담임이 불러세웠다.

“너 임마, 빠졌지 ?”

“빠지다뇨 ?”

“사실대로 말하면 용서해 줄 테니 말해.”

“뭘요 ?”

“어떤 여학교 단발머리한테 빠졌다고 말이야.”

“여자요?”

“그렇군. 이제 보니 단발머리도 아닌 모양이군.”

“그럼요?”

“네 입으로 실토했잖어, 여자라고.”

“여자라뇨?”

“여대생이냐?”

“아뇨.”

“식모냐?”

“아뇨.”

“그럼 유부녀냐? 천재는 연상의 여인을 사랑한다더니…….”

“천재라뇨.”

“너같이 성적이 우수한 놈이 왜 그러느냔 말야, 갑자기. 연상의 유부녀한테 빠졌니?”

“전 여자라곤 이 세상에 단 하나도 아는 사람이 없습니다.”

“새빨간 거짓말, 너의 어머니도?”

“어머닌 어머니죠, 여자가 아니라.”

“가봐. 한 번만 더 나무에 올라갔단 봐라, 용서 않는다.”

“전 나무 위에서 아무것도 본 게 없습니다, 선생님.”

“그럼 너 그거 했구나.”

“그거라뇨?”

“이 자식이! 너 정말 그거 몰라? 네놈들 변소에 들어가 하는 그 짓 몰라? 종이에 말라 죽은 불쌍한 아들딸아, 어쩌구 하면서.”

“선생님, 전 정말 아무 짓도 하지 않았습니다. 본 것도 없구요.”

“가봐, 이 자식아!”

순오는 교실로 돌아오자 치성을 불러냈다. 그리고 변소에서 하는 짓이 무엇인지 물었다. 치성이 느닷없이 하하하 하고 높은 소리로 웃어젖히는 건 더욱 알 수 없었다. 알았다. 이제 보니, 너 그 고목 위에 올라앉아 그짓 한 거구나, 담 너머 여학생집 쳐다보며.

"그짓이란 뭐냐, 도대체? 담임도 그러던데……."

"이거 도통 쑥이군. 변소에 익사하는 대한민국 아들딸도 모르고."

"아, 알았다."

"너 그거 더럽게 생각할 거 없다, 절대로."

순오는 그날 밤 이불 속에서 종이부터 준비하고 지체없이 그짓을 실천에 옮겼다. 그러나 안 되었다. 어머니가 어둠을 무릅쓰고 문 밖에 지켜 서 있으므로 아무래도 그짓이 되지 않았다. 그는 나직이, 참으로 나직이 속삭였다. 어머니, 어머니도 방법이 있을 거예요.

순오가 드디어 집을 뛰쳐나온 건 그로부터 반년이 채 되지 않아서였다. 마른잎이 어지럽게 구르고 있었으므로 분명히 가을이었다.

그는 낙엽을 밟아 부수며 어둠이 깔린 거리를 걸었다. 그리고 끝내는 밤차를 탔다. 열차에 오르기 전에 그는 책가방을 쓰레기통에 던져 넣는 일을 해냈다. 그가 간 곳이 어디였는지 기억이 나지 않았다. 다만 아침에 닿아서 보니 바다가 보였다. 준무는 뒤에 거기가 목포였지 않았느냐고 물었지만 그는 전에 목포를 본 일이 없으므로 그런지 아닌지 알 수 없었다. 영길은 다른 의견이기도 했으니까, 아냐, 내 생각엔 순오가 갔던 곳이 아마도 부산이었던 것 같어.

그들은 순오를 제쳐놓고 저희끼리 말다툼을 벌였다. 그 근방 가까운 곳에 절이 있었다면 부산이었음에 틀림없다는 영길의 주장에 준무는 목포 가까이에도 절간이 있다고 맞섰다.

"그 절 이름이 뭐냐?"

"몰라. 하여튼 절 없는 곳이 어디 있니, 우리 나라 도시 근방에."

"그딴 소리 마. 난 안단 말야, 부산에 있는 절 이름. 순오야, 혹시 네가 가 있은 절 이름이 범어사 아니었니?"

"모르겠어."

“이런 돈 자식.”

그가 돌았다는 말이 학교 주변에 떠돌아다녔다. 그럼에도 순오는 어느 절간에서 날솔가지를 지게로 지고 들어가도 천장에 닿지 않을 만큼 어마어마하게 큰 아궁이에 군불 지피는 일을 하며 스무 날 넘어 지낸 것밖엔 생각나는 것이 없었다. 그러는 동안에 앞머리와 눈썹을 다 그슬러먹은 기억만을 그는 가지고 있었다. 그 얘길 하면 준무나 영길은 아마도 그가 간 곳을 알아낼 수 있을 법도 했지만 그 말만은 하지 않았다. 다만 이 도시로 돌아와 이틀을 더 역 대합실에 자면서도 집에 들어가지 않았다는 사실을 순오는 그들에게 말해 주었다.

“그건 우리도 알어. 달달 떨고 있는 걸 우리 둘이 발견했으니까.”

“그랬었니?”

“애 봐. 너 그날 밤 우리집에 가서 잔 거 기억 안 나?”

하고 준무가 말하자 영길이 또 물었다.

“너 우리 만나자마자 담임한텐 네가 그렇게 발견된 거 절대로 말하지 말라고 몇 번이나 말한 것도 기억 안 나니?”

“기억나.”

“난 이제 멀쩡해, 아무렇지도 않어 하고 말한 것도?”

“그럼 내가 멀쩡하지 않았던 말야?”

“그런데 왜 네가 가 있었던 덴 기억 못하니.”

“왜 기억 못해, 너네들이 틀렸지. 내가 갔던 덴 인천이었단 말야. 바다가 보이더라고 했잖어.”

“임마, 인천 가는 데 밤새도록 열차를 탔어?”

“내가 언제 밤새도록 타고 갔다고 했니.”

“어, 이 자식 봐라!”

그러나 그걸로 끝이었다. 어머니도 담임도 그를 다시 받아주었다. 아니, 멀쩡한 그를 그들은 받아주지 않을 이유가 없었다. 새벽 두시에 마루를 건너가는 어머니에 대한 것만 그가 비밀로 해두는 한.

"너 또 가출병이 도진 거 아니냐?"

순오는 치성이 하던 말을 떠올려 보고 있었다. 그러지 않고야 술을 마시러 가자는 것도 아니고 외간 여자와 자자는 것도 아니면서 왜 충분히 집에 가고도 남을 시각에 거침없이 여관에 가자고 충동질이었느냐던 말을.

뭔가 안도의 한숨 같은 걸 깨물며 순오는 장방형의 천장을 멀뚱멀뚱 올려다보고 누워 있었다. 자잘한 달걀 모양의 무늬가 끝없이 이어져 나가고 있는 회색 도배지. 어느새 날이 완전히 밝아 그 반복된 무늬를 선명히 뜯어볼 수 있을 정도였다.

아, 저건……하고 순오는 벌떡 몸을 일으켰다. 도배지 무늬는 분명히 외설이었다. 도안을 한 자는 여자의 그것을 연상하며 그린 게 틀림없었다. 이불에 발을 넣고 앉아 재차 쳐다보아도 달걀 무늬의 타원형 무늬 둘레엔 음탕하게 추상으로 처리된 디테일마저 역력히 숨겨져 있었다.

아니, 그게 아니었다. 순오에겐 천장 전체가 느닷없이 관 뚜껑 같은 느낌을 주었다. 그는 여태 관 속에 누워 있었던 것이다. 두드려도 누가 열어 줄 리 없고, 두드리기에는 당초부터 너무 높아 닿지도 않게 짜진 거대한 관…….

순오는 서둘러 옷을 챙겨 입었다. 그러곤 지체없이 거길 빠져나왔다. 발뒤꿈치를 들고 살금살금 복도를 걸어 치성의 방문 앞까지 다가가 녀석이 잠을 깼는지 어떤지 기척을 살피고자 했다.

갑자기 소름이 온몸을 쫙 훑어갔다. 어머니 생각이 나서였다. 새벽 두시까지 그의 문 앞을 지켜 선 어머니 생각이. 문을 두드리려는 순간 순오는 자칫했으면 비명을 지를 뻔했다. 베니어판 문이 갑자기 벌컥 열리며 그의 이마를 찍었다. 이 자식이……그러나 문을 열고 바람같이 복도 끝으로 사라져 가는 것은 치성이 아니었다. 여자였다.

"뭐 저런 새끼가 다 있어! 밤새 한잠 못 자게 하구."

열린 문으로 홀랑 벗은 채 모로 누워 있는 치성이 들여다보였다. 녀석은 그를 쳐다보지도 않고 중얼거렸다.

"난 혼자 못 잔다고 했잖아."

순오는 아무 대꾸도 하지 않았다.

"남 재미보고 있는데 문 앞에 지켜 서 있는 놈은 이말 박아야 돼."

"이 자식아, 내가 언제 지켜 서 있었어!" 하고 순오는 화가 난 목소리로 소리쳤다. 구역질이 나려 했다. "빨리 옷 못 입겠니?"

"나른한데, 삭신이."

그건 술을 마셔서 그럴 거라느니, 간이 나쁜 징조라느니 수작을 걸며 치성은 맥이 풀린 동작으로 팬티에 가랑이를 끼워 넣고 있었다. 순오는 복도 끝으로 걸어나갔다. 몸이 후룩후룩 떨렸다. 잠을 못 잔 탓일까. 뜻밖에도 갑자기 아내의 얼굴이 눈앞에 어른거렸다.

"나도 애 한번 낳아 보구 싶어요."

머리끝이 욱신욱신 쑤시기 시작했다. 애를 낳기 위해 아내는 치성이 같은 더러운 호색한을 끌어안고 잔 건 아닐까. 그가 외박한 틈을 타서. 아니 오래 전부터 장바구니를 끼고 나가서 우악스런 생선장수와 눈이 맞아 지내는 건 아닐까. 그 사내는 언제나 시퍼런 식칼을 들고 생선비늘을 드륵드륵 긁고 있었는데.

"송 선생 빨리 가보쇼. 부인이 방금 물이 싱싱한 생선 두 마리 들여가셨수. 자시면 입에서 살살 녹을 거예요."

어쩌고 늘 하는 수작이 가만 따져보면 수상쩍은 점이 한두 가지가 아니었다.

순오는 현관을 내려섰다. 옷을 한없이 오래 껴입고 있는 인간은 더 이상 기다릴 필요가 없었다. 여관 계단을 내려서자 그는 골목 밖

큰길가에 서 있는 택시를 향해 줄달음쳤다. 치성을 떼려면 신속하고 완벽하게 현장을 벗어나야 했으므로.

"선배님!"
"순오가 웬일인가, 이렇게 아침 일찍이?"
"고민이 있습니다."
하고 순오는 결심을 세운 바대로 단도직입적으로 말했다. 최초 5분 안에 말 못하고 우물쭈물 뭉그적거리면 절대로 말 붙이지 못하고 또 그냥 돌아가게 될 것이 뻔했으므로.

김형수 씨는 그러나 진지하게 듣지 않는지 대꾸가 없이 안락의자 쪽을 가리켰다. 그러곤 매우 느린 동작으로 담뱃갑을 찾아 불을 댕기고 있었다. 왜 빨리 상담에 응해 주지 않는가 하고 순오가 안락의자와 탁자 사이에 끼여 서서 적어도 2분 이상 서성거린 다음에야 김형수 씨는 불 붙은 담뱃개비를 손가락 사이에 끼워 들고 다가섰다. 우선 악수부터 청하고 나서 옆자리에 나란히 앉았다.
"오래간만이군, 이번엔."
"이년 만입니다."
"그렇게나 됐나?"
"저도 계산해 보고 나서 놀랐습니다."
"그래, 고민이란 뭔가?"
"이혼해야겠습니다."
"자네 입 한번 벌려 보게, 아——"
하고 김형수 씨가 느닷없이 치과의사 같은 말을 하는 데 순오는 놀라지 않을 수 없었다.
"입 안을 보면 이혼할 수 있는지 어떤지 알게 됩니까?"
"자네 입에서 무슨 몹쓸 냄새가 그렇게 나나."
"그러세요? ……술을 먹어서 그럴 겁니다."

“아닌데. 누군 술 먹지 않나, 나도 매일 술독에 빠져 지내는데.”

“아항, 해장국을 날마늘하고 먹고 잇솔질을 하지 않았거든요.”

김형수 씨가 마침내 견디지 못하고 건너편 자리로 옮겨 앉으며 물었다.

“고민이 뭐라구?”

“아내가 자꾸 아일 낳자고 조른다니까요, 선배님.”

“그거야 당연하지, 아이란 부부행위의 꺼림칙한 부산물이니까. 그걸 정신과 의사한테 와서 물으면 어쩌란 말인가. 난 정신과 박사지 산부인과도 아니고 법률가는 더구나 아니야.”

“부부행위……그게 전 안 되거든요.”

“불군가, 심리적 요인인가?”

“모르겠어요.”

“나한테 온 걸 보니 후자 쪽이겠지.”

“글쎄요……저희 집엔 여자가 둘 있거든요.”

순오는 말하고 나서 아차 하는 생각이 들기도 했으나 기왕 다 말하기로 한 바에야 하고 생각했다. 정신과 의사가 놀란 표정을 지으며 되물었다.

“둘이라면……자네 바람 피웠군.”

“아니죠. 아내랑 어머니.”

“싱거운 사람. 그렇게 말한다면 난 집에 가시내가 여섯이나 있어, 와이프와 딸래미 다섯. ……참 어머님은 안녕하시겠지.”

“네, 어저께 아침까진. 전 간밤에 외박을 했거든요. 집엔 죽어도 돌아가기 싫어서.”

“차근차근 얘기해 봐. 뭔가 문제가 있긴 있는 것 같군.”

“있다니까요.”

순오는 내친 김에 모조리 다 말하기 위해 침을 꿀꺽 삼켰다. 그러곤 곧 이야기를 시작했다. 아내의 소원도, 그녀가 어느 예식장에서 결혼식을 올렸다는 것도. 그리고 아버지의 사타구니 사이에 끼여 자던 일도, 어머니한테 끌어안겨 밤새 떨던 일도……아니 식칼도 바늘도, 새벽 두시의 발소리도 요령 있게는 아니지만 빠짐없이 다 말했다.

말하는 동안 뭔가 공포에 휩싸이고 있었던지 듣고 있던 김형수 씨가 의자에서 일어나 순오의 어깨를 싸안았다.

"마음을 가라앉혀. 자네 떨고 있군 그래."

"괜찮습니다, 선배님."

"이 방엔 우리 둘뿐이야."

김형수 씨는 말하고 나서 자기 자리로 돌아가 뭔가 쓰기 시작했다. 자네, 요즘 무슨 동네에 살고 있지. 주소 한번 불러 보게. 그러곤 투약구로 가서 손수 약봉지를 싸고 있었다.

"이 약시간 지켜 먹고 이틀 뒤에 다시 오게. 집에 들어갈 자신이 없거든 내 집에 와도 좋고."

"친구 집도 있습니다."

"갈 데가 마땅찮아 전전하는 건 대단히 안 좋다는 거 알아둬."

"안심하십쇼, 약을 주셨으니깐요."

이틀 뒤에 다시 나타난 순오를 향해 김형수 씨가 대뜸 물었다.

"약 먹었더니 어땠어?"

"먹기가 두렵더군요. 먹고 나면……."

"먹고 나면?"

"글쎄요, 확실한 건 배가 금방 고파 오는 거였다고 할까요."

"당연하지. 그건 소화제니까."

"네?"

"소화제. 외국에선 어떤지 아는가. 정신신경과 의사 찾아가 십분만 상담을 해도 반드시 상담료를 딸라로 지불해야 해. 그런데 우리 나라 사람들은 어떻게 된 게 말로 하는 건 하루 왼종일을 소비

해도 그건 공짜고, 꼭 약을 싸주든지 주사 바늘을 찔러 줘야 치료
인 줄 안단 말야.”
“그래서 소화젤 주시나요?”
“극약을 줄 순 없잖아. 주사라면 영양제를 놓아 주지. 효과가 있
어, 비싸긴 해도.”
“그런데 왜 저한텐 소화제 값을 안 받으셨죠?”
“고향 후배한테 그럴 수야 있나.”
“말하자면 전 치료가 불가능이란 말씀인가요, 소화제나 주셨
게?”
“아직도 못 알아듣는군. 정신과에서 무슨 약을 줄 수 있나.”
“약도 없으니 더욱 절망적이군요.”
“약이야 있지. 지난 이틀 동안 자네 어머님을 만나뵈었지. 자네
부인도.”
“뭐라구요?”
“너무 오랜만이라 잘 못 알아보시더군, 자네 어머님.”
“선배님! 왜 남의 집안을 망쳐 놓으려 듭니까?”
“자네 부인은 자네가 그런데도 이혼을 생각하고 있지 않더라는 사
실 명심해. 너무나 좋은 시어머니 때문에. 아들 하나를 하늘같이
생각하고 있는 시어머니 때문에.”
　김형수 씨는 적의(敵意)의 눈으로 건너다보는 순오를 의자에 눌
러 앉혔다. 자네가 갑자기 출장을 오게 되었다면서 대구에서 만났는
데 집에 연락을 취해 달라고 해서 왔다고 하자 자네 어머님은 금세
눈물을 글썽이셨어.
　그런 거짓말이 순오의 가출증 치료에 무슨 도움이 되는가. 그러나
김형수 씨는 그것도 정신과 의사에게 부여된 독특하고 고유한 예비
진단의 한 과정이라나. 정신과 의사에게 부여된 독특하고 고유한 예
비진단의 한 과정이라나. 정신과 의사란 모름지기 탐정의 소질도 타

고나야 하는 거라고 그는 주장했다.

"요컨대 내가 알아본 결과 자넨 자네 어머님을 여태 모독해 왔어. 그런 불효자야, 자넨."

"무슨 얘깁니까?"

"자네 어머님은 자네가 학교 다닐 땐 늘 새벽까지 공부하는 자네가 안쓰러워 견딜 수 없으셨어."

"그래서 방문 앞에 지켜 서 있었다는 얘긴가요?"

"난 단박에 확신이 섰어. 자네가 이불을 차던지고 자지 않는지 딱 한 번 자네 방에 들어간 일이 있으시다고 하셨을 때. 왜 자네 방에 드나들기가 거북했냐니까 자네가 어른스러워지는 건 대견한 반면에 징그럽게도 느껴져서였다고 하시더군. 당신은 과부가 아니냐고 하시면서."

"식칼도, 바늘에 대해서도 물어보셨나요?"

"자넨 참 잔인하군. 그런 걸 어떻게 물어보나. 인격을 허물어뜨리는 질문을."

"그러면서 확신이란 뭡니까."

"자넨 그때 어머님이 마흔도 안 된 나이셨다는 생각을 해봤는가."

그러니까 결국 문제가 있다면 순오가 과수댁의 아들이었다는 데로 귀착되는데, 그러나 김형수 씨는 순오가 부도덕했다곤 말할 수 없다고 했다.

"위로의 말씀은 필요 없습니다, 선배님."

"문제는 앞으로 자네가 얼마나 빨리 정상을 회복하느냐에 달려 있어. 자네 부인은 자네가 이부자리에 들면 몸을 떤다는 사실을 일러줬어."

김형수 씨는 자리를 일어서며 계속 말하고 있었다.

"마음먹기에 따라선 닷새면 충분할 수도 있어. 그때까지 자넨 나와 같이 생활하는 거야."

그러나 순오는 김형수 씨의 말을 더 듣지 않았다. 그는 이미 원장
실 출입문을 밀치고 있었다. 그러나 뭔가 안도의 한숨이 깨물렸다.

기억할 만한 슬픔

　　——언젠가는 내가 네놈들을 심판하리라.

　시멘트 벽에 그런 글귀가 희미하게 씌어 있었다. 누군가 손톱으로 긁어 쓴 것임이 분명했다. 나는 이상하게 마음이 진정되는 것을 느꼈다.

　경우가 내 옆구리를 꾹 찔렀다. 나는 벽에서 시선을 떼지 않았다. 심판하겠다. 글씨의 구석구석에 남은 꺼뭇꺼뭇한 흔적은 아마도 피이리라.

　내가 반응을 보이지 않자 경우가 다시 내 옆구리를 찔렀다. 나는 그제야 얼른 글씨를 등으로 막고 돌아앉았다. 왠지 그러고 싶은 생각이 들었다. 벽에 닿은 어깨가 서늘해 왔다. 회칠조차 안 된 벽이 너무도 더러웠던 탓일까.

　경우가 나를 한번 흘끗 올려다보고 나서 혼잣말로 중얼거렸다.

　"개수작이야."

　내가 아무 대꾸를 않자 그가 잠시 뒤 재차 말했다.

　"헛된 꿈이라구. 그런 날은 오지 않아!"

“너도 읽었어 벽에 쓴 글씨?”

“골빈 수작이라니까.”

“사람이 희망을 잃는다는 것보다 위험한 일은 없어.” 나는 그를 외면하고 앉은 채 검은 천장을 쳐다보며 말했다. “그리고 이 사람은 적어도 너 따위하곤 사정이 다를 거야.”

“그럼 넌?”

“나도 마찬가지지. 별볼일 없는 인간이야.”

“화나는데.”

“부끄러워지지.”

경우가 대답 대신 한숨을 깨물었다. 그의 무릎을 베고 쓰러져 있는 진호에게선 가늘게 코 고는 소리가 들렸다. 나는 진호의 두 손을 내려다보았다. 그 손은 더럽기 짝이 없는 시멘트 바닥에 내던져지듯이 놓여 있었는데, 이상할 것도 없는 그 모습이 왠지 나를 섬뜩하게 긴장시켰다. 한 손은 바닥을, 그리고 다른 한 손은 갈쿠리 같은 모습을 하고 허공을 향해 있는 그 손은 마치 경직되어가고 있는 듯한 느낌을 주었던 것이다.

그러나 나를 긴장시킨 것은 그것이 사자(死者)의 손 같은 느낌을 준 것 때문에는 아니었다. 아니 딱히 무엇이 나를 잔뜩 긴장시키고 있는지 확실하지 않았다. 어쩌면 그 손이 구두를 짓는 손이라는 사실 때문인지도 몰랐다. 저 손이 다시는 구두를 짓지 못하게 되면 어쩌나. 작은 방 안에 너무 많은 사람들이 들어와 있으므로 그 손은 어느 순간에 우악스런 구둣발 밑에 짓밟힐지 모를 위험 속에 방치되어 있었던 것이다.

그러나 나는 끝내 진호의 내버려진 손을 거두어들이진 않았다. 행여 거기가 진호의 손이 제 스스로 지은 구둣발에 유린되는 운명의 장소라면 그것도 행복한 조우 중 하나가 아니겠느냐는 말도 안 되는 상상을 나는 즐기고 있었던 것이다.

비록 만난 시간은 몇 시간 안 된다 하더라도 그동안에 진호가 자신의 손끝을 저주하는 말을 한 적은 없었다. 오히려 그는 이렇게 말했었다.

"술을 마시고 나면 다음날은 손끝이 서툴러져."

"그런 다음날은 쉬어 버리면 되잖어."

"그렇군. 그러면 되겠군, 참."

"매일 술 마시고 다음날은 빠짐없이 쉰다면 더욱 좋지."

"어쨌든 와보니 동창회란 게 꽤 즐거운 모임이란 걸 알게 됐어. 안 마실 수 없지."

나는 그때 그의 말을 들으며 개수작 마라라고 생각하진 않았다. 그렇게 생각하지 않았을 뿐 아니라 그가 오히려 기분 좋았다. 그에게 동기회 모임이 즐거운 자리일 수 있다는 것은 적어도 그 자신이 상당히 높은 데 앉아 있다는 증거가 아니랴. 그랬다. 그는 높다란 망루에 올라앉아 도토리 키재기를 하고 있는 그 모임을 내려다보고 있는 거다, 하고 나는 그때 내 마음대로 그를 단정해 버렸다.

물론 내가 그렇게 단정해도 좋을 만한 근거는 많았다. 뭐냐하면 그의 눈꼬리엔 시종 미소가 떠나지 않았고, 더구나 그는 열렬히 박수를 치고 있었으니까. 나도 처음 얼굴을 내민 것이지만 그도 처음으로 참석했다고 했으므로 아무리 솜털이 보숭보숭한 까까머리 때 함께 뒹군 고등학교 동기들이라 해도 모습들이 너무나 바뀌어 버려 꼭 동네 민방위 소집장에 불려 나갔을 때처럼 서먹서먹한 느낌을 받는 것은 그도 마찬가지일 텐데도 말이다. 제가끔 종이 명찰을 앞가슴에 달고 돌아가며 악수를 나눠도 다가서는 얼굴이나 이름 어느 쪽에조차 자신이 안 서는 편이 거의 모두가 아니던가.

훌러덩 대머리진 친구도, 백발이 성성하여 그때 그 시절의 훈육주임을 떠올리게 만드는 친구도, 거짓말 보태지 않고 십년은 위같이 보이는 친구가 너무나 많은데도——그것이 바로 객체화된 자신의 모습에 다름 아니라는 충격 앞에서 진호는 늠름히 손뼉치는 데 열심이었다.

에에, 우리 재경 동기회가 결성된 지도 어언 십사 개 성상이 흘러…… 운운하는 회장 아이의 인사말을 들으면서 진호는 이렇게 소곤거리기까지 했다.

"우리의 참석은 너무 늦었군."

나는 그렇게 생각하지 않았으나 한마디 자유를 촉구하는 말을 해주지 않을 수 없었다.

"십사 년이란 건 거짓말일 거야?"

"회장님 말씀인데."

"쟤 원래 허풍선이라구."

"넌 쟤가 누군지 아는구나."

"아니."

"그러면서……."

"하여튼…… 회장 저런 거 좋아하는 거 보면 알쪼지."

사장도 많고 전무, 상무도 많고 부장, 차장도 많았다. 관공서 국장, 과장에다 당연히도 군복 역시 끼여 있었고, 은행지점장에서 대리까지, 대학 선생님으로부터 중·고등 접장에 이르는 박사·석사·학사까지, 아니 주워섬기자면 끝도 없게시리 출판사 교정원, 간판쟁이, 옷감장수, 세일즈맨, 임질매독약 전문약국장, 유리그릇 판매원, 유치원 원장, 여관 주인…… 마치 거긴 직업전시장이어서 없는 직종이 없어 보였다.

과연 사람 사는 방법은 여러 가지임을 실감시키고도 남을 그런 자기소개 장면이 회의진행 순서에 끼여 있었는데 진호는 혹시 거기서 감격해 버린 것은 아닐까.

어쨌든 그는 왕년에 럭비 선수였던 친구의 꼽사등춤에 그렇게 열렬한 박수갈채를 보내고 있었다. 다만 경우만이 진호와는 아주 딴판이었다. 마치 겁많고 소심한 소년 모양 그는 진호와 내가 행여 어떤 친구의 술잔을 받기 위해 팔목을 잡혀가지나 않을까 끝없이 불안해하고 있었다. 우리가 불가피하게 자리를 옮길 때마다 돌아보면 그는 어느새 우리의 옆자리에 와 어색한 미소를 보내고 있었으니까.

"제복까지 버젓이 입은 허가 낸 노상강도 하나를 소개하지."

하고 한 녀석이 누군가의 귓바퀴를 잡아끌고 마이크 앞에 나타났을 때 경우의 눈은 당연히도 휘둥그렇게 놀라고 있었다. 아니 나도 그게 무슨 뜻인지를 알아들을 수 없어서 약간 긴장이 느껴졌다. 확성기의 쩡쩡 울리는 목소리로, 바로 하루 전날 자신이 고속도로상에서 한탕 털렸다는 말을 했을 때까지도 대부분의 옛친구들은 그가 무슨 말을 하고 있는지 알아차리지 못했다. 장내가 물을 뿌린 듯 조용해진 게 그 반증이었다.

"골프를 치고 돌아오다가 덜컥 붙잡혔지 뭐야. 그런 일 없다, 있다, 없다, 있다로 잠시 승강이를 해봤지만 그래봤자 강도한테 이길 수 없다는 건 누구나 아는 일이고, 면허증에다 오천 원권 한 장 끼워 내밀었지."

그제야 장내의 침묵은 마침내 깨어졌다. 일찍 알아챈 축의 키득키들 웃는 소리가 여기저기서 들리기 시작하자 이내 그 소리는 와르르 하는 폭소로 돌변했다.

"돈을 빼가고 면허증만 돌려주면서 그 작자 뭐랬는지 알어? 안녕히 가십시오, 사장님. 하지만 귀하신 몸 조심하십시오. 목숨을 두 개 가진 사람은 여태껏 못 봤으니까요. 바로 이 친구 김형일이의 동료야. 그 백주의 노상강도는."

나는 그제야 귓바퀴를 잡힌 채 나와 서 있는 사나이가 처음부터 낯이 익었음을 알아차렸다. 동기로서가 아니라 교통순경 완장을 두르고 네거리 한 모퉁이에 서 있는 김형일과 나는 한두 번 마주친 게 아님이 분명했다.

　물론 마이크 앞에 선 친구는 자신이 악의 없는 농을 지껄였음을 분명히 했다. 그리고 이런 말을 덧붙이는 것도 그는 잊지 않았다.

　"누구든지 교통 위반으로 걸리거든 즉각 이 친구한테 연락해. 몰라라 할 친구가 아니야. 동창 좋다는 게 뭐겠어. 그런 일 당하고도 연락 않는다면 그건 우정이 아니라구. 이 김형일이가 그런 사실 알면 섭섭해할 거라구."

　그러나 마이크를 잡은 친구가 아무리 우정을 거듭 강조한다 해도 나는 그것을 보증할 수 없었다. 그들은 다만 마이크 앞으로 귀 잡아끌 수 있는 동창생이 나타나면 그것이 즐거울 뿐이다.

　모든 사장, 전무, 상무, 국장, 지점장들은 넥타이도 묶지 않은 점퍼 차림으로 나타나는 그들의 동창들이 그렇게 기분 좋은 것이다. 그들을 속죄양으로 제단에 올려놓고 즐기는 동창회가 너무나 재미있어서 어느새 14년이란 시간이 지난 것도 그들은 실감이 가지 않는다. 그동안 즐기는 수법엔 익숙해질 대로 익숙해졌을 테고. 도토리 키재기로 돌려가며 회장, 부회장, 간부에 추대되어 거금으로 십만 원만 회람에 적어 넣어도 모두가 입 딱 벌리고 존경해 주고, 그러곤 사무실로 수금하러 오는 총무는 차일피일로 따돌리면 제물에 지쳐 떨어져 한두 번은 너끈히 건너뛸 수도 있으니까. 과연 즐기려고만 한다면 동창회라는 모임보다 더 즐거운 자리도 없을 것이었다.

　"어이, 자네가 작가라니까 말씀인데 말이야."

　바로 이때 누군가 옆에서 참견을 하고 나섰다.

　"누가 작가야? 이 친구가 작가야? 응, 그리고 보니 낯이 익는군. 텔레비전에서 본 것 같애."

　"텔레비전에서 봐?"

　"이 친구 무식해서 그러니까 신경쓸 것 없고, 내 얘긴 작가님한테 한 가지 묻고 싶은 게 있다 이거야."

　종이 명찰을 쳐다보자 홍일순이란 이름인데 이 친구가 누구던가.

고3 때 몇반이었길래 들어 본 일조차 없는 이름일까.

"다른 게 아니고 묻고 싶은 게 뭔가 하면 자네 같은 작가들이 갈
보들을 홀라당 벗겨 보여주는 건 좋다 이거야. 그것들은 벗는 게
직업이니까 돈벌이 잘돼서 좋고 우린 또 포르노 영화 보면서도 책
보는 의젓한 폼 잡아서 좋고. 여대생을 벗겨 보여주는 건 더욱 좋
지. 책값 이천 원 적선하고 눈요기 잘해, 양기 북돋아, ……한데
아무리 시대가 전여성 사창화시대라 해도, 그리고 작가들이 돈맛
을 들였다 해도 공순이들까지 홀딱 벗겨 버리는 건 좀 너무하잖
아? 너무하다는 말 오해하지 마. 내 애긴 징그럽다 이거야. 밥맛
없다 이 말씀이야. 언제 공순이들을 벗겼느냐고 되묻진 않겠지?
난 분명히 봤어. 안 벗겨도 마찬가지야. 요컨대 너희 작가들은 내
공장 여공애들까지 팔아먹었어. 마치 한껏 슬픈 눈으로 바라보는
것같이 냄새를 피우면서. 그리고 많은 분별없는 독자들이 아픔을
같이 나눈다는 기분으로, 아니지, 면죄부를 사는 엄숙함으로 그
책들을 사줬어. 소문을 너무 믿어 읽기도 전에 모두 최면에 걸렸
지. 그게 바로 대가리에 먹물 든 자들의 약점이고 못된 기회주의
적 속성이니까."

진호가 마침내 몸을 벌떡 일으키며 팔까지 내저어 홍일순을 제지
했다.

"뭔가 번지수를 잘못 찾은 것 같은데 그만두시지."

"기분 나쁘게 생각하지 마. 물론 자네야 그런 작품을 안 쓸 테니
까. 내 애긴 뭐고 하니, 이래봬도 난 건전한 기업인이라는 점 좀
알아줬으면 좋겠다 그 말씀이야, 솔직히 말해서."

"아니, 그럼 정말로 나한테 애기한 거야?"

"자네말고 여기 누가 있어?"

어허, 어허 하고 진호가 갑자기 신음 소리 같은 것을 냈다. 이건
희극인데, 나보고 소설 쓰는 사람이라니 하고 그는 혼잣말로 중얼거

렸다. 홍일순이 물었다.

"자네 이름이 김진호 아냐?"

"이 명찰을 봐."

"그런데?"

"내 얘긴 이름이 아니라 내 직업에 대해 놀라운 착오가 있다 이거지. 단지 신기료장수일 뿐인 나더러 소설을 쓴다니 말이야."

"무슨 소리야, 이게?"

홍일순이 다급하게 주머니를 뒤지기 시작했다. 그가 주머니에서 찾아낸 것은 조그만 수첩이었다. 그러나 알고 보니 그건 수첩이 아니라 바로 동창명부가 아닌가.

결국 모든 것이 밝혀졌는데, 그 명부에 올라 있는 진호의 직업란에 '작가'란 두 글자가 찍혀 있었던 것이다. 우린 놀라기 전에 우선 총무를 찾아가 왜 우리한텐 수첩 크기의 동기 회원명부를 주지 않느냐고 항의했다.

총무의 대답은, 그건 지난해에 나온 것이며 새 수첩은 미처 제작이 끝나지 않은 상태라는 것이었다.

진호와 경우, 나 셋은 소득 없이 자리로 돌아왔다. 그러나 내게 끝내 이상한 것은 진호가 수첩 제작담당자인 총무를 만났을 때 그에게 자신의 직업을 잘못 적어 넣은 사실에 대해 엄중히 항의하지 않은 점이었다. 어느 정도냐 하면 적어도 진호가 총무를 만나는 장면에서 내가 받은 느낌은, 그는 그의 직업란에 그런 놀라운 직종이 적혀 있는 것을 이미 알고 있었던 듯한 인상마저 주었다. 그리고 그런 석연치 않은 의혹은 뭔가 나를 불쾌하게 만들기에 충분했는데, 말하자면 실제로 소설을 쓰는 직업을 가진 것은 난데 하는 입장에서 볼 때는 마치 뭔가 도용당한 것 같은, 사취당한 것 같은 그런 느낌을 안겨주었다.

물론 한편으로는 어딘가 어깨가 으쓱해지는 느낌이 없었던 것은 아니다. 학교 때부터 문학도였던 진호에겐 작가라는 이름이 얼마나 갖고 싶은 이름이었을까 하는. 아니 그 정도가 아니라 사실대로 말한다면 나는 그때, 아무리 그래봤자 진짜 작가는 나다 하는 오만한 자만에 만족하고 있었다. 더구나 총무는, 새로 만들고 있는 명부에는 그동안의 누락을 보완하여 내 이름도 모든 정확한 자료에 의해 올려질 것이라고 하지 않았는가.

나는 시간이 갈수록 진호가 불결하게 느껴졌다. 그와 함께 앉아 있는 것마저도 모욕으로 생각되었다. 가능하면 구두 만드는 진호보다는 모든 면에서 강력한 힘을 가진 사장, 전무, 상무하는 친구들과 잔을 부딪치며 그의 직업 사칭을 은근히 내비치는 적의 편이 되었으면 싶은 마음도 없지 않았다.

경우를 돌아보자 그도 진호의 그런 모호한 태도가 석연치 않게 느껴지는지 뚱한 표정으로 허공을 쳐다보고 있었다. 하긴 그런 모습이긴 진호도 마찬가지였다. 그랬다. 정작 당자인 그는 지금 얼마나 고통스러울 것인가. 그리고 생각이 거기에 미치자 나는 내가 그에게 혐오감 하나만으로 대응할 것이 아니라는 느낌이 들기도 했다. 진호의 옆에 오래 버티고 있어서, 내가 눈앞에 있음으로써 가중되는 그의 고통을 조금씩조금씩 즐길 수도 있지 않은가.

그러나 이 모든 나의 진호에 대한 희떠운 자만심은 결국 얼마나 악의에 찬 중상인가 하는 것이 드러나고 말았다.

모교 후배들을 위한 장학금 희사라는 명목으로 회람이 돌고, 자기 아이 학자금도 제대로 못 주므로 금액을 쓸 수 없다고 밀어놓는 정경우 한 사람만 빼고 모두 좀 과하다는 느낌의 금액을 써넣은 것을 끝으로 동창회는 끝이 났다.

회의장을 나오며 술집에 가자고 먼저 주장한 것은 진호였다. 처음부터 그랬듯이 경우는 그저 따라붙을 뿐 의견이 없었다.

우리는 택시를 타고 술집이 많이 몰려 있는 곳으로 이름난 골목까지 가기로 합의했다. 회의장을 나서자 바로 길 건너에 술집 간판 하나가 발견되었으므로 나는 그만 거기 들어가자고 제의했지만 진호가 반대했다.

"가까운 덴 가지 마. 시러베자식들이 몰려온다구, 틀림없이."

모처럼 동창들을 만나는 것이 사뭇 즐거움이라고 말하던 진호의 입에서 느닷없이 시러베자식들이라는 표현이 튀어나온 것은 나를 놀라게 만들지 않을 수 없었다. 그가 그런 심경 변화를 일으킨 것은 그가 당한 봉변과 무관하지 않을 거라는 생각이 들었었는지 어떤진 확실하진 않지만 어쨌든 나는 두말없이 그의 의견을 존중했다. 술집 골목에 이르러서도 경우와 나를 안내한 것은 진호였으므로 우리는 술상을 마주하고 앉자마자 진호에게 물었다.

"단골 술집이야?"

"왜? 술값 걱정이 돼?"

"그게 아니고……."

"걱정 말고, 우리 오늘밤 한번 취해 보자."

그는 말하고 나서 소주병을 집어들었다.

"대신 우리 셋만이라도 다신 그 시러베자식들하는 동창회엔 나가지 않기로 하자, 다신."

"바로 내가 하고 싶던 말이야. 다신 우리 그딴 모임에 나가지 말자구."

하고 경우가 지체없이 동의하고 나섰으므로 나는 진호를 향해 되묻지 않을 수 없었다.

"진호 넌 동창회가 매우 즐겁다고 해놓고는 웬일이지?"

"개자식들!"

"누가?"

"우리 동창놈들."

"경우하고 나도 포함되겠지?"

"우리 셋은 빼야지. 그러니까 이렇게 같이 술마시러 온 거 아냐. 하지만 한 가진 말할 수 있어. 난 너보단 경우가 더 마음에 들어."

진호는 표정을 바꾸지 않고 담담한 얼굴로 말했다. 내가 물었다.

"그건 내가 소설을 쓰기 때문이냐?"

"경우가 좋은 건 당파성(黨派性)이 강하다는 점에 있어. 난 인간 관계에서 당파성을 중요하게 봐야 한다는 입장이야. 그게 없이 무슨 일을 같이할 수 있겠어."

"무슨 일을 하는데?"

하고 나는 힐난조로 반문하긴 했지만 마음 한구석이 찔끔하는 것은 어쩔 수 없었다. 내게 기회주의자 같은 데는 과연 없는가.

"일은 무슨 일을 해. 하긴 네가 마음을 편하게 해준다면 이 정경 우는 사뭇 부담스럽지."

"말하자면 내겐 우정을 못 느낀다는 얘기군."

"뻐기지 마, 임마. 나도 분명히 작가야. 아까 회원명부 못 봤어."

경우가 마침내 그 점을 물었다.

"도대체 그건 어떻게 된 셈판이야, 참?"

"왜 내가 사칭한 것 같으냐? 하긴 나도 아까 홍일순인가 하는 아이가 처음 물을 땐 나를 애로 착각한 줄 알았지만." 하면서 진호는 나를 가리켰다. "언젠가 최팔순이가 사무실로 전화를 했어. 아마 작년 봄쯤일 거야. 최팔순이가 누군지 알지? 아까 총무 말야. 그런데 이 친구 대뜸 나더러 '작가님' 하고 부르는 게 아니겠어. 무슨 소리냐니까, 명동에 큼직한 내 사진이 걸려 있는 걸 보고 반가워서 전활 했다는 거야. 그것도 사진이 걸린 집에 들어가 내가 제 동창인지 아닌지 확인하고 전화번호까지 물어서. 난 이상해서 전화를 끊자마자 회사 명동 가게로 달려가 봤지. 팔순이 얘긴 사실이었어."

"〈작가 김진호〉라고 씌어 있었겠군."

경우의 말이었다.

"그뿐이야, 본사가 자랑하는 구두 디자인의 마술사란 말도 씌어 있었어. 언제 누가 찍은 것인지 실물 두 배는 될 내 스냅 사진 설명문으로 말이야."

"허풍이야, 아니면 네가 정말 그 정도로 유명한 거야?"

하고 경우가 물었지만 진호는 사실을 말해 주지 않았다. 자긴 신기료장수라는 말 외에는.

"어쨌든 그때 최팔순이가 전화로 이런 말을 했었는데 난 무슨 뜻인지 몰랐어. 두 가지 일을 하느라 바쁘겠다고 말야."

"아하, 그러니까 신기료장수와 작가하는 일 말이군. 그럼 팔순인 진호 네가 진짜 소설 쓰는 줄 아는 것 아냐?"

"그래서 아까 살짝 일깨워 줬지. 난 단지 구두 짓는 가(家)일 뿐이라고."

나는 진호의 말을 듣고 있는 동안 얼굴이 화끈 달아올랐다. 그런 진호를 두고 나는 얼마나 협량한 멸시의 눈길을 보냈었던가. 얼마나 악의에 찬 오만을 키웠었던가. 이름이 좋아서 작가지 그 많은 동창들 중에 내 소설을 읽기는커녕 내가 이른바 소설을 쓰는 자임을 아는 친구조차도 거의 없는 미미한 존재인 주제에. 내 이름이 지금껏 동기회 명단에 끼여 있지 않다는 사실 하나만 가지고도 그것은 증명이 되고도 남지 않는가. 나는 갑자기 진호가 형님같이 커보였다.

진호는 마치 내 그런 왜소함을 간파하기라도 한 듯 이런 말로 나를 더욱 곤경에 빠뜨리고 있었다.

"우리 동기 중에서 가장 위대한 일을 해내고 있는 친구는 바로 너 하나뿐이야. 난 네가 부러워. 부러워서 네 작품은 한편 빼놓지 않고 다 읽어…… 아냐. 난 아직도 진짜 작가되는 꿈 못 버렸는지 몰라. 언젠가 이뤄졌으면 좋겠어. 그렇게 되면 정말 두 가지 일을 하게 되는 거잖아."

나는 아무 대꾸도 할 수 없었다. 그렇다고 두려움이 느껴져서는 아니었다. 내겐 다만 꾸지람을 듣고 있는 듯한 느낌만이 강했다.

이윽고 진호가 술잔을 높이 치켜들며 우리는 다시 시작해야 된다는 말을 했다. 그와의 우정의 시험에서 피투성이가 된 내게 질책처럼 술잔을 넘기며 그는 우리가 우정을 다시 시작해야 됨에 대해 거듭 강조했다.

"오늘 만난 그따위 돼먹지 못한 자식들처럼 말고. 우리의 고등학교 시절은 얼마나 어려웠어. 그런 절망 속을 함께 뒹군 자식들이 지금 와서 점퍼 입고 나타난 동창들을 멸시해? 사회에 나가선 온갖 협잡과 비굴을 다 떨면서 고작 동창들 모인 자리에 나타나 거드름을 피워? 저희끼리 키재기를 해? 그게 바로 몸에 밴 장돌뱅이 기질이라구. 너무나 서글픈 광경을 우린 오늘 본 거라구."

나는 여전히 꾸지람을 듣고 있는 느낌을 떨쳐 버릴 수가 없었다. 그가 무슨 작가든 그는 나보다 훨씬 보람 있는 일을 하고 있는 것같이 보였다. 그가 발에 밟히는 신발을 짓고 있다는 사실조차도 내겐 매우 중요한 상징처럼 와닿았다.

그런 일을 해내고 있는 그를 상대하면서 나는 다만, '작가라면 나'라는 자만에만 오랜 시간 빠져 있었으므로 도토리 키재기를 한 것은 그 시러베자식들만이 아니라 바로 내가 그 장본인이던 것이다.

내게서 서서히 부끄러움을 걷어간 것은 술이었다. 뿐만 아니라 나는 차츰 대담해져 가는 자신을 발견했다.

이 사진을 내보일까. 나는 안주머니에 넣고 온 사진을 만지작거리며 생각했다. 진호의 주장이 이 사진 속의 우정으로 돌아가자는 뜻인지 사진을 꺼내 놓고 물어볼 것인가.

내가 문제의 사진을 찾아낸 것은 전날 밤이었다. 나는 동창회에 나갈 생각이 조금도 없어 며칠 전에 온 통지서도 쓰레기통에 던져 버렸으므로 사진을 찾을 이유가 없었다. 그랬는데 바로 전날 오후 문제의 최팔순이 전화를 해오지 않았던가.

"우리 작가께서 꼭 나와 줘야겠어."

"난 그런 모임엔 서툴러서……."

"그대와 소문난 단짝이던 김진호 군과 정경우 군도 참석을 확약했
는데? 약속하면서 그대를 꼭 불러내라고 나한테 명령했는데
도?"

"그 녀석들이 서울에 있다면 왜 내게 직접 전화 않고."

"만남을 더욱 극적이게 하고 싶어서라나."

"그럼 넌 왜 나한테 미리 탄로내지?"

"샘이 나서."

통화를 끝내고 나자 아무리 머리를 조아려도 녀석들의 얼굴이 생
각나지 않았다. 나는 묵은 사진첩을 찾아내기 위해 온 다락방을 다
뒤졌다.

누렇게 떴으리란 예상과는 달리 사진은 선명한 흑백 그대로 남아
있었다. 그리고 부러울 정도로 우리는 젊디젊은 모습이었다. 아니
젊다는 말이 걸맞지 않는 그런 나이의 우리 넷이 거기 서 있었다.

우리는 매우 멋진 풍경을 배경으로 하고 그 앞에 서 있었다. 푸른
하늘을 찌를 듯이 높다랗게 솟은 산 아래론 폭포수가 곤두박질치고
있었고 넓은 호수 한쪽엔 멋들어진 반달형 구름다리까지 놓여 있었
다. 우리가 그런 절경 앞에 나란히 서 있는 것이 나는 웃음이 쿨쩍
나오도록 기분 좋았다. 그러나 다음 순간 나는 가슴이 찔끔해 오는
글귀를 발견했다.

——영원히 변하지 말자. 우리들의 우정——

우정을 맹세하는 글귀는 우리의 무릎께를 비스듬히 관통하면서
씌어 있었다.

나는 끝내 사진을 술상 위에 올려놓고 말았다. 그러곤 시치미를
떼고 물었다.

“이 경치 아름다운 곳이 어딜까?”

경우가 사진을 넘겨다보며 말했다.

“이름은 잊어먹었지만 아직도 있다면 이 사진관 위치는 알어.”

“아직도 이런 배경 그림을 붙여 놓고 있을까?”

“사진관도 없어졌을 거야. 나도 이 사진 불태워 버렸으니까.”

“왜?”

“왜?”

“거짓말을 써놨으니까.”

진호로부터는 없애 버렸는지 어떤지 말이 없었다. 그는 다만 뚫어
져라 들여다보고만 있었다. 그만 눈을 떼라는 뜻으로 내가 물었다.

“돛단배가 아주 멋있지?”

“너 여기 이 친구 아니?”

“자용이 아냐.”

“어떻게 된 줄 아느냐구.”

“어떻게 됐니?”

“자살했어, 이 년 전에.”

하고 경우가 진호를 앞질러 대답했다. 나는 말문이 막혔다. 진호가
사진을 집어 내게 건네주었다. 나는 자용의 살아 있는 눈을 들여다
봤다. 명복이 빌어지지 않았다.

“미안해. 난 까맣게 모르고 있었어.”

하고 나는 사진을 저고리 안주머니에 쑤셔넣으며 말했다.

“모두 마찬가지야. 우리도 몰랐어. 들은 지 얼마 안 돼.”

“자살 동기는 뭔데?”

“비관이겠지.”

“무엇에 대한?”

“동기가 뭔지 아는 사람이 없어.”

“거짓말이지? 니들 지금 날 속이고 있지? 자용인 살아 있지?”

“정말이야. 아무도 모른대, 왜 죽었는지.”

나는 더 묻는 것이 소용없는 짓임을 알았다. 나는 소주 두 잔을 연거푸 털어넣고 나서 진호를 건너다봤다.

“넌 옷을 너무 잘 입고 나타났어.”

“미안해. 하지만 동창회를 너무 존중한 나머지일 뿐야.”

진호가 느닷없이 자리를 차고 일어섰다.

“우리 술집을 옮기자.”

그러나 애당초 술집을 옮기지 말았어야 했던 것일까. 진호는 다음 술집에 들어선 지 채 반시간도 안 되어 관절이 죄 풀린 인간이 되어 버리고 말았으니까. 그는 술집 여자들을 상대로 딱 한 가지 말밖엔 할 줄 몰랐다.

“돈은 걱정 마. 난 돈 빼면 팍 쓰러지고 마는 빈쭉정이야!”

진호가 이 말만을 되풀이 소리치는 한편에선 경우마저 드디어 돌아 버리고 말았다. 그는 술상에 엎어져 부진부진 눈물을 짜기 시작했던 것이다. 모두가 술이 너무 취해 개판을 치는 속에서 나는 혼자 술을 마셨다. 그러나 아무리 마셔 봤자 나도 함께 어울려 개판치게 될 것 같진 않게 갈수록 정신이 맑아 왔으므로 하는 수 없이 포기하고 일어섰다.

울어서 회복이 좀 빠른 것 같은 기미를 보이는 경우에겐 자주독립을 촉구하고 대신 사지가 풀려 도저히 가망이 없는 진호는 들쳐 업었다. 끙끙거리며 술집 출입문께를 나서는 내 귀에다 대고 여자가 말했다.

“통금시간 다 돼가요.”

“알았어. 어차피 여관까지밖엔 업고 갈 기운이 없으니까. 하지만 당신네들 부르진 않을 거야.”

그랬는데 이게 웬일인가. 분명히 빈방은 있는데 우리가 술을 먹었다는 이유 하나만으로 투숙시킬 수 없다는 것이 아닌가. 그러곤 우리가 미처 제대로 항의하기도 전에 주인은 경찰을 불렀다.

우리는 결국 파출소로 강제 연행되었다. 소란을 피워 다른 투숙객들의 안면을 방해했다는 것이었다. 어느새 술이 말끔하게 깬 경우가 당연한 요구를 했다.

"좋소. 여관 주인도 데려오시오. 사실은 우리의 투숙을 이유 없이 거부한 여관 주인을 연행해야 하는 게 당신네 임무요."

경찰은 혀가 약간 굳어 위엄이 안 서는 경우의 말은 들은 체도 않고 앉아 있었다. 그리고 말을 안 듣는 경찰의 머리 위에 경우가 세 번이나 담뱃재를 떨었다는 것 때문에 우리는 결국 백차를 타고 경찰서 보호실까지 넘겨지고 말았다. 파출소를 떠나기 전에 경우는 마지막으로 명쾌하게 물었지만 대답은 듣지 못했다.

"머리에 담뱃재 떨어지는 것도 공무집행 방해요? 담뱃재에 풀먹여 갖고 다니란 말이오?"

마침내 짓밟힐 위험 속에 방치된, 귀중한 진호의 손을 거둬들이고 있는 경우를 돌아보며 내가 물었다.

"어떻게 순경 머리에다 담뱃재 떨 용기가 생겼지? 술 탓인가?"

"뇌물 먹고 여관 사냥개 노릇하는 개놈들한테 담뱃재로 세례를 준 거지."

"덕분에 우린 여기 잘 왔어."

나는 결코 이 말을 빈정대는 뜻으로 한 것이 아니었다. 내겐 우리가 그렇게 된 것에 진정으로 감사하고 싶은 마음이 있었다. 어차피 난관이 겹칠 우리의 우정을 다시 시작하는 덴 이런 집이 매우 그럴듯하게 어울렸다. 다만 진호의 깨끗한 플란넬 양복이 짝없이 더러운 시멘트 바닥에 깔려 있는 것이 마음에 걸린다면 걸린달까. 차라리 점퍼 차림의 경우가 대신 고주망태가 되었더라면……

그러나 아무래도 괜찮았다. 우리는 수음까지도 같이한 사이가 아닌가. 그리고 우린 심판을 두려워할 줄도 알지 않는가.

　보호실 철창 밖으로 뿌옇게 먼동이 터오고 있었다. 그리고 거기 복도에 팬지가 몇 포기 심어진 긴 분(盆)이 놓여 있다는 것도 알아볼 수 있었다. 이런 장소에 화분을 갖다 놓는 행위는 잔인한 짓일까, 아닐까.

　할례(割禮) 같은 우리 우정의 의식을 치르는 자리에 꽃이 없을 수 있으랴. 팬지꽃은 희미한 윤곽이어서 오히려 더 아름다워 보였다.